U0083578

中國語言文字研究輯刊

六　編

許 錟 輝 主編

第11冊

《新譯華嚴經音義私記》俗字研究（下）

梁曉虹、陳五雲、苗昱 著

花木蘭文化出版社

國家圖書館出版品預行編目資料

《新譯華嚴經音義私記》俗字研究（下）／梁曉虹、陳五雲、苗昱 著 -- 初版 -- 新北市：花木蘭文化出版社，2014〔民103〕

目 2+270 面；21×29.7 公分

（中國語言文字研究輯刊　六編；第 11 冊）

ISBN：978-986-322-666-6（精裝）

1. 華嚴部　2. 研究考訂

802.08　　103001865

中國語言文字研究輯刊

六　編　第十一冊　ISBN：978-986-322-666-6

《新譯華嚴經音義私記》俗字研究（下）

作　　者　梁曉虹、陳五雲、苗昱

主　　編　許錟輝

總 編 輯　杜潔祥

副總編輯　楊嘉樂

編　　輯　許郁翎

出　　版　花木蘭文化出版社

社　　長　高小娟

聯絡地址　235 新北市中和區中安街七二號十三樓

電話：02-2923-1455 ／傳眞：02-2923-1452

網　　址　http://www.huamulan.tw 信箱 hml 810518@gmail.com

印　　刷　普羅文化出版廣告事業

初　　版　2014 年 3 月

定　　價　六編 16 冊（精裝）新台幣 36,000 元

《新譯華嚴經音義私記》俗字研究（下）

梁曉虹、陳五雲、苗昱 著

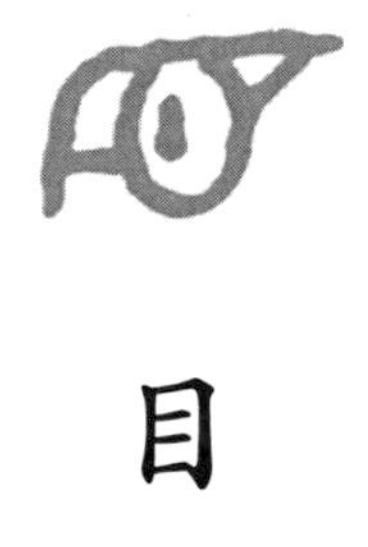

目次

下　冊

下　編
《新譯華嚴經音義私記》與漢字俗字研究

第六章　《新譯華嚴經音義私記》與則天文字研究

「則天文字」或稱「則天新字」，亦稱「武后新字」、「武周文字」等，乃中國歷史上唯一女皇帝武則天所創漢字（新造字）之總稱。儘管則天文字字數不多，流行時間不長，然其影響卻久長深遠。則天文字研究一直是中國唐代歷史與漢字史研究中的重要課題。近年來，海內外學者多有探研，屢有拓展。而則天文字在海外（如日本、朝鮮）的使用情況正是研究中所涉及的重要內容之一。故而，海外文獻也就成爲則天文字研究的不可缺少的重要資料。

《私記》作爲日本留存至今最古的寫本佛經音義，其中所存豐富的則天文字資料，已爲學界所矚目。則天文字屬「俗字」研究範疇，本書在上、中編的相關內容中已有所闡述。本章則進一步對《私記》中的則天文字進行全面考察，並將其置於俗字研究的框架之下，探討則天文字在日本的使用情況，從一個側面探討漢字在海外的傳播與發展。

第一節　則天文字從中國到日本

一、關於則天文字

中國古代歷史上，雖也有帝王創制或更改字形的現象，然以武周制字影響最大。武則天代唐爲周，正式稱帝後，除了改服易幟、頻繁改元、變更職官名稱外，爲表示除舊布新，還創製新字。据《新唐書》卷七十六《后妃傳・則天武皇后》記載：載初中，「作瞾、丙、埊、𡆠 、囝、〇、𠺞、恵、𡕀、𡔈、𠡦、𠀑十二文」。《宣和書譜》卷一也記載則天武帝曾「增減前人筆畫，自我作古，爲十九字，……當時臣下章奏與天下書契，咸用其字，然獨能行於一世而止。唐之石刻載其字者，知其在則天時也。」《康熙字典・目部》解釋「瞾」字引《字彙》：「同照」，又引《正字通》：「唐武后自製十九字，以瞾爲名，與照音義同。」其他史志字書亦或有記載，然諸說不一。或字數記載不同，或字形有異。〔註 1〕但學界一般認爲：「則天文字」是自載初元年（689）至神龍元年（705）公佈的新字。即在本有漢字（形、音、義）的基礎上，只改變其字形，而音、義不變。儘管字數諸說不同，但公認的有 17 個。分五次公佈：第一次：載初元年（689 年 12 月）正月〔註 2〕，借年號改元之際，改定了與年月日等有關的 12 個新字。即：照、天、地、日、月、星、君、臣、載、初、年、正。第二次：載初元年九月（690 年 10 月）〔註 3〕，改唐爲周，又改元爲天授，故而公佈了「授」之新字。第三次：長壽三年（694）改元，年號爲延載，其年十一月一日又改元爲證聖，借此之際，頒佈了「證、聖」兩個新字。第四次：証聖元年（695）四月閒於宮城門外鑄成高達一百五尺的「大周萬國頌德天樞」，〔註 4〕故藏中進認爲則天文字「圀」蓋已制定。施安昌也認爲：適在此時改寫「國」字，以「口」中含「八」、「方」組成，其寓意同立天樞相合。「國」字改寫，或因慶祝天樞落成，敕令改字；或因武后書榜，率先改寫，上行下效，風行一時。〔註 5〕第五次：聖曆元年（697）正月一日改元時將「⑥（月）」改爲「𠥱」，同時還制定了新

〔註 1〕可參考王三慶《敦煌寫卷中武后新字之調查研究》；載《漢學研究》第 4 卷第 2 期。1986 年 12 月。又常盤大定《武周新字の一研究》；載《東方學報》第 6 卷，1936 年。

〔註 2〕永昌元年十一月庚辰（公元 689 年 12 月 18 日），改元載初。用周曆子正，以十一月爲正月，十二月爲臘月，來歲正月爲一月。

〔註 3〕載初元年九月初九（公元 690 年 10 月 16 日），改國號爲周，改元天授。

〔註 4〕據《舊唐書・則天皇后紀》：「梁王武三思勸率諸蕃酋長奏請大徵斂東都銅鐵，造天樞於端門之外，立頌以紀上之功業。」

〔註 5〕施安昌《關於武則天造字的誤識與結構》；《故宮博物院院刊》1984 年第 4 期。

字「𤯔（人）」。經過這樣五次頒佈，則天所制定的 17 個新文字就誕生了。〔註 6〕而這 17 個字，人們在唐碑碣文，敦煌文獻中尚能窺其原貌。以下據《唐碑俗字錄》〔註 7〕，錄出 17 個則天文字：

年：𠡦、𠡦〔註 8〕
月：𠥱、𠥱、𠥱、𠥱
日：𡆠
星：〇
天：𠀑
地：埊
人：𤯔
國：圀
君：𠺞、𠺞、𠺞、𠺞
臣：𢘑
正：𠙺、𠙺
證：𠟃、𠟃

〔註 6〕水野正好在《日本人と文字との出会い・則天文字の広まり》（平川南等編《古代日本の文字世界》。大修館書店，2000 年）認爲是四次。蔵中進提出是五次（《則天文字の研究》第 9～12 頁。翰林書房，1995 年）施安昌、何漢南等中國學者也持「五次改字」說。（施安昌《武則天造字之訛變——兼談含「新字」文物的鑒別》，《故宮博物院院刊》1992 年第 4 期；何漢南《武則天改制新字考》，《文博》1987 年第 4 期）關於「圀」字，諸說不一。據《朝野僉載》卷一：「天授中，則天好改新字，又多忌諱。有幽州人尋如意上封云：國字中『或』，或亂天象，請□中安『武』以鎮之。則天大喜，下制即依。月餘有上封者云：『武』退在□中，與囚字無異，不祥之甚。則天愕然，遽追制，改令中爲『八方』字。後孝和即位，果幽則天於上陽宮。」但學者一般認爲「圀」定於証聖元年（695）四、五月間。如以上所引蔵中進、施安昌之說。又施安昌檢索了大量武則天時期的石刻拓本，得出如此結論。（施安昌《從院藏拓本探討武則天造字》；《故宮博物院院刊》1983 年第 4 期）也有學者認爲，「圀」可能出於武則天以前的別體。參考李靜傑《關於武則天「新字」的幾點認識》；《故宮博物院院刊》1997 年第 4 期。

〔註 7〕吳鋼輯・吳大敏編《東方古文化遺存補編——唐碑俗字錄》第 30～31 頁。三秦出版社，2004 年。

〔註 8〕爲能使筆跡較爲清晰，我們特意保留底色。

聖：𨲢、𨲢

載：𡕀

初：𡔈

授：𥠢、𥠢、𥠢、𥠢、𥠢

照：曌、曌

則天文字寫法不一，且因書寫不同，多有錯訛，故變體字甚夥。以上也只是唐碑中則天文字之概貌，並非是其「全貌」或「正相」。

然而，正如則天造字是因「政」而起，爲「治」而施，這些新字在其統治時期應該曾廣爲流傳。〔註9〕但則天武后晚年，因政變而被廢位，政權復歸李氏。神龍元年（705）唐中宗即位，國號復爲唐，除祭祀的方法以及旗、服之色、官名等以外，則天所定之新字又因政治變化而一舉改回。據《唐大詔令集》卷二記載，「改太周爲唐，社稷宗廟，陵寢郊祀，禮樂行運，旗幟服色，天地等字，臺閣官名一事已上，並依永淳已前」。廢止令頒出僅約二十日後，所寫墓誌上的「君、人、地、年、月、日、天、載」之字就已全部回歸原字樣。然而恢復李姓的大唐皇帝畢竟是武則天的子孫，故實際未被立刻廢止。〔註10〕短命皇帝中宗、睿宗之後，是開創開元至天寶長達40餘年的太平盛世的唐玄宗李隆基。儘管唐玄宗是主張漢字規範化之重要代表人物之一，唐石經便從其時代開始，〔註11〕然則天文字並未被徹底禁絕，仍有個別字被使用。〔註12〕直到唐文宗開成二年（837年）十月，才再次頒布詔書，廢除則天文字，

〔註9〕當然也有學者認爲其成效大半「京師推行最力……若在邊裔則新字見於題記，而不見於經文」。（梅應運《敦煌石室經卷題記之研究》，轉引自劉元春《武周新字研究綜述》）

〔註10〕因於此不久，武三思等前武周皇族就展開反擊，勾結韋皇后和上官婉兒，將發動五王政變推翻女皇的張柬之等五位重臣（即五王）悉數誣告殺害，使武氏家族再次控制了大唐的朝廷，而且權勢比武則天在世時更盛。這時，時任左補闕的權若訥上奏中宗，稱則天文字仍是武則天的偉大創舉，讓它們保存下來可以體現出皇帝對已故母后的孝心。看到奏報後，中宗特地頒布制書予以嘉獎權若訥，并保留了母后所造的則天文字。據宋・洪邁《容齋續筆》卷二〈權若訥馮澥〉。

〔註11〕石經以楷書爲標準，以儒家經典爲整理對象。這對漢字正字化的推行起到了極大的作用，所謂「字樣之學」即唐玄宗時代的產物。

〔註12〕歷史上，則天文字的殘存期到底多久，學界尚未有統一認識。有學者認爲「武周

一律改用本字。故則天文字在武則天逝世後，實際又沿用了 132 年，總共通行了近 150 年。當然，我們也應該說，除開「李唐」、「武周」的政治因素外，「新字」本身過於複雜古奧，寫法多變，又往往不合六書造字原理〔註 13〕的特性也成爲其結束歷史使命的重要原因。

二、則天文字到日本

中國大陸因爲改朝換代的政治原因，則天之製字隨著武周結束也被廢止，儘管並未禁絕，但只是個別字的「個別」現象。然而，不可否認的是，與中國相毗鄰的朝鮮與日本，卻似乎並未受中國國內政治的多大影響。〔註 14〕當時這兩個國家與唐朝之間文化交流非常密切，故「則天文字」很早就傳入朝鮮半島與日本列島，並被全盤接受，且曾經流傳很廣。如收藏於韓國龍仁湖巖美術館的《大方廣佛華嚴經》二軸，爲新羅時代的古寫經，故被冠之爲「新羅白紙墨書」，已被指定爲韓國國寶 196 號。此本 1978 年被發現以後，引起學界極大關注。現已確定，其書寫年代乃新羅景德王十三年（754）8 月～十四年（755）2 月之間。此正値唐天寶十三年至十四年，原則上，此時中國則天所製字已被禁止，不再使用。但是，此本在用字上的一大特點卻正是則天文字大量出現，成爲韓國則天文字研究的珍貴資料。〔註 15〕而筆者在僅殘破不足一頁的《則天序》中就讀到有如「君」（𠁈）、「人」（𤯔）「日」（𡆠）、「月」（𠥱）、「地」（埊）、「天」（𠀑）、「年」（𠡦）、「證」（𤯕）、「聖」（𨲢）等字。〔註 16〕現存漢文大

去世之後，新字偶見使用。除了一個「曌」字作爲武則天稱謂在後代不得不用以外，其餘字形則曇花一現就被棄爲歷史遺跡」（見齊元濤《武周新字的構形學考察》;《陝西師範大學學報》，第 34 卷第 6 期，2005 年 11 月），似也過於武斷。還應該進一步討論。

〔註 13〕齊元濤在《武周新字的構形學考察》一文中指出：「武則天所造新字違背了漢字書寫、構成的一般規律，不合於當時的文字系統，與社會通行文字相背離。」

〔註 14〕當然不僅只是這兩個國家，因爲是在女皇的權威和強制下推行使用的，所以屬漢字文化圈的周邊諸國，如日本列島、朝鮮半島，還有西域諸國等皆被波及。（參考藏中進《則天文字の研究》第 70 頁）

〔註 15〕參考朴相國《新羅白紙墨書・大方廣佛華嚴經・解題》。韓國文化財廳，2001 年出版。

〔註 16〕而如「天」「日」「地」等則多次皆以則天文字出現。

藏經中最古版本之《高麗大藏經》〔註17〕中，也還能見到則天文字。〔註18〕《高麗大藏經異體字典》中「天」「地」「月」「年」「照」「國」「初」「聖」「人」「證」「授」等字的異體中，都有則天文字字形。有的甚至有多個不同字形，如「授」字條下，錄有異體字八個，但「稐𥠢𥠢𥠢𥠢𥠢」六個皆可視爲則天文字之「異體」。「𥠢」字條下所引書證出自《大周刊定眾經目錄》卷一：「右二本經大周天𥠢二年于闐三藏提雲般若於大周東寺譯。」由此可見，當時所撰，所寫經典，「授」用「𥠢」字。

則天文字也很早就傳到了日本。現藏於正倉院的《王勃詩序》〔註19〕作爲古寫珍品已被定爲日本國寶。藏中進認爲《王勃集》唐朝原本應寫於則天武后在位的天授（690）至長安四年（704）之間。天雲四年（707）三月遣唐副使巨勢朝臣邑治一行回國時攜回日本。當時已病臥在床的文武天皇見此非常喜歡。文武天皇於6月15日駕崩。故爲追福供養，召集書手抄寫其生前喜愛的《王勃集》，就成爲當時殯宮諸行事之一。〔註20〕《王勃詩序》上記有「天雲四年（707）7月26日」字樣。其中「天」三十一字、「地」三十四字、「日」四十一字、「月」二十一字、「星」七字、「臣」一字、「載」八字、「初」二字、「年」十九字、「授」一字、「國」三字、「人」十六字、「月」十六字即用則天文字書寫。而「君」九字、「人」六十三字、「聖」四字、「國」五字、「日」二字、「月」二字、「年」二字，也仍還是用舊字。可見新字和舊字〔註21〕並存。至於作爲原本，渡海而來的《王勃詩序》中，這些字本就全用則天文字書寫，還是其原本是新字與舊

〔註17〕初雕本刻於1011年，續雕本刻於1089年，再雕本刻於1251年。現通行者爲再雕本。

〔註18〕高麗大藏經以雕刻於開寶年間（968～975年）的《開寶藏》爲藍本，然《開寶藏》早在元代就已散佚，中國國內今存者，僅有兩種宋本殘卷。其中則天文字之蹤跡難以尋覓。但根據《高麗藏》，《開寶藏》中也應有則天文字。但筆者只是個人臆斷，有待以後深入調查研究。

〔註19〕《王勃集》爲初唐詩人王勃（649～677）之詩文集。奈良時代傳入日本，現在日本尚有殘卷珍藏。《詩序》一卷藏於正倉院。其他尚有卷二十八，由上野尚一氏蔵，稱爲「上野本」；卷二十九，卷三十，現藏東京國立博物館，被稱爲「東博本」或「富岡本」；卷二十九殘卷，現藏東京國立博物館，稱「神田本」。

〔註20〕蔵中進《則天文字の研究》第68～69頁。

〔註21〕所謂「舊字」即爲通行字，或正字。

字並存而記，已不得而知。〔註 22〕根據藏中進分析，當時應有幾人分工負責書寫，有人將正楷的則天文字改寫成當時日本通行字體，也有人忠實於原本，完全照樣臨摹，寫成行書體，但卷末卻蓋因時間倉促而又改寫成通行字體。〔註 23〕所以，則天文字應該可以說伴隨著《王勃集》的傳入而正式進入皇室，不久就被達官貴族所知。此後則天武后時代所書寫的唐本仍屢屢渡海而來。即使則天文字在其本土因政治原因被廢除，但在海東頭的日本，似乎並不受其影響。人們對這種「奇妙的文字」不但熱心解讀，而且還頻頻加以使用，所以在日本流傳很廣，故而在日本也存有相當珍貴的則天文字研究的資料。

例如，《日本古代の墓誌》〔註 24〕一書中有以下記載：

銘　下道圀勝弟圀依朝臣右二人母夫人之骨藏器故知後人明不可移破以和銅元年歲次戊申十一月廿七日己酉成

和銅元年爲公元 708 年，是《王勃集》傳到日本的第二年。其中已見則天文字中的「圀」字。下道圀勝乃著名遣唐使吉備眞備之父，故骨藏器之主應爲吉備眞備的祖母。下道圀勝與其弟下道圀依二人之名，本爲「國」字，〔註 25〕因當時「圀」尚未制定。之所以後來改成「圀」，被認爲是對新字的「圀」有好感，新字有魅力之故。而根據藏中進的研究，下道圀勝、圀依兄弟之籍貫應爲其母居住以及死去的吉備地區，〔註 26〕而下道圀勝曾官任右衛少尉，任職於宮廷。而其妻出身於大和国〔註 27〕宇智郡。日本學者考證，下道圀勝曾經在大和地方，即當時的首都圈長期生活過。所以，母親逝世，圀勝返鄉奔喪，骨藏器有可能製作於大和地方。然因銘文中寫有「以和銅元年歲次戊申十一月廿七日己酉成」，其中「成」表示骨藏器製作日，也表示安葬亦爲同時。如此，骨藏器

〔註 22〕參考平川南等編《古代日本の文字世界》中水野正好所撰寫《日本人と文字との出会い・則天文字の広まり》。

〔註 23〕藏中進《則天文字の研究》第 69 頁。

〔註 24〕《日本古代の墓誌》，奈良國立文化財研究所飛鳥資料館刊，昭和 52 年（1977）。

〔註 25〕因「圀」制定於證聖元年（694），而吉備眞備生於日本持統天皇七年（693），還有 694、695、696、697 年之說的。那麼其父出生日期自然早於「圀」創製之前。

〔註 26〕日本古代有吉備国（きびのくに），相當於現在的岡山縣全域加之廣島縣東部和香川縣島嶼部以及兵庫縣西部地區。

〔註 27〕日本古代有大和国，區域相當於現在的奈良縣。

就應該是在當地製成，因爲骨藏器之出土地點是岡山縣小田郡矢掛町東三成字谷川內，距圀勝之本籍吉備地方很近。故而，藏中進認爲，若能如此推定，就說明前一年剛傳來的則天文字中的「圀」字，流傳很快，早就經吉備地方工匠之手雕刻於鑄銅製的骨藏器上。〔註 28〕

而過了將近一千年，我們發現「圀」還在流行。德川光圀（1628 年 7 月 11 日～1701 年 1 月 14 日）爲日本江戶時代的大名，水戶藩第二屆藩主。父親是水戶藩第一代藩主德川賴房，祖父是江戶幕府創始人，第一代征夷大將軍德川家康。其名字中的「圀」字是「国（國）」的異體字，正是傳承則天文字而來。而筆者之一梁曉虹 2012 年 2 月 15 日赴京都進行資料調查，偶爾在大街上就看到「九條山本圀寺」的指示路牌。返後上網查檢，知該寺爲日蓮宗大本山，位於京都堀川五條，建於建長 5 年（1253）8 月，日蓮在鎌倉之松葉谷建一草堂，稱「法華堂」。貞和元年（1345），足利尊氏移至現址，爲日蓮宗最古寺院。寺名本爲「本国（國）寺」，江戶時期，因受德川（水戶）光圀之護持，古寺得以恢復以往隆盛，由此「本國寺」改爲「本圀寺」。而日蓮宗除此還有兩個「本国（國）寺」，一在千葉縣大網白里町，一在山梨縣身延町。然惟有京都九條山可稱「本圀寺」，可見日本人對此字有一種特殊的好感，且經久不衰。現在在日本的出土文物中，還能見到則天文字的遺跡，如關東和東北地方曾被集中發現八世紀以降的土器上寫有墨書，其中有的就含有則天文字。主要有「天」、「地」、「人」、「正」四字，其中尤以「天」、「正」二字集中出現。其中「天」字有時又或減筆，或加筆，異體頗多。而一些字形表意的「日」、「月」、「星」等字和一些字形複雜的如「君」、「載」、「初」等卻不見於這些墨書土器。群馬縣與千葉縣被認爲是古代渡海而來住民較爲集中的地區，則天文字集中出現，且有如此特徵，可以看出這是他們對先祖之地文化的嚮往與理解。〔註 29〕根據這些史

〔註 28〕藏中進《則天文字の研究》第 71～72 頁。當然，藏中進也考察，此骨藏器除了「圀」以外，其他如「人、年、月、日」等，卻皆不用則天文字。之所以出現這種情況，蓋爲此骨藏器之材質爲銅鑄，故用「鏨・鑽」等雕刻文字時，技術含量要求很高，因此盡可能會選用筆畫少，雕刻簡單的字，這應是採用「圀」字而不用「國」字的理由。而「人、年、月、日」等的則天文字卻不僅字畫增多，而且有的還變成曲線的字形，相對來說，雕刻較難。

〔註 29〕水野正好《則天文字の広まり》；載平川南等《古代日本の文字世界》第 45～46

實，可知則天新字在日本曾經流傳很廣，有些字還或減少筆畫，或添加筆畫，「則天文字」也有了異體字。

奈良時代，日本所存有關則天文字資料中，不可否認寫本佛經非常重要。在日本就曾多處發現有則天文字的古寫本佛經資料文獻。〔註 30〕武則天當政時期，佛教盛行。特別是由武則天扶植的華嚴宗，在三祖法藏時期，更是臻於鼎盛。法藏則得武則天賜名「賢首」，被奉爲國師。武則天與華嚴宗的密切關係，我們在第一章已經論述。正因武則天與華嚴宗有如此淵緣，故由其所主持譯成的八十卷《新譯華嚴經》中定有則天文字。前所舉「新羅白紙墨書」《大方廣佛華嚴經》中則天文字就多見。日本所存古寫本《華嚴經》中還能見到則天文字。大坪併治就指出：石山寺本《華嚴經》的本文中，有一個應該值得注意的地方，即爲多用則天文字。〔註 31〕他還以卷七十五爲例，指出所出現的則天文字有：人（𤯔）、國（圀）、地（埊）、證（𨹗）、初（𡔈）、正（𠙺）、臣（𢘑）、月（𡝢）、日（𡆠）、授（𥠢）、聖（𨲢）、星（〇）。另外，藏於京都国立博物館的唐寫本八十卷《華嚴經》第八卷中也使用了則天文字。〔註 32〕藏中進根據《守屋孝藏

頁：大修館書店，2000 年。

〔註 30〕如 2006 年 12 月 3 日至 17 日在三井記念美術館舉行了「敦煌経と中国仏教美術」特別展覽，其中内容之一即爲「敦煌経にみる則天文字」。共展出記有則天文字的經典兩种：《大般涅槃経巻第三十七》、《大乗密厳経》巻下。以下爲《大乗密厳経》巻下中有則天文字的資料。

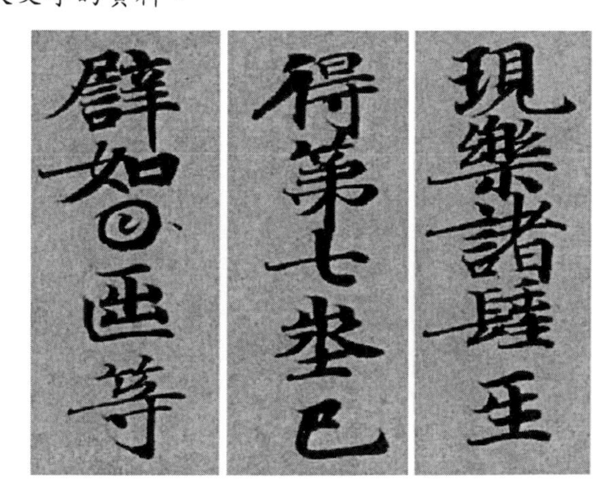

〔註 31〕《石山寺〈大方廣佛華嚴經〉古點の國語學的研究》，第 5 頁。風間書房，平成四年（1992）。

〔註 32〕此本由守屋孝藏蒐藏，被認爲是唐寫本，寫於八世紀初期，很早就傳來日本，其中有則天文字。其字筆鋒端正，頗顯唐風。

氏蒐集古古經図錄》第 52 頁的圖板 95，指出僅 39 行約 620 字，其中就有則天文字「天」（兩次）、「地」（四次）、「日」（一次）。〔註 33〕也正因爲如此，日本古代甚至還出現了爲《華嚴經》所作的音義中有專門解釋則天文字的內容。這正是《私記》俗字的重要內容。

第二節　《私記》中的則天文字

儘管一般都認爲，華嚴宗的創立與發展直接受益於武則天的支持。而八十卷本《華嚴經》又由武則天主持而譯成，故而經本文中定有則天文字。我們也通過《新羅華嚴經》和石山寺本《華嚴經》證明此點。據此，專爲八十卷本《華嚴經》作音義的《慧苑音義》中本應收釋則天文字，然而現今存世的《慧苑音義》中，我們並未見到相關內容。這是值得探討的課題。是慧苑撰著時就並未收釋，還是現今所傳版本中已經不見，有待於《慧苑音義》文獻資料的新發現。然而，有意思的是，寫於日本奈良時代的兩本《華嚴經》音義書中卻都保存有則天文字的內容，尤其是《私記》，堪爲至今所見收釋則天文字最多的單經音義，其資料價值非常重要。以下我們將對《私記》中的則天文字加以梳理。

本書前面相關章節已經提及《私記》中的則天文字非常豐富。而在《私記》中，它們主要出現於：①《則天序音義》中，主要作爲正字資料；②經文正文音義中也有收釋，實際也仍是作爲正字資料；③行文中出現，或於辭目，或在釋文，然並非音義對象。以下，我們將其全部錄出，以概全貌。〔註 34〕

（1）天——𠑺（經序）；𠑺（經第一卷）；水𠑺（經第十卷）；𠑺（經第六十卷）；婆樓那𠑺所（經第六十四卷）

（2）君——𠁈（經序）

（3）初——𡔈（經序）；𡔈（經第十一卷）；暑退涼𡔈（經第十四卷）

（4）聖——𨲢（經序）；𨲢（經第十一卷）

（5）人——𤯔（經序）；斯𤯔（經第六卷）；𤯔（經第八卷）；木𤯔久マ

〔註 33〕藏中進《則天文字の研究》第 291～293 頁。因筆者尚未見此資料，故在此引用藏中進先生資料以作説明。

〔註 34〕我們根據《私記・經序音義》中所出則天文字爲序。

都（經第十三卷）；勸諸菩薩說与𤯔（經第十六卷）；譬如日月〔註35〕男子女𤯔舍宅山林河泉等物（經第卅四卷）

（6）證——𨹗𨹗（經序）；𨹗𨹗（經第十一卷）

（7）地——埊埊（經序）；埊（經第一卷）；埊（經第九卷）；

（8）日——◎（經序）；◎（經第十一卷）

（9）月——𠥱（經序）；𠥱（經第一卷）；譬如日𠥱男子女人〔註36〕舍宅山林河泉等物（經第卅四卷）

（10）星——〇（經序）

（11）國——圀（經序）；謂臏聚圀也（經第五十八卷）

（12）年——𠡦（經序）；𠡦（經第十一卷）；𠡦方（經第廿一卷）

（13）正——𠙺（經序）；𠙺定（經第六卷）

（14）臣——大𢘑（經序）；𢘑（經第十一卷）；𢘑僕（經第廿一卷）；𢘑佐（經第六十九卷）

（15）授——𥠢記（經序）；𥠢記（經第十四卷）

（16）載——𡕀𡕀〔註37〕（經序）；𡕀𡕀（經第六十五卷）

以上《私記》中共有則天文字16個，共出現43處，有的一處出現兩個字形，故實際出現有51處。〔註38〕

此爲現今所傳單經音義中保存則天文字最多的資料。實際上，現今所存玄應的《眾經音義》、慧琳的《一切經音義》我們也未見有如此多的則天文字資料。這是值得引起重視的。作爲則天文字研究的資料，十分珍貴。我們從以下兩點考察：

〔註35〕此也本爲則天文字。參看下「月」字。

〔註36〕此也本爲則天文字。請參看上「人」字。

〔註37〕二字中間還有「二」。

〔註38〕有關《私記》中則天文字字數，初有竺徹定在其《跋》中指出「有則天新字廿五」；後苗昱博士在其博士論文中指出其中「有 31 處涉及到武則天造的字」。現經過我們重新統計認爲共有16個，51處涉及則天文字。當然也還可能有誤差，但五十餘處應該可以肯定。

一、第一次在《則天序音義》集中收錄則天文字，並以「一覽表」而呈現

前已述及，武則天崇尚佛教，尤其是華嚴宗。她親自參與組織了由實叉難陀主持的八十卷本《華嚴經》的翻譯，並爲之作《大周新譯大方廣佛華嚴經序》。武則天在自己的經序中用自己所造之字理所當然。儘管我們在現傳刻本中已不見有則天文字，但在古寫本中，還會看到其蹤跡。〔註 39〕這些字在當時的日本，自然爲一般僧侶所惑，難以辨識，特別是它們集中地出現於《則天序》中。因此，需要集中收釋。這就是《私記・經序音義》中的 16 個則天文字。但是，要指出的是：《私記》是參考大治本《新音義》祖本。因爲最初是《新音義》作者將這些則天文字與其他俗字集中收錄，作爲正字對象，並置於《經序音義》的。不過，大治本《新音義》將《經序音義》置於經文音義末，而《私記》則按照原經順序，放在起首部分。另外，經過調查，我們也發現，被藏中進認爲是「則天文字一覽」的 16 個則天文字，實際上，《則天序》中共出現了 12 個，還有「臣」「授」「載」「星」四字《序》中並沒有。不過，短短幾百字的《則天序》已經有 12 個，有的還多次出現，已經應該不算少數了。也正因此，大治本《新音義》祖本作者特意將其集中收錄，並將 4 個序文中沒有的「新字」以及其他 17 個經文中較常見的，作者認爲有代表性的俗字也一併收羅，具有「一覽表」的作用。《私記》則完全採用了這部分內容，〔註 40〕這說明其作者對此也很重視。

爲簡明扼要，我們將二本《經序音義》中的則天文字內容以下表明之：

正字	大治本 1	大治本 2	私記 1	私記 2	備　　註
天	[illegible]	[illegible]	[illegible]		
君	[illegible]	[illegible]	[illegible]	[illegible]	
初	[illegible]	[illegible]	[illegible]	[illegible]	

〔註 39〕藏中進《則天文字の研究》第 98 頁。另外，我們前所舉韓國「新羅白紙墨書」《大方廣佛華嚴經》之例，也能證明。

〔註 40〕因爲二音義篇幅完全不同。《私記》辭條遠多於大治本《新音義》。但這部分內容，《私記》幾乎完全照搬。

聖	𨲢		𨲢		
人	𤯔		𤯔		
證	𨹗	𨹗	𨹗	𨹗	
地	埊	埊	埊	埊	
日	𡆠		𡆠		《私記》正字作「日」
月	[illegible]		[illegible]		
星	〇		〇		《私記》正字作「[illegible]」
國	圀		圀		二本正字皆爲「國国」
年	𠡦		𠡦		二本正字尚有「𠡦」
正	𠙺		𠙺		二本正字尚有草書「[illegible]」「[illegible]」
臣	𢘑		𢘑		二本辭目皆爲「大臣」
授	𥠢		𥠢		二本辭目皆爲「授記」
載	𡕀	[illegible]	𡕀	[illegible]	𡕀[illegible]二字中間還有「二」

由以上表，可以看出：

二音義共集中收錄經序中俗字共 34 組，其中 16 個則天文字。儘管這 34 組俗字並非全部出自《則天序》，然從「卷音義」體式考察，屬於《經序音義》部分，而且有《則天序》中出現的 12 個則天文字，所以應該可以認爲是第一次集中收錄了《則天序》中的則天文字。而專爲解讀八十卷《華嚴經》而專著音義的慧苑，卻未在其《經序音義》中有此內容。至少我們在現今所存的刻本《慧苑音義》中，已經不見則天文字蹤跡。〔註 41〕這種集中收錄的方法，藏中進認

〔註 41〕雖然筆者尚未見到眞正的古寫本《慧苑音義》，無法下結論。然根據《慧苑音義》的內容，可以推斷其《經序音義》中無此內容。

爲可將其視爲「新譯花嚴經所用異體字一覽」，故與一般音義不同，只錄出字頭，既不標音，也不釋義，只是下標出通行字，有的甚至也是俗字，不過已經流行，爲人所接受。如「年」作「秊」等。小篆年作「秊」，「秊」是古文隸定字。另外，雖是正字條目，但辭目有時以雙音詞的形式標出，如「大臣」「授記」等，但目的仍只是正字。

二、第一次以則天文字作為音義對象

除了《經序音義》「異體字一覽表」所集中收錄的 16 個則天文字以外，在爲經文作音義之時，二音義也涉及「則天文字」內容。不過，大治本《新音義》僅有兩處：

大𢘑（臣）（第十一卷）

𥠢（授）記（第十四卷）

此二字在《經序音義》「異體字一覽表」已經出現，只是「授」作「𥠢」，右下半部有異。「𥠢」右下半部爲「風」，「𥠢」右下半部之內實際爲「王」出頭而致。「𥠢」、「𥠢」皆爲通行則天文字。兩處則天文字皆屬於正字條目，既不注音也不釋義，只是在則天文字下注出通行字。藏中進認爲：大治三年（1128）年書寫大治本時，不少則天文字可能已經被改寫成通行字。

然而，《私記》的經文音義中卻還保留了相當部分的內容。根據筆者統計，蓋有三十餘處。可以分成以下形式：

1、簡單正字條目。如：

𠀑：天。（經第一卷）

𠥱：月。（同上）

𤯔：人。（經第八卷）

埊：地。（經第九卷）

𢘑：臣字。（經第十一卷）

𨲢：聖字。（同上）

𠡦：年字同。（同上）

𢑱𤠔：二同證字（同上）

𥠢記：上授字。（經第十四卷）

暑退涼𡔈：……下初字。（同上）

以上例一如《經序音義》，將則天文字作字頭，其下出通行字體，無任何說明，最多加上「某字」或「同某字」

2、加以簡單詮釋，多指出爲「古文」「古某字」。如：

𡔈𡔈：古文初字。（經第十一卷）

𠙺定：上古文𠙺正字。（經第六卷）

斯𤯔，下古文人字。（同上）

水𠀑：下古文天字耳。（經第十卷）

𡕀𡕀，二古文，同今載字耳。（經第六十五卷）

𠀑：古天字。（經第六十卷）

《私記》作者將其稱爲「古字」。蓋因這些字既不出自《說文》，亦不見於《玉篇》，再加武則天又號稱「託古改字」〔註 42〕，故而來到日本後，華嚴學僧見到《新譯華嚴經》中這些「則天文字」時，稱其爲「古文」，並不足爲奇。

也有的加以簡單釋義或辨析。如：

𢘑僕：𢘑，臣字，云大臣。（經第二十一卷）

𡆠出：二字誤作一處。𡆠，日字。下出字耳。（經第十一卷）

作者在這裡指出：「𡆠出」是兩個字，因豎行抄寫而誤作一字。其上爲則天文字「𡆠」，下爲「出」字。

勸諸菩薩説與𤯔：マ（重字符），人字。古經云菩薩以此化衆生。（經第十六卷）

案：以上，除指出「𤯔」，還與舊譯相比較。

以上內容，實際上已經在《經序音義》「異體字一覽表」中集中出現過，現在在經文音義中再次收釋，而且除「正字」外，還稍加詮釋，可見作者還是認爲這些字有一定難度，需要辨識。

3、辭目中出現，然非音義對象。如：

〔註 42〕武則天在以臨朝稱制的大唐皇太后身份頒布的《改元載初敕》中說：「……朕宜以曌爲名……特創製一十二字，率先百辟，上有依於古體，下有改於新文，庶保可久之基，方表還淳之意。……」

婆樓那𠑺佛所：婆樓那者，此云水也。（經第六十四卷）

此爲短語詞組辭目，參考《慧苑音義》。只是現今我們所見《慧苑音義》之各本皆作「婆樓那天佛所」。《私記》並不解釋「𠑺」，但特意錄出，可證當時作者所見《華嚴經》，此字確爲則天文字。但因前已多次有釋，故不再特意加以正字，只是隨文錄出。

譬如日𠥱男子女𤯔舍宅山林河泉等物：舊經曰云：譬如電，或日，或月，山樹，男女，室宅宅，〔註43〕墻壁，大地，流水等，皆悉能照令明淨故……〔註44〕（經卷第四十四）

案：此乃解釋《新譯華嚴經》中之經句，故辭目長，字數多。這是《私記》收詞辭立目的特色之一。查檢《新譯華嚴經》卷四十四有「**譬如日月、男子、女人、舍宅、山林、河泉等物**，於油、於水、於身、於寶、於明鏡等清淨物中而現其影」〔註45〕之句，實際上《私記》作者還對其後部分也一併作了解釋，因釋義過長，我們未將釋義引全。可能也因爲經句太長，《私記》也僅以「**譬如日月、男子、女人、舍宅、山林、河泉等物**」爲辭目。《私記》於此並非辨識字詞音義，而是引「舊經」、「新經」與「古經」等，詮釋經義。所以並未特意解釋句中所出現的則天文字「𠥱」和「𤯔」以及其他俗字。〔註46〕

4、其他。如：

機關：木𤯔久マ都。（經第十三卷）

此條「𤯔（人）」出現在釋義中。但明顯如此解讀，難以理解。岡田希雄在《解說》中指出：「木𤯔」應是大小字相混而誤之例。即此條應爲四字辭目「機關木𤯔」。岡田希雄又在其《新譯華嚴經音義私記倭訓攷》〔註47〕中辨析：𤯔爲則天武后所製字之一。《華嚴經》經文有「機關木人」，《慧苑音義》也是四字

〔註43〕或有衍字「宅」。

〔註44〕此句乃《私記》新增之《新譯華嚴經》中之經句。其後尚有長釋，本文省略。

〔註45〕《大正藏》第10冊，233b。

〔註46〕如此長句中既有「日」，也有「曰」，但皆作「日」，正是竺徹定跋中所指出「唐人日曰二字同一書法」。由此不難窺見當時寫本《華嚴經》用字之一斑，實可謂古風尚存。

〔註47〕《國語國文》，昭和37年（1962）9月刊之再刊本。

辭目「機關木人」。《私記》誤將辭目字置入註文。「機關木人」四字訓讀應爲「クグツ」〔註48〕。

無有瘡疣：マ，有鳩反，腫也。……謂膭聚圀也。……（經第五十八卷）

此乃在釋文中使用了則天文字「圀」，然於文意不通，當爲「肉」字之訛。現存小川家藏本《私記》並非原本，但卻是唯一的孤本。是原本《私記》即如此訛，還是後來抄寫時改成「圀」，實難以斷定，但此字形很清晰地寫作則天文字是可以肯定的。或許《私記》原本或小川本抄寫者（當然也不排除小川本所據底本）就是誤認其爲則天文字「圀」亦並非不可能。17 個則天文字中，「圀」字一般被認爲在字形、字義上皆有所本，〔註 49〕《玉篇・囗部》就有「囯」與「圀」，乃「古文國字」。「圀」也是在日本流傳最廣的一個則天文字，前已有述。

儘管兩種音義《經序音義》中則天文字內容大致相同，可以視爲《私記》參考大治本《新音義》祖本，但經文音義中，《私記》還有約三十餘處則天文字的內容，甚至在辭目或釋義中還不經意地出現了如「人」「國」等「新字」。這既說明《華嚴經》經本文中則天文字多見之現象，另外也傳達出這些字已爲時人所熟悉並接受的信息。而大治本經文音義中卻僅兩處見到「新字」，此蓋大治年間書寫時，則天文字或已被改寫之故。

佛經音義中收釋則天文字，本很正常。武則天護持佛教，武周時期寫經頗豐，後人撰寫音義時，將那些字形繁複，且多有譌變的則天文字作爲收釋對象，這是理所當然的。但遺憾的是，武周以後成立的《慧苑音義》、《慧琳音義》以及《希麟音義》等佛經音義代表作，皆少見，或可謂罕見此內容。〔註 50〕當然以收釋佛典難字爲本的《可洪音義》〔註 51〕和《龍龕手鏡》中有一些關於則天

〔註48〕即「久マ都」。

〔註49〕李靜傑《關於武則天「新字」的幾點認識》。

〔註50〕常盤大定曾經指出在高麗本《玄應音義》中有十六個則天文字（《武周新字の一研究》）。然此應有誤。我們未在高麗本《玄應音義》發現有則天文字。另外，一般認爲《玄應音義》成立於武周前，其音義中不會出現後代的則天新字。這實際可能就是我們多次提到的大治本《新音義》的祖本，因其附於《玄應音義》卷一後，故被誤爲屬《玄應音義》內容。

〔註51〕後晉沙門可洪的《新集藏經音義隨函錄》（簡稱《可洪音義》）是一部以辨析手寫

文字的內容，但也頗爲零散，且因其本身是以「一切經」，抑或稱之「眾經」爲對象，卷帙遠超於《私記》，無法加以比較。我們只能說，這部中型的單經音義，且編撰於八世紀，經日僧之手而成，其中出現如此多的則天文字，應該是值得引起注意的現象。

第三節　《私記》與則天文字研究

儘管則天文字字數並不多，流傳時間也不算長，然對其研究卻一直是漢字史和史學中的重要課題。劉元春曾撰文對武周新字研究加以綜述，統計出百年來專門探討武周新字的文章達三十餘篇，各種漢字學、斷代史及專題類著作談到武周新字者亦爲數不少。並指出研究視角方法，則隨著出土文獻的大量湧現，近百年來陸續有學者依據各類實物資料對武周新字進行多角度的梳理。其中石刻與敦煌寫卷成爲最主要的載體。……而由於敦煌寫卷大多流傳於海外，故而利用寫卷研究新字的成果，大多出現在海外，大陸方面能夠利用到的實物資料，更多的相對搜集的石刻文獻。〔註 52〕出土文獻當然應該是最重要的研究資料，尤其是碑刻資料，因其能較爲準確地反映這些字的本貌。施安昌早就指出：「這些奉敕撰書的碑，書寫與鐫刻必然是鄭重的，嚴格的。歷來的史家與金石家認

佛經中的疑難俗字爲主要目的而編撰的大型佛經音義書。其高麗版傳到日本，藏於東京三緣山廣度院增上寺。明治時期小柴木觀海與竹內某皆以此本爲資料，編撰《楷法辨體》（小柴木觀海，收入《異體字研究資料集成》第一期，第六冊），又有《異體字彙》（竹內某，收入《異體字研究資料集成》第一期，第七冊），其中收錄則天文字。以下爲《異體字彙》中所錄則天文字：

[illegible]：日
[illegible]：年
[illegible]：月
[illegible]：天
[illegible]：載
[illegible]：初
[illegible]：臣
[illegible]：授

〔註 52〕劉元春《武周新字研究綜述》；第三屆中日韓（CJK）漢字文化國際論壇論文。ks.ac.kr/hanja/pdf/110827/liuyuanchun.pdf

爲可靠。因此，這些碑刻上面出現的改字，可爲圭臬。」〔註53〕然而，海外古寫本資料，特別是日本奈良時代大量的古寫經，也應該是漢字研究，當然也包括則天文字研究的重要載體。因爲流傳到海外的敦煌寫卷實際上仍爲中國資料，而在海外書寫的古寫本，卻是經外國人之手寫成的。它們是漢字向海外傳播，漢字文化圈形成的重要載體。而落實到則天文字，其本身從產生到消失的特殊歷史文化背景，以及作爲文字本身的逆動性（違反漢字的社會約定性，逆漢字發展規律而動〔註54〕）等特殊現象與性質，此類海外資料或許能給學者提供一些較爲有價值的參考信息，引導我們從一個側面探討漢字在海外發展。故而，類似《私記》這樣收錄大量則天文字的古寫本，尤其是音義體式的古寫本資料，理應納入學者研究視野。

實際上，《私記》中保存有則天文字，早已爲日本學界所矚目，一些大型國語學參考資料和《國語學辭典》還多將《私記》專列爲辭條，其釋文中，文字部分皆會特意指出，「含有則天文字」。〔註55〕對《私記》有研究的學者，一般也多會提及此點。然而對其專門加以研究的學者卻很少。據筆者所知，主要有藏中進《則天文字の研究》第四章《奈良・平安初頭の則天文字》中之五，將大治本《新音義》與《私記》二本中的《經序音義》中34組「異體字一覽表」複印列出，特別將16個則天文字和「照」字以及「万」「眞」「華」共20個字對照列表，並有較爲詳細的研究說明。〔註56〕另外，本書筆者之一梁曉虹也曾撰文《奈良時代日僧所撰「華嚴音義」與則天文字研究》，〔註57〕主要以《私記》與大治本《新音義》爲資料，對其中的則天文字進行了研究。本書則擬在此基礎上，進一步對《私記》（包括大治本《新音義》〔註58〕）中的則天文字進行更

〔註53〕施安昌《從院藏拓本探討武則天造字》；《故宮博物院院刊》1983年第四期。

〔註54〕此爲齊元濤觀點。參考其論文《武周新字的構形學考察》；載《陝西師範大學學報》第34卷第6期，2005年11月。

〔註55〕如由国語学会編，武蔵野書院刊的《国語史資料集——図録と解説》（昭和五十一年（1976））中白藤禮幸撰寫的「新譯華嚴經音義私記」條以及《漢字百科大事典》中由池田証寿撰寫的「新譯華嚴經音義私記」條，皆言及此點。

〔註56〕藏中進《則天文字の研究》第93～101頁。

〔註57〕《歷史語言研究》第四輯；中國社會科學院語言研究所《歷史語言研究編輯部》編，商務印書館，2011年。

〔註58〕也會參考金剛寺本。

爲全面與深入的研究。

當然，《私記》只是一本中型的單經音義，大治本《新音義》所收釋辭目則更少，其體式與數量都決定了我們的研究結果可能是零散不成體系的，然而正是從這些零散「個案」的研討中或許能得出一些對則天文字研究有參考價值的結論。

一、從《私記》考探則天文字字數

武則天所改新字字數到底有多少，前人記載多有不一，有十二字〔註 59〕、十四字〔註 60〕、還有十六字〔註 61〕、十八字〔註 62〕以及十九字〔註 63〕等說法。現代學界也尚未統一，但基本有十七字、十八字之說。而十八字實際又是基於武則天兩次爲「月」改形的結果，即將兩次所改的月算作兩個新造字：「[illegible]」、「𠥱」，所以實際上改字十七應是較爲準確的說法。《私記》中出現的則天文字也可爲此結論作佐證。

最能說明問題的是《經序音義》的「新譯花嚴經所用異體字一覽」，共有 34 組〔註 64〕俗字組成，其中包括 16 組則天文字。要說明的是：其中雖然也有「照」字，〔註 65〕但並非則天所製的「曌」，而是「昭」。「昭」，《玉篇・目部》釋曰：「𥈉沼切，昭目弄人也。」。這裡「昭」應是「昭」之別字。「昭」同「照」。《集韻・去聲・笑韻》收有「照炤昭曌」，釋曰：「之笑切。《說文》明也。或从火，亦省。唐武后作曌文十。」《私記》中之所以有「昭」（實爲「昭」）而無「曌」之因，根據《唐大詔令集》卷四〈改元載初赦〉「……朕宜以曌爲名」，可知武則天是爲自署而創制「曌」字，用作名字，〔註 66〕而一般臣下當然要

〔註 59〕如《新唐書・后妃列傳》等。

〔註 60〕鄭樵《通志略・六書略》。

〔註 61〕見《資治通鑑》卷二百四胡三省注。

〔註 62〕如《集韻》與《類篇》等。

〔註 63〕如《宣和書譜》卷一等。

〔註 64〕大治本《新音義》是 35 組，因將「鬧」字分成了兩組。

〔註 65〕按照順序，出現在第 20 組。

〔註 66〕又據《資治通鑑》卷二百四〈唐紀二十〉記載：「天授元年十一月，庚辰朔，日南至。太后享萬象神宮，赦天下。始用周正，改永昌元年十一月爲載初元年正月，以十二月爲臘月，夏正月爲一月。鳳閣侍郎河東宗秦客，改造天地等十二字以獻。

避諱，故盡量少用此字。藏中進指出其所見「曌」例證，僅有一例（使用兩次），即出現於 1982 年 5 月於中國河南省登封縣中嶽嵩山出土的《則天武后金簡》中。施安昌指出：「此簡是武則天敕命使臣胡超爲其求長生不老而投於嵩山的。簡上「國」、「日」、「月」和「臣」字都改寫。還有兩個「曌」字，刻得比其他字都小，蓋示對神仙的虔誠。」。〔註 67〕這與後世書簡等自稱多寫小字，以表謙遜有關係。武則天自稱可用此字，一般臣下用於避諱，自然不用。《華嚴經》中並未出現則天自稱的用法，這也就是儘管兩種音義，特別是《私記》，大量收釋則天文字，卻不見「曌」之因由。所以實際上應是十七個字。

另外，還應說明的是：兩本音義的「一覽表」儘管順序略有不同，但第十四字同爲「万」，《私記》作「[illegible]」；大治本作「[illegible]」〔註 68〕。若按照兩種音義的體例看，其祖本作者似乎將其視爲則天文字，因爲排列順序基本是將則天文字置前。此蓋皆因有「《華嚴音義》云：案卍字，本非是字。大周長壽二年，主上權制此文。著於天樞，音之爲萬」之說。〔註 69〕然學界經過考證，已認定「万」非改字，〔註 70〕所以我們將其排除出 17 字之外。

《私記》除了《經序音義》中的「一覽表」外，經文音義中也多次收錄了則天文字，但皆不出以上「一覽表」範圍。因而，我們可以說由兩種音義所收錄的則天文字，可證武則天所改字的確爲 17 個。

二、根據《私記》考察則天文字構形及變化

對則天文字的字形建構加以剖析從而審視其構成理據是則天文字研究的重要內容。而對《私記》中則天文字字形的分析，更主要地在於從中窺探當時流傳的八十卷《華嚴經》中則天文字的實態，另外也能梳理出一些則天文字在海

丁亥行之。太后自名曌，改詔曰制。秦客，太后從父姊之子也。」也可知「太后自名」爲「曌」。

〔註 67〕施安昌《從院藏拓本探討武則天造字》；《故宮博物院院刊》1983 年第四期。

〔註 68〕金剛寺本與大治本同。

〔註 69〕《翻譯名義集》卷六《唐梵字體篇第五十五》。

〔註 70〕參考施安昌《關於武則天造字的誤識與結構》；《故宮博物院院刊》1984 年第四期。另外，本書第九章也有對此論述，敬請參考。

外的發展線索。如：

1、天——《私記》中「天」作爲則天文字共出現四次，然皆與「□」形相類。大治本中「天」有「□」「□」兩體；金剛寺本作「□」「□」。《私記》之「□」與大治本「□」、金剛寺本「□」應屬同類，只是「□」筆鋒圓潤，線條圓轉。而「□」與「□」筆鋒稍顯堅挺，楷體折筆明顯。

則天文字之「天」，實際是將楷書改爲篆書。施安昌認爲：這反映了封建社會的天命觀。天是至高無上的，能主宰萬物，皇帝只是替天行道的天子。因此，別的字可改，「天」字絕不可改。恢復篆字，恰是「上有依於古體」，也與武氏改號爲周相合拍。篆書「□」，手寫成「□」。《敦煌俗字典》「天」字下的「□」、「□」（皆取自《失名類書》）《王勃詩序》中的「□」〔註71〕、大治本前之「□」皆屬此類。《私記》中五個「□」，基本一致，相對來說，比較規整，源自篆體「□」。但因受楷體方折筆的影響，出現折勾。第五個「□」最爲明顯，可見又有回歸楷化的跡象。

因爲篆書「□」與楷體之「而」非常相似，只是後者左右兩筆彎曲較長，尤其隸書，兩者更容易混淆。〔註72〕作爲則天文字的「□」字頗似「而」，兩者區別在於外展和內收。如果不加注意，就會把兩字混淆了。〔註73〕拓本不折氏藏《昇仙太子碑》中的「□」即爲此類。如果說大治本前之「□」僅是似「而」，仍有外展特徵的話，其後之「□」與金剛寺本之「□」則已經完全與楷書之「而」相同。其末筆不僅內收，而且已經如「而」字有了特意的竪勾。此應是經生書經時誤寫而成此形。

2、君——《私記》中「君」〔註74〕的則天文字字形只有兩個「□□」，與其造字本旨「天大吉」相符。前者外部「天」正與《私記》中「天」之則天文字形外部相同。而後者正是楷書後的「而」之外部。對照大治本的「□□」與金剛寺本的「□□」〔註75〕，可見有相連關係。但是大治本二字中間部分有

〔註71〕資料取自常盤大定《武周新字の一研究》。

〔註72〕何漢南《武則天改字新字考》；《文博》1987年第四期。

〔註73〕陸錫興《論武則天製字的幾個問題》。

〔註74〕兩種音義排列順序稍有異。《私記》第二個是「君」字，大治本第二個是「初」，第三個纔是「君」。

〔註75〕爲能明晰字形，我們特意放大或保留底色。

訛寫，而金剛寺本二字訛誤更爲嚴重。常盤大定就指出「君」之新字其中閒部分也有作「大言」者。〔註 76〕此說與以上二本後字接近。另外，金剛寺本前字形「天」之上部已爲「十」，而中間「大」「吉」已難以體現。

根據施安昌等學者的研究結果〔註 77〕，「君」的新字基本只用於帝王之稱，以示臣下對帝王的尊崇，其他意義上，如用作對人的尊稱，或者人名等皆不用則天新字。《私記》中「君」的則天新字也只出現於《經序音義》。查檢《則天序》有「雖萬八千歲，同臨有截之區；七十二君，詎識無邊之義」之句，「七十二君」之「君」應用則天新字。前所提及韓國《新羅華嚴經》中作「七十二[illegible]」。《私記》收有「七十二君」，釋曰：「司馬相如《封禪書》曰：繼《韶》《夏》，崇號謚，略可道者，七十有二君。《管子》曰：昔者，封太山、禪梁父者，有七十二家。」據此可知，此確爲尊指帝王。

3、初——則天新字「初」由「天」「明」「人」「土」合成，寓意「明明上天，照臨下土」〔註 78〕。如天授二年（691）《皇甫君墓誌》中的「[illegible]」以及日本手寫《文館辭林》中的「[illegible]」。《私記》中「初」的新字，實際有「[illegible][illegible]」與「[illegible]」兩組，皆爲異體。「[illegible]」之下部「土」已變成「王」。石山本《華嚴經》卷七十五中的「[illegible]」，下部似「之」形。其中因唐時「明」字左邊通常寫作「目」，故上內之「明」，多作雙「目」，亦頗顯唐風。然大治本中的「[illegible][illegible]」〔註 79〕、《私記》中的「[illegible][illegible]」，更多有訛誤。大治本中從「明」部分已訛從「羽」，前之下部已由「人」「土」合成爲「金」。《私記》二形內從二「日」和「令」，而且經第十一卷，又一次出現：「[illegible][illegible]：古文初字。」基本與前同，說明《私記》作者所見《華嚴經》卷十一「初」字仍如此作，故除了《經序音義》，經文音義還特意再次錄出以正。二「日」即「昍」，即「明」也。《集韻》：「昍，許元切，明也。」加之俗書「日」、「月」本就混用不分。然下從「令」者，當爲訛誤，然其譌變理據，卻不好解釋。「初」之則天字形，下部除「人」「土」外，還有如「人」、「王」，「人」「工」，以及「金」等。但尚未見下從「令」者。常盤大定《武周新字の一研究》中收錄各種資料中的「初」

〔註 76〕常盤大定《武周新字の一研究》。

〔註 77〕施安昌《從院藏拓本探討武則天改字》；《故宮博物院院刊》1983 年第四期。

〔註 78〕見《詩・小雅・小明》。

〔註 79〕金剛寺本同此。

字則天字形19個，但未見有如「凨圀」者。

4、聖——《私記》中作「𨲢」，大治本作「𨲢」〔註80〕，基本與新字「長、正、主爲聖」差別不大，只是「正」或有添筆，或爲譌變。

5、人——二種音義中的新字皆由「一、生」構成，爲規範字形。不贅。

6、證——新字「證」一般認爲由「永」「主」「人」「王」合成。如《契苾明碑》中的「𢘑」〔註81〕。但是《私記》中作「𢘑𢘑」，經卷十一再次出現，字形相同。大治本作「𢘑𢘑」，金剛寺本作「𢘑𢘑」。比較以上字形，只有大治本與金剛寺本的第二個「𢘑」、「𢘑」字尚能顯其本義。「𢘑」字下部已將「人」「王」合成爲「金」。《私記》的兩個字形下部「王」已出頭。上部則更是變異明顯。後之「𢘑」上半右部「永」作「禾」，而前之「𢘑」則可析之爲「艸」、「水」、「土」、「人」、「王」，頗爲繁複。臺灣教育部《異體字字典》「證」條下收有此字的則天文字多達二十餘，然卻未見有此形。但是，唐證聖元年（695）《婁氏墓誌》中「𢘑」、《右州方山縣令申守墓誌》中「𢘑」等「證」之字形，即與此同。另外，《高麗大藏經異體字字典》「證」字下也收有「𢘑」、「𢘑」兩個則天字形，皆出《可洪音義》。前與《私記》「𢘑」相似，後與大治本「𢘑」一樣。

7、地——《私記》中「地」之新字，出現四次，實際就是《經序音義》中的二形「埊埊」，基本還看得出爲一般所說「山、水、土爲地」之形的會意字。只是第二個「埊」，下部爲「土」之俗體「圡」，只是「點」有點像短橫。《高麗大藏經異體字字典》「地」下也錄有「埊」形，原理相同。但大治本之「埊」與「埊」卻稍有不同。前「埊」下「土」下部有異，後「埊」上半不同，應爲經生誤寫而致。金剛寺本作「埊埊」，前字與《私記》「埊」同，「埊」與大治本「埊」同。訛誤理據不明。

8、日——二種音義中的新字「☉」（《私記》）、「☉」（大治本），金剛寺本作「☉」，後者儘管圓圈畫得不圓，但三字基本可視爲規範字形，不贅。但《私記》中「日曰」不分，卻是值得注意的現象，當爲另論。

9、月——「月」之新字有兩個，即前期載初元年（689）所製的「𠥱」與

〔註80〕金剛寺本此字僅有正字「聖」，則天新字漏寫。

〔註81〕爲能辨識字形，我們特意保留原色。

後期聖曆元年（697）的「𠥱」。這也是有學者將則天文字認作 18 個的原因。《私記》中「月」之新字共出現三次，唯有經第卌四卷的「𠥱」最爲規範，且不是被釋字，而是出現於一般行文中的。其他二例：[illegible]（經序）；[illegible]（經第一卷），實際仍爲「𠥱」的譌變，包括大治本的「[illegible]」〔註82〕。可見二音義作者所見《華嚴經》經本文中「月」皆爲後期之「𠥱」。這是因爲八十卷本《華嚴經》譯成於聖曆二年（699），當然基本採用當時製定的後期「𠥱」字。〔註83〕另外，也可能是因爲早期的「[illegible]」，圖像文字印跡太重，而「𠥱」再怎麼變化，也算楷體字，便於書寫。

「𠥱」字字形看似不難，然學界對其詮釋並不一致。施安昌釋其本爲象形字，「出」如蟾蜍，「匚」如新月，符合月中有蟾蜍的傳說。〔註84〕李靜傑進一步指出，此字源於北朝別體字，屬於南北朝時期，青州地區、晉西南地區及關中地區造像碑上被刻畫的圖形的別體字。〔註85〕陸錫興指出「𠥱」字外框「匚」原爲篆書「月」字，整個「𠥱」就是一輪彎月中間一個「出」，合成「月出」，後楷化作「𠥱」。其意即爲「月出」，實際就是「朏」。《說文・月部》:「朏，月未盛之明也。」「𠥱」實際就是從「朏」化出，表示月初新月，成彎月形。〔註86〕我們在此並不追溯其源，但《私記》與大治本中只有後期之「𠥱」，可爲則天文字分期研究提供一點佐證。

大坪併治指出：石山寺本《華嚴經》中所用則天文字字數與字形與大治本《新音義》、《私記》基本相同，其中「月」字正如此作。中古從「乚」之字，多譌從「辶」。以上大治本「[illegible]」字，上寫成短撇，下則爲「辶」手寫體。《新撰字鏡》中「月」作「[illegible]」，與此類同。而「[illegible]」則又是「[illegible]」之變。可見則天文字在實際使用中，也「入鄉隨俗」了。

10、星——「星」之新字屬於標準的象形文字，從古文而來。《說文・晶部》：「星，萬物之精，上爲列星。从晶生聲。一曰象形。从口。古口復注中，故與

〔註82〕金剛寺本同此。

〔註83〕藏中進《則天文字の研究》第 97 頁。

〔註84〕施安昌《關於武則天造字的誤識與結構》。

〔註85〕李靜傑《關於武則天「新字」的幾點認識》；《故宮博物院院刊》1997 年第四期。

〔註86〕陸錫興《論武則天製字的幾個問題》；《中國文字研究》第十四輯，大象出版社，2011 年。

日同。」則天新字寫成圓形，各書與石刻同爲一圓圈，別無異體。〔註 87〕《私記》也作「〇」，且僅有一處。然而我們注意到大治本作「[illegible]」，金剛寺本作「[illegible]」，與大治本同屬一類。這就打破了「別無異體」之說。此形尚未見於他處，其訛變理據，尚不清晰，但卻很難解釋成是圓畫得不圓，而且「[illegible]」與「[illegible]」，已有了明顯的楷化痕跡。

11、國囯——《私記》與大治本中「國」之新字與各書同，即所謂四面八方形——「圀」。而且有關此字，前已多有闡述，不贅。

12、年——「年」之新字，一般以《金石文字記》引唐君臣《正論》「千千万万爲年」說。証以刻石，也確實像是上下兩千，左右兩万字。〔註 88〕《契苾明碑》中的「[illegible]」〔註 89〕頗能証之。但左右的兩「万」字，多作「刀」或「力」字形。

《私記》中「年」字共出現三次：「[illegible]」、「[illegible]」、「[illegible]」；大治本作「[illegible]」、金剛寺本作「[illegible]」。稍加對照比勘，即可知這些字，左右兩「万」皆作「刀」；上下兩「千」也有變化，「[illegible]」與「[illegible]」上半爲「千」，而其他則上半或似「二」（「[illegible]」、「[illegible]」），藏中進認爲是脫落第三畫，或作「亠」（「[illegible]」）；下半則或形似「于」，或作「十」。據此，可知《漢和大字典》「疑[illegible]爲[illegible]」，確。無論是兩「万」字，多作「刀」或「力」字形，還是「千」作「于」或「十」，也都常見，但上作「二」卻僅見《私記》。金剛寺本之「[illegible]」，上部爲點橫，但實際也可看作似「二」之手寫。而寫於大治元年（1124）的《新撰字鏡》也收有則天文字「年」，作「[illegible]」，上與金剛寺本同。由此可以認爲，當時流傳的則天文字「年」確有如此寫法。

13、正——《私記》作「[illegible]」，大治本作「[illegible]」，其字形與各書基本相同，可算規範字形，不贅。

14、臣——《金石文字記》引唐君臣《正論》說「一忠爲臣」，各書與石刻相同，只是有的將上部一橫急就作一撇。〔註 90〕

〔註 87〕何漢南《武則天改制新字考》；《文博》1987 年第四期。

〔註 88〕何漢南《武則天改字新字考》。

〔註 89〕爲能辨識字形，我們特意保留原色。

〔註 90〕何漢南《武則天改字新字考》。

《私記》中「臣」新字出現四次，三次基本一致，與以上詮釋同，如「𢘑」（經第十一卷），大治本亦同此，作「𢘑」。然《私記·經序音義》中的「𢘑」卻爲訛變異體，而金剛寺本作「𢘑」，又爲不同訛誤。

15、授——何漢南考證今天石刻中，「授」字新字基本爲「禾旁久〔註91〕下一几字，几內有一王字，几字有刻爲九字形。〔註92〕《私記》中出現兩次，字形不同。「𥠢」（經第十四卷），大治本《經序》作「𥠢」，可認爲几內「王」出頭，然基本仍可用上文解釋。然《經序音義》中作「𥠢」，几內似「虫」，故右下半部實爲「風」字。這與大治本卷十四之「𥠢」同。前文已述，「𥠢」、「穐」爲通行則天文字，由《私記》與大治本可證。然金剛寺本出現兩次「𥠢」（經序）「𥠢」（經第十四卷），基本相同。但書手錯將「禾」旁寫成似「示」旁。

16、載——「載」字原本筆畫就多，書寫不易。則天新字「載」之異體也很多。常盤大定調查了手筆《王勃詩序》、《文館詩林》等十六種資料，檢出共二十八字，指出可以分成二系或三系，而且有些新字在《金石續編》和《八瓊室金石補正》中字形已經改變，難以判斷字形與原字的同異。「載」之則天字形，一般上爲土字，中爲篆書八字，內包象車字，下作三折筆。其意或取土爲地以蓋八方，車載以行。〔註93〕《私記》中共出現於兩處，四個字形。「𡕀」、「闌」（經序），其間還有一類似的「二」字。實際上，這是書手抄經，明顯是因爲竪寫而將一字誤分爲兩字。因爲「二」本應屬下字，但小川本《私記》「𡕀」下有「二」，然後換行再接「闌」。〔註94〕這種現象在寫經中並不少見。〔註95〕「二」應與下之「闌」合成一字。這兩個字形在經第六十五卷再次出現「𡕀闌」，極爲明瞭。我們還可以參考大治本之「𡕀闌」。大治本「闌」上似「二」，下乃「門」內有「東」字，只是「門」爲俗寫簡體。但這也是誤訛寫法。「闌」上部與「闌」上之「二」即爲「土」之訛。而下誤寫爲「門门」，門內「車」又寫

〔註91〕實際上認作「攵」更爲合適。

〔註92〕同上。

〔註93〕何漢南《武則天改字新字考》。

〔註94〕可參見本書「附錄」之書影。

〔註95〕梁曉虹·陳五雲《〈四分律音義〉俗字拾碎》。收入梁曉虹《佛教與漢語史研究——以日本資料爲中心》，上海古籍出版社，2008年。

成「東」字。如此也可釋《私記》前字「[illegible]」和大治本前字「[illegible]」。另外，金剛寺本也可爲作證：「[illegible][illegible]」。前字「[illegible]」與《私記》同，後字上正作「土」。實際上，這些「載」新字共同的特徵是下部已無所謂「三折筆」，而且「車」皆訛爲「東」。而其三本前字形中間皆似「几」，而後字形中間又似「門」之簡寫「门」，這也是《經序音義》中會有「[illegible]」〔註 96〕形的原因。

以上我們對《私記》中所出現的則天新字進行了逐一梳理。要說明的是，我們的資料不屬於武周新字通行時期（689～704 年），當爲武周以後，而且屬於寫本文獻，所以字體不規範，同一字寫法不一，且有錯訛，這並不奇怪。這正反映出則天文字在海外流傳的實貌。

三、《私記》作爲則天文字研究資料的重要性

爲數不多的則天文字，儘管存在時間不長，但影響卻頗爲深遠。中日研究者多有關注，成果不菲。我們以兩部早期日僧所撰《新譯華嚴經》音義著作，特別是《私記》作爲基本材料，通過研討，得出如下結論：

（一）可從一側面了解當時寫經用字史貌

日本奈良時代所傳八十卷《新譯華嚴經》中定有不少則天文字，現在日本所留存的古寫《華嚴經》中尚能見其蹤跡。這些內容對當時日僧而言，屬於「難」字之列。這是因爲則天製字大多不合六書原理，即使是用會意、象形別構新字，也以頌揚武周爲目的，實難以符合漢字的社會約定性，順應漢字自身的發展規律。特別是其中的有些字源於北朝別體，或由別體發展而來，〔註 97〕基本採用了非常規的形體，有些字的結構含義不明，不容易理解，有些字採用篆字筆畫、道教符書的部件，字形古怪，楷篆相雜，不易書寫。〔註 98〕這就導致經生書寫時，多出訛誤，新字變體甚夥。作爲專爲誦讀《華嚴經》而編寫的音義，當然最初是大治本祖本的作者，特意列出收釋，並以「一覽表」的形式，置於《經序音義》之末，是爲讀者能更爲清晰地辨認。這是兩部音義中多收錄則天文字（尤其是《私記》）之目的——正字。

〔註 96〕上欠「二」。

〔註 97〕李靜傑《關於武則天「新字」的幾點認識》，《故宮博物院院刊》1997 年第四期。

〔註 98〕參考陸錫興《論武則天製字的幾個問題》。

二音義所集中收錄的 16 組則天文字，訛誤多見，字形不一。蓋當時作者所見《華嚴經》寫本即如此。根據大坪併治等學者研究，石山寺本《華嚴經》中所用則天文字字數、字形與大治本《新音義》、《私記》基本相同。儘管我們並不能確認石山寺本即爲兩位音義作者所用底本，但可見當時流通版之一斑。另外，儘管訛誤多見，有的甚至無理據可言，但這正展現出當時寫經用字的實貌。如「年」字共出現三次，皆不規範：𠡦（經序）；𠡦（經第十一卷）；𠡦方（經第廿一卷）。後兩字形似同，但仔細堪比，可發現下部一爲「干」（應爲「千」之訛），一爲「十」。《私記》作者在「一覽表」中收錄後，又於經文音義中隨卷收釋，說明作者重視則天文字。則天文字本身就屬於俗字問題，武氏新字兼有楷書和古體，是北朝眞書夾篆風尚的繼續，製字多用俗字，吸收了篆字、道符的成分。〔註 99〕正因爲本身字形奇特，眞篆相雜，自唐代以來字形就不確定，故導致古籍謬誤流傳是不奇怪的。而兩種音義作者皆爲日僧，自然更認爲這些字需要集中錄出，標出通行字，以方便讀者識字。

（二）為則天文字研究提供了新的文獻資料

從《經序音義》中集中收錄的 16 個則天文字到散見於經文音義中的則天文字，《私記》共有約五十餘處涉及到則天文字，是收錄則天文字最多的單經音義，也是目前保留則天文字較全的文獻之一，〔註 100〕這爲進一步研究則天文字提供了新的文獻資料。

常盤大定於上世紀三十年代就撰有《武周新字の一研究》一文，是日本學者中研究則天文字較早的學者，而且利用多種資料，如古寫本《王勃詩序》、《文館詞林》、《寶雨經》以及《金石萃編》、《金石續編》、《八瓊室金石補正》、《山右石刻業編》、《山左金石志》、《藝風堂書目》、《支那美術史雕塑篇》等多種石刻史料，對 17 個則天新字進行考察，特別是對一些有譌變，異體多的字形，羅列勘比，推究其變化發展，如「月」、「載」、「初」、「聖」字等。此文對中日學者研究則天文字，都具有重要參考價值。小川本《私記》儘管卷帙不如《王勃

〔註 99〕陸錫興《論武則天製字的幾個問題》。

〔註 100〕苗昱博士在其博士論文中指出：古寫本《慧苑音義》（即《新譯華嚴經音義私記》）中，保存了 17 個則天文字，共有 31 處涉及到武則天造的字。而竺徹定在古寫本之序中曾經指出「有則天新字二十五」。

詩序》、《文舘詞林》，其中所出現的則天新字數量也少於二者，然其年代可認爲是在《王勃詩序》、《文舘詞林》〔註101〕之間，故其中有些新字字形對常盤先生的研究或可補充，或可佐證。

（三）有助於日中不同文化背景的探討

《私記》中多則天新字，這固然是因《華嚴經》與武則天的特殊緣源，但《慧苑音義》中卻未見收錄則天文字。這是有意思的問題。我們認爲，蓋有兩種可能：其一，《慧苑音義》確實未收釋則天文字。《慧苑音義》的成書年代學界尚無確切之說，有說約在武則天神功元年（697）至睿宗太極元年（712）之間；〔註102〕也有說在開元十年（722）之際；〔註103〕還有說《開元釋教錄》已著錄此書，故其成書年代當不晚於730年。〔註104〕但無論何說，慧苑撰述《新譯華嚴經音義》約在唐開元年間，皇權已復歸李氏，有關則天文字的禁止令已經頒出。受政治影響，當時「則天文字」已被禁用，所以儘管所傳的寫本《華嚴經》〔註105〕中一定會有則天文字的內容，但慧苑也有意識不再收釋。另一可能就是慧苑所用八十卷《華嚴經》的確已不見「則天文字」。或者即使有，但由於「則天文字」實際數目並不多，且當時距武周時代尚不遠，且又經朝廷公佈天下，對於當時的慧苑而言，並不算難字，無需詮釋，故而未收錄。再加已改回原字，故也不必專門加以解釋。故慧苑未將其作爲辭目收錄，亦在情理之中。當然，我們尚未見到更早的《慧苑音義》，難以下此結論。其二，也有可能慧苑最初編撰此音義時，或許有關於則天文字的內容，但因《慧苑音義》入藏而被改爲正字。當然，此皆爲主觀臆測，未有文獻考證。

但是我們注意到，《私記》作者在詮釋則天文字時，一次也未提及「則天文字」、「則天新字」等用語，基本用「古文」、「古字」表示，〔註106〕且《經序音

〔註101〕《文舘詞林》寫於弘仁十四年（823），屬於平安朝古寫本。

〔註102〕陳士強《佛典精解》，上海古籍出版社，1992年，1008頁。

〔註103〕小林芳規《新譯華嚴經音義私記解題》，汲古書院，昭和53年（1978）第一版。

〔註104〕苗昱《〈華嚴音義〉研究》。

〔註105〕則天時代所抄寫，應該已經流傳。

〔註106〕明治時期小柴木觀海《楷法辨體》注則天文字時，有「則天字」和「古文」兩種。而《日本難字異體字大字典・文字編》收釋則天文字時也注「古・則」，如「𤯔」等字；也有的只注爲「古」，如「埊」等字；也有的僅注其爲「俗」，如「穐」

義》中所謂「異體字一覽表」中，將16個則天文字與其他俗字歸於一處，可以看出，此書作者似對則天造字之歷史背景並不太了解，而僅是將其作爲難字一類，加以辨識。〔註107〕藏中進也根據《新撰字鏡》同時收有「國」、「国」、「圀」三形，將「国」釋爲「國」字訛作。而「圀」卻以「未詳」釋之。〔註108〕這更能作爲《私記》成書頗早之旁證。古代交通不便，更何況遠隔千山萬水的異邦。遣唐使們攜回的是大唐文化的精髓，而宮廷政治似乎對當時的日本影響不大。然而好學的華嚴學僧卻認爲這些字與當時一般通行的楷體不同，一般僧人與信眾皆不識，所以需用通行字體正之。

如果說則天文字因爲政治的因素，當然還有其本身的原因，在中國流傳的時間並不長，個別字傳承了近 150，但是在日本卻大相徑庭。則天文字在日本流傳了四百年以上。如果說，開始日本人是全盤接受，如當時所傳的《華嚴經》，所以纔有日僧編撰音義時將其作爲內容之一，但其後，日本人是較爲實際地使用，如將特定的兩三字（圀、埊）用作人名，另外，在碑石文書類等標記年月時使用。多數情況下，人們已經意識不到其爲則天所造字。〔註109〕作爲探討漢字在海外的傳播與發展，這是一個有趣的現象。

（四）擴展俗字研究的領域

儘管武周新字具有皇帝親製的身分，又通過官頒之渠道而流通，經人爲的手段曾經一度廣傳，甚至渡海出國，然因其本身之構造違背了文字「約定俗成」原則，人們書寫時彆扭，容易寫錯。再加字形複雜繁難，眞篆相雜，故而動輒得咎，或多筆少畫，或結構改易，異體字也就比比皆是，唐代以來古籍中謬誤多見。〔註110〕雖然則天五次改字只有十七，或十八，然各種資料中出現的新字字形卻相當多，則天文字多異體，或者說多有訛誤，專家學者

等字。

〔註107〕進入平安時期，日本的一些古辭書中的則天文字，纔出現有關「則天武后製字」等註文。參考蔵中進《則天文字の研究》第四章《奈良・平安初頭の則天文字》與第五章《平安時代古辭書の則天文字》。

〔註108〕蔵中進《則天文字の研究》第108頁。

〔註109〕參考蔵中進《則天文字の研究》第116頁～117頁。

〔註110〕參考施安昌《武則天造字之訛變——兼談含「新字」文物的鑒別》。另外陸錫興《論武則天製字的幾個問題》一文中也有論述。

已有指出。〔註 111〕

則天文字屬「俗字」研究範圍。但與一般俗字相較，更多訛誤，更難辨認。這也成爲則天文字研究的內容之一。儘管有些至今尚無理據可言，但這正展現出當時寫經用字的實貌。

這些則天新字，無論是稱爲「異體字」，還是叫作「訛誤字」，都是漢字發展史上所留下的眞實印跡，皆屬漢字俗字研究內容。而在日本所成立的兩種早期《新譯華嚴經》音義著作中所出現的則天文字，正爲這種研究提供了極爲寶貴的資料。

〔註 111〕如施安昌《武則天造字之訛變——兼談含「新字」文物的鑒別》;《故宮博物院院刊》1992 年第四期。

第七章　《新譯華嚴經音義私記》與中古俗字研究

漢字史上的中古時期，指的是漢代以後，直至宋遼，這樣一個很長的歷史時期。之所以用沿用朝代名來稱此時期，一是由於文字這一工具同時也是文化的載體，會受到各個時期的文化（包括政治）的影響；二是這個時期中漢字在書寫技術上發生了巨大的變化，由此造成了體態的豐富多彩；三是在此時期，人們逐漸明白了「正字」的重要性，從而逐步地採用各種手段以提高正字的地位並加以普及，成爲這一時期的顯著特色。

把中古時期定在「漢代以後」，這是一個相當模糊的概念。原因是漢代本身是一個時間很長的朝代，漢代創造了輝煌的文化，留下了無數典籍，但是相對地說，這些典籍主要是以傳承方式留下的，從實物的角度看，無論如何，仍是吉光片羽；儘管這一時期完成了偉大的「隸變」——這是漢字史上最偉大的變革，然而，在文字發展史的研究上，我們看到，「復古」可能是這一時期人們在主觀上對漢字變化的要求，而在客觀上，「實用」正在掙脱復古的框範，使漢字字形發生了巨大的改變。由於更早的文字資料相對匱乏，我們把東漢許慎完成《説文解字》（漢和帝永元十二年，公元 100 年）作爲這個時代的開端，因爲《説文解字》以完整的小篆字形系統詮釋了古文字階段並因此而開創了中國文字學。同時《説文解字》也作爲中國歷史上第一部對漢字進行全面規範的正字類著作，成爲後世使用漢字詮解漢字的最重要的字典。

把這一時期的下限定在宋遼，也有兩個標識。一是在宋遼時代，刻印已經成爲中國典籍傳播的主要形式，尤其是在北宋末年，已經有了活字印刷的發明。唐蘭先生說：「我以爲歷代政府都願意支持正楷，雖是一個主要的原因，印刷術的發明跟進步，也足以使正楷容易固定。」〔註 1〕這是說，規範漢字（正字）在技術上已經得到了巨大的突破。此後的典籍傳播和漢字使用在很大程度上趨於標準化。二是宋遼時期全面整理了文字，以宋代的《廣韻》、《集韻》、《玉篇》、《類篇》等大型字書爲代表，成爲正字推廣的有力工具；以《佩觿》爲代表的一類辨析字形的著作，則成爲繼承前代「是正文字」的專業成果；而五代僧人可洪《新集藏經音義隨函錄》（五代後晉天福五年，公元 940 年）、遼代僧人行均整理的《龍龕手鏡》（遼統和十五年，公元 997 年），則爲此一時期俗文字研究的最大收獲。值得注意的是，這些著作都以印刷方式得以流布與傳世，造成了極大的社會效應。

確定了漢字學史上下文「中古時期」的上下限，我們回頭看此一時期的漢字使用，可以看到，有三大類典籍成爲研究中古漢字的可貴材料。其一，自漢代以來的石刻文字材料，這是最難以磨滅的歷史遺產，眞實地保留了中古漢字紀念性文字的面貌。其二，出土書寫和印刷文字，其中尤以敦煌莫高窟藏經出土文書爲最，可以反映中古時期最眞實的文字使用情況。其三，隋唐宋三代「是正文字」所編定的正字著作，如著名的唐代字樣「三書」（《干祿字書》、《五經文字》、《新加九經字樣》）等。當然，傳世的著名書家的法帖、碑拓乃至前代刻本都是值得我們關注的對象。除了這些，由海外保存下來的漢文典籍，自然也是我們特別注意的資料。日本的《新譯華嚴經音義私記》是此類資料中最具有代表性的作品。

由於《私記》保存得十分完整，其文字結體緊湊而峻秀，富於美感；字體端正，筆力遒勁，是可以作爲楷書標準的研究文本。從這個文本裏，我們不難發覺其中與中土楷書文本在字形上的區別。站在漢字文化中心地帶的立場，我們會把這些有區別的部分看成是俗字。而且，由於書寫者是日本人，甚至《私記》的作者也是日本人，這些俗字也許就不完全是由大海的西岸產生然後「蔓」

〔註 1〕《中國文字學》，開明書店，1949 年版第 122 頁。

向海島的。研究這樣的文本，對於漢語俗字的產生和漢字在不同文化背景下的傳播，有著莫大的意義。

我們對《私記》的俗字作了全面的調查，摘出了整個文本中全部在字形上有變化的文字，逐一加以分析和描寫。在此基礎上與中古漢字材料進行比較研究。希望能從中得出一些有意義的結論。

爲研究方便起見，我們在論述某個字是「正字」或「俗字」的時候，對「正字」採用了比較嚴的標準，即以「經典相承，見於《說文》」這樣相對保守的標準，而把其他的字形都稱爲「俗字」。這樣的做法，只是一種權宜之計，並不代表我們就只認定「正字」是唯一的、不可變化的，事實是，漢字始終都處於「演化」的「流」中，唐蘭先生說：

> 草書本來也是每一字自爲起訖的，後來連續起來，就打破了方塊的系統了。隸書演變爲行書，又演變爲正書，後來楷書裏又摻雜了正書的體勢，所以六朝以後的書法，長形，方形，扁形，就各有宗祖了。

又說：

> 不懂得『演化』，就不能研究文字學，尤其是中國文字學。〔註2〕

「演化」是流，處在這個「流」裏的每個字形都可能在某個時代成爲當時的「流行」和「約定」，或被指爲「正字」。因而我們以「經典相承，見於《說文》」這樣的標準來限定「正字」，是爲了尊重歷史和尊重時間的選擇。同樣，設置這樣一個標準，也爲了尊重每一個曾經存在過的字形，因爲「書寫體是藝術的，但印刷體是實用的，」既然印刷體產生於楷書之後，而印刷文字又對漢字的正字起到了那末巨大的作用，那末，對「藝術」的書寫文字進行研究，自然也應該注意那些富有個性的異體字了，因爲它們是「流」，是「流」中的浪花，「流」中的旋渦，曾經是那末生動地出現在我們的文化生活裏，起著記錄和傳播的偉大作用。

第一節　《私記》與敦煌俗字

將《私記》文字與敦煌文字對比研究，是研究《私記》文字最容易想到的

〔註2〕《中國文字學》，開明書店，1949年版。

作法。這是因爲，敦煌文獻中有大量的與佛經相關的資料，而佛經音義書則是其中的重要部分。當年的高僧爲克服佛經傳播中難以避免的文字錯謁，殫精竭慮，將不同抄本中異文加以梳理，這是一種特殊的校刊工作，這項工作的成果，便是音義書。因而音義書本身，就是集中了佛經各種抄本異文的淵藪。《私記》是日本學者在中土佛經音義傳到海國後所作的「具有日本本土特色」的音義書。

作爲「具有日本本土特色」的音義書，其顯著的標識便是其中有了日本早期「假名」（萬葉假名），以及用這樣的假名標注的「和訓」。這是用來確定《私記》的寫作年代的證據。不贅。

對敦煌文獻俗字的研究，經幾代學者的共同努力，已經取得了巨大的成果。其中，潘重規《敦煌俗字譜》（1978）、張涌泉《敦煌俗字研究》（1996）、黃征《敦煌俗字典》（2000）、蔡忠霖《敦煌漢文寫卷俗字及其現象》（2002）等已有了相當全面的整理和闡釋，這幾部著作成爲我們進一步研究的重要借鑑。

以下，我們略舉若干例，來說明《私記》中俗字與敦煌俗字的關係。

001　隘：

「迫隘」條：（經卷第七）　「隘」字作隘（025a〔註3〕）

案：《敦煌俗字典》收隘字，引 S.388《正名要錄》：「隘：陋。」）〔註4〕，《私記》隘與其一致，唯「益」上部之长點作捺筆。「益」旁原從水在皿上會意，俗字於「皿」之上方加點或短横，可能因「皿」「血」形近而訛。又「蓋」字或作「葢」，在結體上與「益」相似，或許是更爲直接的原因。《龍龕手鑑・阜部》收有二體：「隘俗；隘正。厄賣反，險也，陜也。二」以隘爲正體，以隘爲俗體。隘從盖，「盖」或作「葢」，可證我們的假設。

002　案：

「萬八千歲」條：案帝王甲子記云（經序）「案」字作案（003b）

案：《私記》案字與《敦煌俗字典》引 S.2614《大目乾連冥間救母變文》：

〔註3〕此章所注出的數碼爲日本影印的《新譯華嚴經音義私記》的頁碼。字母 a 爲影印件中的大字，一般爲詞條的詞頭。字母 b 是雙行小字，一般是釋語。

〔註4〕黃征《敦煌俗字典》，2 頁。

「勿若無人獨自入，其身亦滿鐵圍城。」之[俗字]一致，〔註 5〕蓋「案」字从木安聲，然在書寫中，「安」往往因求便捷而將「宀」書作「冖」，而以「女」之縱筆出頭穿過「冖」，此蓋行書之法。智永眞草千字文草字作[草字]，眞書作[俗字]，可見行之已久。又因書寫「冖」旁時，落筆與收筆皆須頓勢，而橫行時快而輕提，遂使「冖」近似「丷」，而成[俗字]。楊愼《古今風謠》引梁誌公謠讖：「兩角女子綠衣裳。卻背太行邀君王。一止之月必消亡。」唐劉餗《隋唐嘉話》曰：「兩角女子，安字也。綠者，祿也。一止，正月也。安祿山果敗。」「兩角女子」，正是[俗字]字之形。謠讖行於梁代，則梁代「安」字已作[俗字]，[俗字]字之流行可見其來有自。

003　　岸：

> 「岸」條：魚韓反。視濯浚而水深者爲岸也。崖，牛往反，高邊也。岸桀、牛割二反也。高也。（經第八卷）「爲岸」之「岸」字作[俗字]，「岸桀」之「岸」作[俗字]（026b）

案：《說文》：「岸，水厓而高者。」《敦煌俗字典》錄有六體，其第 6 體作[俗字]，引 S.2614《大目乾連冥間救母變文》：「聲號叫天，岌岌汗汗；雷□□地，隱隱岸岸。」〔註 6〕《私記》該條釋語中第二个「岸」字作[俗字]，與[俗字]相同，從《私記》兩處不同的「岸」字相較，可以看到[俗字]爲[俗字]字省略其「厂」之橫畫。還可以注意到書者似乎並不認爲「岸」字是從山從厈，而因書寫習慣而將「厈」之撇與橫分離，並將「干」竪畫上端出頭，使與上橫相連，遂成類乎「手」之形，[俗字]正是在此基礎上省去「厂」之上橫的。

004　　棒：

> 「打棒屠割」條：（經卷五十五）　「棒」字作[俗字]（134a）

案：《敦煌俗字典》收[俗字]字，浙敦 026《普賢菩薩說證明經》：「赤繩赤棒，撩除罪人。」《私記》字形與之一致。皆將「木」部作「才」，近似「扌」形。蔡忠霖謂敦煌多「木」、「扌」兩偏旁不分之例，其中「扌」旁多有作「才」形者，如第二期之「橫」作[俗字]（P.238）、第三期之「杖」作[俗字]（P.2602）、第四期

〔註 5〕黃征《敦煌俗字典》，4 頁。

〔註 6〕黃征《敦煌俗字典》，4 頁。

之「極」作極（P.2104）、第五期之「栖」作栖（P.2876）。〔註7〕

005　　備：

「備體」條：（經卷一）　「備」字作俻（015a）

「貧寠」條：貧曰无財也。……又无財備礼曰窶也。（經第廿一卷）「備」字作俻（068a）

案：《說文解字》：「備，愼也。从人𤰈聲。𠈓，古文備。平祕切」顏眞卿書《干祿字書》：「俻僃備：上俗中通下正。」張參《五經文字》：「僃備：上《說文》。從𤰈從用。𤰈已力反。下經典相承隸省。」則《干祿字書》之以「備」以正字屬「經典相承」即隸變字。《敦煌俗字典》錄有四體七字：備、俻、俻、俻，如果我們依筆畫多少排列一下，備→俻→俻→俻，可以發現這正好是一個逐漸訛變并趨向簡化的順序，儘管實際上訛變的原因很多，在各形體之間并不見得存在一個同樣序列的時間上的順序。這裏，備承接了「僃（備）」的結構，強調了右旁上部「艹」下橫畫，但將「勹」壓縮，與「用」合爲「角」，這個字形跟隸變後的「正字」「備」極爲相似。俻是在「備」的基礎上的訛簡，略去了「艹」的兩短橫，將右旁結合得更緊。此字與《干祿字書》的「通」體「僃」很接近，「僃」字右旁上方的「夂」正是「俻」字右上方的部件「轉正」的。俻是《干祿字書》判定的「俗」體，右下方的部件由「用」訛作「田」，俻字又在「俻」的基礎上，省了「夂」的第一筆短撇。《私記》俻字與《干祿字書》俗體一致。敦煌文書 S.388《正名要錄》：「備、俻，右正行者揩（楷），脚注稍訛。」〔註8〕稱爲「稍訛」，正是承認這漸變的「訛」是可以作爲一個連續體加以分析和承認它的合法性的。

006　　筆：

「筆削」條：（經序）　「筆」字作筆（011a）

案：《說文解字》：「筆，秦謂之筆。从聿从竹。鄙密切」《劉寬碑》「內發手筆爲萊」作筆，《王純碑》「奮筆憲臺」作筆，顯然直接傳承小篆的結構；

〔註7〕蔡忠霖《敦煌漢文寫卷俗字及其現象》「『木』、『扌』兩偏旁例」，文津出版社，2002年版。288頁。

〔註8〕黃征《敦煌俗字典》，13頁。

但石刻隸書中也有變化很大要情況，《嚴訢碑》「發憤授筆」作𦘕，《戚伯著碑》「筆墨敏疾」作𦘕，把「筆」的竹字頭省作兩點，把構件「聿」省作近似「庚」字「广」下的部件。章草作筆，汉簡作筆，《敦煌俗字典》錄有三體：筆、笔、笔。〔註9〕敦煌俗字中「筆」字多書作簡體「笔」。《私記》則與敦煌第一體相同，在其右下方近中竪處有一飾筆「、」爲俗書常見。

007　　蔽：

「巾馭汝寶乘」條：巾，羈銀反。飾也，亦衣也。謂以繒綵衣帶於車也。馭，魚擄反。駕也。舊經作乘御矣。馭與御同也。巾，悦也，佩巾也，大巾蔽膝也。（經第十一卷）「蔽」字作蔽（033b）

「翳膜」條：上音亞，川（訓）蔽〔註10〕也。**（經第十七卷）**「蔽」字作弊（059b）

「無能暎蔽」條：（經第廿七卷）「蔽」字作蔽（090a）

「所儔」條：儔，直由反。類也。一音義云：又作翿字，同到反。蔽也，依也。（經第廿卷）　「蔽」字作薢（065b）

案：「蔽」字《私記》有蔽、弊、薢三種俗寫。《敦煌俗字典》錄有六體：蔽、蔽、蔽、蔽、蔽、蔽，以蔽字爲正體。〔註11〕《說文・艸部》：「蔽，蔽蔽，小艸也。从艸敝聲。」《私記》俗字「蔽」作四體，將所从之「㡀」作「尙」，蓋因形近致譌；其「蔽」字將構件「尙」之下部「冋」譌作「冏」，顯示了書者對該字的具體結構並不十分清楚，故在譌字的基礎上再次譌變。《玉篇》蔽「或作獘。俗作弊。」《私記》弊是「弊」字的譌變；「薢」字是「蔽」的譌變，此二字還見於其他佛經音義，《可洪音義》注《阿閦佛國經》上卷：「悉弊必袂反。」注《九佛說菩薩本行經》下卷：「弊衣上蒲袂反。惡也。正作弊幣二形。」

〔註9〕黃征《敦煌俗字典》，17頁。

〔註10〕此字《私記》作弊，有本釋作「弊」，誤。《說文解字》「翳，華蓋也。从羽殹聲。於計切」段玉裁注：「按以羽故其字从羽。翳之言蔽也。引伸爲凡蔽之偁。」《廣韻》：「翳，隱也，蔽也。」是「翳」有蔽義，字當作蔽，此弊字當爲「蔽」字之訛俗。

〔註11〕黃征《敦煌俗字典》，19、29頁。

008　避：

「**不避**」條：（經第廿三卷）　「避」字作避（075a）

案：《敦煌俗字典》錄有五體：避、避、避、避、避，〔註 12〕《私記》與其避相近，唯「辟」之「尸」省寫作「刀」，是因書寫時草率而引起的書法變體。

009　陛：

「**階陛**」條：（經第八卷）　「陛」作陛（027a）

案：《敦煌俗字典》錄一體：陛（P.2299《太子成道經》：「陛下夢見雙陸頻輸者，爲言宮中無太子，所以頻輸。」）〔註 13〕《私記》與之一致，但敦煌比較草率，《私記》作楷書，比較端正。《原本玉篇殘卷・阜部》「陛」字就作陛，該書由清末黎庶昌在日本發現影印，1985 年中華書局將羅振玉影印本等一起重新刊印。故原本當是日本學者鈔寫的，字形跟《私記》當有同源關係。

010　腸：

「**腸腎肝脯**」條：（經第廿七卷）　「腸」字作腸（090a）

案：《說文解字》「腸（腸），大小腸也。从肉昜聲。直良切」顏眞卿書《干祿字書》：「腸腸：上通，下正。」以「腸」爲「通」體。《正字通》認爲「腸」是「腸」的俗字。《敦煌俗字典》收錄二體：腸、脹。〔註 14〕《集韻・陽韻》：「腸，《說文》：『大小腸也。』或作脹。」《私記》「腸」字作腸，此字旁有改注「腸」字，改注字貼住了部分原字，故「腸」字未完整。「腸」字譌「月（肉）」旁作「目」旁，乃《私記》常見「月」「目」混淆之例，不贅。

011　遲：

「**遲迴**」條：（經第卅六卷）　「遲」字作遲（106a）

案：《說文解字》「遲（遲）徐行也。从辵犀聲。《詩》曰：「行道遲遲。」

〔註 12〕黃征《敦煌俗字典》，20 頁。

〔註 13〕黃征《敦煌俗字典》，18 頁。

〔註 14〕黃征《敦煌俗字典》，第 43 頁。

𨑠，遲或从𡰥。𨘗（遟），籀文遲从屖。直尼切」「遟」爲「遲」的俗字，當是由號稱「籀文「的「遟」譌變而成。《費鳳碑》「栖遲歷稔」作遟，《韓勑碑》「禮樂陵遲」作遟，「遟」字中的「屖」以「屖」出現於隸變時代，《敦煌俗字典》錄有二體多例：遟、遟、遟、遟。〔註 15〕前三例字形相同，《私記》遟，與之一致。末例遟於「尸」下添出一「口」，似以「屖」誤作「羣」而產生的錯譌。

012　　腹：

「生死俓」條：下舊經爲侄，二本可作侄字。古定反。行小道路也，耶也，過也。俓，牛耕、牛燕二反。急也，急腹也，非今旨。腹（經第十五卷）　「急腹」「腹」字作䐍（050b）

「腹不現身」條：舊經云：「逮得如來腹不現相」（經第廿七卷）「腹」字作腸，旁注「腹」字（091b）

案：《說文解字》「𦛜（腹），厚也。从肉复聲。方六切。」《私記》「急腹」之「腹」字作䐍，䐍之右旁作「彳」+「負」，不成字。蓋因「腹」所從聲旁「复」又作「復」，《說文》「复」字段玉裁注「行故道也。彳部又有復。復行而复廢矣。疑彳部之復乃後增也。」則「䐍」字因「复」增旁作「復」而成「腹」之增旁俗字，更因「复」旁與「負」旁相似而譌，遂成「䐍」，俗字譌變一至於此！《敦煌俗字典》收錄六體：腹、腹、腹、腹、腸、腸。〔註 16〕其中 S.6315《祈雨文》：「稽首再賀於前恩，鼓腹歌謠於聖造。」「腹」字作腸，S.4642《發願文範本等》：「兩道使主楊公痛扆腹心，分�授鉞；務寧邊庶，擇才臨人。」「腹」字作腸。此二字與《私記》「腹」字作腸者相同。「腸」乃壞字，因旁注「腹」字掩蓋了右上部，但尚能辨出即與（經第廿七卷之「腸腎肝脯」條，「腸」字作「腸」字相同，惟「腸」字在「腸腎肝脯」中爲「腸」字解，在「腹不現相」中則爲「腹」字解。由敦煌二字例可知由於俗字書寫有作腸、腸，腸僅比腸少了最後一捺筆，遂與「腸」字同形。此同形異字，是由書寫造成的。俗字類似現象往往有之。《私記》校者以「腸」字兩次出現而認爲作「腹」字

〔註 15〕黃征《敦煌俗字典》，53 頁。

〔註 16〕黃征《敦煌俗字典》，第 120 頁。

解爲誤書，遂與訂正之。同樣，又以「月（肉）」旁混作「目」旁而訂正「腸」，殊不知在《說文》框架下「腸」也只是「腸」的俗字而已。

013　齒：

> **「如來現相品第二」**條：唯第六卷品名舊无，文相略。有「尒時世尊即於面門眾齒之間放種種光明等相」也。（經第六卷）　「齒」字作[illegible]（021b）

案：《敦煌俗字典》錄有五體：[illegible]、[illegible]、[illegible]、[illegible]、[illegible]〔註17〕，《說文》：「[illegible]（齒），口齗骨也。象口齒之形，止聲。凡齒之屬皆从齒。[illegible]（𠙵），古文齒字。」[illegible]字底部「凵」缺右豎，按顏眞卿書《干祿字書》：「[illegible]、[illegible]：上俗，下正。」《私記》作[illegible]，與其一致，但不省「从」之下短橫。「齒」字這種省畫現象在漢碑中就已出現，孫根碑「齒不見口」作[illegible]，「齒」顯然傳承了篆書結構，孫叔敖碑陰「訪問國中耆年舊齒」作[illegible]，將「凵」書作「口」，是趨繁的寫法；而孫叔敖碑「至于歿齒」作[illegible]，則爲省略的一路，雖然减省的方向不同，但其用意是一致的。

014　醜：

> **「醜陋」**條：（經第十卷）　「醜」字作[illegible]（030a）
>
> **「無譏醜」**條：（經第七十五卷）　「醜」字作[illegible]（178a）

案：《敦煌俗字典》錄有五例：[illegible]、[illegible]、[illegible]、[illegible]、[illegible]〔註18〕，《私記》與其相一致，皆以「酉」旁作「百」，以「鬼」旁作「鬼」。漢《孔[illegible]碑》「醜類已殫」「醜」字作[illegible]。則該字産生於隸變。

015　初：

> **「[illegible]」**條：（經序）　（012a2）

案：《敦煌俗字典》錄有三例所謂「武周新字」：[illegible]（S.545《失名類書》：「鴻飛上苑，初傳漢使之書。」）、[illegible]（S.545《失名類書》：「錦雀初雛，玄駒

〔註17〕黃征《敦煌俗字典》，53～54頁。

〔註18〕黃征《敦煌俗字典》，57頁。

初馳。」)、夙（S.545《失名類書》:「羲讓黃陸，識晝晷之初長；時襲絳衣，垂夜漏之將盡。」)〔註19〕，但字形頗有小異。《私記》夙、夙二例與夙、夙二例分別相同，但《私記》寫得更為端正。

016　　鋤：

「芸除」條：上，于君反。除草正爲耘字。鋤也。鋤。(經第十四卷）　「鋤」字作鋤（043b）

案:《敦煌俗字典》錄有二體，鉏鋤（S.388《正名要錄》:「右字形雖別，音義是同。古而典者居上，今而要者居下。」)〔註20〕《左傳・僖公三十三年》注:「耨，鋤也。」《釋文》本又作鉏。《說文》:「鉏（鉏），立薅所用也。从金且聲。」「鉏」即所謂「古而典者」,「鋤」爲「鉏」的後起字，因其聲旁「助」更得表音和產生意義的聯想（《楚辭・卜居》:「寧誅鋤草茅，以力耕乎？」《釋名》「鋤，助也，去穢助苗長也。」)，因而成爲「今而要者」。《私記》與之一致，但部件「且」下橫短，使之更近於「目」。顏眞卿書《干祿字書》:「鋤、鉏：竝上通下正。」「鋤」與《私記》一致。

017　　猝：

「瀑流」條：上或爲瀑字，蒲報反。疾雨也，謂天澍猝大雨，山水洪流忽尔而至者。(經第十五卷）　「猝」字作猝（048b）

案:《敦煌俗字典》無「猝」字，但錄有「卒」字的兩種俗體，卒、卒〔註21〕,《說文》:「猝（猝），犬从艸暴出逐人也。从犬卒聲。」段玉裁注:「叚借爲凡猝乍之偁。古多叚卒字爲之。」《說文》:「卒（卒）隸人給事者衣爲卒。卒，衣有題識者。」《篇海》「卆，卒字之譌。」《私記》作猝，右旁作卒，與敦煌俗字「卒」相同。《隸辨・入聲・術韻・卒字》引郭仲奇碑「九月丙子卒」作卒，是其譌變之源。凡同此偏旁，文獻多見類似變化，如《龍龕手鑑・心部》、《宋元以來俗字譜・心部》引《嬌紅記》「悴」字作「悴」;《私記》經第十五卷「悴」條：疾醉反。傷也，謂容貌瘦損。字又作顇也。「醉」字作「醉」;

〔註19〕黃征《敦煌俗字典》，58頁。

〔註20〕黃征《敦煌俗字典》，58頁。

〔註21〕黃征《敦煌俗字典》，68頁。

經第廿八卷「来萃止」條，「萃」作萃，亦同屬此例。

018　　錯：

「誤錯」條：（經第廿卷）　「誤」字作錯（064a）

案：《敦煌俗字典》錄有三體：錯、錯、錯〔註22〕。《私記》與其後二體相似。敦煌 P.3757《燕子賦》：「自誇僂儸，得伊造作：『耕田人打兔，蹠履人喫臛。古語分明，果然不錯。』」錯之「昔」上部之「艹」第一橫畫中間斷開，《私記》錯相同。而 S.2073《廬山遠公話》：「白莊曰：『前頭事須好好祗對，遠公勿令厥錯。』遠公唱喏。」錯之右旁「昔」下部「日」作「月」，亦與《私記》錯同樣。蔡忠霖曾舉北.7095「昔」字、S.2073「昔」字、S.5646「昔」字說明敦煌文獻中「日」「月」兩部件往往不分。〔註23〕

019　　剉：

「砧上」條：上又爲碪字，陟林反。或云砧与店、沾同，都念反。城邑之居也，斫剉之机地也。（經第廿六卷）　「剉」字作剉。（088b）

案：《敦煌俗字典》錄有一體，剉（S.2614《大目乾連冥間救母變文》：「鐵杷踔眼，赤血西流；銅叉剉腰，白膏東引。」）〔註24〕《私記》與之一致，《龍龕手鑑・刀部》有剉字，與之同。

020　　叫：

「嘷叫」條：（經第十卷）　叫（叫）030a

案：《敦煌俗字典》錄有三體：叫、叫、叫。〔註25〕其第二例叫與《私記》叫相同。敦煌文獻 S.388《正名要錄》：「噭　叫，右字形雖別，音義是同。古而典者居上，今而要者居下。」叫屬於「今而要者」，則唐代常用此字，並

〔註22〕黃征《敦煌俗字典》，71 頁。

〔註23〕蔡忠霖《敦煌漢文寫卷俗字及其現象》「『日』、『月』兩部件不分例」，文津出版社，2002 年版。287 頁。

〔註24〕黃征《敦煌俗字典》，71 頁。

〔註25〕黃征《敦煌俗字典》，193 頁。

爲普遍認同。《說文》：「叫，嘑也。从口丩聲。」段玉裁注：「按㗊部䚶，言部訆皆訓大嘑。與此音同義小異。疑叫字淺人所增。」段氏懷疑叫篆是後人增補的，是因爲他是堅執文字一形一音一義的「正字」觀念的，凡重文如不置於同一字頭下，就有可能是後世竄入《說文》，而後世出現的字形。便是「俗字」。隸書文獻中漢繁陽令楊君碑「叫天訴墜（地）」作叫，是較早的隸書字形。敦煌文書中的「叫」和《私記》中的「叫」，右旁皆作「刂」而不是像後來依小篆隸定的「丩」形，顯然與漢碑的習慣相同。

021　　偏：

「特垂矜念」條：上，獨也。矜（矜），憐也。謂乞偏獨憂憐也。（經第廿一卷）　「偏」字作偏（068b）

「偏袒」條：（經第五十卷）　「偏」字作偏130a

案：《私記》前例「偏」因與「偏」字形近而譌，「傓」《說文》：「傓（傓），熾盛也。从人扇聲。《詩》曰：「豔妻傓方處。」段玉裁認爲是「煽」之本字。《敦煌俗字典》收體七例：偏、偏、偏、偏、偏、偏、偏。其1、2例從「彳」，乃與「偏」字相淆。其三偏，（見S.6631V□《辭父母讚文一本》：「冀其偏袒右肩，辭土田之役；持盂執錫，蠲負戟之勞。」）與《私記》後例偏最相近，唯「户」下多一横劃，是與「論」「淪」等從「侖」之字影響致譌。其餘各例皆與之同，唯構件「户」作「尸」，乃例3之進一步形譌。

022　　牽：

「㥏㥶」條：上，牽協反。下，苦頰反。可之也，快也。上又爲悏字。起頰反，清也。（經第十四卷）　「牽」字作牽（046b）

「牽御」條：（經第廿六卷）　「牽」字作牽（085a）

案：《說文解字》：「牽（牽），引前也。从牛，象引牛之縻也。玄聲。苦堅切」《敦煌俗字典》收錄牽、牽、牽、牽、牽、牽、牽、牽。〔註26〕顏眞卿書《干祿字書》：「牽牽：上俗下正。」石刻《唐扶頌》「捺牽君車」作牽，則漢代已有將「牽」字寫作从手的，敦煌牽、牽、牽、牽諸體繼承了這一種結構，

〔註26〕黃征《敦煌俗字典》，318頁。

用會意方式理解字形；《干祿字書》以之爲俗體，而在草書中《草書禮部韻》去聲霰韻有作牽、牽二形，正是以隸書的這一結構爲其基礎的。《私記》作牽、牽二形，牽與敦煌牽字相同，但將「牽」字（依《說文》）上部之「玄」剝出，置於「冖」之上方，並譌作「去」，此顯示了書寫者並不理解「牽」字的結構理據，而以己意理解書寫。同樣，《私記》牽字與敦煌牽字相同，敦煌 S.388《正名要錄》：「牽牽：右正行者揩（楷），脚注稍訛。」以牽爲正楷正字，然將「玄」分爲兩截，分置於「冖」之上下，切斷了「玄」在結構上的聯繫，則書寫者亦不理會「牽」字的結構意義可知。雖然，牽字起筆作點（丶），仍保留了「玄」的書寫筆勢，《私記》牽字則以短橫起筆，乃書寫者並不明白短橫與點之區別，此亦是俗字中會將「牽」字上部書寫成「去」形的原因。

023　　乾：

「脯」條：趺武反。乾肉薄析之曰脯也。（經第廿五卷）　「乾」字作乹（080b）

「乾陁山」條：具云瑜乾馱羅。云瑜乾者，此云雙也。馱羅，云持也。（經第卅九卷）　「乾陁山」之「乾」字作乹（110a）　「具云乾馱羅」之「乾」字作乹（110b）

案：《說文解字》：「乾（乾），上出也。从乙。乙，物之達也。倝聲。乾，籒文乾。渠焉切。又，古寒切」《敦煌俗字典》收錄乹、乾、乾、乾、乾、乹、乹。〔註 27〕顏眞卿書《干祿字書》：「乹乹乾：上俗，中通，下正。下亦乾燥。」《私記》乹字即乾燥義，音古寒切。乹乹二字均用以記譯名，本無固定的寫法，「乾馱羅」又作「健馱羅」，佛經譯名中往往出現俗字，可能也是由於這時的字形並無確定的表意功能，而僅僅作爲記音字而已，因而點畫的差異在一定程度上被忽略了。漢《衡方碑》「恩降乾太」作乾，《孔龢碑》「則象乾巛」作乾，魏《孔羨碑》「崇配乾巛」作乾，碑刻中「乾」字皆用其傳統意義，字形就相對比較嚴格和規範。

024　　錢：

〔註 27〕黃征《敦煌俗字典》，320 頁。

「瞿耶尼」條：具云阿鉢唎瞿陁尼。阿鉢唎，此云西也。或云鉢執忙，此云後也，謂日後邊處也。瞿，牛也。陁尼，貨也。謂以牛買物，如此洲用錢也。（經第十三卷）　「錢」字作銭（038b）

「拘蘇摩花」條：此之一名有通有別，謂但草木諸花通名拘蘇摩。又有一花獨名拘蘇摩，其花大小如錢，色甚鮮白，眾多細葉圓集共成，乍如此方白菊花也。（經第廿二卷）　「錢」字作銭（071b）

「財貝」條：貝，北頼反。曰《説文》：海介蟲也。古者貨貝而寶龜也。西域用貝爲錢，故云財貝也。（經第卅五卷）　「錢」字作銭（104b）

案：《說文解字》：「錢（錢），銚也。古田器。从金戔聲。《詩》曰：『庤乃錢鎛。』即淺切」《敦煌俗字典》收錄銭、銭、銭。〔註 28〕《私記》「錢」字作銭銭銭三體，與敦煌基本相同。可見《私記》字形與唐時的俗文獻用字是相當一致的。

025　強：

「一毫」條：或用豪字，強曲毛曰豪，今謂佛卅二相中眉〔註 29〕間白豪大人相也。（經第二卷）　「強」字作强（016b）

案：《說文解字》：「強（強），蚚也。从虫弘聲。彊（彊），籀文強从蚰从彊。巨良切」依《說文》，強字當隸定作「強」，但後世多作「強」，《北海相景君銘》「強衙改節」作强，《景北海碑陰》「都昌強暢」作强，《桐柏廟碑》「弱而能強」作强，《魯峻碑》「外攝強虐」作强，《魯峻碑陰》「汝南灄強」作强，漢魏諸石刻皆已作「強」。「強」字表示強大義是借用，依《說文》強大義本當用「彊」。「彊（彊），弓有力也。从弓畺聲。巨良切」顏眞卿書《干祿字書》：「強彊：上通，下正。」《敦煌俗字典》收錄强、强、强、强、强、强。〔註 30〕《私記》「強」字作强，與敦煌俗字中第一例和第三例相似。但《私記》將左旁「弓」書作「引」，第三筆「豎折彎勾」之「豎」上出，幾乎將上部封住

〔註 28〕黃征《敦煌俗字典》，319 頁。

〔註 29〕《私記》「眉」寫作「眉」。當爲「眉」字之訛，《隸辨》引《張公神碑》作「眉」。

〔註 30〕黃征《敦煌俗字典》，322 頁。

成了一個方塊。這種寫法與該字的結構相關，《私記》中從「弓」的字有兩種書寫「弓」旁的方式，一種是作「[illegible]」，另一種將「弓」寫成近似「方」的形式。一般說來，寫成近似「方」的字右旁比較簡單，如「引」寫作「[illegible]」；寫成「[illegible]」的字右旁相對寬大一些，或可以呈並列的「左中右」結構，如「弼」字作「[illegible]」，「弓」可能佔的位置小了，故被擠壓成「[illegible]」。

026　　酢：

「**酸楚**」條：上，蘊官反，酢也。（經第十卷）　「酢」字作[illegible]（030b）

「**酸劇**」條：上，素丸反，酢也。（經第廿六卷）　「酢」字作[illegible]（087b）

案：《敦煌俗字典》錄有二體：[illegible]、[illegible]。[註 31] 按《說文》：「[illegible]（酢），醶也。从酉乍聲。」倉故切臣鉉等曰：今俗作在各切。段玉裁注：「醶也。酢本截漿之名。引申之，凡味酸者皆謂之酢。上文釅，酢也。酸，酢也。皆用酢引申之義也。从酉。乍聲。倉故切。五部。今俗皆用醋。以此爲酬酢字。」又《說文》：「[illegible]（醋）客酌主人也。从酉昔聲。」顏眞卿書《干祿字書》：「[illegible]：上酸也；下酬酢字，今竝作酢。」敦煌 S.388《正名要錄》將「[illegible]」作爲「古而典者居上」，「[illegible]」爲「今而要者居下。」據《說文》。「醋」字本爲酬客之義，「酢」則爲酸醋，但至少在唐代二字意義顚倒過來了。《私記》[illegible]用以釋酸，仍用《說文》之義。[illegible]字左旁作「百」，乃「酉」古文，自甲骨、金文以來一直傳承。

027　　鬲：

「市肆」條：上又作市，市音之。訓伊知。肆，陳也。上（下）音四，訓伊知久良。謂陳貨粥[illegible]物也。鬻（經第六十三卷）　「鬲」字作[illegible]（150b）

案：鬲字有兩讀，一音 lì，容器。一音 gé，如《三國志・華佗傳》：「太祖苦頭風，每發，心亂目眩，佗針鬲，隨手而差。」《敦煌俗字典》收一體：[illegible]（甘博 003《佛說觀佛三昧海經》卷第五：「十八鬲中，遍滿一鬲。剖裂擗坼，如赤

[註 31] 黄征《敦煌俗字典》，68 頁。

蓮華。」）此即當讀作 gé。字形與《私記》之鬲略不同。《私記》起筆作點，與「高」字頭近似；敦煌「冂」中作「羊」，皆由字形相似而書手積習致譌。但《私記》之鬲應當不能獨立成字，衹是「鬻」字的一个構件。《私記》「謂陳貨粥鬲物也」，其下有一「鬻」字，（《私記》往往有在釋語後又書其中一字而不作解釋之例，恐怕作者原有增補釋語中字的打算，不知何故此事未完成，故留下了此種現象，成爲《私記》的一個特點。——筆者按）「陳貨粥鬲物」不成句，「粥鬲」當爲書手抄寫時誤析爲二字，可能原稿中「鬻」字比較細长，佔兩字的位置，抄書人未能將其視作一字而誤書。王念孫《讀書雜志・戰國策二》「觸讋」條：「此策及趙世家，皆作『左師觸龍言願見太后』，今本『龍言』二字誤合爲『讋』耳。」此處則將「鬻」字誤析爲「粥鬲」，與之相反。〔註 32〕

028　曩：

「曩於福城」條：曩，那朗反。《迩雅》曰：曩，鄉也。《珠蕞》曰：鄉，謂往時也。鄉，音虛鞅反。（經第七十八卷）　「曩」字作囊，「曩」字作曩（183b）

案：《敦煌俗字典》收一體：曩（S.0343（12－3）《願文》：「慕道情慇，誠惟曩劫。」）此形與《私記》第二體曩相同，皆省略了「襄」中的二「口」；秦公《碑別字新編・二十一畫・曩字》引《唐恐龍刻石》作曩，與之相同。《私記》第一體囊可能誤寫成「囊」，是因同音而譌，但該字形與「囊」有很大的差異，自是書寫譌誤。

029 皆：

「繕」條：視戰反。補也。凡治故造新皆〔謂之〕繕也。（經序）「皆」字作皆（011b）

案：《敦煌俗字典》錄有五例：皆、皆、皆、皆、皆，〔註 33〕除字形略有草正之異外，》無例外地下部都從「日」而非「白」，《私記》作皆，與之一致。《說文》作「𣅜（皆），俱詞也。从比从白。」「白」字與「自」字同，在篆書中是「自」的或體。漢代碑刻中，華山廟碑「皆以四時之中月」作皆，孔龢碑

〔註 32〕參梁曉虹陳五雲《〈新華嚴經音義〉與〈新譯華嚴經音義私記〉之俗字比較研究》。

〔註 33〕黃征《敦煌俗字典》，194 頁。

「備爵大常」作皆，史晨奏銘「皆爲百姓興利除害」作皆；階字，衡方碑「階夷愍之貢」作階，北海相景君銘「假階司農」作階，魯峻碑陰「高成邑圖世階」作階，曹全碑「朝覲之階」作階，這些「皆」字及從「皆」之偏旁都將下部作「日」而非「白」。是這一譌變與漢碑一致，並非偶然。如果我們將眼光投向古文字，《金文編》著錄三個「皆」字作皆（皆壺）、皆（中山王鼎）、皆（中山王壺），古陶文秦詔版作皆、皆、皆，秦刻石作皆（詔權）、睡虎地秦簡作皆（秦 81）、皆（日甲 106 背）、皆（日甲 88 背），包山楚簡作皆、皆，長沙子彈庫楚帛書作皆，連傳世古文字《古文四聲韻》著錄的《道德經》古文作皆、皆，所有「皆」字都無作從「白」者。由此我們知道，《說文》以从白的「皆」字爲正字，是小篆时代的標準文字，而在此前、之後的實際應用中，仍然以从「日」之形爲主。

030　就：

「仍向」條：上爲訶私字，如淩反。就也，必也，因也，享也，重也，乃也。（經第廿六卷）　「就」字作就（086b）

案：《敦煌俗字典》錄有多例，就、就、就、就、就、就、就、就、就、就、就、就、就、就、就、就、就、就。〔註 34〕《私記》作就，與其中第一、二例就（津藝 22《大般涅盤經卷第四》：「波羅提木叉者，名爲知足成就威儀無所受畜，亦名淨命。」）、就（P.2965《佛說生經》：「甥沽美酒，呼請乳母及微伺者，就於酒家勸酒。」）相同，尤其與第一例就完全一致。潘重規《敦煌俗字譜・尢部・就字》引《中 143・1276・下 5》就，當亦與之相同，只是右旁「尤」作「尢」少一「丶」。《金石文字辨異・去聲・宥韻・就字》引《唐圭峰碑》作就。《圭峰碑》是唐代作品，所刻應是楷體，字形作就，則因其「相承久遠」之故。

031　聚：

「萃影」條：上，聚也，又集也，華集也。下（經第一卷）　「聚」字作聚（014b）

〔註 34〕黃征《敦煌俗字典》，207 頁。

「稼穡」條：上，古暇反。下所棘反。稼，種穀也。穡，斂穀也。種之曰稼也，斂之曰穡也。樹五穀曰稼也，斂稅曰穡也。斂，聚也，藏也。稅曰穡也。斂，力豔反。收也。（經第卌二卷）　「聚」字作**聚**（114b）

案：《敦煌俗字典》錄有體，**聚、聚、聚、聚、聚、聚、聚、聚**。〔註35〕《私記》作**聚**，與敦煌S.7（3-1）《失名類書》：「聚糧。」作**聚**相同。《說文解字》：「**聚**（聚），會也。从㐺取聲。邑落云聚。才句切」「㐺」字又作「㐺」，《說文解字》：「**㐺**（㐺），眾立也。从三人。凡㐺之屬皆从㐺。讀若欽崟。魚音切」段玉裁注：「眾立也。玉篇作眾也。从三人。會意。國語曰。人三爲眾。」《隸辨》引《城垻碑》「四方會聚」作**聚**。今之楷書顯然是傳承了隸書的寫法。《私記》**聚**，部件「㐺」之中豎下向中趯起，是由草書中遺留的成份，茲不贅。

032　謬：

「纓絡」條：經本有作「瓔珞」二字，並謬。瓔，謂似玉之石。音与櫻同，非此用也。（經第一卷）　「謬」字作**謬**（014b）

「舛謬」條：（經第十八卷）　「謬」字作**謬**（060a）

「記莂」條：莂，彼列反。經本作別字者，謬。（經第廿六卷）　「謬」字作**謬**（090a）

案：《敦煌俗字典》錄有二體：**謬、謬**。〔註36〕《私記》三例字形皆同，即右旁「翏」下部「㐱」之「彡」都譌作「**小**」作**謬**。敦煌二字則或譌作「小」、或譌作「氺」，凡此，皆俗字譌變常例。隸書漢《曹全碑》「朱紫不謬」作**謬**，已將「㐱」作「尓」，將其中的「小（彡）」進一步譌變作「氺」或「**小**」則與書寫者習慣相關，秦公《碑別字新編・十八畫・謬字》引《魏巨始光造像》作**謬**，便譌作从「**小**」。俗字「恭」下之「**小**」亦往往譌作「氺」，可作輔證。此不贅。

033　恭恪：

「恭恪」條：下，与窓同。口咢反，敬也，古字爲**恪**字。（經第

〔註35〕黃征《敦煌俗字典》，212頁。

〔註36〕黃征《敦煌俗字典》，278頁。

廿八卷）　「恭恪」二字作恭恪093a

案：《敦煌俗字典》錄有一例，恭（S.2832《願文等範本·公》：「文行守志，溫恭惠和；有匡時救人之才，懷俗安人之術。」）〔註37〕字形與《私記》相同，惟其「小」旁裏邊一點長而縱向，與竪鉤相連，似有摹寫篆字「恭」之意（書法術語可稱「有篆意」），顯係書者個人風格所致。漢桐柏廟碑「虔恭禮祀」作恭，孔龢碑「敬恭明祀」作恭，皆有篆意；秦公《碑別字新編·十畫·恭字》引《晉徐君夫人管氏墓誌》作恭，與此相同。《私記》作恭，上部「共」起筆「艹」中間斷開，與敦煌亦同，都傳承於漢碑隸書的俗寫。

034　接：

「丈夫」條：丈，杖也。言長制可（万）物者也。夫，扶也。以道扶接也。〈云〉進賢達能云丈夫也，或云男子云丈夫，有名行者也。（經第十三卷）　「接」字作接（038b）

「接影」條：上，取也。（經第廿六卷）　「接」字作接（087a）

案：《敦煌俗字典》錄有四例，接、接、接、接，〔註38〕字形基本相同，只是在左旁略有變化，或作「扌」、或作「木」、或作「才」、或縱畫不帶勾，或帶勾。《私記》作接，左旁作「才」，與之同。《說文解字》：「接（接），交也。从手妾聲。」《敦煌俗字譜·手部·接字》引《中51·424·下6》作接，我們没有核對原卷，故采用《異體字字典》提供的字形，其字右旁作「妄」，當爲「妾」之譌。

035　餤：

四、餤慧地（經第卅四卷）　「餤」字作餤，眉批作餤（099b）

「均贍」條：上，居春反。平也。下，市餤反。足也，謂均平皆滿足也。（經第六十卷）　「餤」字作餤（146b）

「令過尓餤海」條：（經第七十七卷）　「餤」字作餤（183a）

〔註37〕黃征《敦煌俗字典》，130頁。

〔註38〕黃征《敦煌俗字典》，195頁。

案：《敦煌俗字典》錄有三體：焰、燂、爓〔註39〕《私記》中有⿰魚炎、⿰旧炎、⿰臽炎、⿰角炎四體，皆作兩聲結構，與《敦煌俗字典》不同。潘重規《敦煌俗字譜·火部·燄字》引《中4·26·上2》作⿰臽炎，與《私記》頗合。《說文解字》：「燄（燄），火行微燄燄也。从炎臽聲。」段注：「此篆與光爓字別。焰者，俗爓字也。」又「爓（爓），火門也。从火閻聲。」段注：「爓與燄篆義別。」《私記》「四⿰魚炎慧地」固爲「四爓慧地」，即菩薩十地中第四位。《私記》中「燄、爓」不別。而「⿰魚炎」「⿰角炎」皆「燄」之俗譌。蓋「燄」《私記》有作⿰臽炎（正字），譌作「⿰旧炎」（部件「臼」作「旧」，爲書寫便捷），從而將部件「臽」旁譌作「魚」旁或「角」旁，成爲「⿰魚炎」「⿰角炎」。其譌變之迹相當清晰。

036　燕：

「生死徑」條：下舊經爲侄，二本可作侄字。古定反。行小道路也，耶也，過也。侄，牛耕、牛燕二反。急也，急腹也，非今旨。腹（經第十五卷）　「燕」字作⿱廿⿲丬口匕（050b）

案：《敦煌俗字典》錄有多例，燕、燕、⿰燕鳥、鷰、鷰、鷰、鷰、鷰、鷰、⿰燕鳥、⿰燕鳥、⿰燕鳥、鷰、⿰燕鳥。〔註40〕大致中分爲三種，一是與「燕」字相似，略有譌變，即「⿰魚炎」「⿰角炎」、燕；二是以「燕」爲聲符，添「鳥」作義符，此又分作兩種：一左右結構，作右形左聲，如⿰燕鳥、⿰燕鳥、⿰燕鳥、⿰燕鳥、⿰燕鳥諸例。二上下結構，作下形上聲如鷰、鷰、鷰、鷰、鷰、鷰、鷰諸例。各類中又有字形繁省之別，此不贅。《私記》作⿱廿⿲丬口匕，與此三類皆不同。但與下形上聲的一類頗有牽連。《說文解字》：「燕，玄鳥也。籋口，布翄，枝尾。象形。」敦煌俗字中「鷰」字別省去「燕」下「灬」作鷰、鷰、鷰、鷰、鷰、鷰、鷰，此諸例皆同，則已將「⿱廿⿲丬口匕」作爲一個獨立構件看待，作爲聲符。故《私記》作⿱廿⿲丬口匕，有可能即是由鷰省去「鳥」而成。

037　仰：

「率土咸戴仰」條：（經第十三卷）　「仰」字作仰（041a）

〔註39〕黃征《敦煌俗字典》，481頁。

〔註40〕黃征《敦煌俗字典》，481頁。

案：《說文解字》：「𠨘（仰），舉也。从人从卬。魚兩切」「𠨍（卬），望，欲有所庶及也。从匕从卪。《詩》曰：『高山卬止。』伍岡切」「卬」是「仰」的古字。碑刻中《孔宙碑》「凡百卬高」作卬，《韓勑碑》「嘆卬師鏡」作卬，《魏孔羨碑》「卬其聖以成謀」作卬，《武榮碑》「仰高鑽堅」作仰，《史晨奏銘》「仰瞻榱桷」作仰。六朝碑別字中變化較多，《偏類碑別字・人部・仰字》引《魏路文助造像記》作仰。引《齊高叡爲亡父造像》作仰。《金石文字辨異・養韻・仰字》引《唐顏書默菴記》仰。《敦煌俗字典》錄有八例：仰、仰、仰、仰、仰、仰、仰。〔註41〕《私記》與其中仰、仰一致，將「卬」書作「印」。這種譌變與六朝碑書同。

038　迎：

「**奉迎**」條：（經序）　「迎」字作迎（010a）

「**逢迎引納**」條：《方言》〈月〉〔曰〕謂逢（逢，謂）謂逆迎也。謂逆首迎之引入住處也。（經第廿七卷）　「逢迎」之「迎」字作迎，「逆迎」之「迎」字作迎。（091）

「**迎接**」條：（經第六十三卷）　「迎」字作迎，旁注字作迎（151a）

案：《敦煌俗字典》錄有多體：迎、迎、迎、迎、迎、迎、迎、迎、迎。〔註42〕顏眞卿書《干祿字書》：「迎迎：上通，下正。」《私記》「逢迎引納」之「迎」與《干祿字書》俗字同，釋語中「逆迎」之「迎」是「迎」的增筆譌書。「迎接」之「迎」與《宋元以來俗字譜・辵部》引《目連記》等作「迊」相同。但在很長時期中，「迊」還是「匝」的俗字。故《私記》「迎」字旁有校改者所注「迎」字以糾正。「迎」字則多一飾筆「丶」。《私記》「迎」字早於宋元諸刻本小說用字，《可洪音義》釋《阿弥陁經》上卷：「迎之上魚京反。正作迎。」《可洪音義》亦晚於《私記》，可見「迎「字作「迎」，最早當出現在唐代佛經中。

〔註41〕黃征《敦煌俗字典》，第483頁。

〔註42〕黃征《敦煌俗字典》，第504頁。

039　蠅：

「蚊蚋虻蠅」條：蚋，如銳反。小蚊也。蠅，又爲蠅字，餘承反。《說文》虫之大腹者也。經爲蚋字。又上二字加安，下二字阿牟。（經第卅五卷）　「虻蠅」之「蠅」作蜆（104a）釋語中兩「蠅」字分別作蠅、蠅（104b）

案：《敦煌俗字典》錄有一體：S.6825V 想爾注《老子道經》卷上：「忽有聲也蠅蠅，不可名，復歸于无。」「蠅」作蠅，依敦煌 S.388《正名要錄》：「蠅、蠅：（上）正，（下）相承用。」「右依顏監《字樣》甄錄要用者，考定折衷，刊削紕繆。」〔註 43〕蠅當是唐代流行字體。《私記》作蠅，與其一致。《隸辨》引《楊震碑》「青蠅嫉正」作蠅，《說文》小篆作蠅，从虫，黽聲。《正名要錄》所稱「正」體的蠅便是繼承了《說文》以來的結構；同樣从黽得聲的字如《郭究碑》「□繩彈枉」作繩，《劉熊碑》「動履規繩」作繩，《武梁祠堂畫象》「畫卦結繩」作繩，《老子銘》「爲繩能直」作繩，《夏承碑》「彈繩糾枉」作繩，繩是繼承了《說文》「从糸，黽聲」的繩字的結構，《郭究碑》《劉熊碑》作繩是一種相對簡略的書寫形式，《武梁祠堂畫象》和《老子銘》作繩是另一種簡略形式。而「黽」字在《黽池五瑞碑》「君昔在黽池」中作黽。因而，《私記》的蠅是「相承久遠」的寫法。但《私記》所錄「蜆」「蠅」二體則是因蠅發生的譌體。上舉《夏承碑》「繩」字作繩，其中「黽」之「乚」下端略有突出，可能是爲書寫方便而作斷筆而成，但這樣的形式便爲蠅之右旁下部作「儿」預伏了變異的可能性，因「黽」「龜」一類文字在構造上的特殊性，在隸書和楷書的書寫中一直存在着某種技術上的不方便，所以从黽之字和从龜之字在俗書中便有多種變易。「蜆」作爲該條字頭，可能是《私記》所用底本原先便已譌變，故有列條訓釋的必要。但在訓釋中，作者或是抄錄者又將「蜆」譌作「蠅」，這是一個很有趣的譌變過程。

040　影：

「萃影」條：上，聚也，又集也，華集也。下（經第一卷）　「影」字作景（014a）

〔註 43〕黃征《敦煌俗字典》，第 506 頁。

「**接影**」**條**：上取也。（經第廿六卷）　「影」字作影（087a）

案：《敦煌俗字典》錄有四例，影、影、影、影。〔註 44〕字形基本一致，只有部分筆畫潦草與端正的區別。《私記》影、影，後字略有漫漶，當與前字一樣，故不論。影與敦煌諸形亦基本相同，但敦煌「影」所从之「景」皆將上部之「日」作「口」，而將「京」中之「口」書作「日」，此是隸書的傳統。《私記》與之同，唯保留了上部「日」仍作「日」。《說文》無「影」字，唯有訓「日光也」之「景」作景，《隸辨》引《校官碑》「聆聲景附」作景，景是景的隸書形式，但已將「京」中「口」換作「日」。「影」爲「景」之後起區別字，在字形上上承隸書，遂有影字之作，茲不贅。

041　印：

「**破印**」**條**：下，於胤反。言苦報盡處方顯滅諦，故滅諦爲破卯（印），或本作破卯（卵）。卵，魯管反。謂由破於生死㲉卵，顯得滅諦故也。（經第十二卷）　「印」字作邜（036a）

破印，於胤反。言苦報盡處，方顯滅諦。故名滅諦爲破印。或有經本而云「破卵」，卵，盧管反，謂由破生死，㲉卵顯，得滅諦故也。　「印」字作邜。（此條得自慧苑《新譯華嚴經音義》）

案：《說文解字》：「印，執政所持信也。从爪从卩。凡印之屬皆从印。於刃切」《袁良碑》「繡文印衣」作「印」，《夏承碑》「印紱典據」作印，《敦煌俗字典》錄有體，印、印、印、印、印、印。〔註 45〕本條「邜」字很特別，但有注音「於胤反」，又有慧苑音義作證，當爲「印」字之訛無疑。釋語中「卯」字兩出，前「破卯」釋詞頭，則當讀作「破印」，後「破卯」舉又一說，有音義，當讀爲「破卵」。檢《華嚴經》卷十二有「所言苦滅聖諦者，彼離垢世界中，……或名：破印……」其下有注：明版作「卵」。則「破印」或「破卵」實爲同一詞條而因字形不同而生不同音義。

042　与：

「四神足」者，一欲如意足，二懃如意足，三心如意足，四觀

〔註 44〕黃征《敦煌俗字典》，第 506 頁。

〔註 45〕黃征《敦煌俗字典》，第 502 頁。

如意足。此四皆以定爲躰性，以欲、懃及以心、觀爲方便，故開四種。而言足者，能与神足通爲所依止，故名足也。（經序）　「与」字作[illegible]（008a）

案：《說文解字》：「黨與也。从舁从与。[illegible]，古文與。余呂切」「[illegible]（与），賜予也。一勺爲与。此与與同。余呂切」。「与」和「與」自古便通用。依《說文》的分析，「与」是「與」的聲符。「一勺爲与」之說，可能無法說明「与」字的來源，但在《說文》系統中可以是一個相對方便的說法。後世文字繼承了這一方便。《敦煌俗字典》錄有多體，[illegible]、[illegible]、[illegible]、[illegible]、[illegible]、[illegible]、[illegible]、[illegible]、[illegible]、[illegible]、[illegible]、[illegible]。〔註 46〕顏眞卿書《干祿字書》：「与與：上俗，下正。」即是將「与」作「與」使用，並在語言中更多地作爲介詞或連詞。《私記》作[illegible]，與之一致，唯下面橫畫略作起伏狀，蓋是連點「灬」。《私記》作連點時往往如此。「与」下橫作「連點」蓋受「馬」「鳥」「烏」等字形類化。敦煌俗字中[illegible]、[illegible]等亦是如此。

043　輿：

「造化權輿」條：（經序）　「輿」字作[illegible]（003a）

案：《說文解字》：「[illegible]（輿），車輿也。从車舁聲。以諸切」《爾雅・釋詁》：「初哉首基肇祖元胎俶落權輿，始也。」《康熙字典》引《說文》「車底也」今本《說文》「車輿也。」不如舊本明晰。《韻會》「權輿，始也。造衡自權始，造車自輿始也。」即從「車底也」引申。《史記・封禪書》「賜列侯甲第，僮千人。乘轝斥車馬帷幄器物以充其家。」作「轝」。《敦煌俗字典》引 S.388《正名要錄》：「[illegible]　[illegible]：右字形雖別，音義是同。古而典者居上，今而要者居下。」〔註 47〕以「轝」爲「古而典者」，以「輿」爲「今而要者」。《私記》作「造化權[illegible]」，「[illegible]」字以「爻」替代了「車」，是有意的簡寫，爲《私記》所特有。

044　勇：

「不撟」條：下，居夭反。《國語》曰：行非先王之法曰撟，假也，言威儀眞實不詐現異相也。宜從丈（扌）或經爲從天（矢）者，

〔註 46〕黃征《敦煌俗字典》，第 515 頁。

〔註 47〕黃征《敦煌俗字典》，第 514 頁。

直也，勇也，正也，此乃非經意也。可作橋字。(經第十四卷) 「勇」字作勇（044b）

案：《說文解字》：「勈（勈），气也。从力甬聲。戫（戫），勇或从戈用。恿（恿），古文勇从心。余隴切」小篆爲左右結構的形聲字，隸書成爲上下結構作「勇」。《敦煌俗字典》錄有多例：勇、勇、勇、勇、勇、勇。〔註48〕此六體可以分成四組：第一組以「勇」上方之「マ」譌作「䒑」，即勇、勇、；第二組以「勇」上方之「マ」作「䒑」，即勇、勇；第三組將部件「用」寫作「田」，即勇、勇、勇、勇、勇。第三組將部件「力（力）」寫作「乃」，「力」是按隸古定的法子對小篆「㔹」的隸書寫法，或譌作「力」，抑或將首筆撇與橫折連書成「力」，寫作「乃」，則是因「力」而譌。《私記》作「勇」，與敦煌的「勇」在結構上最爲相近。可能是當時比較流行的寫法。

045　　怨：

「仇對」條：上，渠尤反。讎也，怨也，言集望於道如怨讎也，障出離故也。**(經第十二卷)**　「怨」字作怨（036b）

「圍（園）苑」條：下音怨，訓圍也。下音怨（經第卅五卷）「怨」字作怨（103b）

案：《說文解字》：「怨（怨），恚也。从心夗聲。𢘃（𢘃），古文。於願切」《敦煌俗字典》錄有體，怨、怨、怨、怨、怨、怨、怨。〔註49〕S.799《隸古定尚書》：「自絕于天，結怨于民。」「怨」字作怨，則「怨」爲「隸古定字」即以楷書的書法書寫的孔氏古文經。但這個字無法看出與《說文》古文「𢘃」之間的傳承關係來，由於 S.799 是個傳抄本，其中文字多有譌變。從怨字看，倒不如看成是《說文》小篆「怨」隸定的「怨」字的譌變更妥。因爲在中古俗字中，从「夗」之字往往譌从「死」，如「苑」字作苑（《私記》本條詞頭）苑（《敦煌俗字典》524 頁引 S.2832《願文等範本・亡女事》：「豔比東鄰，美同南國；花容始發，玉貌初開。何期桂葉先彫（凋），芳蘭罷秀；三春苑內，漂落芙蓉；明鏡台前，塵埋片玉。」）《私記》「怨」字作怨，與敦煌相同。

〔註48〕黃征《敦煌俗字典》，第 508 頁。

〔註49〕黃征《敦煌俗字典》，第 523 頁。

046　苑：

「序」條：京兆靜法寺沙門慧苑之作（經序）　「慧苑」之「苑」字作䓅，旁有注改字「菀」（003b）

「長風」條：上，直良反。《兼名苑》云：風暴疾而起者，謂之長風也。（經第十三卷）　「苑」字作𦱙（039b）

「衆苦大壑」條：……魚（兼）名苑曰（經第廿三卷）　「苑」字作花（076b）

「圍（園）苑」條：（經第卅五卷）　「苑」字作𫇭（103a）

案：《敦煌俗字典》錄有體，菀、夗、苑、花、菀。〔註 50〕《私記》「慧䓅」原文「苑」字作䓅，此不成字。此字右側有「菀」字，爲原字之改寫。則《私記》改字者（當是校讀《私記》的人，《私記》中有多處改字。）認爲經序爲慧菀所作。「苑」、「菀」二字古通用。顏眞卿書《干祿字書》：「菀苑：上藥名，下園苑。」慧菀即慧苑，唐代高僧，《新譯華嚴經音義》的作者。《私記》「苑」字與敦煌各例有異，所見四例䓅、𦱙、花、𫇭均不同《干祿字書》，且不見於各類字書。當爲抄寫者因其所用底本文字草率而轉寫楷書時誤認造成譌變。如䓅、𦱙蓋將將底本「苑」字之構件「夕」分別轉寫作「幺」和「犭」；花、𫇭二字將構件「㔾」譌作「匕」，花更將「夕」將作「亻」，遂令該字與「花」字同形。正因爲《私記》抄錄人在「苑」字上多譌，故校核者於「兼名𦱙云」的𦱙字右邊加點，並於字左側注以「苑」字，在「魚名花曰」的「魚」字左旁加點，並於右側注以「兼」字，在「花」右側注以「苑」字。「圍𫇭」條校核人没有加注，則是承認了「𫇭」字，蓋此寫法在當時頗爲流行，與敦煌俗字花相同，如《廣碑別字·九畫·苑字》引《唐宣義郎行左衛騎曹參軍攝監察御史四鎭節度判官崔夐墓誌》作苑。《集韻·去聲·願韻》、《佛教難字字典·艸部》作苑。《宋元以來俗字譜·艸部》引《列女傳》等作苑。

047　幢：

「昇兜率天宮品第廿三」條：……「十迴向品」卅三半盡卅三，本名「金剛幢菩薩迴向品」。（經第廿二卷）　「幢」字作幢（070b）

〔註 50〕黃征《敦煌俗字典》，第 524 頁。

「十迴向品第廿五之一」條：新經第廿三上半，舊經第十四下半。金剛幢菩薩迴向品第廿一（經第廿三卷）「幢」字作𢅥（074b）

案：《說文解字》「幢（幢），旌旗之屬。从巾童聲。宅江切」「幢」字《敦煌俗字典》錄作𢅥，引甘博136《道行般若經》卷第九：「城中皆行列五色幢幡。」「懸幢幡音樂之聲，數千百種，日日不絕。」〔註51〕其左旁作「巾」但甚爲不明顯，與「忄」旁相似；右旁作「重」，似因「鐘」「鍾」同音義近而古書混作而訛「童」旁作「重」，《私記》作𢅥，左旁訛爲「忄」旁，右旁依然作「童」。

以上各例，可以揭示《私記》俗字與敦煌俗字之間存在著一定的聯繫。這些聯繫固然不能是敦煌文獻直接進入日本而影響島國，但有幾點是可以看出，產生於島國的《私記》俗字與敦煌俗字兩者之間的傳承關係。這種傳承表現爲：

一、《私記》產生的年代大致相當於唐代中晚期，而由於敦煌文獻以佛經及相關作品爲主，與流傳到島國的佛經及其音義作品在內容上出於同一來源，因而《私記》用字在最大程度上是與敦煌文字一致的。我們從《私記》中檢出近一千各種不同的俗字字形，絕大多數能在敦煌文獻中找到相似之處，只有個別的書寫譌變顯出《私記》文字的獨特風格。

二、佛經傳譯在中國有很長的歷史，但武周時代的《新譯華嚴經》爲《私記》文字的時代作了很好的定位。也就是說，《新譯華嚴經》是初唐流行的文字，慧苑的《新譯華嚴經音義》則梳理了這一經文中的有關音義，我們知道，所謂「音義」，是在不同本子的對勘基礎上，對各本上出現的有疑問的字進行辨識和注解。單經音義跟眾經音義的區別就在於，單經音義涉及的底本相對比較明確和保眞度高一些，其時代性更強一些。而《私記》是在慧苑《新譯華嚴經音義》的基礎上的「本土化」音義，受內容的限制，在字形上可能更具有底本的某些特徵。

第二節　《私記》與碑刻俗字

顏元孫在其《干祿字書・序》中說：

〔註51〕黃征《敦煌俗字典》，第569頁。

> 所謂「正」者，竝有憑據，可以施著述文章對策碑碣，將爲允當（進士考試，理宜必遵正體；明經對策，貴合經注本文。碑書多作八分，任別詢舊則）。

這裏明確了「著述文章對策碑碣」的文字應當以正字爲尚。但具體地說，著述文章、明經對策和碑碣又有所不同，這種不同是在採用字體上寬嚴程度的不同。因爲進士考試是國家考試，「理宜必遵正體」；而明經是以儒學經典爲闡釋對象，對策是爲皇帝建言劃策，尋找「聖人之言」作爲立論的依據，當然「貴合經注本文」。經與注如若文字上有參差，但有依據，便可利用。而碑書文字到唐代已經多有變化，除了當時流行的楷書（眞書）外，早期的如漢魏石刻，多作「八分」書，因而碑書的字體比較複雜，故「別詢舊則」，以所採用的字體作爲標準。因而在碑碣文字中出現一些與經傳不合的字形，也是允許的。這也如今天有些書法作品中因模仿古人而出現一些所謂「帖體」，並不視作「不規範」一樣。

這種「彈性」的正字標準其實也是由當時技術手段所決定的。因爲當時的書籍是靠「抄錄」進行複製的，顏師古「貞觀中刊正經籍，因錄字體數紙以示，讎校楷書，當代共傳」的「字樣」是提供給抄寫經整理過的經籍的書手們作標準的，這種正字方式，直到清代《四庫全書》也仍在使用。《四庫全書》成書，僅抄成七部，分貯文淵閣、文溯閣、文源閣、文津閣及江南文宗閣，文匯閣和文瀾閣珍藏，這樣規模巨大的工程，其成果並沒有改掉時推廣，而衹藏於皇家，主要原因是如果刊刻印刷，其耗資更爲巨大，而以當時的印刷技術，要全部刊印是無法想像的。因而，歷代石經和規模弘大的叢書，眞正使用者總是在少數專家。

顏元孫所說的「正體」，在我們看來，應該有兩層涵義。一是在字的書體上，必須是端正的「楷書」，因爲楷書原來就有「眞書」和「正書」的名稱。而稱之爲「眞」，以其與「草書」「藁書」相對立，稱之爲「正」則以其端正爲特徵。人們還習慣將秦以後的書體稱爲「隸書」，「隸書」這一名稱在很長時間裏，是包涵著「秦隸書」「漢隸書」「八分」「草書」及至「眞書」「正書」「楷書」等等書體形式的。而「楷書」名出，則逐漸爲人們所約定。今天人們所稱「楷書」，其指向是十分明確的。其實，「楷書」這一名稱，本身就含有「標準書體」的意義，我們還注意到「楷書」字體使漢字成了眞正的「方塊字」，這種縱橫等長的方塊字體也爲後世的雕版印刷和活字印刷作了字體上的準備。所以唐代石經用字以楷書爲準，並強調用字的規範，是有其客觀條件的成熟背景的。

顏氏所說的「正體」，第二層涵義，便是對文字記錄語詞的標準化，也就是儘量採用約定面廣而有歷史背景的文字，減少異體字的使用。這個標準今天看來，也同樣是對日後雕版印刷乃至活字印刷的物質準備，具有劃時代的意義。無限增多的字形對印刷傳播永遠是個消極的因素。

然而，由於漢字是歷史的堆積，文字是爲適用而造，眾多字形並不在同一層面上，所以對漢字的字形規範很難以日本假名式的僅僅以音節文字來記錄語言，表意的漢字又在文字字形與語義間構築了非常複雜而微妙的種種關係。因而，漢字不可能完全取消異體字，採用彈性的正字標準，是其可行的一條道路。

所以，在強調正字的時候，人們往往會將日常的書體轉換成楷書加以討論。這也像漢代孔安國用當時的字體去刊定「壁中書」一樣，孔氏的方法是「隸古定」，以隸書的筆畫去摹錄「古文」的字形；後世在把眾多字體一起討論時，也會用楷書的筆畫去摹寫其他字體的字形，達到「楷定」的要求。在這轉錄過程中也就會造成一定的字形變易，儘管這樣，這種方法還是會被大家認同，因爲這是作爲一種標準成爲大家的共識。

歷代碑刻文字，是指漢魏以來直到唐代的碑碣銘誌等等刻於石上的文字，字體包括篆書、隸書、八分、眞書。由於碑碣存於北方的較多，尤其是北朝碑誌對後世文字有著巨大的影響。所以我們用來對比的文字也往往得自這些碑誌。

以下舉《私記》俗字與石刻文字以見其例：

01　哀：

「**憐愍**」條：上利，尒（先）反。哀也。（經第廿一卷）　「哀」字作[illegible]（068b）

案：《敦煌俗字典》錄有[illegible]、[illegible]、[illegible]、[illegible]、[illegible]、[illegible]六體，《私記》作[illegible]，與其中[illegible]、[illegible]兩體近似，從字的體態分析，則[illegible]亦與之相同，只是其下哀的「衣」更顯爲隸書筆意。按《說文》「[illegible]（哀）：閔也。从口衣聲。」原爲包圍結構，將「口」置於分開的「衣」字中間，以保持結構上的完整性。而俗字[illegible]在「口」之下重作「衣」，與頭上之「亠」形成重牀疊屋之勢，但保持了「衣」旁的完整。

在字形上則呈上下結構之勢。哀字下部之「衣」可能會因書寫省略某些細小的點畫，如《金石文字辨異》錄唐李平居石像銘作哀，《私記》作哀，與《金石文字辨異》錄唐張府君夫人上黨樊氏墓誌銘作哀相同，更將頭上之「亠」訛作「𠂉」，此與行書中，往往將「亠」作「𠂉」，將「文」作「攵」一致。因而，此字形的出現當與書者受行書影響有關。

002　拔：

> 「**擢斡**」條：上，除覺反。引也，去也，出也，拔也。(經第一卷)「拔」字作拔（015b）
>
> 「**擢**」條：達卓反。拔也，出也，去也。(經第卅三卷)　「拔」字作拔（098b）

案：漢《衡方碑》「招拔隱逸」，「拔」字作拔，《敦煌俗字典》收錄七個「拔」字，其中甘博 004-1《賢愚經》：「我有一臣摩尼拔陀。」作拔；S.189《老子道德經》：「善建不拔，善抱不脱。」〔註 52〕作拔。《私記》拔與之相一致。

003　柸：

> 「**打棒屠割**」條：棒字，正作棓字，或亦爲柸。(經第五十五卷)「柸」字作拌（134b）

案：《敦煌俗字典》無。「柈」字《唐韻》薄官切，《集韻》、《正韻》蒲官切，竝音槃。《墨子・帝堯篇》：「書名竹帛，琢戒杅柈。」《杜甫・十月一日詩》：「焦糖幸一柈。」則讀作平聲的「柈」爲木器之名，與「槃、盤」意義相同。此與讀去聲的「柸（棒）」在語音上有比較明顯的區別。《類篇》「柈」又音普半切，音判。木名。「柸」字《集韻》部項切，音棒。《玉篇》：「木杖也。棓、棒竝同。」「棓」字《集韻》部項切，音棒。木杖。本作棓。或从奉从。「棓」字《說文》「棓，梲也。从木音聲。」段玉裁注：「棓棒正俗字。《天官書》：『紫宮左三星曰天槍，右五星曰天棓。』《淮南書》：『寒浞殺羿於桃棓。』」「棓」爲「棒」的正字。《私記》誤以「柈」作爲「棓」之或體，是因「柸柈」形近致譌。顏眞卿書《干祿字書》上聲：「棒[illegible]……竝上通下正。」）[illegible]字雖泐，由殘字看，右旁作「半」而非「丰」，此爲南宋據楊漢公石刻重刻本，

〔註 52〕黃征《敦煌俗字典》，7 頁。

據《麻姑仙壇記》顏書則作「蚌（蚌）」。《說文》虫部：「蜃屬。从虫丰聲。」「丰」隸作「丰」。隸定過程中出現的「丰」與「半」近似，可能就是造成「丰」旁與「半」旁混譌的原因。

004　蚌蜯：

「海蜯」條：（經第十卷）　「蜯」字作蜯（030a）

「蠃」條：蚌也，又作蠡。（經第廿一卷）　「蚌」字作蚌（067b）

案：蜯字《集韻》步項切，音棒。《玉篇》與蚌同。《說文》無「蜯」字而有「蚌」字。《班固．答賓戲》「隋侯之珠，藏於蜯蛤。」）顏眞卿書《干祿字書》上聲：「蜯蚌……竝上通下正。」）蚌字雖泐，由殘字看，右旁作「半」而非「丰」，此爲南宋據楊漢公石刻重刻本，據《麻姑仙壇記》顏書則作「蚌（蚌）」。《說文》虫部：「蜃屬。从虫丰聲。」「丰」隸作「丰」。《敦煌俗字典》作蜯，S.5431《開蒙要訓》：「蝦蟆蚌蛤。」）〔註53〕「蜯」爲俗字。又《私記》頁六十六：「蠃：蚌也，又作蠡。」案：《說文・虫部》：「蠃（蠃），蜾蠃也。从虫𣎆聲。一曰虒蝓。郎果切。」「蠇（蠇），蚌屬。似螊，微大，出海中，今民食之。从虫萬聲。讀若賴。」「蠡（蠡），蟲齧木中也。从䖵彖聲。蠡（蠡），古文。盧啓切。」蠡，與螺通。《類篇》：「蚌屬。」《康熙字典》：「聖人法蠡蚌而閉戶。見文子。」明代楊愼《詞品》「椒圖」條：「又按尸子云：『法螺蚌而閉戶。』」今檢《文子》及《尸子》，皆未得上兩條引文，或有遺逸。段玉裁《說文解字注》蠡假借之用極多。或借爲蠃蚌字。小篆从丰之字如「邦」，俗字有作从「半」者如《重訂直音篇・卷六・邑部》邦。《集韻・平聲・江韻》邦。从圭者，如《偏類碑別字・邑部・邦字》引《隋宮人司飭丁氏墓誌》邽。《敦煌俗字譜・邑部・邦字》引《祕2・003・右6》邽。从羊者如《隸辨・平聲・江韻・邦字》引《北海相景君銘》𨛍。从羊而下不出頭者，如《碑別字新編・七畫・邦字》引《漢景君碑》𨛍，《中華字海・王部》𨛍。皆可爲證。乃如小篆「牛」隸定爲「牛」，左角生「丿」，小篆「生」隸定爲「生」，但小篆「青」隸定後上左無「丿」，而或體作「青」，即「青」字。同理。《精嚴新集大藏音・生部》青。《龍龕手鑑・生部》、《漢

〔註53〕黃征《敦煌俗字典》，11頁。

語大字典・生部》作青。亦可爲證。

005　報：

「破印」條：下，於胤反。言苦報盡處方顯滅諦，故滅諦爲破卯（印），或本作破卯。卯，魯管反。謂由破於生死𣪊卯，顯得滅諦故也。（經第十二卷）　「報」字作報（036b）

「知恩易悔無慍暴」條：慍，於運反。恨也。暴，蒲報反。陵犯也，欺陵觸於人也。案暴字正爲暴字。若曬物爲暴字也。曬，干也。古經云「知恩報恩者，易化无瞋恨」。慍，又怒也，怨也。（經第卌六卷）　「報」字作報（105b）

案：《敦煌俗字典》錄有報、報、報、報、報、報、報、報八字，大同小異；《私記》與其中報（敦研128《大般涅槃經》：「次復觀愛生果報。」）、報（敦研183《大般涅槃經》：「我今此身，已受花報。地獄果報，將近不遠。」）〔註54〕最相接近。依小篆「報」之右下部當作「又」，而俗字多从「人」作，此與「取」字等有相同之處。〔註55〕「報」字《漢禮器碑》「竭敬之報」作報，《史晨奏銘》「庶政報稱爲效」作報，《魏封孔羨碑》「斯豈所謂崇化報功」作報，則此譌變起自漢代隸書。

006　暴：

「知恩易悔無慍暴」條：慍，於運反。恨也。暴，蒲報反。陵犯也，欺陵觸於人也。案暴字正爲暴字。若曬物爲暴字也。曬，干也。古經云「知恩報恩者，易化无瞋恨」。慍，又怒也，怨也。（經第卌六卷）「暴蒲報反」作暴　「案暴」作　「正爲暴」作暴（105b）

案：《說文》夲部：「暴（暴），疾有所趣也。从日出夲廾之。日部：「㬥（㬥），晞也。从日从出，从夲从米。𪰆（𪰆），古文㬥从日麃聲。」《敦煌俗字典》錄有暴、暴、暴、暴四體〔註56〕，《私記》暴與其中暴一致，暴略不同，其

〔註54〕黃征《敦煌俗字典》，12頁。

〔註55〕蔡忠霖《敦煌漢文寫卷俗字及其現象》「從『取』之部件作『耳』例」，文津出版社，2002年版。326頁。

〔註56〕黃征《敦煌俗字典》，12頁。

頭上作「日」，漢孔宙碑陰：「暴香字伯子」作暴，譌暴下之「米」作「氺」，而隸變爲「暴」。暴、暴、暴則是其進一步譌變之形。暴則與小篆「㬥」字近似，當是「㬥」字隸定而略有譌變。

007　　被：

「威德廣被」條：彼字若被，有疑耶。舊經云：功盖天下，德覆十方。（經第廿五卷）　「廣被」作廣彼（079a）

案：《敦煌俗字典》錄有二例，作被、被〔註57〕，皆與《私記》異體。《私記》之彼，當即「彼」字，與「被」同用。靈臺碑「德彼四表」，又「廣彼之恩」，字作彼〔註58〕，但「德彼四表」用同「被」，可見漢代以來即有用「彼」作「被」之例。

008　　卑：

男女、君臣、父子、尊卑、上下，謂之人文也。（經序）　「卑」字作𤰞（003b）

案：《敦煌俗字典》錄有三字。𤰞、𤰞、𤰞《私記》與𤰞一致：S.6659《太上洞玄靈寶妙經眾篇序章》：「配役三河，𤰞塞長源。」字典中𤰞、𤰞字形中豎皆一畫貫穿到底，則是在書寫上更趨簡省。〔註59〕漢石門頌：「卑者楚惡」作𤰞，校官碑：「卑尒熾昌」作𤰞，華山亭碑：「尊卑錯綜」作𤰞，西狹頌「緣崖俾閣」作俾，魏橫海將軍呂君碑「裨將軍」作裨，孫根碑「天子是裨」作裨，凡從卑之字多如此。故其上部省一短撇是由隸變開始的。

009　　禆：

「**僻見**」條：孚赤反。避也，或不正也，或曰耶僻也。避，禆鼓反。行也，迴也，去也。鼓也（經第十八卷）　「禆」字作禆（060b）

案：《敦煌俗字典》無。《私記》左旁作「礻」。作「礻」是「衤」旁的訛書。正字當作「裨」。其右旁「卑」無「田」上短撇，是當時通行寫法，見「卑」

〔註57〕黃征《敦煌俗字典》，14頁。

〔註58〕顧藹吉《隸辨・上聲四紙韻》引。

〔註59〕黃征《敦煌俗字典》，13頁。

字。

010　俾：

「俾」條：比尔反，又普來反。使也，從也，軄（職）也（經卷第二）　「俾」字作俾（016a）

「俾倪」條：上，普米反。下，五禮反。堞也，女墻也，城上小垣也。或作顊倪，或鞞𫀅矣，或爲㙞堄，女墻也。又㙞字爲埤字。（經第十卷）　「俾」字作俾（030a）「顊」字作顊　「鞞」字作鞞（030b）

「俾知」條：上使也，如令也。（經第廿三卷）　「俾」字作俾俾知 077a

案：《敦煌俗字典》錄作俾（S.388《正名要錄》：「右依顏監《字樣》甄錄要用者，考定折衷，刊削紕繆。」）〔註60〕，《私記》有四體，第一體與之相同；第二體點劃略有差異；第三體則改變了形符，作「攵（攴）」，第四體亦改形符爲「頁」。究其原因，則「俾」字《說文》作𠈮，釋「益也。从人卑聲。一曰俾，門侍人。」漢《西狹頌》「緣崖俾閣」作俾，是俾形之來源。但《私記》所用爲「俾倪」字，「俾倪」爲聯綿字，書寫爲記音，字形無定，有多種字形是其常態。

011　鄙：

「鄙賤」條：上，悲几反。猥陋也。（經第十二卷）　「鄙」字作鄙（036a）

案：《說文解字》：「𨛘（鄙），五鄼爲鄙。从邑啚聲。兵美切」《敦煌俗字典》錄有四體：鄙（S.388《正名要錄》：「右依顏監《字樣》甄錄要用者，考定折衷，刊削紕繆。」）鄙（甘博003《佛說觀佛三昧海經》卷第五：「罪既畢已，生賤人中，貧窮鄙陋。」）啚、啚〔註61〕其一爲正字；三、四兩體爲聲旁字代用。第二體略有變異；《私記》與第一體相近。唯所從「回」作「囬」，亦書法變體

〔註60〕黃征《敦煌俗字典》，17頁。

〔註61〕黃征《敦煌俗字典》，17頁。

易。《私記》鄙字之形可溯及漢代隸書。石刻《脩華嶽碑》「二鄙以清」作鄙，其左旁「啚」已經有此變化。

012　懲：

「特垂矜念」條：上，獨也。矜，憐也。謂偏（偏）獨憂憐也。矜字正從矛、今，而今字並作令，斯乃流迶日久，輙難懲改也。（經第廿一卷）　「懲」字作懲（068b）

案：《敦煌俗字典》錄有懲、懲二體，〔註 62〕二字不同之處在於部件「山」所處位置，前者在「徵」的中部，後者置於字的頂端。《私記》作懲，與其前一體相同，而與正字「懲」的差別僅在「山」下省去一短横。《說文・心部》：「懲（懲），㤂也。从心徵聲。」「徵（徵），召也。从微省，壬爲徵。行於微而文達者，即徵之。𢿔（𢿔），古文徵。」「從微省」，中間的短横原是「微」的一部分，但在隸書中，人們就習慣省去（北海相景君銘「以病被徵」作徵，史晨奏銘「端門見徵」作徵），於是「徵」就成了「徵」的最常見的寫法。

013　崇：

「七十二君」條：司馬相如《封禪書》曰：繼《韶》《夏》，崇號謚，略可道者七十有二君也。《管子》曰：昔者，封太山、禪梁父者，有七十二家。梁父，謂太山下小〔山〕也。禪，音善。父，音斧。（經序）　「崇」字作崇（004b）

「崇」條：高也。（經第十卷）　「崇」字作崇（030a）

案：《敦煌俗字典》錄有三體：崈、崇、崇〔註 63〕三體中，崈被認爲「隸古定字」，崈字上部「山」略斜傾，此字深受前代書法的影響：《魏封孔羨碑》「崇配乾巛」作崇，「豈所謂崇化報功」作崇，王羲之《蘭亭集序》「此地有崇山峻領」作崇，「山」呈斜傾之勢，唐褚遂良書《雁塔聖教序》「佛道崇虛」作崇，顯然有意傾斜，敦煌之書作崇，爲時尚書法，《私記》崇作正楷，但「宗」之「宀」略去一點成「冖」，此亦可以追溯到漢代隸書，禮器

〔註 62〕黄征《敦煌俗字典》，51 頁。

〔註 63〕黄征《敦煌俗字典》，56 頁。

碑陰「虞崇伯宗」作宗。

014　儔：

「**儔伴**」條：上，直由反。類也。下音半，訓比也。（經第五十八卷）　「儔」字作儔（137a）

「**儔匹**」條：上，直由反。類也。（經第五十九卷）　「儔」字作儔（139a）

案：《敦煌俗字典》無。可洪音義「壽」字作「壽」，與《私記》「儔匹」之「儔」右旁相同。韓勑碑「惟永壽二年」「壽」字作壽。《敦煌俗字典》收錄多個「壽」字俗體，其中「壽、壽、壽」三體與《私記》「儔伴」之「儔」右旁近似。是以該旁譌變由來久矣。

015　低：

「俯」條：弗武反。下首也，曲也。俛，无卷反。低頭也。（經序）　「低」字作低（009b）

「遅迴」條：可作低徊字。王逸注云：低佪，猶俳佪也。今經本作「遅迴」之字者，此乃緩歸之名，非俳佪之義。《埤蒼》曰：低佪謂姍遊也。（經第卅六卷）　「低」字作低（106b）

案：《說文解字》：「下也。从人氐，氐亦聲。都兮切」《北海相景君銘》「歔欷低佪」作低，《城垻碑》「氐羌攻□」「氐」字作氐，《敦煌俗字典》收錄多個「低」字的字形：低、低、低、低、低、低、低。〔註 64〕皆從漢隸演變。《私記》「低」字作低，在「低」字下作連點，似是循漢隸中「氐」字下點書作橫畫的做法，但又將此橫畫書作連點。《私記》書法似有此習慣，即將處於字形下部的橫畫當作連點書寫。如「与」作与（經序）、「拯」作「拯」等。

016　荻：

「芒草箭」條：　芒正爲莣字，其形似荻，皮重若笋，體質柔弱，不堪勁用也。荻笋勁芒音（經第十三卷）　「荻」字作荻（041b）

案：此与「記萮」「萮」字作⺮頭同。「艹」頭與「⺮」頭混同。它如「苐」

〔註 64〕黃征《敦煌俗字典》，81 頁。

與「第」「蔑」與「篾」，蓋由「竹」字頭與「艸」字頭相混之故。此例更因「笋」字而類及。

017　滌：

「滌除」條：（經第三卷）　「滌」字作（017a）

案：《說文解字》：「（滌），洒也。从水條聲。徒歷切」《衡方碑》「脩清滌俗」作，《敦煌俗字典》引 S.388《正名要錄》：「滌：洒。」作，引 S.0343（12-1）《患文擬》：「惟願承斯福力，業障雲消；累世愆尤，從茲湯（蕩）滌。」作。〔註 65〕《私記》作，正與敦煌二例相同，都是繼承了《衡方碑》的結構。

018　底：

「寶悉底迦」條：（經第廿二卷）　「底」字作（071a）

「計都末底山」條：（經第卅九卷）　「底」字作（110a）

案：《說文解字》：「（底），山居也。一曰下也。从广氐聲。都礼切」石刻《街彈碑》「底□輕賦」作，《劉寬碑》「灊庯底昭」作，俗字多有於右旁加「、」者如《敦煌俗字典》收錄、、、、〔註 66〕諸體，皆加、爲飾。「底」字下點俗字或省，或作横畫。作横畫乃承繼小篆之體，石刻亦如之。但《私記》「底」字作，易下部之横畫作連點「灬」，蓋俗字下部從連點之字如「燕」「馬」「鳥」等皆省作横畫，《私記》書者遂反正「底」字作。此爲不知正字而過度反正之例。

019　權：

「造化權輿」條：造謂造作，化謂變化。《尒雅》曰：權輿者，始也。言造作天地，變化万物始也。（經第十卷）　「造化權輿」字作「造輿」「權輿者」作「輿者」（003）

「擁權」條：上，布左具。下，方便也，功也。（經第廿七卷）「權」字化作（090a）

〔註 65〕黃征《敦煌俗字典》，81 頁。

〔註 66〕黃征《敦煌俗字典》，81 頁。案：《說文解字》：「」

案：《敦煌俗字典》錄有六體：權、權、權、權、權、權〔註67〕，其左旁無例外皆從「扌」，《私記》前二例字亦皆從「扌」，俗書多有從「木」旁之字混作從「扌」旁者，〔註68〕此種混淆，當始自隸變，《說文・木部》：「朾（朾），橦也。从木丁聲。」段玉裁注：「撞從手。各本誤從木從禾。今正。」又曰「朾之字，俗作打。」則「扌」「木」混淆是書寫中常見現象。而後「打」字獨立出來，成爲表打擊義的專用字。但俗書仍有以「朾」作「打擊」義者，敦煌S.610「索杖欲朾，即脫犯罪人衣裳於庭中」，朾即「打」。《私記》「造化擭輿」之「擭」，右旁下部與敦煌俗字「獲」（獲 S.799《隸古定尚書》：「予小子既獲仁人，敢祗承上帝，以遏亂略。」）之右旁同，當爲俗書形似致譌。顏眞卿《干祿字書》：「權權：上俗，下正。」顏書權字與《私記》「擁權」之權一致。

020　竭：

「阿揭陁藥」條：或云阿竭陁，或阿伽陁矣。阿，此云普也。揭阿（陁）云去也。云服此藥者，身中諸病普皆除去也。又阿云无也，揭陁云病也。服此藥者已，更无諸病也。亦云丸藥也。（經第十三卷）　「竭」字作竭（040b）

案：《敦煌俗字典》錄有一體二例：竭〔註69〕。《私記》作竭，右旁「曷」與敦煌不同，但都是由「曷」譌變。其變化過程已見前例「揭」字所述。《偏類碑別字・立部・竭字》引《魏法文造像記》作竭，則與敦煌一致。《隸辨》引《鄭固碑》「虔恭竭力」作竭，《劉熊碑》「忠貞竭效」作竭，《孔䨣碑》「以孝竭□」作竭，此三碑中隸書「竭」字與《私記》竭在結構及所有構件都一致，是《私記》傳承漢碑之證。

021　倢：

「舟檝」條：檝，秦入、資葉二反。《通俗文》曰：櫂謂之檝。

〔註67〕黃征《敦煌俗字典》，332頁。

〔註68〕蔡忠霖《敦煌漢文寫卷俗字及其現象》「『木』『扌』兩偏旁不分例」，文津出版社，2002年版，288頁。

〔註69〕黃征《敦煌俗字典》，197頁。

《釋名》曰：檝，倢也。撥水使舟倢疾也。又案檝字不者（着）戈，音乃資案（葉）反。然訓義無別也。（經第七十七卷）　「倢」字作倢（182b）

案：《敦煌俗字典》無。《集韻・入聲・葉韻》有作倢，與《私記》之倢近似。倢是在「倢」之「疌」旁添加「廣」而成，其訛變原因不明，《隸辨》引《張納功德敘》「收功獻捷」，「捷」字作捷，《隸辨》「按即捷字，變疌爲建」。則隸書中「疌」旁已有訛變。《敦煌俗字典》收三例「捷」字俗體作捷、捷、捷，從這三個字的右旁看，捷與捷的右旁最近似，捷將捷右旁的起筆斷作「亠」與其下分離；捷則將這種分離進一步強化，而因捷之中豎向左略偏斜，因之訛作「庚」下施「人」，由此，「疌」旁的訛變就比較清楚了。《私記》「倢」字作倢，其訛變過程當是相同。

022　　沮：

「沮壞」條：上毀也。　「沮」字作沮（133a）

案：《敦煌俗字典》無。《隸辨・平聲・魚韻・沮字》引《楊震碑陰》作沮。《私記》作沮，顯然傳承了隸書的寫法。

023　　遷：

「遷」條：遷（經序）　「遷」字作遷（012a）釋語「遷」字作遷（012b）

《說文解字》：「遷（遷）登也。从辵䙴聲。拪（拪），古文遷从手西。七然切」《敦煌俗字典》收錄遷、遷、遷、遷、遷、遷。〔註 70〕敦煌前四例略同，與《私記》字頭遷一致；後兩例略同，爲另一系例，與《私記》釋語用字遷一致。顏眞卿書《干祿字書》：「遷遷：上俗，下正。」有趣的是，《干祿字書》以遷爲正，而《私記》却以之作字頭，須用俗字遷加以詮釋。可見俗字遷在當時使用之普遍。當然，作爲被詮釋的對象「遷」本身並不規範，已經發生了譌變，這是需要詮釋的主要原因。石刻隸書文字《張遷碑》「君諱遷」作遷，《魯峻碑》「遷九江大守」作遷，《華山廟碑》「遷京兆尹」作遷，《衡方

〔註 70〕黃征《敦煌俗字典》，318 頁。

碑》「遷會稽東郡都尉」作遷，這是隸定「遷」字的隸書寫法，也是《干祿字書》正體的源頭。《景北海碑陰》「都昌冀遷」作遷，則是《干祿字書》「遷」字俗體遷的肇端。因見「遷」字在隸變過程中漸行漸遠，正體和俗體都有很大的使用空間。

024　翹：

「翹棘」條：尅翹音交。訓久波多川。棘音黒，訓宇末良。（經第十四卷）　「翹棘」之「翹」作翹　「尅翹」作尅翹（047）

案：此條「翹」字有三個不同的寫法，「翹」字的左旁「堯」采用了俗寫「尭」。《隸辨》引《侯成碑》「翹節建志」作翹，《碑別字新編・翹字》引《魏元液墓誌》作翹，與《私記》翹相同。「尅翹」作尅翹，有說「尅」爲衍字，當刪。不過，此處的尅與翹左旁相同，尅就不是簡單的衍字了。而應當看作是「翹」的一個譌俗字。書寫人先已將詞頭「翹」書作翹，繼以在釋語中以尅翹作爲音義的對象。尅翹二字左旁均作「克」，實是由翹之左旁譌變而成。尅從寸，「寸」乃與「羽」相近，遂有尅翹二字一起「音交」之說，並非平白而衍「尅」字出來。

025　巚：

「巖巖」條：又作巚字，魚偃反。峯也，謂山形如累重甑也。甑（經第六十七卷）　「巚」字作巚（163b）

案：《說文》無巘或巚字。但該字出現很早，《詩・大雅・公劉》「陟則在巘，復降在原。」便有使用。秦公《碑別字新編・巘字》引《唐翟惠隱墓誌》作巘。引《北涼沮渠安周碑》作巘。引《魏南石窟寺碑》作巘。字書中出現最早當爲《玉篇》，但字形頗不一致：《原本玉篇》438 頁作巘：「巘：魚優反。毛詩陟彼在巘。傳曰：小山別於大山者也。尓雅重巘隒。郭璞曰山形如累兩甑也。又曰昆蹄研巘。釋名甑一孔曰巘，山孤處以之爲名也。」原本玉篇字形頗不固定，一個「巘」字就出現「巘、巘、巘」三形。而釋語中之「甗」字亦出現兩處不同的寫法「甗、甗」。《宋本玉篇・山部》，作巘。原本玉篇是從日本延喜四年抄本，宋本玉篇則是刻本，二者在字形上的不同，自有其技術上的因素。但將原本玉篇與《私記》「巚」對比，不難感到兩者之間在風格上的相似，同時，我們也容易理解在文字的細部爲何會有這些變異，手寫字的規範程度跟刻本的傳播當然不可同日而語。《私記》巖字更接近石刻文字，尤其是魏南石窟寺碑的巖，而原本玉篇將聲旁書作「巚」，似是更有意爲注文的《釋名》尋找理據。因而寫本會受書寫者和內容的干擾，這種影響的作用是相當巨大的。

026　　邪（耶）：

「斜曲」條：上又斜，正。斜（斜）字正又爲耶字，同耶僻也。僻躃地。上，睥役反。倒也。僻，匹尺反。耶僻也。非旨。古經爲「險路」，斜字正。（經第十四卷）　「耶」字作耶（044b）

案：《敦煌俗字典》錄有五體：[illegible]、[illegible]、[illegible]、[illegible]、[illegible]。〔註 71〕《私記》作耶，與今「耶」字同。但根據該條釋語「同耶僻也」，知「耶僻」即「邪僻」。「耶」原是「邪」之異體，因隸書書寫中發生譌變而生「耶」字，《周憬功勳銘》「弼水之邪性」作耶，《曹全碑》「彈枉糾邪」作耶，《劉寬碑陰》「琅邪臨沂」作耶，《史晨後碑》「蕩邪反正」作耶，《隸辨》按「變牙爲耳，今俗因之。」《郯令景君闕銘》「姦邪洒心」作耶。《戚伯著碑》「橫遇邪度」作耶，《隸辨》按「即邪字，《熊君碑》『厲志疾耶』邪亦作耶，《字原》誤釋作躬。」蓋隸書「牙」旁近於「身」旁，而「身」旁又與「耳」旁相近，遂誤認「牙」旁作「耳」旁。或有認作「身」旁則誤釋耶爲「躬」。漢字於傳播中發生形變有如此者。又因「邪」字往往用作語氣詞，後世遂以「耶」專用記寫語氣詞，成爲正字。《私記》以「耶」字作「邪僻」字，說明了《私記》作者所見經本或《音義》字形即爲「耶」而非「邪」字，此「耶」字是因繼承隸書而來。其時「耶」字尚未成爲記錄語氣詞的專字。

027　　嬰：

「身嬰」條：（經第廿一卷）　「嬰」字作嬰（067a）

「長嬰疾苦」條：嬰，於征反。繞也，謂常爲疾苦之所纏繞也。（經第五十三卷）　「嬰」字作嬰（134a）

案：《私記》兩處「嬰」字，其意義皆爲縈絆之意。「長嬰疾苦」即長爲

〔註 71〕黃征《敦煌俗字典》，第 487 頁。

疾苦所絆，所擾。此字在敦煌 S.0343（12-2）《願文》:「頃自攝卷（養）乖方，忽癭（嬰）疢疾。」作癭。黃征案：此字非表「腫瘤」義之「癭」字，而是涉下「疢疾」之「疒」旁而類化之「嬰」字。〔註 72〕「嬰」字《說文解字》作「嬰，頸飾也。从女賏。賏，其連也。於盈切」「賏，頸飾也。从二貝。烏莖切」段玉裁注「駢貝爲飾也。」但在後世書寫中「賏」下四點或是省作一橫，《偏類碑別字・女部・嬰字》引《魏司空穆泰墓誌》作嬰；或是省略，《偏類碑別字・女部・嬰字》引《唐亡妻李氏墓誌銘》作嬰；或將下部之「女」連書作「安」及俗字：《碑別字新編・十七畫・嬰字》引《唐主簿王郊墓誌》作嬰、《廣碑別字・十七畫・嬰字》引《宋故河南郡君元氏墓誌銘》作嬰、《偏類碑別字・女部・嬰字》引《魏司空穆泰墓誌》作嬰、《金石文字辨異・平聲・庚韻・嬰字》引《北齊武平七年造像記》作嬰、《碑別字新編・十七畫・嬰字》引《唐魏邈妻趙氏墓誌》作嬰。《私記》嬰字與之一致，是當時流行俗書。

028 瓔：

> **「纓絡」**條：經本有作「瓔珞」二字，並謬。瓔，謂似玉之石。音与櫻同，非此用也。（經第一卷） 「瓔」字作瓔（014a）

案：《廣韻》「瓔珞，頸飾。」《敦煌俗字典》錄有體，瓔、瓔、瓔。〔註 73〕瓔字從嬰，「嬰」字俗書多有省略，「瓔」字亦同。《私記》「瓔」將部件「賏」之四點與「女」混合成「安」，與敦煌「瓔」相同。

029 葉：

> 「莖業」條：上又幹字，業字（經第卅三卷） 「葉」字作葉（116a）（經第卅五卷） 「迦葉弥羅國」條 「葉」字作葉（122a）

案：《敦煌俗字典》收體字：葉、葉、葉、葉、葉、葉〔註 74〕《私記》「迦葉弥羅」之「葉」與其中第四例「葉」相同。其構件「世」書作「云」，乃避唐太宗諱。《私記》「莖葉」作「莖業」，後字「業」蓋「葉」字同音而訛書「業」字。又《碑別字新編・十三畫・葉字》引《隋龍藏寺碑》、《偏類碑

〔註 72〕黃征《敦煌俗字典》，第 503 頁。

〔註 73〕黃征《敦煌俗字典》，第 504 頁。

〔註 74〕黃征《敦煌俗字典》，第 488 頁。

別字・木部・業字》引《唐伊闕縣令劉德墓誌》皆作𦾔。則隋唐間確有將「葉」「業」二字在書寫上混同的現象。不贅。

030 宜：

「涯際」條：上，宜佳反。無際也。（經第十一卷） 「宜」字作宜（046b）

「莊嚴巨麗」條：巨作宜岠，岠，至也。云至極美麗也。（經第廿六卷） 「宜」字作宜（086b）

案：《敦煌俗字典》錄有二體，宜、宜。〔註 75〕《私記》作宜與其後例一致。案《說文解字》作宜：「宜（宜），所安也。从宀之下，一之上，多省聲。宜，古文宜。宜，亦古文宜。魚羈切」。石刻《北海相景君銘》「明府宜之」作宜。《私記》和敦煌皆承繼了漢碑的結構。但《私記》之宜與敦煌第二例之宜，皆將構件「且」多書一橫畫，此俗書傳訛之故。

031 疑：

「**嶷然住**」條：嶷，魚其反。又魚極反。崱嶷也。《字指》曰：崱嶷，山峯皃。今謂峻峯迴然峙立也。（經第卅九卷） 「疑」字作

疑（110a）

案：《敦煌俗字典》錄有「疑」字俗字多例：疑、疑、疑、疑、疑、疑、疑、疑，〔註 76〕《私記》詞頭「嶷」字作疑，與其上「山」分作兩字，旁有後人校字「嶷」，則該條當爲「嶷然住」，三字詞條。就「疑」字（或構件「疑」）本身來說，與敦煌之疑、疑、疑、疑、疑結體相同，是當時流行書法。顏眞卿書《干祿字書》：「疑疑：上通，下正。」則疑爲「通」體。《隸辨》引《校官碑》「咨疑元老」作疑，《楊著碑》「蠲歷世之疑」作疑，皆揭示出「通」體「疑」字自隸變以後一直有所傳承，並非希見。

032 藝：

「技藝」條：上，渠綺反。藝也，又巧技也。藝，六藝也。音

〔註 75〕黄征《敦煌俗字典》，第 492 頁。

〔註 76〕黄征《敦煌俗字典》，第 493 頁。

技。伎，之豉反。忮也。技（經第十一卷）　「技藝」之「藝」作□（032a）　「六藝」之「藝」作□（032b）

「**技藝**」條：上了。（經第卅六卷）　「藝」字作□（105a）

案：《敦煌俗字典》錄有四體：□、□、□、□。〔註77〕《說文解字》：「□（埶）種也。从坴，丮，持亟種之。書曰，我埶黎稷。」「埶」是「藝」的先造字。《廣韻》本作埶。《集韻》亦作藝秇。《私記》作□、□、□三體，□字下从力，是與「勢」字相混淆，蓋「埶」亦是「勢」的先造字，後之書者或因而謁。□、□二體，習將部件「坴」書作「圭」或「圭」，蓋求書寫快捷而省。《老子銘》「禄埶（勢）弗營」作□，《張遷碑》「藝於從畋」作□，《北海相景君銘》「根道核藝」作□，《陳球後碑》「甘道藝」作□，《丁魴碑》「耽樂術藝」作□，《史晨奏銘》「刪定六藝」作□，《堯廟碑》「敷列技藝」作□，《張壽碑》「教民樹藝」作□，「藝」字中「坴」均書作「圭」，是這種省略寫法在石刻隸書大量存在，是隸變的結果。

033　　永：

「**悉將永訣**」條：訣，古穴反。別也。（經第廿六卷）　「永」字作□（088a）

案：《說文解字》：「□（永），水長也。象水巠理之長。」漢《袁安碑》：「永元四年」篆作□，《孔宙碑》「永夫不刊」隸作□，《孔龢碑》「永興元年」作□，《韓勑碑》「惟永壽二年」作□，《巴官鐵盆銘》「永平七年」作□，顏眞卿書《干祿字書》：「□　□：上通，下正。」《干祿字書》是以傳承篆書爲正的，隸書中「永」字右邊的筆畫由「乚」逐漸變爲兩筆的寫法，到楷書則以一撇一捺的寫法爲常了。這就是顏氏的「通」體，是事實上的正體字。《私記》「悉將永訣」作「□」，與《巴官鐵盆銘》作□相似。又《私記》「三種世間」條下釋「器世間、眾生世間、智正覺世間。」「眾」字作□，與□結構一致，却是「眾」字的謁寫，是一種字形偶合。

石刻文字以其特有的傳播功能和長期存在而影響著後人，自從傳拓技術應用之後，更成爲習者的摹寫範樣。因而，人們對許多俗字的認識往往得自石刻。

〔註77〕黃征《敦煌俗字典》，第495頁。

宋代「金石學」的興起，使石刻文字得到了學者的重視，洪适《隸釋》以楷書著錄漢魏石刻隸書，是我們目前可以讀到的最全面的著錄之一。而清代翟雲昇《隸篇》以「雙鉤」摹勒漢魏石刻文字，盡最大可能地保留石刻隸書的原貌並通過印刷以傳播，顧藹吉《隸辨》則以摹寫的形式將漢魏石刻隸書成爲金石學中重要的著錄，爲我們見識漢魏石刻文字提供了方便。

清代邢澍著《金石文字辨異》，羅振鋆編寫的《碑別字》，專事搜羅石刻文字中的異體字，在這個意義上，「碑別字」名稱的出現，也標誌了對石刻文字俗字的研究已經得到了學者的重視。其後羅振玉有《碑別字補》五卷，羅福葆繼之成《碑別字續拾》一卷，有秦公《碑別字新編》、秦公、劉大新《廣碑別字》遞相推出。二書將碑別字的搜集範圍漸次擴大到清代和民國石刻，所收碑別字採自碑、碣、墓誌、摩崖、造像、石闕、經幢、墓莂、浮圖等，視野廣闊，所獲至富，成爲我們重要的參考。

以《私記》與石刻文字（主要是碑別字）的比較，可以看到《私記》文字在一定程度上保持著石刻文字的風貌，當然，這種聯繫可能並不直接由石刻文字傳往日本，而是通過大量文字典籍如佛經等一起輸往海島，從而間接地從文獻中繼承了石刻文字的一些特點。

第三節　《私記》與唐代字樣字書

一個大的時代，必有在文化上的大舉措和大貢獻，唐代從一開始就出現了非凡的氣象，在文化上的大舉措是其中之一。出於選拔人才的目的，唐承隋制，實行科舉。同時也對歷代的經典進行了大規模的整理。字樣之學是唐代興起的一門文字學，發軔於顔師古，他曾有《字樣》之作。《字樣》今已不傳，但繼承《字樣》者在唐代得到了很大的發展。

顔元孫在《干祿字書》中說：

> 古籀之興，備存往制，筆削所誤，抑有前聞。豈唯豕上加三，蓋亦馬中闕五。迨斯以降，舛謬寔繁，積習生常，爲弊滋甚。元孫伯祖故祕書監貞觀中刊正經籍，因錄字體數紙以示，讎校楷書，當代共傳，號爲《顔氏字樣》，懷鉛是賴，汗簡攸資。時訛頓遷，歲久還變，後有《羣書新定字樣》，是學士杜延業續修，雖稍增加，然無條貫，或應出而靡載，或詭眾而難依。

顔元孫因念《羣書新定字樣》缺點甚多，而作《干祿字書》，力求「義理全僻，罔弗畢該；點畫小虧，亦無所隱。」「以平上去入四聲爲次，具言俗通正三體。偏旁同者，不復廣出，字有相亂，因而附焉。」《干祿字書》後成爲最重要的正字學著作。

唐玄宗開始刻石經，他親書《孝經》刻石立臺。以後陸續刊刻石經，以楷書字樣爲標準。《干祿字書》收字1599個，大曆九年（七七四）大書法家顔眞卿寫錄此書，刻之於石，其傳遂廣；《五經文字》成書於唐代宗大曆十一年（七七六），是張參受詔爲考證儒家經典中的文字形體變化和音義而作的，全書收字3235個；《九經字樣》爲文宗開成二年（八三七）唐玄度所撰，收字421個，此書爲《五經文字》的續作。這是唐代最具代表性的三種正字書，爲我們提供了當時的正字形體標準。

此外，由於顔眞卿等唐代大書法家的影響，楷書的實際書寫會跟他們所書寫的碑碣相一致，尤其是在字形的選擇上。雖然書之碑碣的文字比書寫六經相對要寬鬆一些，即《干祿字書》所定的標準是「通」體：「所謂『通』者，相承久遠，可以施表奏牋啓尺牘判狀，固免詆訶（若須作文言及選曹銓試，兼擇正體用之佳）。」但實際上，因「通」體在生活中隨處可見，比之《石經》的傳播更容易影響學書者。所以，在正字之外，「通」體是最爲流行的。在一定程度上，「通」體纔是社會上的正式流行文字。

由《干祿字書》開創的「正、俗、通」三種字體兼行的正字法，在我國長期並行。有人以爲將存有大量簡體字的「俗字」稱之爲「俗」，是代表了統治者的偏見，甚至有人將其視爲統治者施行愚民政策的一種具體表現。因而大力提倡俗字，以推動文字應用的推廣，這在二十世紀，曾是一場聲勢浩大的運動。時至今日，我們回頭再看《干祿字書》，卻又不得不承認，「正、俗、通」三種字體兼行的正字法，確實爲維護漢字系統的約定性起到了極大的作用。而「正、俗、通」三種字體兼行的正字法，也是合乎當時所能達到的書寫技術水準的，在使用紙墨筆硯「文房四寶」的中唐及其以後的長期年代裏，文字的傳播並沒有新的技術能夠突破「手工書寫＋刻寫印刷」的框架，也就是說，書寫方式和技術在某種意義上限制了漢字規範化的推行。唐蘭先生說過：

> 隸書出，篆書跟著就廢棄，正楷通行，隸書也就不用，而正楷

> 卻一直流行到現在，簡俗體並不太流行。這是特殊的。我以爲歷代政府都願意支持正楷，雖是一個主要的原因，印刷術的發明跟進步，也足以使正楷體容易固定。〔註 78〕

這是說文字的規範化是跟技術手段有著密切關係的。同時，技術手段的進步與否也決定了規範化的程度之高下。

必須指出，「正、俗、通」三種字體兼行的正字法，是在以楷書爲標準字體的條件下確立的，也就是說，草書、行書，甚至連我們今天所認定的「隸書」都不在「正體」的範圍之內，按《干祿字書》敘的說法，我們所見的漢代以來石刻隸書用字屬「碑書多作八分，任別詢舊則」。〔註 79〕也就是說，在「正、俗、通」三種字體兼行的正字法中，並不如後世進行文字改革那樣，以消除異體字爲己任，而在很大程度上承認了異體字的合法性。「正、俗、通」三種字體兼行的正字法是一種彈性的正字法。

張湧泉說：「再如『輩』字，《說文》從車非聲，但隨著語言的發展變化，非聲和它所代表的整個字的字音發生了脫節的情況，所以俗書便改非聲爲北聲，以便使聲旁字和整個字的字音更切合一些。『輩』字《魏司馬昇墓誌》已見，敦煌寫本中則『輩』字類皆從北聲的『輩』，可見當時『輩』已取『輩』而代之。根據這種用字的實際情況，《干祿字書》便直接把『輩』定作正字，而『輩』則被貶到了『通』的行列。（《龍龕手鏡》則『輩』『輩』並見，不分正俗）但《廣韻》卻仍堅持『輩』是俗字，段玉裁更斥爲『從北非聲』，便有點迂腐不知變通了。古人謂名無固宜，約定俗成謂之宜。既然北聲更切合於字音，而且人們也都這麼用，爲什麼就不可以承認這個事實呢？在這一點，顏元孫能夠尊重事實，實事求是，確實是難能可貴的。」〔註 80〕張湧泉是站在俗文字學的立場談論這一問題的，跟段玉裁站在以小篆爲依傍的訓詁和文字學立場談論所謂「正字」，立足點不一樣，討論的目的也不一樣。所以結論自然不同。我們看到，唐代正字運動建立的「正字」的標桿在實際上是兩個：「《說文》所有」和「經典常用」，而在字體上採用的是楷書，所以談論一個具體的漢字「正」與否，是不得不考

〔註 78〕唐蘭《中國文字學》，第 110 頁。

〔註 79〕關於「八分」，學者多有不同見解，我們在這兒不作討論，惟以文獻所稱引用。

〔註 80〕張湧泉《漢語俗字研究》，第 5 頁。嶽麓書社，1995 年。

慮文字的適用場合和流行程度的。因而，我們也就難以用今天的標準看待古人，尤其是用這樣的眼光去批評《說文》學者。

其實從理論上說，我們認爲的「俗」字，是從文字記寫語言的角度而說的。文字的功能是記寫語言，在漢字而言，每個漢字符號都是記寫一個音節的，只有這個音節具有意義時，我們才能說它記寫的是一個語素（詞素）或是一個單音詞。因爲漢字的形體同時又起著區別意義的作用，於是幾乎每個漢字都可以從兩個方面來表達它所記寫的語言的段落，只是這個段落有大小或長短而已。從記音的角度看，無所謂「俗」或「正」，只是記音的準確或模糊而已。從記寫漢語的實踐看，這種記音總的說來是模糊的，但每個記寫者都願意把這種記寫盡可能地成爲「準確」的。這就是「認讀訛誤」的來源。出於同樣的原因，漢字字形區別意義，但在技術手段上，字形是可能有著一定的模糊程度的，也就勢必造成所謂的「形訛」。形訛是一種主觀加客觀的認定。主觀認定是書寫者對字形表義的認定，客觀是已經形成的約定俗成的形義結合或形音結合。這樣，當主觀與客觀一致時，我們會說它是「正字」。而當主客觀發生矛盾時，我們會以「少見少用」的理由判定它爲「俗字」，而其實，所謂「約定俗成」卻是以「多見多用」的俗爲判定標準的。這是理論上的矛盾之處。於是「多見多用」便「成」爲「正字」。也就是說，「約定俗成」四個字，「成」是「正字」的「表決結果」。因而，我們稱之爲「俗字」的那部分字，在實際上是處於「少見少用」的階段。然而，「多見多用」與「少見少用」是有條件的。這個條件就是時代，「與時俱化」是文字演變的基本原則。由於這個原則的存在，所以我們可以很自然地把隸書字形是對小篆字形的一種傳承，把楷書字形的筆畫構成與小篆的平滑的線條構成及隸書的變圓爲方和變連筆作斷筆看成是同一種文字的演化。這種認同顯示了漢字在造型上的極大包容性和極大展延性，當然，這個包容性和展延性除了在技術上的對應處理的有理性之外，還包含著「正、俗、通」三分的睿智切分。因而，《干祿字書》「輩輩：上通，下正。」把《說文》認可的篆字「輩」視爲「通」，把碑刻用字「輩」視作「正」體，正是承認了正字和俗字之間這種「與時俱化」的關係。

作爲日本僧人的作品《新譯華嚴經音義私記》，同樣也存在著文字字形發生變易的情況，其中很多字形與《干祿字書》等是正文字之書有著同源關係，因爲《新譯華嚴經》在武周時代，而《干祿》等三書皆晚於武周，故我們不能說

《私記》中與《干祿》三書相同的正字或俗字都是「受唐代正字法的影響」，而只能是受到了漢字演變規律的制約所致。

以下我們略舉數例，以見一斑。

001　　鰲：

> **「摩竭魚」**條：此云大，云大體也。謂即此方巨鰲魚耳。其兩目如日，張口如闇穀，吞舟凡出𧗾流如潮，飲水如壑高下，如山大者可長二里餘也。（經第七十八卷）　「鰲」字作鰲（187b）

案：「鰲」字《廣韻》五勞切，《集韻》《韻會》牛刀切，《正字通》俗鼇字。本作「鼇」，《說文・黽部新附》：「鼇，海大鼈也。從黽敖聲。」《字彙補》「鼇：與鼇同。」顏眞卿書《干祿字書》俗作鼇，正作鼇。從字書所載的情況看，「鰲」字出現得比較晚，至少《干祿字書》尚未收錄。因而《私記》鰲字屬較早從魚的俗字字形。其「敖」左旁下方作「夂」形，蓋書寫時發生形近錯譌所致。

002　　傲：

> 「醉傲」條：傲，五告反。杜注《左傳》曰：傲，不敬也。《廣雅》曰：傲，慢也。案諸字書傲字皆從立人，今經本從豎心者，謬也。（經第七十九卷）　「傲」字作傲（188a）

案：《敦煌俗字典》收三體：傲（P.3906《碎金》：「倨傲：音鉅鏊。」）傲（P.2717《碎金》：「倨傲：音據鏊。」）慠（S.0343（12－2）《悔文》：「樂著二邊，慠蔑尊德。」）《私記》俗字傲之右旁與其第三體慠右旁相同。此與上例「鰲」字錯譌同理，爲部分形近致譌。

003　　邦：

> **「萬邦遵奉」**條：（經第廿六卷）　「邦」字作邦（086a）

案：《說文》邑部「𨛜（邦），國也。從邑豐聲。𡵨（㞫），古文。」）據小篆，隸定應作「邦」。《敦煌俗字典》錄有邦、邦兩體，《私記》與其後者一致，《干祿字書》平聲：「邦邦……竝上俗下正。」）《隸篇》圉令趙君碑：「示萬邦」。「邦」字作邦《隸辨》作邦，是「邦」字形之早期源頭。

004　　瀑：

「瀑流」條：上或爲瀑字，蒲報反。疾雨也，謂天澍猝大雨，山水洪流忽尔而至者。（經第十五卷）　「瀑」字作瀑（048a）

案《說文解字》「瀑（瀑），疾雨也。一曰沫也。一曰瀑，資也。从水暴聲。《詩》曰：『終風且瀑。』平到切」。《周憬功勳銘》「自瀑亭至乎曲紅」作瀑，《私記》「瀑」字作瀑，《敦煌俗字譜．水部．瀑字》引《中 16．122．下 6》作瀑，《原本玉篇零卷．水部》作瀑，其釋語「尔雅日出而風曰瀑」作瀑。按所謂《原本玉篇零卷》現藏日本高山寺，爲日本人所鈔錄之古本《玉篇》殘本，《私記》瀑字與《玉篇》瀑字相同，應當有相同的來源。

005　輩：

「我曹」條：下或爲曹字。輩也。（經第七卷）　「輩」字作輩（068b）

案：《敦煌俗字典》收二例作輩、輩，輩其後一例上部與《私記》相似：Φ096《雙恩記》：「經中菩薩者，不同此輩。」〔註 81〕唯因書寫者習慣而將「北」寫得似「比」。此當爲手寫俗字中常見之例。顏眞卿書《干祿字書》：「輩輩：上通，下正。」《龍龕手鏡．車部》以輩輩二字同列，謂「蒲昧反，比也。又北昧反，等輩，亦比類也。二」。

006　閉：

「括栝」條：括，古奪反。止也，至也，約束，閉也，塞也，囊也，從木。（經序）　「閉」字作閉（005b）

案：《敦煌俗字典》錄作閉（Φ096《雙恩記》：「石門已閉。」）〔註 82〕漢《張遷碑》「不閉四門」即作閉，《隸辨》引作閉，是「閉」爲「閉」之異體字遠自漢代，固隸變所致。顏眞卿書《干祿字書》：「閉閉：上俗，下正。」以「閉」爲俗字。《私記》與其一致。

007　騁：

「湍馳奔激」條：湍，吐官反。激，經歷反。《說文》曰：湍，

〔註 81〕黃征《敦煌俗字典》，14 頁。

〔註 82〕黃征《敦煌俗字典》，17 頁。

> 疾瀨也。淺水流沙上曰湍也。馳，急走也。〔水〕文凝斜疾急曰激也。馳，直知反。奔騁，丑領反。走也。（經第卅五卷）「騁」字作騁（103b）

案：《敦煌俗字典》錄有騁（S.388《正名要錄》：「騁：馳。」）騁（S.189《老子道德經》：「天下之至柔，馳騁天下之至堅。」）騁（S.126《十無常》：「英雄將爲無人過，騁僂羅。」）〔註83〕二體三例，除第三例右旁譌作「央」外，其餘二例與《私記》騁相同。顏眞卿書《干祿字書》：「騁、騁：上通下正。」騁是通體，《私記》騁則將「馬」旁四點省作一橫。此亦「馬」旁俗寫慣例。

008　蟲：

> **「蠱毒」**條：上，公户反。杜預注曰：皿，器也。所以器受蟲害人爲蠱也。惑也，穀變爲飛蟲也。（經第卅六卷）「蟲」字作虫（106b）

案：顏眞卿書《干祿字書》：「虫、蟲：上俗，下正。」《敦煌俗字典》錄有多體：蟲、蟲、虫、虫、虫、虫、虫、虫、虫〔註84〕，其中可分兩大類，一爲依《說文》正字「蟲」系，俗寫於竪畫之上增短撇；另一大類爲「虫」系，其中又可分出加撇與否兩小類，《隸辨》引《唐扶頌》「德及草蟲」作虫，顧藹吉按：「《說文》虫讀若虺即虺字也，《佩觿》云蛇虫之虫爲蟲豸，其順非有如此者。他碑蟲皆用虫。」顧藹吉按：「虫，《說文》從三虫，隸變如上蟲皆借虫，惟蠱字從之。」以「虫」代「蟲」按《說文》的標準就是一種替代，而加撇則屬有美化或有意區別的作用了。如屬美化，則可以是書法變體，如屬有意區別，則爲造字變體，不當以「譌變」視之。在這些俗體字中，字元「虫」的末筆有無施點，也是造成異體的一個標記。《私記》作虫，與敦煌最末一體一致，可見其間的傳承關係。

009　酬：

> **「酬對」**條：上，答也。音湏。下，向也。（經第廿卷）「酬」

〔註83〕黄征《敦煌俗字典》，51頁。

〔註84〕黄征《敦煌俗字典》，55～56頁。

字作酬（065a）

「鬚頷」條：下与頷同，雅格〔反〕。頷，顊也。幽州人謂頷爲鄂。鄂（經第廿七卷）　「州」字作州（089b）

「閻浮提」條：具云贍部樹名也。提，此云洲，謂香山阿耨池南有大樹者，名爲贍部，其葉上闊下狹，此南洲似彼，故取爲名也。洲，之由反。水中可居曰洲，小洲曰渚。渚，之与反。（經第十三卷）「此云洲」之「洲」字作洲（037b）

案：《敦煌俗字典》「酬」字錄有一體：酬（Φ096《雙恩記》：「無恨怨酬（讎）無愛眷，不憐毫（豪）富不斯（欺）貧。」）〔註85〕以「酬」借作「讎」字。《說文》「醻（醻），主人進客也。從酉𠷎聲。酬（酬），醻或從州。」「讎（讎）猶譍也。從言雔聲。」《五經文字》：「醻酬：二同。上牛反。上見《詩》。下見經典。通用之。」《私記》「酬對」酬爲酬酢義，及用其本義，但酬字在書寫中有有譌誤，即右旁「州」成三個「习」作「州」，此爲《私記》個人風格之一例。其从「州」得聲之字有三例，另二例爲「州」字作州，「洲」字作洲，皆从「州」作，與中古正字字書大有不同。

010　敵歒：

「樓櫓」條：櫓，郎古反。云城上守禦曰櫓也。繞城往往別築迫越土堂，名爲却敵。既高且餝，故崇麗也。（經第十一卷）　「敵」字作敵（031b）

「雨滴」條：下，音歒，訓水粒也。（經第十三卷）　「歒」字作歒（040b）

案：《說文解字》：「敵（敵），仇也。从攴啻聲。徒歷切」《集韻》入聲二十三錫韻：「歒，他歷切，音逖。歒款，小人喜笑貌。」《敦煌俗字典》「敵」字收錄四體：敵、敵、敵、敵。〔註86〕其「啇」旁皆作「商」。俗字中構件「啇」與「商」往往相混，多以「商」代「啇」，蓋「商」字常見，而「啇」作爲字獨立用者鮮見之故。顏眞卿書《干祿字書》：「敵敵、嫡嫡：並上俗下正。」蓋

〔註85〕黃征《敦煌俗字典》，56頁。
〔註86〕黃征《敦煌俗字典》，81頁。

是其證。《私記》「却敵」「敵」字作[illegible]，右旁作「殳」，蓋因「敵」字俗字形多，其右旁本應从「攴」隸變後作「攵」，然俗字多有作从「欠」或从「殳」者故。又

「若于（干）」條：若，順也。于（干），求也。當順所求而与之，故謂若干也。又曰若于（干），且設數之語也。又于（干），箇也，謂當如此數也。（經第卌八卷）　「設」字作「[illegible]」（108b）

「[illegible]」的右旁與「[illegible]」同旁，皆爲「殳」旁俗體。可作一證。

011　嗟：

「涕泗咨嗟」條：（經第卌七卷）　「嗟」字作[illegible]（106a）

案：《敦煌俗字典》錄有體，[illegible]、[illegible]、[illegible]、[illegible]、[illegible]、[illegible]、[illegible]。〔註 87〕《私記》作[illegible]，與其第二字[illegible]、第八字[illegible]最爲一致。《說文解字》：「[illegible]（謎），咨也。一曰痛惜也。從言差聲。」「[illegible]（差），貳也。差不相値也。從左從𠂹。[illegible]，籀文差從二。」隸變後，「差」字上部逐漸由𠂹變爲「羊」，下部則作「左」，並逐漸簡化將上下兩部分合作一體，成今形。《私記》及敦煌的[illegible]字，其右旁「差」正是這個逐漸簡化過程中的一環。由於將「工」書作「匕」，因而使其右旁「差」更像是上從䒑（艸），下從老。顏眞卿《多寶塔碑》書「嗟」作[illegible]，《私記》[illegible]與之一致。

012　揭：

「阿揭陁藥」條：（經第十三卷）　「揭」字作[illegible]（040a）

「車渠」條：正云牟娑羅揭婆也。牟娑羅者，此云勝也。揭婆云藏也。舊名爲車渠者，所未詳也。（經第廿六卷）　「揭」字作[illegible]（085b）

案：《敦煌俗字典》錄有一體：[illegible]（Φ096《雙恩記》：「揭曰：謬忝爲王主藏臣，佩魚衣紫入朝門。」按：此處[illegible]爲「偈」之借音字。〔註 88〕《私記》揭字作[illegible]，字形與其一致。《說文解字》：「[illegible]（揭），高舉也。從手曷聲。」其右

〔註 87〕黃征《敦煌俗字典》，195 頁。

〔註 88〕黃征《敦煌俗字典》，195 頁。

旁「曷」《說文》謂：「曷（曷），何也。從曰匃聲。」其下部「匃」，則謂「匃（匃），氣也。逯安說：亡人爲匄。」則「匃」所從之亡（勹）爲人（人）之變形。「匃」字隸定或體作「匄」，即將「亾」變作「亡」，這可能是由隸書中爲書寫美觀而發生的。尤其是在由「曷」這樣偏旁組成的字中，這種寫法在楷書中繼承下來，如顏眞卿《麻姑仙壇記》有大中小字三種，其「曷」字在大字本中作曷，在小字本中作曷，曷與《私記》及敦煌之「揭」字所從「曷」旁一致。漢代石刻隸書中鄭固碑「獨曷敢忘」作曷，石經公羊殘碑「公曷爲與微者」作曷，皆是曷的隸書形式，可見《干祿字書》「所謂『通』者，相承久遠，可以施表奏牋啓尺牘判狀，固免詆訶。」即指此類字形。

013　　跃：

「妖」條：於跃反。巧也，小也，灾也。恠者爲祓，字在示部。（經第廿三卷）　　「跃」作跃。（074b）

案：跃，構形不明，井野口孝錄此字作「跃」，但此字爲反切下字，「跃」字所从「予」旁似非聲，不能作「妖」的反切字。我們等曾認此字爲「跻」字之訛，以所从之「吊」與切音略近。然未可定論。《萬象名義》「妖」字的反切爲「於鴞反」。「鴞」字作反切字當然可以，但與「跃」字形相差甚遠，未安。今考「跃」當爲「跃」字之譌。「跃」爲「髳」字之俗。《說文解字》：「髳（鬏）髮至眉也。从髟敄聲。《詩》曰：『紞彼兩鬏。』髳，鬏或省。《漢令》有髳長。亡牢切」「紞彼兩鬏。」「鬏」字又作「髳」，《五經文字》作髳，將「髟」拆成「镸」「彡」，以「镸」作左旁，以「彡」與「矛」置於右旁，此蓋因尊《說文》篆文結體之故；俗又作「髳」，《龍龕手鏡》、《四聲篇海》、《字彙》、《正字通》皆收「髳」字。《龍龕手鏡》又錄「髳」字，其右旁正與「跃」字右旁相同。《字彙》、《正字通》又錄「跃」字，《字彙》曰「同髳」；《正字通．足部》謂「舊註同髳。按髳訓髮至眉。通作鬏髦。與足上下異體，謂跃同髳，非。」今案：《正字通》因「髳」字从髟，「跃」字从足，因辨其非。其實「跃」之从足，是因「髳」之从「镸」而譌作「⻊」，此形近之譌。字書中「跃」字最早見於《集韻》或作，《集韻》所新集文字多唐代俗字，與《私記》時代相當。因而「於跃反」即「於跃反」亦即「於髳反」，「跃」即「跃」無疑。

015　養：

「**入苦籠檻**」條：又爲櫳檻。力東、胡黤反。櫳，牢也。檻，圈也。櫳，檻也。圈，渠遠反。櫳牢，謂養禽獸之所也。檻，謂殿之蘭也。今經謂三界皆苦，如彼檻櫳囚繫眾生也。或云三途劇苦名櫳檻。（經第廿三卷）　「養」字作飬（076b）

案：《敦煌俗字典》錄有二體三例：飬、飬、飬。〔註89〕《私記》作飬，與其飬、飬一致，但敦煌二例皆有三橫畫，《私記》只作二橫畫。因而敦煌二例可視爲「養」之形譌，只是書寫中「羊」之豎畫從上出頭並向下與「食」旁的撇畫連書作一長撇。《私記》之飬即「飬」，是唐以前常見俗字。《碑別字新編・十五畫・養字》引《魏元子永墓誌》作飬。「飬」《集韻》又音俱願切，音𡢃。是「餋」字之省。常山謂祭曰餋。《五音集韻》作餋。又古倦切，卷去聲。又九遠切，音卷。義竝同。餋字是後世所出之字，與「養」之俗字相近，因而「飬」也往往用作「餋」之義。一身兼有二音二義。顏眞卿書《干祿字書》以飬爲俗字。《私記》書作「飬」，與之一致，則《私記》從俗書。

016　夭：

「**不撟**」條：下，居夭反。《國語》曰：行非先王之法曰撟，假也，言威儀眞實不詐現異相也。宜從丈（扌）或經爲從天（矢）者，直也，勇也，正也，此乃非經意也。可作槁字。（經第十四卷）　「夭」字作夭（044b）

「夭」條：於矯反。少喪曰夭也。喪，滅也，死也，或爲天字，非旨。（經第廿一卷）　「夭」字作夭（067b）

案：《敦煌俗字典》錄有體，夭。〔註90〕按：顏眞卿書《干祿字書》：「夭夭：上通，下正。」。《私記》與其一致，乃唐代流行之「通」體。《說文解字》：「夭（夭）屈也。從大，象形。凡夭之屬皆從夭。」《鄭固碑》「年七歲而夭」作夭，《隸辨》按「《說文》作夭從丿，從大。諸碑皆變作夭，下復加丿。」《夏承碑》「中遭冤夭」作夭，其第二橫畫作兩頭相反彎曲形，當有意向篆文靠近。

〔註89〕黃征《敦煌俗字典》，第483頁。

〔註90〕黃征《敦煌俗字典》，第484頁。

更有《楊君石門頌》「稼苗夭殘」作[illegible]。將長撇延長爲穿過二橫畫，呈「夫」加短丿之形。隸書之種種變化爲唐代楷書吸收，但在以《說文》爲標準的觀念支持下，[illegible]這種流行字形只能作爲「通」體廣泛運用而進不了儒經典。《私記》又錄有作「[illegible]」者：「或爲[illegible]字，非旨。」指出「非旨」，是作者認爲[illegible]不合正字的要求。可見作者是以[illegible]爲正字的。

017　　妖：

「妖」條：（經第廿三卷）　「妖」字作[illegible]（074a）

案：《敦煌俗字典》錄有體，[illegible]、[illegible]、[illegible]、[illegible]、[illegible]（S.388《正名要錄》：「祅：災。妖：妍，相承作祅祥字。」）〔註 91〕《私記》作[illegible]，與其前兩例一致，其右旁作[illegible]，依《干祿字書》通例，當屬「通」體，《干祿字書》謂「偏旁同者，不復廣出」，[illegible]從[illegible]，合乎其例。敦煌第三例作[illegible]，於僅省右上方一點。而敦煌四、五二例[illegible]、[illegible]見 S.388《正名要錄》：「[illegible]：災。[illegible]：妍，相承作祅祥字。」[illegible]爲祅祥字，[illegible]爲妖妍字。《說文解字》作「祆」：「[illegible]（祆），地反物爲祆也。從示芺聲。」在示部。隸省作「祅」。段玉裁注「祆省作祅。經傳通作妖。」「妖」字在《說文解字》女部作「媄」：「[illegible]，巧也。一曰女子笑皃。《詩》曰：『桃之媄媄。』從女芺聲。」[illegible]字右旁多加一點，是俗書常見之貌，不贅。

018　　隱：

「匿疵」條：上，尼力反。隱也，藏也。下，疾移反。病也，言苦諦隱藏煩惱過患也。（經第十二卷）　「隱也」之「隱」字作[illegible]，「隱也」之「隱」字作[illegible]（037b）

「馬陰藏相」條：馬陰，隱不見相。（經第廿七卷）　「隱」字作[illegible]（092a）

案：《說文解字》：「[illegible]（隱），蔽也。從𨸏㥯聲。於謹切」。《老子銘》「辟世而隱居」作[illegible]，《殽阬神祠碑》「勤卹民隱」作[illegible]，《曹全碑》「潛隱家巷」作[illegible]，《衡方碑》「招拔隱逸」作[illegible]，《孔耽神祠碑》「惻隱至兮神虵存」作[illegible]。

〔註 91〕黃征《敦煌俗字典》，第 484 頁。

顏眞卿書《干祿字書》：「隠隱隱：上俗中通下正。」隱隱二字正是與石刻隸書相同。《私記》作隠隠隠三體，與《干祿》中的俗體隠相同，但《私記》在隠的基礎上又有所譌變，皆爲因書寫關係出現的局部變形。這種局部變形而造成的俗字，在《敦煌俗字典》錄有多體：隠、隠、隠、隠、隠、隠、隠、隠、隠、隠。〔註 92〕其譌變的原因大致是一樣的。

019　　竄：

「竄匿」條：（經第十五卷）　「竄」字作竄（049a）

案：《敦煌俗字典》錄有五例：竄、竄、竄、竄、竄。〔註 93〕《私記》與這些都不同，但與竄接近。《龍龕手鑑・穴部》有作四形：竄竄竄竄分別注爲「俗、古、正、今」，其中「正、今」二字與《私記》竄也相近。《干祿字書》以竄爲正字，《私記》的寫法是很接近正字的。

020　　堯：

「龜龍繫象」條：堯有神龜，負圖而出；舜感黃龍，負圖而見也。繫者，謂繫辭也。孔子述《易》，十翼之一矣。（經序）　「堯」字作尭（003b）

案：《敦煌俗字典》錄一體：尭（S.388《正名要錄》：「從三土。」〔註 94〕《私記》與其中相似，皆對「堯」字有所省略，但敦煌僅省去「兀」之上橫，顯然是爲避免橫劃過多重複之故；而《私記》更將「垚」之下二「土」省爲「丷」，在結構上作了較大的省略。石刻隸書《衡方碑》「肇先蓋堯之苗」作尭，《魏上尊號奏》「堯知天命去已」作尭，《周公禮殿記》「人懷僥幸」作侥，《劉寬碑》「君諱寬字文饒」作饒，《張遷碑》「燒平茅市」作燒，《曹全碑》「燔燒城寺」作燒，這些碑文中「堯」或所從之「堯」旁皆有省略，且大體一致。因知「堯」及「堯」旁字省略久遠。顏眞卿書《干祿字書》：「尭堯：上俗下正。」把這種省略視爲俗字。

〔註 92〕黃征《敦煌俗字典》，第 502 頁。

〔註 93〕黃征《敦煌俗字典》，70 頁。

〔註 94〕黃征《敦煌俗字典》，第 484 頁。

021　鱙：

「陂澤」條：上，彼爲反。曰穿地通水曰池也，畜水曰陂也。沼，之鱙反。池也。（經第卅二卷）　「鱙」字作[illegible]（115b）

案：《敦煌俗字典》無「鱙」字。「鱙」字見《字彙補・魚部》。古代國名。亦稱爲「三苗」。《康熙字典》魚部引《路史》：「三鱙，美言聞於內，惡言聞於外。」並引《楊愼外集》：「三苗，《路史》作三鱙。」《路史》作者爲南宋羅泌，因而「鱙」字雖見於上古神話傳說，但在正式漢文文獻中出現較晚。此例中「[illegible]」字「魚」旁從俗作「奐」，「灬」作「大」；右旁「堯」作「[illegible]」，皆爲俗寫之形。鑒於《私記》斷爲日本現存最古之寫本佛經音義，是日本奈良時代的音義書，因而「[illegible]」字也就成爲「鱙」字早期文獻用字的證據。儘管「[illegible]」字是俗字，卻爲《路史》內容的流傳有自提供了更早的線索。

022　椰：

「椰子」條：（經第七十八卷）　「椰」字作[illegible]（186a）

案：「椰」《說文》作[illegible]，謂「[illegible]，木也。從木牙聲。一曰車輞會也。」《篆隸萬象名義・木部》：「枒，魚嫁反也，平。反。木名。」楷書「梛」，最早收錄於《玉篇》，然《玉篇》已佚，《宋本玉篇・木部》：「梛，餘遮切，梛子木。」《康熙字典》引《廣韻》：「梛子木出交州，其葉背面相似。」又引《類篇》：「梛：木高數十丈，葉在其末，膚裏有漿甘如酒。」但今存「姚氏三韻」本《集韻》〔註 95〕無「膚裏有漿甘如酒」一句，《類篇》所釋顯然出自《集韻》。《集韻・麻韻》：「枒梛椰：木高數十丈，葉在其末，或從邪從耶。」後世習用「椰」字。「椰」字收入字書，可能最高見於《集韻》。《私記》作[illegible]，當出自梛字，唯構件「牙」與「歹」近似。

023　醫豎：

「醫豎」條：（經第十四卷）　「醫豎」字作[illegible]047a

案：《敦煌俗字典》錄有多例：[illegible]、[illegible]、[illegible]、[illegible]、[illegible]、[illegible]、[illegible]、[illegible]、[illegible]。〔註 96〕可以按各字的構件分類，如下部有從「酉」（[illegible]、[illegible]、[illegible]、[illegible]、

〔註 95〕中華書局 1984 年影印版，204 頁。

〔註 96〕黃征《敦煌俗字典》，第 490 頁。

醫、醫、醫）和從「巫」（毉、毉）兩類，從「酉」類中還可分出從「百」和從「酉」兩種，從「巫」類又有譌「巫」為「生」的（毉）；又如從上部構件中次級構件的組合也可以分出不同的類型：從「殹」和從「𣪠」、從「殹」三類；從「殹」類其實是由從「殹」譌變而成，「殹」所從之「醫」譌變作「医」，遂使字形有了細微的變化，這種細微變還可能進一步發展，敦煌的「醫」（S.6983《妙法蓮華經．觀世音顯聖圖》：「供養飲食、衣服、臥具、醫藥。」）字中，其「醫」譌作「𰀁」、「醫」（S.2144《韓擒虎話本》：「為隨州楊堅，限百日之內，合有天分，為戴平天冠不穩，與揬腦蓋骨去來。和尚若也不信，使君現患生腦疼次，無人醫療。」）字中，其「醫」譌作「医」，因而，俗字的譌變往往是因局部形似而在書寫中有意無意地發生的。而正字則是在這眾多可能的形體中選擇了受到最多約定的字形作為標準，這一標準還求從結構上得到「有理據」的解釋，因而為得到這種理據，中古正字法的推行者如顏之推及其後人，推崇《說文解字》〔註 97〕正是因為《說文》集中了自小篆分析到得的法令子構形理據。《私記》作醫和毉，與敦煌俗字相似，都是俗字。：顏真卿書《干祿字書》：「醫毉醫：上俗，中通，下正。」醫是由醫譌寫產生的俗字，毉是由毉變生的俗字，但二字的上部構件相同，是《私記》書寫者個人的風格。

024　　夷：

> **「譯」**條：餘石反。〔俗〕問（間）之名也，依其事類取（耳）。《方言》：譯，傳也，見也。曰傳語即相見也。《說文》：傳四夷之語也。（經序）　「夷」字作夷夷（003b）

> **「夷坦」**條：上又為夷字，與脂反。易也，謂簡易之道，言有（省）力易行者也。坦，平也。（經第五卷）　「夷坦」之「夷」字作夷；「又為夷字」之「夷」字作夷（020）

案：《敦煌俗字典》錄有多例：夷、夷、夷、夷、夷、夷、夷、夷、夷、夷、𡰥、夷。〔註 98〕《說文解字》：「夷（夷），平也。從大從弓。東方之人也。」𡰥字出 S.799《隸古定尚書》：「受有億兆夷人，離心離德。」𡰥

〔註 97〕《顏氏家訓．書證》：「若不信（許慎）其說，則冥冥不知一點一畫，有何意焉。」

〔註 98〕黃征《敦煌俗字典》，第 492 頁。

爲隸古定夷字，《汗簡》《古文四聲韻》引古文尚書作𡰥，是其證。其餘各例中，夷字分爲兩類，一類傳承小篆以來結構，如夷、夷，另一類則先書彎勾，後寫撇畫，如夷、夷、夷、夷、夷、夷、夷、夷、夷。這一結構可能得自隸書中如《衡方碑》「階夷滑之貢」作夷，《魏孔羡碑》「遐夷越險阻而來賓」作夷，《魏上尊號奏》「討夷將軍」作夷，在這些隸書作品中，爲書寫方便，使筆畫得以均衡地分佈，將「大」分成兩段書寫，上部作「十」與「弓」結合在一起，下部作「八」。這樣的書寫在結構上得到了勻稱而端莊，但會影響書寫的速度，楷書中這種分寫的方式便由新的書寫順序代替了，顏眞卿書《干祿字書》:「夷夷：上俗，下正。」《私記》作夷、夷，夷與其俗字一致，而在草書中，如夷（祝枝山）夷（王鐸）成爲常例。《私記》另一例作「夷」，很明顯是將「夷」中的「弓」作了省畧，成爲「口」與「大」穿插，案「夷」字《異體字字典》引《漢隸字源・平聲・脂韻・夷字》引《巴郡太守樊敏碑》作夷，但《摛藻堂四庫全書薈要》第080冊《漢隸字源》作夷。引《車騎將軍馮緄碑》夷，《摛藻堂四庫全書薈要》第080冊《漢隸字源》作夷。從《四庫薈要》本看二字無異，而《異體字字典》所書楷書字頭卻有小異，使樊敏碑「夷」字趨向從「口」，《異體字字典》引《偏類碑別字・大部・夷字》引《隋首山舍利塔銘》作夷，則將「夷」之「冖」略作「一」。《碑別字新編・六畫・吏字》則引《隋崔上師妻封依德墓誌》作夷。《私記》「夷」則更省去該「一」畫。日本江戶時期的《倭楷正訛》將夷作爲「吏」之俗字。

025　　胤：

「**破印**」條：下，於胤反。言苦報盡處方顯滅諦，故滅諦爲破卵（印），或本作破卵。卵，魯管反。謂由破於生死鷇卵，顯得滅諦故也。（經第十二卷）　「胤」字作胤（036b）

案：《敦煌俗字典》錄有三體：胤、胤、胤。〔註99〕《說文解字》:「胤（胤），子孫相承續也。從肉；從八，象其長也；從么，象重累也。胤，古文胤。」石刻隸書《劉熊碑》「出王別胤」作胤，《魏孔羨碑》「胤軒轅之高縱」作胤。將部件「么」省作「厶」在隸書便已如此。顏眞卿書《干祿字書》:「胤胤：上俗，下正。」敦煌S.388《正名要錄》:「胤：嗣。右本音雖

〔註99〕黃征《敦煌俗字典》，第503頁。

同字義各別例。」「胤」字又在「厶」下加「一」，與《碑別字新編・九畫・胤字》引《魏元□妃吐谷渾氏墓誌》作「胤」一致。《私記》作「胤」，當是從俗寫。

026　　纂：

「圓光一尋」條：何承《纂要》曰：八寸曰咫，三尺曰武，五尺曰墨，六尺曰步，七尺曰仞，八尺曰尋，十尺曰丈，丈六曰常也。《小雅》曰：四尺曰仞，陪（倍）仞曰尋，陪（倍）尋曰常（經第卅一卷）　「纂」字作纂（113b）

案：《敦煌俗字典》收一體：纂（S.4642《發願文範本等》：「冀用承廟堂之舊業，纂伊呂之洪（鴻）烈。」〔註100〕《異體字字典》錄《金石文字辨異・上聲・旱韻・纂字》引《北齊劉碑造像銘》、《六朝別字記新編・三級浮圖頌》都作纂。《說文解字》：「纂（纂），似組而赤。從糸算聲。」《私記》作纂，與敦煌書寫相同，皆將「竹」頭省作「艸」，並將「目」省作「日」。此在漢碑中已如此，《劉衡碑》「纂周行而彌長」作纂，《圉令趙君碑》「纂脩其緒」作纂，顯然這是因隸書的字形呈扁方形，而「纂」爲上下結構，有較多的橫向筆畫，爲求美觀和清晰，遂有橫筆之省。

027　　衆：

「心懷殘忍」條：殘，謂多所煞戮也。今謂忍於煞戮，故云殘忍也。心懷，合云也。又下，布都久呂。殘，害也。忍，忍可也。亦忍，忍受也。己心內忍可狀耳。舊云「若見衆生殘害不仁」。（經第廿七卷）　「衆」字作衆（092b）

「度脫化衆生」條：如幻化有情。（經第卅四卷）　「衆」字作衆（119a）

案：《敦煌俗字典》錄有多體，衆、衆、衆、衆、衆、衆、衆、衆、衆、衆、衆、衆、衆、衆、衆。〔註101〕但多數字形仍比較接近小篆的結構。看得出其間的傳承關係。只有最後兩例如 P.2133《金剛般若波羅蜜經

〔註100〕黃征《敦煌俗字典》，第576頁。

〔註101〕黃征《敦煌俗字典》，第559頁。

講經文》:「佛言:『須菩提，彼非眾生，非不眾生。』」「眾」字作[illegible]，同篇「世間如有一個眾生是如來度，如來即有我、人、壽者也。」「眾」字作[illegible]。後字顯然由前字省略，值得注意的是，這兩個字的結構不同於其他字體，帶有強烈的草書氣息。《草書禮部韻》去聲送韻「眾」字作[illegible]、[illegible]，《草字彙》收錄「眾」字，孫過庭作[illegible]、[illegible]、[illegible]，蘇軾作[illegible]，孫氏書第一體第二體與《草韻》之[illegible]字相當，而 P.2133 之[illegible]字與這些草書字正出一轍，故經生在抄錄經卷時往往會帶有習慣性的草書成份於其作品中。《私記》的抄寫者也是如此，將「眾」字寫作[illegible]，或是抄錄者無意識的習慣書法，或是見底本作此，不敢自行改書正楷，而描摹原字。鑒於「眾生」一詞爲經文常見，《私記》亦多處出現，故上應是抄錄者習慣所留草書寫法，而是底本中原有之草書，抄錄者摹寫如舊，故而前後二[illegible]字幾近如印，足見抄錄者不敢專擅，謹慎如是。

028　　軒:

「軒檻」條:(經第廿四卷)　「軒」字作[illegible](078a)

案:《敦煌俗字典》錄有三體:[illegible]、[illegible]、[illegible]。[註102]《私記》作[illegible]，與 S.5774《茶酒論》:「軒轅製其衣服。」「軒」字作[illegible]一致。「軒」從車，干聲。「干」與「于」字形相似，作偏旁時尤其容易因書寫求快而不甚分別，出現將「丨」作「亅」遂致形譌。

029　　願:

「寧」條:奴廷反，願詞也。亦爲[illegible]，字在穴部。(經序)　「願」字作[illegible](009b)

案:《說文解字》「[illegible](願)，大頭也。從頁原聲。魚怨切」段玉裁注:「大頭也。本義如此。故從頁。今則本義廢矣。《邶風》『願言思子，中心養養。』傳曰:『願，每也。』」又《說文解字》「[illegible]，顚頂也。從頁䍃聲。魚怨切」段注「《篇》、《韻》皆云。[illegible]願二同。按《說文》義異。」今習用「願」而「[illegible]」不再使用。但在漢唐時期，《楊統碑》「願從贖其無由」作[illegible]，《夏承碑》「意願未止」作[illegible]，《唐公房碑》「固所願也」作[illegible]，《史晨後碑》「咸所願樂」作

[註102] 黃征《敦煌俗字典》，465 頁。

䫀，《無極山碑》「臣躭愚顠頓首頓首上尚書府」作顠，「願」字的左旁皆非「原」，而是「㬅」的變體。《敦煌俗字典》錄有很多此類變體，黃征有案語曰：「敦煌寫本「願」字率皆左右結構，上下結構者罕見。」又在𩓞（P.2160《摩訶摩耶經卷上》：「唯願施慈悲，速令成妙果。」）下按：「此形左右類化，頗爲常見。」〔註 103〕他如䫀、䫀、䫀、䫀、䫀、䫀、䫀、䫀、䫀、䫀、䫀、䫀、䫀、䫀、䫀、䫀、䫀、䫀、䫀、䫀。〔註 104〕眾多的變體皆由顯字出。可見其時顯字仍作爲重要的字形在使用，只是「顯」字在書寫上頗爲麻煩，從而書寫時被簡略的變體代替了。「願」字亦是由於同樣的原因在大多數場合成爲正體。《五經文字》頁部：「願 䫀：二同。上大頭也。」䫀是顯的變體，在《五經文字》中獲得了正字的資格。《私記》「䫀」字正與之相同。

030　　肇：

「肇啓」條：（經序）　「肇」字作肈（010a）

「不橋」條：下，居肇反。武皃也，強盛也，直飛也，正也。（經第十四卷）　「肇」字作肈（044b）

案：《敦煌俗字典》錄有四例，肈、肈、肈、肈。〔註 105〕《私記》的字形有二體，正與敦煌字形一致。《說文解字・攴部》：「肇（肇），擊也。從攴，肇省聲。治小切」《戈部》：「肈（肇），上諱。直小切。臣鉉等曰：後漢和帝名也。」段玉裁《說文解字注》：「按許原書無篆體。但言上諱。後人乃補此篆。」又「玉裁按古有肈無肇。從戈之肈，漢碑或從殳。俗乃從夊作肇。而淺人以竄入許書攴部中。玉篇曰：肇俗肈字。五經文字戈部曰：肈作肇，訛。廣韻有肈無肇。伏侯作古今注時斷無從夊之肇。李賢注後漢書亦斷不至認肈肇爲二字。」並認爲「肈、肇」皆爲後起之俗字，漢和帝名「肁」，但「肁」字自漢代起便不通行，「凡經傳言肈始者，皆肁之叚借。肈行而肁廢矣。」「肁」爲「肈」或「肇」所替代。又「肇」字舊作肈，隸書《衡方碑》「肈先蓋堯之苗」作肈，魏《孔羨碑》「肈造區夏」作肈，右上部皆作「殳」，左上部作「戶」，此「戶」之形在隸書中與「石」相似，遂有從石之肈或肈之譌俗。

〔註 103〕黃征《敦煌俗字典》，第 524 頁。

〔註 104〕黃征《敦煌俗字典》，第 524～526 頁。

〔註 105〕黃征《敦煌俗字典》，第 544 頁。

敦煌文獻 S.799《隸古定尚書》:「至於大王，肇基王跡。」「肇」作肈，顏眞卿書《干祿字書》:「肈肇：上通，下正。」肈正是「通」體。《私記》肈字乃「肈」之譌「戶」作「石」，其譌變原因同前述。敦煌 S.388《正名要錄》譌作肈，乃「戈」缺漏一撇，成「弋」，當是書寫之譌。

「字樣」是爲儒學經典的著錄和抄寫制定的規範，在儒家經典的複製時可謂銖錙必較，儘管包括《干祿字書》在內的字樣書都有「正、俗、通」三體的彈性，但正字運動的推動者在實際上是對「俗」字持否定態度的。正如蔣禮鴻先生所說:「俗字者，就是不合六書條例的（這是以前大多數學者的觀點，實際上俗字中也有很多是依據六書原則的），大多是在平民中日常使用的，被認爲不合法、不合規範的文字。」〔註 106〕郭在貽先生說「顏元孫……認爲俗字是不登大雅之堂的一種淺近字體。他所謂的「通者」，其實也是俗字，只不過它的施用範圍更大一些，流沿的時間也更長一些。換句話說，顏元孫所謂的『通者』，就是承用已久的俗字。」〔註 107〕「不合法、不合規範」和「不登大雅之堂」正是對俗字合法性的否定。

不過，這種否定在實踐中並未起到太大的作用，因爲俗字作爲文字，在生活和交際中並不因爲身份的「正」「俗」而失去其功能和價值。所以，只有在「正統」的正規場合，在科舉的考場上，俗字才是不合法的。而面向大眾的佛經之類，則處處活躍著俗字的身影。佛經音義多半是爲解決這些俗字的識讀才編寫的，同時，佛經音義也就成了俗字的淵藪，《私記》自然也是這樣。

通過《私記》與唐代字樣書的比較，我們知道，儘管字樣書起著規範文字的作用，但由於佛典非儒家經典，又加上佛經音義本身具有俗字淵藪的特點，所以《私記》的作者及抄錄者不可避免地會寫出與字樣不同的俗字來，尤其是釋語中用字，也自覺不自覺地出現俗字，這是一種無法避免的現象。

第四節　《私記》與中古草書

裘錫圭先生說過：

> 歷來的統治階級都輕視俗體字。其實，在文字形體變化的過程

〔註 106〕蔣禮鴻：《中國俗文字學研究導言》;《杭州大學學報》，1959 年第 3 期。

〔註 107〕參見郭在貽《郭在貽語言文學論叢》第 265 頁。浙江古籍出版社，1992 年。

> 裏，俗體字所起的作用十分重要。有時候，一種新的正體就是由前一階段的俗體發展而成的（如隸書）。比較常見的情況，是俗體的某些寫法後來爲正體所吸收，或者明顯地促進了正體的演變。〔註108〕

這種以「俗體」的身份在改造文字中起了重大作用的字體之一，就是「草書」。確切地說，「草書」是一種難以用一個固定的說法來確認的書體，因爲它具有極大的隨意性。除了書寫技巧之外，草書往往還可以看到書寫者的情緒、修養和氣質，這些本來都應該在討論書體時規避的。一般說來，草書是一種相對草率的書寫方式，因而除了書寫快捷的特點外，字形的不固定也是它的特徵。同時，草書又往往是爲了快速地記錄思想而不顧字形端正與否的一種臨時速記方式，這使它獲得了「藁書」的別名，似乎草書的被承認，就是因爲它是可以用來打草稿的關係。唐代之後，講究書法已經成爲一門藝術，一些書法家追求草書的藝術精神，於是得到了推崇。但由於草書的特點，很難得到官方的推廣，所謂「草書不入碑」，便使草書的傳播受到一定的限制。

然而草書因其快捷而在實際生活中應用著，這種應用主要不是以藝術爲目的的，而是在日常記寫中對規範的忽略和臨時的使用，並不考究它的「傳之久遠」。正是這個原因，我們能夠看到的古代草書作品就比較少，這是由於它的載體材質容易遭到毀壞，不如刻寫的文字能夠保留長久，亦不如印刷品的傳播容易大量複製。

不同時代的草書是不一樣的。因爲文字的載體不同，書寫工具不同，書寫技巧不同，還因爲時尚不同。如果我們承認商代甲骨文是商代金文的同時的一種俗體，那麼我們也不妨承認它也是一種相對「草率的」寫法。漢代的草書，有所謂「章草」，一般人們以皇象書寫的《急就篇》作爲章草的代表，但出土的漢簡帛草書則更好地展示了漢代草書的形貌，這方面的字彙有陸錫興的《漢代簡牘草字編》，爲我們提供了極好的參照。

宋代因皇帝的愛好而出現了《淳化閣帖》那樣的石刻草書，從而使草書得以成爲某種藝術品而進入「大雅」之堂。以南宋高宗書寫的《草書禮部韻》可能是最早的「標準草書」字典，清代石梁編的《草字彙》則搜集歷代草書名家百二十家的眞迹，按字頭摹寫刻成，是一部集鑒賞和檢索用的草書字典。近年

〔註108〕裘錫圭《文字學概要》，商務印書館1988年，44頁。

新編的各種草書工具書都爲草書的研究準備了素材。

不過草書屬於「俗書」，尤其是受草書影響而產生的一些新字形，從來都被視爲俗字、俗寫。特別是由於草書難認難記，書寫時隨意性大，因而草書也是製造俗字的淵藪。

在《私記》俗字羣中，有一部分字形就是受到草書影響而產生，下邊略舉數則，以見其例。

001.　本：

> **「混太空」條**：混，胡本反。（經序）　「本」字作夲（008b）

案：《敦煌俗字典》收三例作夲、夲、夲，皆與「本」字的原始結構不合。但《私記》「夲」字與敦煌「夲」同。「夲」字改變了運筆的方向和順序，是因其爲行草書，書體决定了字形的變化。蔡忠霖說：「從『本』之偏旁寫作『夲』，爲書法變體筆劃變化之故。」）〔註 109〕這種「書法變體筆劃變化」多半是因草書追求快捷和書寫流暢引起的。《草字彙》收錄「本」字的草書作品有：王羲之作，孫過庭作，趙子昂作，董其昌作。我們很容易看出，四位大家所作的草字「本」筆順都不一樣：王是先豎，然後把橫撇橫三筆連寫成近於「z」形，最後加點，代替楷書的捺筆。孫的順序與王一樣，但中豎較長，更容易讓人認識其爲「本」字。趙氏先橫後豎，然後將撇短橫和捺三筆連書；董則先橫，之後將撇橫豎三筆連寫成折筆，最後在右下方加點。所有的筆型變化都與作書者運筆之勢相關，而不是像楷書那樣依一個大致統一的筆順。但如果書寫者在書寫楷書時仍按草書的筆順，就會出現字體的變易，「夲」字便是這樣形成的。

002.　扌：

> 「妓樂」條：上，渠倚反。女樂也。妓，美女也。因以美女爲樂，謂妓樂也。經本作從扌、支者，此乃技藝字也。或從立人者，音章傷反。害也，非此經意也。（第十一卷）　「扌」旁作扌（032b）

> 「不撟」條：下，居夭反。《國語》曰：行非先王之法曰撟，假

〔註 109〕蔡忠霖《敦煌漢文寫卷俗字及其現象》「從『本』之偏旁作『夲』例」，文津出版社，2002 年版。301 頁。

也，言威儀眞實不詐現異相也。宜從扌。或經爲從夭（矢）者，直也，勇也，正也，此乃非經意也。可作撟字。　「扌」旁作𢪍（經第十四卷）（044b）

「無屈撓行」條：舊經云「无盡行」。橈撓，女教反。曲也，又弱也。此中文意明精進度謂勇捍精進，无退屈无怯弱也。橈字正可從木，或本爲從扌者，音呼高反。此乃撓擾之字，非此中所用也。屈，屈曲也。（第十九卷）　「扌」旁作才（062b）

案：楷書偏旁「扌」，原是「手」旁，因隸變而成爲「扌」，專司偏旁之用而不能獨立成字。這與古文字階段的合體字每個偏旁都可以獨立成字不一樣。專用偏旁的出現，標誌著漢字擺脱「象形」的圖畫色彩而在結構上得到了完善。但在偏旁的稱說和書寫中，這些專用偏旁很長時間得不到確定。如「扌」旁，在相當多的文獻中被寫成「才」，《私記》「扌」寫作「才」，「才」正是「才」字的草寫。《草書禮部韻》上平聲十六咍韻下「才」字作「才」，是其證。《私記》或又誤作「丈」，乃由「才」譌。

003.　城：

「瑩徹心城」條：《蒼頡篇》曰：瑩，治也。賈注《國語》曰：徹，明也。《説文》曰：徹，通也。今謂治心城使其通達〔無〕所擁塞也。（經第七十六卷）　「城」字作𡋯（180a）

案：《敦煌俗字典》收一例：𡊿（S.2832《願文等範本‧十二月時景兼陰晴雲雪諸節》：「二月八日　時當二月，景在八晨，在菩薩厭王宮之時，如來逾城之日。是以都入（人）仕女，執蓋懸幡。疑〔□〕白飯之城，似訪朱騣（鬃）之迹。」《私記》字形與之迥異，作𡋯，近於从地从来。然二形實與草書「城」字有關。「城」草書作𫭢（取自《草字彙》懷素），因草書散漫自由，其行筆有改變書寫方向和順序的特點，故往往不易辨識，而由草書「返回」正楷，又常常有因勢而作者，敦煌𡊿字易「𠃌」畫而穿越「戊」之斜鈎，正是對草書𫭢的順勢「返正」。同樣，《私記》𡋯，於𫭢左旁定作「土」，未誤，還因時尚而在其右側施點；但右旁之「成」却因草書筆勢而返回作「来」形，試舉草書「来」字来（取自《草書禮部韻》上平聲十六咍）又「成」字作𫝑（取自《草書禮部韻》下平聲十四清），可見二字草書極爲相似，以其作偏旁構成之其他文字，如非訓練有素，恐怕很難辨別。《私記》作者正是遇見了這樣一個草書字而順勢返正，遂有「从土从来」之埭。

004.　勑：

> 「獻睬」條：下，勑林反。寶也，玉也。（經序）　「勑」字作勑（009b）

案：《說文解字》：「勑（勑），勞也。从力來聲。洛代切」。段玉裁《說文解字》：「俗誤用爲敕字。」又「敕（敕），誡也。臿地曰敕。从攴束聲。恥力切」段注：「後人用勑爲敕。」《康熙字典》攴部「敕」字下云：「《說文》臿地曰敕。《說文》从攴作敕。《玉篇》本作勑，今相承皆作勅。」「勑」字本音 lài，與音 Chì 的「敕」字並不相干。但漢隸中已經以「勑」作「敕」用。其後字形還有進一步的譌變。《敦煌俗字典》錄有多例：字形作勑、勑、勑、勑、勑、勑〔註 110〕，此六形大致可分兩類：一从夾从力，此中又可分出「夾」之兩點爲連筆或是斷開；二是从來从力，此中又可分出「來」作簡體「来」與否。同時，還因書寫的草率與否，我們可以看到草書的痕迹。《私記》作勑，爲很嚴格的楷書，與勑一致，其从「来」，乃隸書以來慣例。《韓勑碑》「韓明府名勑字叔節」作来力，《衡方碑》「退就勑巾」作来力，《華山廟碑》「京兆尹勑監都水掾霸陵杜遷市石」作来力，《史晨後碑》「又勑瀆井復民」作来力，四例中只有一例从來，三例从「来」，可證習俗。

005.　蹙：

> 「嚬蹙」條：上，脾仁反。蹙，子六反。《玉篇》曰：嚬蹙，謂憂愁不樂之狀也。或曰：嚬，近也。蹙，促也。言人有憂愁則皺撮眉頟鼻目皆相促近也。（經第五十八卷）　條目「蹙」字作㦸，條目旁注字「蹙」字作戚（139a）　釋語「蹙促也」「蹙」字作㦸（139b）

案：《敦煌俗字典》收四體：蹙、蹙、蹙、蹙。〔註 111〕四體中「足」

〔註 110〕黃征《敦煌俗字典》，54 頁。

〔註 111〕黃征《敦煌俗字典》，69 頁。

旁均帶有草書的痕迹。惟第四體與《私記》、、三式最爲接近。皆上爲「戚」下爲「足」。但《私記》的字形更爲端正。《私記》三式亦互有小異：堪稱正體，惟「戚」中之「尗」中横左起略呈「豎折」之形，當爲書寫時筆鋒牽絲造成；字下部「足」從草書省，因將「戚」之「尗」省略作「小」又添一短横以示省改，遂有整個字形成「戊」中「小豆」連文之象；與相似，惟「戚」不省。成「戚」下「豆」形。、、三形出現在同一文本之中，可以看出抄錄者對手稿中草書仍有狐疑，雖然努力「返正」，但因循原稿字形過甚，辨法致譌誤。

006.　等：

> 「八聖道支」者，一、正見，二、正思惟，三、正語，四、正業，五、正命，六、正精進、七、正念、八、正等持。以上四念處等法爲卅七品也。（經序）　「正等持」之「等」字作　「四念處等法」之「等」字作（008）
>
> **「城邑宰官等」**條：（經第**十一**卷）　「等」字作（032a）

案：《說文解字》：「（等），齊簡也。从竹从寺。寺，官曹之等平也。多肯切」石刻隸書往往「竹」字頭與「艸」字頭相混，如《孔龢碑》「户曹史孔覽等」作，《史晨後碑》「縣吏劉耽等」作，後世遂有「等」的俗體「䓁」。同樣漢代簡帛草書「等」字亦往往从「艹」作「䓁」形，如《居》3-31作，《居》75-28作，《居》238 24作，《居》562作，《流》烽45作，都能看出「等」字成實際應用中的書法變形。有些草書字變得十分厲害，如《武》56作，《居》271-18，《急就章》作，後二字幾乎就是「寸」字。南宋的《草書禮部韻》「等」字作或。《敦煌俗字典》收錄「等」字八例：、、、、、、、。黃征在下按：「等」字草書似「才」字，楷化而成此形。而草書又當來自「等」之下部之「寸」。〔註112〕其說甚是。《私記》作或，前者爲草書的變體，後者爲石刻隸書的變體。

007.　矜矜：

〔註112〕黃征《敦煌俗字典》，80頁。

　　「特垂矜念」條：上，獨也。矜，憐也。謂（偏）獨憂憐也。矜字正從矛、今，而今字並作令，斯乃流逈日久，輙難懲改也。（經第廿一卷）　「矜念」之「矜」「矜，憐也」之「矜」字並作（068a）

案：爲「預」之俗，魏張神龍等百人造像作預（《碑別字新編》引），《私記》經卷一：「【髻（鬠）中】上，胡栝反、古活反。古文作栝（括）字。《左氏傳》：既復，祖（袒），括髻（鬠）也。杜預曰：以麻約髮也。」「預」字正作。但在此條中卻作爲「矜（矝）」之譌體。出現這樣的錯誤，當因《私記》原稿「矜」字作草書之故。草書「令」旁作，「今」旁作，「頁」旁作，因偏旁相似而「返正」致譌。宋高宗書《草書禮部韻》「預」字作，《草字彙》作（孫過庭）（杜預），「矜」字《草字彙》作（孫過庭）（趙子昂）（董其昌），可見其左旁是十分相似的，尤其是孫過庭書「預」「矜」二字的左旁可謂完全一致。而「頁」旁在草書中有多種變化，（王羲之）（王羲之）（崔瑗）（懷素）（顏眞卿）（孫過庭）（孫過庭）（孫過庭）（趙子昂）（王鐸），這些「頁」旁雖然幾乎是隨心所欲，但可以從字理上得到其變化的脈絡。然而，如果靜止地看一個偏旁，也許會讀作其他偏旁，甚至像（王羲之）完全可以認爲是「天」的草書。在這樣的情況下，「矜」字的草書便有可能誤讀爲「預」。

008　　**誓：**

　　……次請十九法，謂：世界海、眾生海、佛海、佛波羅蜜海、佛解脫海、佛變化海、佛演說海、佛名號海、佛壽量海、菩薩誓願海、菩薩發趣海、菩薩助道海、菩薩乘海、菩薩行海、菩薩出離海、菩薩神通海、菩薩波羅蜜海、菩薩地海、菩薩智海。（經第六卷）「誓」字作（022b）

　　……尒時，世尊在室羅筏國誓多林給孤獨園，大莊嚴重閣（閣），与菩薩摩訶薩五百人俱。（經第六十卷）　「誓」字作（142b）

案：《說文解字》：「（誓），束也。从言折聲。時制切」草書中因爲書寫便捷之故，如《草書禮部韻·去聲十三·祭韻》作，將聲旁「折」的部件

「扌」拉長，從而壓縮部件「斤」與「言」在「扌」旁的右旁的右邊，使原來「誓」字的上下結構變得好像左右結構。這樣的安排各構件的位置，只是一種「位移」，但可以使「誓」字在結構上更加緊密，尤其是在縱向的行款即「直行書寫」時，可以避免上下結構的字因散漫而誤認為兩個字，這樣的書寫也影響到楷書。《敦煌俗字典》收錄五個「誓」字：誓、誓、誓、誓、誓〔註 113〕。這五字中，前三字都呈左右結構，《私記》作誓，與之相同，足證這種書法當時常見。

009. 藤：

> **「藤根」**條：上，達曾反。如葛之藟為藤也。藟音力水反。（經第六十六卷）　「藤根」兩字作藤根（159a）
>
> **「藤蘿所羂」**條：上，達曾反，如葛血藟為藤也。（經第六十八卷）　（168b）

案：《敦煌俗字典》收一俗體：藤（S.126《太子出家讚》：「藤羅遶四邊。」）「藤」字从艸滕聲，此字都从騰，顯然是因音同相譌。「滕」祇用於姓氏和地名，而「騰」字平時多用，故常有人將「滕」寫成「騰」，至今仍多。五代僧可洪《新集藏經音義隨函錄》、《大乘顯識經》上卷：「藤蔓：上徒登反，正作藤。下音曼，正作蔓。」〔註 114〕可見經文中自有从騰之「藤」，此譌由來已久。《私記》作二俗體，藤、藤，皆不見於唐以前字書，但見《龍龕手鏡》，金韓道昭《四聲篇海・艸部》：「藤，徒登切。藤蘿也。」《四聲篇海・竹部》：「籐，徒登切。蔓生，似竹。」後世字書圖全，唯恐收錄不多，故多收俗字，并在釋義中強生分別。其實此等俗字，多與草書相關。魏晉之後，草書大行，與正書可謂相表裏。但草書變體極多，非一般人盡可掌握。如《草字彙》錄古今草聖「藤」字，王羲之作藤，懷素作藤、藤，姿態各異。今檢《草書禮部韻》（號宋高宗書）「藤」字作藤、藤二形，恰與《私記》藤、藤二形一一對應。《草韻》當是所謂「標準草書」一類的範本，可以作為比較規範的例子。由此可見，在佛經傳播中，應該有相當數量的經卷中含有草書，這些草書經經後來僧眾轉抄、校

〔註 113〕黃征《敦煌俗字典》，第 370～371 頁。

〔註 114〕高麗大藏經 34 冊 697 頁下欄。

刊、更正，以及因不能完全認識而過度「返正」，會造成譌體和新字；當然，還會有完全莫名其妙者，如果沒有其他經卷對勘，則無由辨識。

《私記》(經第六十六卷「藤根」條原作「藤柖」，釋謂「上，達曾反。如葛之藟爲藤也。藟音力水反。」此條《慧苑音義》不收，「大治本」作「藤根」，然《私記》「柖」字字形奇怪，不知所出。如按普通的偏旁分析法對應處理，則此字或可定爲「柖」或「招」，俗字「木旁」與「扌」旁不分。然而，對照《大方廣佛華嚴經》卷六十六本文，我們確知當作「根」字爲是。「柖」字與「根」如何相譌？我們查檢《草書禮部韻》，上平廿四痕韻：「根」字作，「跟」作，「艱」作，「痕」作；上聲廿二很韻：「很」作，「墾」作，「懇」作，「齦」作；上聲廿六產韻「限」作，「眼」作；去聲廿七恨韻：「恨」作，「艮」作。所有從「艮」之字，除極個別如「限」作略有小異外，其「艮」旁均作。下平聲三蕭韻：「迢」作，「髫」作，「齠」作，「舥」作；下平聲四宵韻：「怊」作，「弨」作，「超」作，「招」作，「昭」作，「佋」作，「鉊」作，「軺」作，；上聲三十小韻：「袑」作，「紹」作，「佋」作，「沼」作；去聲三十五笑韻：「邵」作，「劭」作，「炤」作，「詔」作，「照」作，「召」作。所有從「召」之字，其「召」旁均作。在這樣的情況下，如果原文草稿用草書，而謄寫者或有誤認，是完全可能出現的。因而我們認爲《私記》抄錄者所面對的本子，正是一部用草書寫就的本子，或許就是《私記》原稿。謄錄者面對「」這樣兩個草書字時，採取的方法是以描摹作「返正」手段。因而錄作「藤柖」。由於所謄寫時是詞條，而非經文，故此時的語境極爲有限，但憑釋語可以識出「藤」，而釋語未及下字；《私記》作者自然不必解釋下字，而謄錄者則無由判斷。遂因「(艮)」與「(召)」相近似而選擇了後者。

010.　言：

「旃檀」條：上，之然反。下，徒丹反。正言旃彈那，有木白紫等，外國香木也。　「言」字作（026b）

案：《私記》「言」字有作者，《敦煌俗字典》錄有、、三體，

〔註115〕除第二例外，一、三兩例均看得出草書的痕迹。見於P.2133《金剛般若波羅蜜經講經文》:「佛言:『須菩提，彼非眾生，非不眾生。』」黃征按:「『言』字卷內多同。」則「言」字出現頻率高而書寫人容易草率爲之。《私記》以楷書抄寫，然遇「言」字乃不免草就，《草字彙》收錄「言」字多種，、、、（王右軍）、（王獻之）（虞世南）（柳公權）（米南宮）。這些「言」字皆草書寫就，與《私記》字實同。

011. 偃：

「寢寐」條：寐，彌利反。寢也。寢音針，訓偃臥眠也。（經第六十六卷）　「偃」字作（162b）

「巖巖」條：又作巇字，魚偃反。峯也，謂山形如累重甑也。甑（經第六十七卷）　「偃」字作，旁有改注字「偃」（163b）

案:《敦煌俗字典》收四例：、、、，〔註116〕《私記》二字形（、）比此四例更多省略。按《說文》「（偃），僵也。從人匽聲。」俗字多有以「彳」旁與「亻」旁相混淆者，敦煌俗字沿襲了此習慣。《私記》的「」易右旁之「匽」爲「晏」並於「日」「安」之間衍一折橫（似是「一」之草勢），乃俗書重牀疊屋之常。「」則將左旁書作「氵」（草書中有「彳」、「氵」相混之例），右旁則作「晏」。此二字形尚未見其他字書收錄，當是《私記》所特有。

012. 藥：

「阿揭陁藥」條：（經第十三卷）　「藥」字作（040a）

「醫豎」條：二同，藥師。（經第十四卷）　「藥」字作（047b）

案:《說文解字》「（藥），治病艸。从艸，樂聲。」《敦煌俗字典》錄有體，、、、。〔註117〕《私記》作，與其中一二兩例一致，《敦煌》第四例將「艹」略作「丷」，其他亦同。值得注意的是，此三例及《私記》二例

〔註115〕黃征《敦煌俗字典》，第475頁。

〔註116〕黃征《敦煌俗字典》，第477頁。

〔註117〕黃征《敦煌俗字典》，第486頁。

中「藥」字的部件「幺」皆書作「彡」，足見「藥」及其聲旁字「樂」的構件「幺」在實用書寫中往往與「纟」相混淆，其形似「彡」。當是草書影響了文字的字形。

013.　義：

「如川騖」條：音義爲騖，无羽反。乱〔馳〕也，如川中水乱走而逝，无息无復也。（經第三卷）　「義」字作[俗字]（019b）

「人王都邑」條：《漢書音義》曰：都，城也。《廣雅》曰：都，國也。《司馬法》曰：大國五百里爲都。《風俗通》曰：天子治居之城曰都。舊云：都曰邑也。（經第卌六卷）　「義」字作[俗字]（124b）

案：《敦煌俗字典》錄有七體：[俗字]、[俗字]、[俗字]、[俗字]、[俗字]、[俗字]、[俗字]。〔註118〕基本上皆是从羊我聲的「義」字書寫變形，其中[俗字]字中的構件「羊」省略成「丷」與草書的「艹」相同，因而或可視爲从艹我聲，與「莪」字同形。這樣的省略有點不近情理，但並非絕無可能，後世的《字彙補・人部》收[俗字]字，釋曰「古義字，白[俗字]，八駿名。《穆天子傳》：『右驂赤□（漫漶）而左白[俗字]』，或作[俗字]。」則[俗字]還譌作[俗字]。《私記》義字作[俗字]、[俗字]二俗體，[俗字]字與敦煌第七體[俗字]近似，足見二者之間在相承關係。[俗字]則有很大程度的簡省，爲《私記》所特有，目前尚未找到類似的「義」字省略形式。

014.　噎：

「哽噎」條：（經第七十七卷）　「噎」字作[俗字]（183a）

案：《敦煌俗字典》收噎字：[俗字]、[俗字]、[俗字]。〔註119〕其中[俗字]是䬣的形譌。《玉篇》：「䬣，或噎字，食不下也。」䬣字右旁譌爲「匌」，遂成[俗字]字。《私記》作[俗字]，與正字「噎」僅在「壹」上之「士」略有差異，其豎畫穿過兩橫畫成「[俗字]」狀，此蓋由書者筆順改變而發生形變，依楷書，「士」當先書「十」，後以「一」收；則「丨」畫下方不易出鋒。而此字書者先作「二」後作「丨」，遂令「丨」畫出鋒。可見書者是由草書或行書的筆順書寫「壹」字的。

015.　質：

〔註118〕黃征《敦煌俗字典》，第494頁。

〔註119〕黃征《敦煌俗字典》，第487頁。

「芒草箭」條：芒正爲莣字，其形似荻，皮重若笋，體質柔弱，不堪勁用也。荻笋勁芒音（經第十三卷）　「質」字作䝺（041b）

「頻婆帳」條：頻婆，此云身影質。謂帳上莊嚴具中能現一切諸質之影也。或曰：頻婆者，鮮赤果名，此帳似之，故以名也。（經第廿二卷）　「質」字作貭（071b）

案：《說文解字》：「[illegible]（質），以物相贅。从貝从所。闕。之日切」《校官碑》「琢質繡章」作質，《北海相景君銘》「受質自天」作貭，《私記》作䝺，从雔从貝，「雔」是「所」之譌字。蓋部件「所」較少見，書寫者誤認部件「所」爲「雔」之草體，遂反正過當，成爲「雔」下「貝」之䝺。

我們將《私記》中有關俗字分門別類地進行了論述，目的只在於借以觀察漢字在傳入日本之後發生了一些甚麼變化。按照傳播學的規律，一種文化現象在傳播中決不會一成不變地停留在某個地方，而總是會發生變易。產生在中國的漢字，通過種種渠道傳到日本後，由日本學者從外語外文的學習而逐漸演變爲記寫日語的工具，最後在這樣的基礎上改造成現代假名這樣的純粹日本文字，其間有個十分漫長的發展過程。《私記》是以漢文佛教經典作爲詮釋對象的，同時它的閱讀者又是日本人，因此，《私記》還使用了「和訓」的形式，以万葉假名記寫和語。從而形成了漢語漢字「眞名」和日語漢字假名兼用的特殊現象。

事實上，後世日本語用字中也往往兼用漢字，其中一部分與中國習用的正字有著差別。我們利用《私記》所作的工作，證明了在與晚唐同時的日本，已經出現了假名化的現象，而這種現象的源頭，則在漢字本來就有的「六書」理論。漢字俗字的大量存在，不但爲漢字的演變提供了豐富的形體資源，同時也爲日本民族將漢字民族化提供了選擇的可能，從而促使了漢字在日本的傳播以及變易，由眞名向假名發展，即由表意文字向表音文字發展，由音義文字向音節文字發展。日本漢字往往選擇相對簡單的字形，也是因其民族文化的發展和民族性與漢字相結合的結果。

第八章　《新譯華嚴經音義私記》與《新華嚴經音義》之俗字比較研究

經過了飛鳥文化和白鳳文化的繁榮，日本進入了以史稱「天平文化」〔註1〕的奈良時代。因爲直接受中國文化的影響和推動，天平文化在日本歷史上堪稱輝煌。特別是以佛教爲軸心的漢字文化，已得到相當程度的普及。流傳至今的經典文獻，最早始於八世紀。其中又有很多實際全都是在奈良時代完成的。「八世紀是日本文獻史上的一塊幾乎無與倫比的偉大里程碑」，〔註2〕其大量的古文獻留存至今，連擁有敦煌和吐魯番等西域地區出土文獻的中國亦難以與之匹敵。〔註3〕這是因爲隨著律令制國家的形成，律令文書行政的統治方式，進一步促進了人們認讀書寫漢字的熱情和積極性，從而推動了寺院中書寫和誦讀佛典的人數較以往成倍的增加，由此形成了全面繁榮的「天平文化」。

《私記》就產生於這個時期。這是一個崇尚學問的時代，尤其是各大寺院的僧侶正是身先力行推動學問發展的重要群體。除了熱誠抄寫來自中國的漢文經典外，對經典本身的研究也成爲當時學問研究的重要部分。落實到佛經音義，當時幾大重要佛經，如《華嚴經》、《大般若經》、《最勝王經》、《法華經》等皆

〔註1〕因以聖武天皇的天平年代爲中心。

〔註2〕馮瑋著《大國通史·日本通史》第120～121頁。上海社會科學出版社，2008年。

〔註3〕同上，第121頁。

有音義。這被認爲是日本佛教文化史上值得注目的現象。更爲可貴的是，儘管已有一千三百餘年之遙，然還有一些流傳至今，成爲探窺、了解那個時代學問史貌的關鍵。

本章正是從這個角度出發，將《私記》與撰著於同時期《新華嚴經音義》中的俗字加以比較研究，以冀能從更廣的範圍，進一步探研奈良時代佛書中漢字的使用狀況，爲我們最後考察漢字在海外的發展而提供一定的資料依據。

本書第一章已對《新華嚴經音義》加以介紹，而且主要以寫於大治年間的大治本爲主。我們在此不妨再次梳理一下二者之關係。

根據學界研究，基本可認爲：大治本《新音義》之祖本與《私記》（祖本）二書作爲對八十卷本《新譯華嚴經》所作的「卷音義」，其產生年代爲奈良朝時期，作者爲日本人，且應爲華嚴學僧。然大治本《新音義》未見參考《慧苑音義》，故原書蓋應於《慧苑音義》傳至日本之前已經完成，而《私記》則將《慧苑音義》與大治本《新音義》作爲主要參考對象，所以從時間上看，大治本《新音義》祖本應在前。

另外，雖同爲八十卷《新譯華嚴經》之音義，但二本卻屬不同系統。三保忠夫在對大治本《新音義》和《慧苑音義》進行考證後得出兩種音義並無關係之結論。相反，大治本《新音義》屬於《玄應音義》系統。三保忠夫認爲：大治本《新音義》之撰者參考了玄應的舊經音義（即玄應爲六十卷本舊譯《華嚴經》所作之音義），而且並不僅僅拘泥於卷一的《華嚴經音義》，甚至從全二十五卷（或二十六卷）的《玄應音義》總體部分選出合適的內容並加以利用。〔註4〕小林芳規也指出：大治本《新音義》雖爲《新譯華嚴經》之音義，但卻未見引用《慧苑音義》，而應屬《玄應音義》系統。〔註5〕而《私記》則因其主要參考對象爲《慧苑音義》，故儘管大治本《新音義》也是其重要參考資料之一，但《私記》與《慧苑音義》相同之處更多一些。

而另一明顯區別則在於：大治本《新音義》篇幅較小，根據岡田希雄統計，其所收錄辭目僅307條。〔註6〕這與共收錄辭目約1300的《慧苑音義》以及約

〔註4〕三保忠夫《大治本新華嚴經音義の撰述と背景》。

〔註5〕《新譯華嚴經音義私記解題》。

〔註6〕岡田希雄《新譯華嚴經音義私記解説》。但岡田在此除去了「武后字」和「十住」、

有 1800 條之多的《私記》相比較，數量遠少於後二者。

實際上，有關二種音義之間的關係，學界已多有考釋論證，從音注、釋義、所錄辭目到出典引用等諸多方面，成果不菲，可供參考〔註 7〕。我們則擬從俗字角度對此二本進行考察。其目的有二：

其一、二音義祖本均爲奈良朝時期所寫。小川本《私記》雖非祖本，但卻是所存孤本。而大治本《新音義》雖爲大治年間所寫，但也極爲珍貴。若從年代看，大治本《玄應音義》當於北宋版與南宋高麗二版之間，但卻要比宋元系統之刊本能更多地反映玄應原書之面目。〔註 8〕而卷一所附之八十卷《新音義》雖非現存唯一之傳本，然乃溯探其底本原貌之重要資料。所以，通過對大治本《新音義》與《私記》俗字之比較研究，可以求證古代奈良朝至平安時代所傳八十卷《新譯華嚴經》之經本文用字，由此從一個側面探究當時日本寫本佛經之史貌。

其二、此二音義之編撰者均爲日本人。雖然多參考中國所傳來的《玄應音義》、《慧苑音義》以及其他古字書、古韻書，但其選辭立目，析字辨形，乃至出典引用等均能體現當時的日本僧人，尤其是華嚴學僧對漢字的理解與認識。即使抄本中所出現的各種錯訛現象，也能眞實地再現當時日本人使用漢字的實際狀態，可幫助我們從一個側面考察漢字在海外發展的軌跡。

需要說明的是：①因本章內容是對二音義之俗字所進行的比較研究，鑒於二音義篇幅容量相差甚巨，故《私記》中有相當部分俗字內容實際上難以涉及。我們主要對照《私記》採用大治本《新音義》的內容而展開。②《新華嚴經音義》所傳並非只有大治本，隨著古寫本佛經音義整理的不斷深入，學界現在已發現金剛寺藏玄應《一切經音義》卷一之末也附有撰著者不詳的《新華嚴經音義》。但金剛寺本晚於大治本，仍屬於大治本系統。而且金剛寺本缺損之處多於大治本，故我們仍主要以大治本爲主。當然，爲了研究需要，我們也會參考金剛寺本以及《慧苑音義》。③儘管大治本《新音義》僅 307 條，但實可謂條條皆

「十地」等品名術語以及末尾之四條。

〔註 7〕可參考岡田希雄《新譯華嚴經音義私記解說》；小林芳規《新譯華嚴經音義私記解題》；池田証寿《新譯華嚴經音義私記について——先行音義との關係——》，《北大國語學講座二十周年記念——論輯・辭書・音義》（汲古書院，昭和 63（1988）年）等。

〔註 8〕參考山田孝雄《一切經音義刊行の顚末》。

有俗字，內容也非常豐富。限於篇幅，我們無法逐條梳理，只能舉例性地作「個案」分析研究。其前後順序則盡可能以類別爲基準。

第一節　二音義同錄俗字爲辭目，俗形或同或異

一、同錄俗字爲辭目，俗形相同

001.　精爽　精爽（經第二卷）〔註9〕

案：池田証寿將此條作爲「誤寫」辭目。〔註10〕然筆者認爲：此不爲書手錯抄，而乃當時流行字體。《說文・㸚部》：「爽，明也。从㸚从大。爽，篆文爽。」段玉裁注云：「此字（爽）淺人竄補，當刪。爽之作爽，奭之作奭，皆隸書改篆，取其可觀耳。」據此，可認爲「爽」乃「爽」之篆文隸變字。《隸辨・上聲・養韻・爽字》下有按語：「《說文》爽從大，篆文作爽，碑從篆文。」故碑碣石刻中，「爽」多見。而「爽」則爲「爽」之俗字。《字鑑》卷三《養韻》：「爽，俗从四人作爽，誤。」又多有將上部短豎作點者，如《碑別字新編・十一畫》「爽」字，《魏元歆墓誌》即作「爽」。《干祿字書》：「爽爽，上通下正。」此與以上二音義之「爽」、「爽」應爲同類。《慧苑音義》爲四字辭目「益其精爽」。高麗本亦如此作。而金剛寺本作「爽」〔註11〕，中間部分已爲「丝」，這纔是眞正的「誤寫」。

002.　遞發　遞發（經第五卷）

案：「遞」作「逓」，多見於碑碣。如《偏類碑別字・辵部》「遞」字引《唐夏侯思泰墓誌》即作「逓」。又《龍龕手鏡・辵部》「逓」與「遞」下注：二通。可見常用。

然二本之「發」雖稍有不同，但皆爲「發」之俗訛。「發」，小篆作「𤼽」。《說文・弓部》：「䠶發也。从弓登聲。方伐切。」中古碑刻俗字以及敦煌俗字

〔註9〕本文所出例爲二音義之辭目字（若涉及注釋內容時，會在文中專門引出），前爲大治本《新音義》，後乃《私記》。所標卷數爲《新譯華嚴經》之卷數。

〔註10〕池田証寿《新譯華嚴經音義私記について——先行音義との關係》。

〔註11〕爲能清晰，我們特意保留底色。

中，「𠂇」與「癶」常省寫作「业」或「癶」，再省去下之橫劃，即多似「艸」頭。以上大治本「[illegible]」，上已爲「艸」。二本下左「弓」皆訛寫而似「方」。右下部「攴」則或由「殳」訛寫而成。故「發」之俗字，有如《干祿字書》：「[illegible]發，上俗下正。」也有如敦煌俗字「[illegible]」。〔註 12〕而《碑別字新編・十二畫》有「[illegible]」〔註 13〕（《魏元朗墓誌》）、「[illegible]」（《隋首山舍利塔銘》）；《佛教難字大字典・癶部》「發」字下收有「[illegible]」等俗字字形，可窺見一斑。

003.　[illegible]　[illegible]（經第二十四卷）

《說文・囪部》：「囪，在牆曰牖，在屋曰囪。象形。凡囪之屬皆从囪。窗，或从穴。𡆬，古文。楚江切。」「囪」本爲象形字，今從或體「窗」，乃形聲字。「窗」又有異體「窻」和「窓」。段玉裁注「窻」字曰：「通孔也，從悤聲。此篆淺人所增。古本所無。……囪或從穴作窗，古衹有囪字，窗已爲或體，何取乎更取囪聲作窻字哉！自東江韵分，淺人多所僞撰。據《廣韻・四江》窻下云：『《說文》作窗，通孔也。』則篆體之不當有心明矣。」依段氏之說，則「窻」字當從悤聲，乃囪之累增訛變，而音義無別。張涌泉認爲：「窻」蓋「窗」之後起形聲字。而「悤」隸變或作「怱」，故「窻」亦或作「窓」。〔註 14〕《五經文字・穴部》注「窻窓」二字形：「上《說文》，下經典相承隸省。」《集韻・平聲・江韻》：「囪，或作窗、牕、窓。」《正字通・穴部》：「窓，俗窗字。」「窓」之聲旁「匆」略去一點，則如以上二本之「[illegible]」與「[illegible]」。《佛教難字大字典・穴部》「窗」字下同收「[illegible]」與「[illegible]」。《廣碑別字》「窗」字下也同收「[illegible]」（《唐贈泰師孔宣公碑》）與「[illegible]」（《唐孟弘敏及夫人李氏合祔墓誌》）二形。

「窗牖」乃同義複合詞。《說文・片部》：「穿壁以木爲交窻也。从片、戶、甫。」段玉裁注：「交窻者，以木橫直爲之，即今之窗也。在牆曰牖，在屋曰窗。」以上二音義之辭目正作「窗牖」。其下字「[illegible]」〔註 15〕與「[illegible]」乃「牖」之訛變而成。由「牖」因「戶下甫」不多見而訛作「牗」，《敦煌俗字典》「牗」

〔註 12〕見黃征《敦煌俗字典》第 104 頁。

〔註 13〕我們在第四章曾經指出，《私記》中「發」下左「弓」訛寫而似「方」作「[illegible]」。漢文典籍雖亦見，然日本似多見。

〔註 14〕參考張涌泉《敦煌俗字研究》第 436 頁。上海教育出版社，1996 年。

〔註 15〕此字左半旁不甚清晰，但仍可認作爲「片」。

字下有「牗」。顏元孫《干祿字書》:「牗牖:上俗,下正。」而由「牗」字之右旁「庸」再訛作「虎」頭之俗「虍」和「用」。蓋因書寫中將「庸」之「用」與上部之「庚」字頭訛斷而引起形訛。此形亦見他本。如《佛教難字大字典·片部》「牖」字條下就有「牗牗牗」三形即同此或類此。《碑別字新編·十五畫》「牖」字下也有「牗」(《唐中牟縣丞樂玄墓誌》)。《敦煌俗字典》所收「牗」字,雖字形漫漶難辨,但可看出右上從「雨」字頭,乃由「虍」進一步形訛所致。

004. 不欬不逆　不欬不逆(經第二十五卷)

案:《慧苑音義》為雙音辭目「不欬」。《大方廣佛華嚴經》卷二十五:「噱咀之時,<u>不欬不逆</u>;諸根明利,內藏充實;毒不能侵,病不能傷。」〔註 16〕二音義即將經中「不欬不逆」短句收為辭目。

「欬」、「欬」二形大致相同,為「欬」之俗。「欬」字聲旁「亥」,《說文·亥部》作「亥」,許慎釋其形曰:「从二,二,古文上字。一人男,一人女也。从乙,象褱子咳咳之形。《春秋傳》曰:亥有二首六身。凡亥之屬皆从亥。𠀅,古文亥為豕,與豕同。亥而生子,復從一起。」吳其昌《金文名象書證》:「亥字原始之初誼為豕之象形。」隸變後作「亥」,《碑別字新編·六畫》「亥」字下有「亥」(《齊張景暉造像》)。石山寺本《玉篇》零卷收「欬欬」為字頭,與二音義所收「欬」相類。

而兩個「逆」字,乃「逆」之俗,為當時通用之寫法。《私記》參考大治本《新音義》為武則天序所作音義部分有 34 個正字條目,其中最後一個字正是「逆」字:「逆,逆」(私記);「逆,逆」(大治本)。二音義均以後者「逆」為解釋字,以俗正俗,可見當時日本已為通用體。《佛教難字大字典·辵部》「逆」字下有「逆」。《敦煌俗字典》「逆」下有「逆逆逆逆」諸形與此同。又《金石文字辨異·入聲·陌韻》「逆」字引《漢白石神君碑》「時無逆數」,案:「逆即逆。」

005. 恭恪　恭恪(經第二十八卷)

案:此條《慧苑音義》亦收,高麗藏本作「恭恪」。大治本《新音義》之「恭」

〔註 16〕大正藏第 10 冊,第 136 頁。

下似从「水」，金剛寺本亦同此，此蓋因字形形似而訛。二音義均只釋下字，而《私記》「恭」字不誤。

《說文・心部》：「[illegible]，敬也。从心客聲。《春秋傳》曰：以陳備三愙。」徐鉉注曰：「今俗作恪。」《集韻・入聲・鐸韻》：「愙或作恪。」《六書正譌・入聲・藥鐸韻》：「愙，俗作恪。」故「愙」爲本字，「恪」乃俗字，但卻通行，後爲正字，高麗本《慧苑音義》即作「恭恪」。「愙」字還簡省作「急」。《廣韻・入聲・鐸韻》：「恪，敬也。急、愙，並上同。」《慧琳音義》卷十二釋「謙恪」云：「下康各反。字書云：敬也。《說文》或作急」《龍龕手鏡》、《精嚴新集大藏音》等「恪」字下也收「急」。《私記》解釋「[illegible]」字參考大治本《新音義》：「下與愙同，口咢反，敬也」，但添加「古字爲急字」一句，〔註17〕應有所本。以上二音義辭目中之「[illegible]」與「[illegible]」，應是「急」類增心旁而成。就目前所見，此形尚未見於其他文本，就連稱遍採日中古字書、古辭書中難字異體字的《日本難字異體字大字典》〔註18〕也未見收錄。故我們可推：或此二音義之原本所從之《華嚴經》或爲同一文本，蓋當時日本所流傳之寫經應見此俗形。因爲金剛寺本亦同此。這至少能證明《新華嚴經音義》之祖本作此形的可能性很大。無論如何，這爲我們研究俗字變化，研究寫經用字提供了新的參考資料。

006.　淪[illegible]　淪[illegible]（經第三十六卷）

案：《慧苑音義》爲四字辭目「苦海淪湑」。高麗本「湑」作「[illegible]」，與以上二音義同。

「湑」之異體字作「湑」。《玉篇・水部》、《龍龕手鏡・水部》、《字彙補・水部》均收有此形。《字彙補・水部》：「湑，同湑。」「湑」有此俗形，乃受其聲旁「胥」之影響。《說文・肉部》：「[illegible]，蟹醢也。从肉疋聲。相居切。」《隸辨・平聲・魚韻》：「[illegible]、《韓勑碑》：『華[illegible]生皇。』按《干祿字書》[illegible]通胥。《金石文字記》云『《廣韻》胥俗作[illegible]。』然考之漢人固已書爲[illegible]矣。」《干祿字書》：「[illegible]、胥並上通下正。」《正字通・肉部》：『[illegible]，古文胥。楊

〔註17〕《私記》「恭[illegible]」條下，隔了兩個辭目後，又錄出「恭恪」，釋義則參考《慧苑音義》：「恪，康鶴反，敬也。」但添加「古爲愙[illegible]」句。「[illegible]」，疑爲衍字。

〔註18〕井上辰雄監修。遊子館，2012年1月版。

慎曰：《文選・七發》：弭節五子之山，通厲骨母之場。骨當作胥。《史記》吳王殺子胥投之於江，吳人立祠江上，因名胥母山，古胥作㣐，其字似骨，故誤。《舉要》作㣐。」故「滑」作「滑」，並不難理解。

007.　或[illegible]上高山　或[illegible]上高山（經第六十六卷）

案：此條不見於《慧苑音義》。《私記》從辭目到詮釋均參考大治本《新音義》作：「与駈驅字同。去虞反。疾也。馬馳也。古文為敺。」

《說文・馬部》：「驅，馬馳也。从馬區聲。敺，古文驅从攴。」段玉裁注云：「俗作駈。」《玉篇・馬部》「驅」下也列有俗體作「駈」。《字彙・馬部》也曰：「駈，同驅。」《干祿字書》：「駈驅，上通下正。」二音義辭目之「[illegible]」、「[illegible]」字，儘管我們尚未能見到對應資料，〔註19〕然應與「駈」字有關。「丘」字小篆作「[illegible]」，後人有隸定作「北」。〔註20〕臺灣教育部《異體字字典》就舉出《中華字海・馬部》與《重訂直音篇・馬部》「驅」有異體字「[illegible]」形。二音義中「[illegible]」、「[illegible]」字形之右旁蓋或因之訛作。《私記》「[illegible]」旁有添加的「[illegible]」字，與《私記》抄本筆跡明顯不同，應為後人不識俗字而加。然而，金剛寺本作「[illegible]」，因字形漫漶，難以辨析，右半聲符似為「区」。

008.　[illegible]動　[illegible]動（經第六十六卷）

案：《大方廣佛華嚴經》卷六十六：「如阿脩羅王，能遍撓動三有大城諸煩惱海。」〔註21〕《大正藏》「撓」字下注：【宋】【元】【明】【宮】版藏經均作「托」。「托」之俗體可作「托」，《敦煌俗字譜・手部》「托」字下收有此形。然「托」字尚可為「撓」字之俗字。高麗本《慧苑音義》此條字也作「[illegible]」。《玄應音義》卷二：「撓大，許高反。《說文》：撓，擾也。經文作[illegible]，俗字也。」而玄應此乃為《大般涅槃經》卷十二所作音義。《可洪音義》音義《大般涅槃經》卷十二收有「杔大」：「上呼高反，攪也。正作撓也。又音毛，非。」此即《玄應音義》中之「撓大」。「杔」即「[illegible]」。俗書「木」旁與「扌」相混，自古使然。《可洪音義》中還可作「秏」，如音義《大方便佛報恩經》第三卷

〔註19〕此字形也不見收錄《日本難字異體字大字典》。

〔註20〕段注如此。

〔註21〕大正藏第10冊，第359頁。

「秏櫌」曰：「上呼高反。下而沼反。正作撓擾。」〔註22〕《慧琳音義》卷六十九：「撓攪，上好高反。《廣雅》云：撓，亂也。《說文》：攪也。從手堯聲。亦作嬈。論作托，非也。……」《慧琳音義》卷七十四：「撓攪，上呼高反。《廣雅》：撓，亂也。《說文》：亦攪也。傳文作秏，非也。……」其中也指出「撓」，「論作托」、「傳文作秏」，可見不僅《新譯華嚴經》中「撓」有如此俗體，其他經典亦多見。

又案：二音義不僅在卷六十六收錄「托」、「托」，而且《經序音義》部分的 34 個正字條目中，還特意爲其正字：「托，撓」（大治本）；「托，撓」（私記）。而「撓」字作「托」，可能是由草書發生的譌變，「撓」草書作「撓」（《草書禮部韻》），右旁易與「毛」混淆。且爲一說。

009.　不耨耕秐而生稻梁　不耨耕私而生稻梁（經第七十卷）

案：此乃短句辭目，《慧苑音義》亦收。以上二音義所出俗字儘管不一，但均有改換偏旁「耒」作「禾」之共同點。

先看「耕」、「耕」，此乃「耕」之俗字。《說文・耒部》：「耕，犂也。从耒井聲。」「耕」之爲「𥝧」，潘重規先生早在《敦煌俗字譜・序》中就已指出：「即以偏旁混淆而言，已使讀者難於辨認。如禾耒不分，故耦作稨，耕作𥝧。」《碑別字新編》「耕」字下收有「𥝧」（《唐盧公清德頌》）。《敦煌俗字典》「耕」字下出有「𥝧」、「𥝧」〔註23〕二形。《干祿字書》指出：「𥝧耕，上俗、下正。」

再看「秐」與「私」，此二形爲「耘」之俗字。「耘」字不見《說文解字》，然《說文・耒部》卻有「𦓤」：「除苗閒穢也。从耒員聲。𦔧，𦓤或从芸。」王筠句讀：「《論語》及諸子書，多借芸爲𦔧，他經則省艸作耘。」《玉篇・耒部》「𦓤」同「耘」。《集韻・平聲・文韻》「𦓤𦔧耘秐」下云：「《說文》除苗閒穢也。或從芸、從云，亦作秐。」《字彙・禾部》「秐」下云：「同耘」。《正字通・禾部》「秐」下說同《字彙》。故「耘」本字當作「𦓤」，「耘」乃後起形聲字，「秐」爲「耘」之異體字。《偏類碑別字・耒部》引《唐王君故任夫人墓

〔註22〕《可洪音義》中「撓」作「秏」與「秏」多見，不贅引。

〔註23〕《敦煌俗字典》第 129 頁。

誌、又唐□孝基墓誌》「耘」即作「秐」。故大治本之「秐」可如此理解。而《私記》之「私」左半應爲訛寫。

至於「藉」與「籍」，上部「艸」頭「竹」相混，典籍多見，不贅。但無論「藉」亦或「籍」，其聲旁左半爲「耒」，而二本音義均作「禾」，此因漢隸「耒」旁有作「耒」者，「禾」則自「耒」省筆而成。

以上只是舉例，然應可看出二音義不僅同錄俗字爲辭目，且字形基本相同。雖然我們可以說，這正是《私記》參考大治本《新音義》之內容。但如前所言，二音義並非同一系統。而《私記》所參考的又是大治本《新音義》之祖本。即使不是祖本，也應是奈良時期的寫本。通過以上例，我們至少可以得出兩點結論：其一，這些俗字，在當時所傳之八十卷《新譯華嚴經》中確實存在。而且既然作爲辭目收錄，則說明二音義之作者已認識到需要詮釋辨析。其二，應該說大治本《新音義》在相當程度上是能夠反映其底本之貌的。

二、同錄俗字爲辭目，字形不同

010.　　堂樹　　堂樹（經第一卷）

案：此條《慧苑音義》也收。但三音義皆只釋下字「樹」。高麗藏本辭目上字作「堂」，顯然經過校正，已是正字。《私記》之「堂」，下部「土」字加點，俗書多見。而大治本之「堂」，則明顯爲錯訛字。查檢《大方廣佛華嚴經》卷一有：「堂樹、樓閣、階砌、戶牖，凡諸物象，備體莊嚴」之句，〔註 24〕故知「堂」字爲訛。可以作爲證據的是，此行之右上部，有訂正小字「堂」，雖字跡漫漶，但仍能辨出乃「堂」字。另外，金剛寺本同《私記》字形，亦可證書手錯寫。

011.　　盲瞽　　盲瞽（經第四卷）

案：二音義所錄下字實際亦可視爲「瞽」之同類俗體。只是大治本「瞽」將聲旁「鼓」置於意符「目」之上，而《私記》則將上部聲旁之「鼓」之左旁「壴」誤移位而成整個字之左旁。

《說文解字・目部》：「瞽，目但有眹也。从目鼓聲。公戶切。」「瞽」之聲

〔註 24〕大正藏第 10 冊，第 1 頁。

旁「鼓」《說文》作「鼔」，从壴，支。象其手擊之也。隸書發生變化，出現了從皮的「皷」。顯然這與眞實的「鼓」的形制有關。漢代以後，「皷」字相當流行。《干祿字書》：「皷鼓：上俗，下正。」《私記》中也多次收錄此形。如經卷第十三有：「鼓皷，上皷，公户反。擊也。扇動，捶也。皷字經本有從壴邊作皮者，此乃鍾皷字。」又經卷第四十七有「不皷」條，亦同。由此產生「瞽」之俗字「瞽」。敦煌俗字有「瞽」，乃同此。〔註 25〕《私記》卷二十三收錄「盲瞽」之「瞽」即爲其訛作。

此類從皮的「皷」之左旁「壴」，又可譌變而成「壹」，從而就有「鼓」另一俗體「皷」。也就有上所列出的大治本之「瞽」以及《私記》之「瞽」。

012.　氛氳　氛氳（經第五卷）

案：《慧苑音義》爲四字辭目「妙香氛氳」。大治本之「氳」爲「氳」之異體字「氳」之訛寫，金剛寺本同。但《私記》之「氳」字，卻値得注意。因爲這實際是「氛」的俗字。《玉篇・气部》：「氛，孚云切，氣也，祥也。氳，俗，上同。」《廣韻・平聲・文》：「氛，氛氳，祥氣。氳，俗。符分切。」然而，《私記》此處釋義作：「氛，苻云反。氣祥也，氣〔也〕〔註26〕，吉凶之先見者也，盛也，香氣盛。氳，紆文反。元氣也，謂天地未分之始氣也。或爲芬菎。」根據辭目與音義，此又應爲「氳」字。「氳」字一般單用較少，多組成雙聲叠韻詞，如「氤氳」、「氛氳」。「氤氳」古代指陰陽二氣交會和合之狀，故多有「天地氤氳」,「元氣氤氳」等語。而「氛氳」即爲「芬蒀」,《玄應音義》卷五：「氛氳，……宜作芬蒀。……芬蒀，盛貌也，亦香也。」卷七：「氤氳，一鄰反，下紆文反。元氣也，謂天地未分之始氣也。」我們認爲《私記》辭目與釋義皆作「氳（氳）」，此乃受前字「氛」之影響「類化」而成。《慧琳音義》卷八引《文字集略》：「氛氳，氣盛貌也。……上形下聲字也。」

然而，《私記》中卻又有作「氳氳」（經卷第八），音義內容與上同。從這個角度看，以上蓋爲小川本訛字。但是，《廣碑別字・十三畫》「氳」字下有「氳」

〔註 25〕《敦煌俗字典》第 134 頁。

〔註 26〕《集韻・文韻》「氳，氤氳，氣也」,《宋本玉篇・气部》「氛，氣也，祥也，先見也」，又「氳，氛氳，祥氣」。大治本《新音義》作「氛，祥氣也」。

（《唐游擊將軍劉盛墓誌》）字形，上半正爲「氛」，而俗字下半「曰」與「皿」多混，可見「盫」之俗字確可作「[俗字]」，此例頗能說明叠韻字字形無定的原理。

013.　仇[俗字]　仇[俗字]（經第十二卷）

二本所錄「[俗字]」、「[俗字]」，均「對」之俗體。《說文・丵部》:「對，譍無方也。从丵从口从寸。對，對或从士。漢文帝以爲責對而爲言，多非誠對，故去其口以从士也。」後隸定「去其口以从士」之「[俗字]」爲「對」，且字書多作爲正字。

大治本辭目「[俗字]」，與《偏類碑別字・寸部・對字》所引《唐騎都尉郭義本墓誌》「對」同。高麗藏中「對」又作「[俗字]」、「[俗字]」、「[俗字]」、「[俗字]」〔註 27〕等。《敦煌俗字典》「對」字下所收俗體「[俗字][俗字][俗字]」〔註 28〕亦皆爲同類。《私記》中之「[俗字]」，也同於《偏類碑別字・寸部》「對」字所引《魏河洲刺史乞伏寶墓誌》之「對」，《碑別字新編・十四畫》「對」字下所錄「[俗字]」（《唐中牟縣丞樂玄墓誌》）、「[俗字]」（《唐忠武將軍從弟李君彥夫人魏氏墓誌》）、「[俗字]」（《唐程邨造橋碑》）等亦與其同類。高麗藏中「對」還作「[俗字]」、「[俗字]」、「[俗字]」、「[俗字]」〔註 29〕等，皆與此形近，其訛變途徑相同。蓋因傳抄輾轉產生筆畫或長短或曲折或斷連或變形之訛，然大體之形仍未離正字太遠，故在一定的上下文中並非完全不能辨認。然而金剛寺本中作「[俗字]」，卻明顯爲俗訛字，較難辨認。其左半應爲「[俗字]」類省筆；「對」字右半本從「寸」，俗寫從「寸」字與從「刀」字常混淆，故如此作。

014.　[俗字][俗字]　[俗字][俗字]（經第十二卷）

案：《慧苑音義》爲三音辭目「能[俗字]噬」。三本音義之上字均爲「攫」之俗。《說文・手部》:「攫，爪持也。攫，扟也。从手，矍聲。」本義爲鳥獸用爪抓取。《玄應音義》卷四:「爪攫，居縛反。《說文》:攫，扟也。《蒼頡篇》:攫，搏也。《淮南子》云：獸窮則攫，鳥窮則啄是也。」《私記》之「[俗字]」字，應爲書寫時簡省筆畫而成之俗形。《龍龕手鏡・手部》「攫」之俗體即有「[俗字]」。

〔註 27〕李圭甲《高麗大藏經異體字典》，第 227 頁。漢城：高麗大藏經研究所出版部，2000 年。

〔註 28〕黃征《敦煌俗字典》第 94 頁。

〔註 29〕李圭甲《高麗大藏經異體字典》，第 227 頁。

大治本之「玃」則應爲「玃」字之省俗。「玃」之本義爲母猴。《玄應音義》卷四「猳玃，……下居縛反。《說文》：大母猴也。善顧眄玃持人也。《爾雅》：玃父善顧。郭璞曰：猳，玃也。似猴而大，色蒼黑也。」然此字又可用作「攫」。《集韻・昔韻》：「攫，搏也。或从犬。」《慧苑音義》磧砂藏本此條即作「能玃噬」。《玉篇・犬部》「玃」字即收「玃」，並指出：「同上。」《龍龕手鏡・犬部》：「玃，俗。玃，正。」

又案：此條下字正作「噬」。《說文・口部》：「啗也。喙也。从口筮聲。」大治本右半聲旁上爲草頭。俗體「艸」與「竹」多相混，不贅。

015.　　發趾　　發趾（經第十四卷）

案：此條《慧苑音義》亦收。三本皆只釋下字「趾」。大治本與《私記》上字「發」、「發」乃「發」之俗。《說文・弓部》：「發，䠶發也。从弓癹聲。方伐切。」大治本之「發」字，「癶」下爲「放」字。〔註30〕《佛教難字大字典・癶》「發」字下就收有「發發」俗形。而《私記》之「發」，前曾述及：「發」之小篆「發」上部「癶」、「癶」常省寫作「业」或「业」，但其下部也爲「放」字。《佛教難字大字典・癶》「發」下也收有「發」，同此。此「發」字下作「放」其實是因隸書「發」在楷書化過程中的訛變造成的。《干祿字書・入聲》：「發發：上俗下正」，顏眞卿書俗正二「發」字下右皆作「攵」。又「弓」字在書寫中一般爲三畫，首「乛」次「一」次「㇉」。然有時也會出現將「㇉」分作兩筆，先寫短撇，斷開，再寫橫折勾。而又將首「乛」寫得短而促，似「、」之形。如此，則「弓」形近於「方」。〔註31〕從而訛「弓」旁爲「方」旁。若「弥」字訛作「旀弥」〔註32〕之類。

016.　　不矯　　不矯；不撟（經第十四卷）

案：《私記》重複兩次收釋此詞。前條釋義取大治本《新音義》。《私記》之「矯」，右半爲「高」，此乃「矯」之異體字。《碑別字新編・十七畫》「矯」字下還有「矯」（《唐玄昭監張明墓誌》）、「矯」（《唐等寺碑》）等即同此。竺

〔註30〕金剛寺本同此形。

〔註31〕此類寫法，似乎日本寫經生更加多用。前第四章有述。敬請參考。

〔註32〕李圭甲《高麗大藏經異體字典》，273頁。

家寧認爲「⿰矢高」的寫法流行於唐代的碑文中。〔註 33〕從「高」與從「喬」，字形既近似，發音也相去不遠，故易於混用，形成異體字。而《私記》重複辭目字「槗」，乃「橋」之俗字。其聲旁「喬」作「⿱丿高」。張涌泉指出：「喬」字或「喬」旁作「⿱丿高」，漢碑已然。敦煌卷子中「喬」亦多從俗字作「⿱丿高」。〔註 34〕而音義中从「扌」之字往往又書作从「木」之字，是「扌」「木」二偏旁形近易淆。此處「槗」當爲「撟」字。慧苑爲作辨識：「字宜從扌，經本從矢。」實際上，從「扌」之「撟」與從「矢」之「矯」，互可通用。《書・呂刑》「奪攘矯虔。」《漢書・高帝詔》作「撟虔」。是「矯」「撟」相通之例。《玄應音義》卷十二釋「不撟」曰：「几小反。《說文》：撟，擅也。假詐也。《國語》：其形撟誣。賈逵曰：非先王之法曰撟，加誅無罪曰誣。字從手，今皆作矯。」卷二十三：「撟設，居夭反。撟謂假詐也。撟，誑也，擅稱上命曰撟，非先王之法言曰撟。字從手，今皆作矯，非體也。」卷二十四：「矯亂，居夭反。謂假詐誑惑也。《說文》：撟，擅也。擅稱上命曰撟，字體從手，今皆作矯。」

大治本《新音義》之「⿰矢⿱有冋」，上部右半似「有」〔註 35〕。此乃受「喬」變體俗字影響而成。《正名要錄》「正行者楷腳注稍訛」類「喬」下校注「⿱丿高」。張涌泉認爲「⿱丿高」爲「⿱丿高」的變體。〔註 36〕《碑別字新編》「矯」字下有「⿰矢⿱丿高」（《隋韋略墓誌》）、「⿰矢⿱丿高」（《魏元維墓誌》）、「⿰矢⿱丿高」（《魏秦洪墓誌》）均同。大治本之「⿰矢⿱有冋」字，乃本爲左半的「矢」旁上移而成。

017. ⿰言⿺辶止生　⿰言⿺辶正生（經第三十一卷）

案：「⿰言⿺辶止」與「⿰言⿺辶正」乃「誕」之俗字。《說文解字・言部》：「誕，詞誕也。從言，延聲。」凡「延」形俗多作「⿺辶止」，故「誕」之俗字即多如大治本之「⿰言⿺辶止」。《碑別字新編・十四畫》「誕」字下收錄俗體「⿰言⿺辶止」（《唐景教流行碑》）。又《敦煌俗字典》「誕」字下有「⿰言⿺辶止」。皆屬此類。

〔註 33〕見臺灣教育部《異體字字典》「矯」條下「研討說明」。

〔註 34〕張湧泉《敦煌俗字研究》第 139 頁。又此點與以上「喬」變體作「高」也有關。實際上，「高」上之點寫成短撇，即爲「⿱丿高」。

〔註 35〕金剛寺本亦同此。

〔註 36〕張湧泉《敦煌俗字研究》第 140 頁。

《私記》所出「誕」則是聲旁「延」字上添加筆畫而成俗字。除此，《私記》卷四十七「示誕」，字體亦同此。可見其作者所見《華嚴經》，「誕」字如此作。

018.　蚊蚋宝蠅　蚊蚋宝蠅（經第三十五卷）

案：《大方廣佛華嚴經》卷三十五：「此菩薩天耳清淨過於人耳，悉聞人、天若近若遠所有音聲，乃至蚊蚋虻蠅等聲亦悉能聞。」〔註 37〕《慧苑音義》爲雙音節辭目「蚊蚋」。

以上《私記》字頭中，從「虫」之「蚊 蚋」，其形旁爲俗形，「虫」上或有撇，或有橫，敦煌俗字多見。不贅。

二本音義之「蚋」、「蚋」乃「蚋」之俗，然此二字形至今未見其他例證。漢字有「蜬」「蚋」，然爲俗「蜹」字。《私記》「蚋」旁有後所改訂之「蚋」字，故「蚋」應爲訛字。然此訛可能承自大治本祖本，因金剛寺本亦同此形。《說文》不收「蚋」，有「蜹」。《說文・虫部》：「秦晉謂之蜹，楚謂之蚊。从虫芮聲。而銳切。」《集韻・祭韻》：「蜹蚋，蟲名。……或省。」故應爲「蜹」字省文。

案：漢字結構之部件或可易位成異體。「虻」字將「虫」旁置於聲旁之下即有「宝」字。二本音義所錄「宝」、「宝」上部爲「亡」之形近訛誤，敦煌俗字有「亡亡」〔註 38〕等。《敦煌俗字典》收有「宝」，〔註 39〕即同此。

至於「蠅」與「蠅」，根據經文，應爲「蠅」之訛作。蓋「黽」之下部書寫不易，遂先書「臼」而後補書「儿」，但挪至「臼」之下方，遂有此訛。因《私記》此條出於大治本《新音義》，故大治本先訛作「蠅」，《私記》繼訛作「蠅」，比較二字之形，可見大治本還留有「黽」之上部。大治本釋曰：「下又作蠅蠅字，餘承反，《說文》虫之大腹者也。」大治本釋語字跡漫漶難辨。《私記》參釋曰：「蠅又爲蠅字。餘承反。說蚉〔註 40〕之大腹者也。」「蠅」

〔註 37〕大正藏第 10 冊，第 188 頁。

〔註 38〕《敦煌俗字典》第 418 頁。

〔註 39〕同上，第 271 頁。

〔註 40〕小林芳規《解題》認爲「說」爲「說」字之訛，「蚉」爲「文虫」二字的合書，是。《說文・黽部》「蠅：營營青蠅。蟲之大腹者。」

字並不難識。而「蜿」之右上略似「𠚍」之俗書，顯爲便於書寫而作。

019. 㑣咎　身相㑣咎（經第三十六卷）

案：以上二本中「咎」與「咎」〔註41〕乃「咎」之俗字。「咎」字本從人。小篆作「咎」，《說文・人部》：「災也。从人从各。各者，相違也。其久切。」《隸辨・上聲・有韻》「咎」字引《靈臺碑》：「招祥塞咎」下按：「《說文》作咎，從人，碑變從卜，今俗因之」。碑別字中「卜」又多省其竪，以上「咎」、「咎」即如此。《金石文字辨異・上聲・有韻》「咎」字引《唐張嘉貞書恆山碑》」作「咎」。然金剛寺本卻不省，作「咎」。

又案：「㑣」乃「休」之異體。〔註42〕考「㑣」字之形，字書中首見於《字彙補・人部》云：「㑣，虛呂切，音煦，和煦也。見《玉篇》。〔註43〕」《碑別字新編・六畫》「休」字下收有「㑣」（《魏蘇屯墓誌》）。而《私記》之「㑣」則是在此字上的增旁俗字。《金石文字辨異・平聲・尤韻》「休」下收有「烋」字，並引《漢費汎碑》、《北魏司馬元興墓誌銘》、《北魏賈使君碑》、《北魏崔敬邕墓誌銘》等，且在《北魏崔敬邕墓誌銘》「趙国李烋女」下案：「烋即休。」《碑別字新編》「休」字下也錄俗體「烋」（《魏張玄墓誌》）。大治本儘管辭目字作「㑣」，但釋文卻曰：「許由反，㑣，善慶也，休，吉也。下字體作咎，渠柳反，欲惡也。過罪也。病也。」《玄應音義》卷二十二：「休愈，許由反。……《廣雅》：烋，善慶也。」可見參考玄應說。《玉篇・火部》：「烋，美也。福祿也。慶善也。」郝懿行《爾雅義疏・釋言》：「烋與休同。」

020. 罪釁　求其罪釁（經第五十八卷）

案：《大方廣佛華嚴經》卷五十八：「於菩薩所起瞋恚心，惡眼視之，**求其罪釁**，說其過惡，斷彼所有財利供養，是爲魔業。」〔註44〕字作「釁」，爲本字。《說文・爨部》：「釁，血祭也。象祭竈也。从爨省，从酉。酉，所以祭

〔註41〕高麗本《慧苑音義》字形亦同此。

〔註42〕金剛寺本同此形。

〔註43〕然檢《宋本玉篇》，未見「㑣」字。有「休」字，「虛鳩切，息也；定也。」與《字彙補》音義不同。

〔註44〕大正藏第10冊，第307頁。

也。从分，分亦聲。虛振切。」《廣韻・去聲・震韻》:「衅，牲血塗器祭也。許瑾切。三。釁，上同。又罪也。瑕釁也。舋，俗。」以上二音義之「舋」與「舋」即爲「舋」之訛俗字。《私記》對「舋」之註釋參考大治本，然而卻添加了關於「舋」字的解釋:「舋又作舋，又爲舋，……」其後則與大治本同。《碑別字新編・二十五畫》「釁」字下有「舋」(《魏于景墓誌》)。《敦煌俗字典》「舋」字下有「舋舋」。這些俗字上部乃受「興」字俗形之影響，各有微別，當是手寫之變體。《干祿字書》:「興興，上通下正。」《龍龕手鏡・興部》:「興，俗;興，正。」《私記》經卷第六也有「興興，正」。

021.　羈鞅　羈勒（經第六十二卷）

案:二音義之上字「羈」、「羈」應爲「羈」之俗形。俗字「革」多作「革」。《私記》中凡「革」均作此形，以「革」爲構件之字亦作此形。不贅。而下字卻一作「鞅」，一爲「勒」，何者爲確?

查檢《新譯大方廣佛華嚴經》卷第六十二有「四攝無盡藏，功德莊嚴寶，慚愧爲羈鞅，願與我此乘」〔註 45〕之句，故大治本「鞅」爲確。〔註 46〕《慧苑音義》此條亦作「羈鞅」，釋曰:「羈，居宜反。鞅，於兩反。王逸注《楚辭》曰:羈，謂絡馬頭也。鞅，謂勒牛頭繩也。」《私記》儘管辭目字形與《慧苑音義》有別，然釋義卻參考慧苑說:「上居宜反。謂絡馬頭也。鞅於兩反。扐牛頭繩也。」但是此後作者又特意指出:「勒，上記經文爲羈勒。唐音義爲羈鞅字。」「唐音義」即指《慧苑音義》。《私記》特意如此指出，則表明「勒」非書手訛寫，而是其作者所見《華嚴經》本文作「羈勒」。《慧琳音義》卷七十四:「羈勒，寄宜反。王逸注《楚辭》云:以華絡馬頭曰羈。《博雅》亦馬勒也。《說文》從冈從馽。古文作䩭。下力得反。鄭注《周禮》以白黑飾韋雜色爲勒也。《說文》馬鑣銜也。」「羈鞅」有馬絡頭與牛繮繩之二義，但可泛指駕馭牲口之用具。而「羈勒」則爲同義複詞，就是馬絡頭。二詞可視爲同義，有錯用之可能。

〔註 45〕大正藏第 10 冊，第 333 頁。又高麗藏亦同此，作「羈鞅」

〔註 46〕金剛寺本亦爲「鞅」。

022.　廛店　厘（經第六十七卷）

案：《慧苑音義》爲四字辭目「廛店鄰里」，而《私記》卻爲單音辭目。可知《私記》錄出此條，專爲辨析「厘」字：「音義作𢇉，除連反，謂市物邸舍也，謂停估客坊邪（邸）〔註47〕也。《尚書大傳》曰：八家爲隣，三隣爲明（朋）〔註48〕，三明（朋）爲里，五里爲邑。此虞憂（夏）之制也。又一音義作廛店，上除連反。謂城邑之居也。店又与怗同。都念反。」

此條釋語中兩稱「音義」。前音義應指《慧苑音義》，故釋義內容也參考慧苑說。而「廛」字俗有「𢋃」形者，如《經典文字辨證書・广部》。又《正字通・广部》中「廛」字有「𢊈」形，省下「土」即成「𢇉」。「又一音義」乃指大治本《新音義》祖本。只是我們所見大治本作「廛店」，而《私記》作者所見字或爲「厘」。「廛」字尚未見字書。金剛寺本作「廛」，與大治本同，可見其底本有此形。然「廛」作「厘」與「厘」，卻爲常見俗體。

又《私記》經卷六十七：「市𢇉，（廛）除連反。居也，城邑之居也。𢇉又爲厘字，正爲厘字。」其「又爲厘字」之「厘」字與「又一音義作廛店」中「厘」字相同。《慧苑音義》有「廛字經本從厂作者，謬也」句未被《私記》所引，而《私記》有「正爲厘字」之說，可知《私記》作者並不認爲從厂之「厘」爲謬。

023.　縈瞙　縈䀹（經第六十八卷）

案：《慧苑音義》爲四字辭目「泉流縈映」：「……《字指》曰：映，不明也。案經意言泉流交絡，互相纏絡，互相隱映，故曰縈映也。映字經本有作月邊英者，蓋是胸臆。」雖然以上二音義中之下字並不从「月」，而从「日」，但右邊一爲「莫」，一作「英」，也仍爲經本俗字。

我們先看《私記》「䀹」字。此乃「映」之異體。《說文・日部》：「映，明也。隱也。从日央聲。」《集韻・映韻》：「映暎，於慶切，隱也，或从英。」《正字通・日部》：「暎，俗映字。正韻映，亦作暎。……映俗本譌作暎，從

〔註47〕《私記》「邪」寫作「邪」，當爲「邸」字之訛，此條「邸舍」之「邸」寫作「邪」，《慧苑音義》作「邸」。

〔註48〕《私記》「明」字右側行間寫有小字「朋」，「朋」是。

映爲正。」王羲之《蘭亭集序》:「暎帶左右」,即作「暎」字。《私記》此條釋義參考大治本。然大治本僅釋上字「瑩」。《私記》卻在此後又添加:「映暎,上正照也」之句,說明《私記》作者已將此二字視爲異體字。

至於大治本之「暯」〔註49〕,《集韻·鐸韻》:「暯,末各切,音莫。冥也。」此字與「映」從音到義本不相干,但卻因俗體之形似而有錯訛。

《碑別字新編·九畫》「映」字下所錄別字「暯」(《魏岐法起造像記》)、「暯」(《魏元□妃吐谷渾氏墓誌》)、「暯」(《齊高建妻王氏墓誌》)等。《佛教難字大字典·日部》「映」字下有「暎暎」,皆與「暯」形似,蓋爲經生書經時訛作。有關此字進一步說明,請見下例:

024.　庇暎　相庇映(卷五)〔註50〕

案:《慧苑音義》亦爲三音辭目「相庇映」。大治本只釋上字「庇」。《私記》此條參考慧苑說,其中關於「映」之辨析,頗能幫助我們理解上條。《慧苑音義》曰:「……《字書》曰:映,傍照也。彩間也。言相庇相映,如五彩之綺錯也。映字古正體作昚,〔註51〕當日中央爲映。有從日邊作英者,謬也。」《私記》曰:「映,傍照也。彩間也。言相庇相映,如五彩之交映也。古作映,當日中央爲映也。或爲日邊從莫者,誤。」我們注意到慧苑說「從日邊作英者」,然《私記》作者卻指出「爲日邊從莫〔註52〕者」,可見上例大治本之「暯」,錯有來處。我們甚至可以理解爲:當時所傳《華嚴經》中確有「映」訛爲「暯」字者,故大治本《新音義》卷六十八將「縈暯」收錄爲辭目,然其作者因參考《玄應音義》只解釋「瑩」字,並未顧及此字。而《私記》作者卻意識到此訛誤,故在其參考《慧苑音義》之時,改慧苑之說。另外《可洪音義》中就有「映」「暎」作「暯」者,而「暯」與「暯」應爲同類。金剛寺本作「暎」,與《佛教難字大字典》中的「暎」同,其右半聲符也易訛作「莫」。

所謂「同錄俗字,俗體不同」,原因是多種多樣的,有因書手訛寫而成者,

〔註49〕金剛寺本亦同此形。

〔註50〕本章例證本以經卷先後爲序,然此條因內容關係,故置於此。

〔註51〕高麗藏本如此作。

〔註52〕儘管電腦中有「莫」字,但我們還是將其原字形錄出,極爲清晰。

也有或因二本作者所見之經本文用字不同，當然還有因二本所屬系統不一而造成俗字不一的結果，大治本多參考玄應說，《私記》則多引用慧苑說，而當時所傳《玄應音義》與《慧苑音義》皆爲寫本，各依所見，自不相同。

第二節　一音義爲俗，一音義爲正

一、大治本《新音義》作俗字

025.　[俗字]　曩世（經第二卷）

案：《慧苑音義》只收「曩」字。《私記》與大治本雖爲雙音辭目，但也僅釋「曩」字。大治本之[俗字]〔註53〕，池田證壽認爲是誤寫之字。〔註54〕

《說文解字・日部》：「曩，曏也。从日，襄聲。」而「襄」字，隸變後多作「襄」。《隸辨》卷六《偏旁》云：「口口，《說文》作㗊，從二口，隸省如上，亦作厸、厶。」由此可知「襄」字而作「襄」者，當爲異體無訛。《精嚴新集大藏音・衣部》即云：「襄襄，上正。」故「曩」作「[俗字]」，亦同此理。《碑別字新編・二十一畫》「曩」字下所收「[俗字]」（隋賈逸墓誌）；「[俗字]」（唐隨求陀羅尼經幢）等即與此同。然而我們發現金剛寺本之「[俗字]」，似已經省略了雙「口」，或雙「厶」，可謂俗之又俗了。

又大治本「[俗字]」亦爲俗體。《說文・十部》：「丗，三十年爲一丗，從卉而曳長之，亦取其聲。」《龍龕手鑑・十部》「世」字條下收「[俗字]」，與大治本相同或相似。又《四聲篇海・十部》、《字彙補・十部》等書亦收此形，爲常見「世」之俗體。

026.　[俗字]弥　克弥（經第三卷）

案：《慧苑音義》與大治本《新音義》皆收此條。《私記》「弥」參考慧苑說。〔註55〕我們要討論的是「克」字。《私記》「克」字音義參考大治本，然稍有不同。大治本「上人，與尅字同。口得反。[俗字]，能也。[俗字]，勝也。」《私

〔註53〕高麗藏本字形同此。

〔註54〕池田証寿《新譯華嚴經音義私記について——先行音義との關係——》。

〔註55〕大治本《新音義》僅爲「克」字音義。

記》：「上又爲尅字。同。……〔註 56〕」《私記》「克」不俗，但大治本「兗」卻似不見其他典籍。然《廣碑別字・七畫》「克」字條下引〈隋趙朗墓誌〉作「克」；《敦煌俗字典》「克」字條下收「克」。大治本釋文中的兩個「克」「克」字即此類。而「兗」當爲其訛，即將上部「十」寫成似「𠆢」。這應是當時《華嚴經》中有此字形而被收釋。而大治本抄者（當然也可能是祖本作者），卻把訛寫而成之部件「𠆢」讀作「人」。此蓋因是對這類拆分出來的部件無法稱說的一種權宜之計。就像把「扌」（提手旁）說成是「才」部一樣。當然，一旦發生了這樣的權宜之計，就會造成後繼者對說解的誤認，從而譌上加譌，變本加利。

027.　欽縮　飲縮（經第五十一卷）

案：此條不見《慧苑音義》。《私記》釋義參考大治本《新音義》。然二本辭目上字卻不同。一作「欽」，一爲「飲」。

《華嚴經》卷五十一，有「譬如大海，有四熾然光明大寶布在其底，性極猛熱，常能飲縮百川所注無量大水，是故大海無有增減」之句，故「飲縮」爲是。「飲縮」不見辭書，也不見一般古籍，乃佛家語。「縮」有盡義。《慧琳音義》卷十四「拳縮」條引賈注《國語》：「縮，退也。盡也。」「飲縮」即爲「飲盡」，以上《華嚴經》經文已能表意。又《賢首五教儀》卷一云：「又海寶飲縮喻云：譬如大海，有四熾然光明大寶布在其底，性極猛熱，常能飲縮百川所注無量大水。」〔註 57〕此喻即源於《華嚴經》。

而大治本作「欽」，乃書寫時產生的訛字。「飲」字在《說文》中作「㱃」，「飲」爲後起之類化字。有可能是大治本書寫者在抄錄「㱃」字時因字迹漫漶誤認左旁爲「金」，遂書作「欽」。然金剛寺本也作「欽」，則可判定並非大治本書寫者之誤，當爲其祖本，或大治本與金剛寺本所共有之底本即如此誤。抑或《華嚴經》經本文即如此誤。

028.　菡萏　菡萏花（經第五十九卷）

案：《慧苑音義》也收錄此條，作「菡萏花」，釋曰：「菡，胡感反。萏，徒

〔註 56〕後與大治本同。

〔註 57〕《續藏經》第 58 冊，第 634 頁。

感反。《說文》曰：芙蓉花未發者，盛之貌也。菡萏二字，《玉篇》作萏蘭。《字書》作菡茵，《說文》作莟萏也。」《私記》此條基本參考慧苑說，辭目之「萏」即「萏」之俗作。

我們要討論的是大治本。首先其辭目中「[illegible]」不成字，應爲「萏」與「花」之合文。金剛寺本作「[illegible]」，亦同。此蓋書經者或因豎行抄寫而誤將二字合作一字。此類「訛合字」〔註 58〕在早期寫經中經常出現，如宮內廳書陵部藏《四分律音義》（一卷本）中就有「人民」二字，因豎行連寫而成一字「食」，「北土」譌作「坒」，「巡日」譌作「[illegible]」等。〔註 59〕《可洪音義》卷十三釋《普法義經》就指出：「不[illegible]，下是矜心二字，書人悞作一字也。孔傳《尙書》曰：『自賢曰矜也。』《廣義法門經》云：『心无高慢』是也。」以「矜心」二字誤合作「[illegible]」，遂不成字。又《可洪音義》卷七《佛說大孔雀呪王經》上卷：「[illegible][illegible]，底里二字，書人悞作一字而加其點也。對勘《孔雀明王經》中底里底里，此經作羯麗[illegible][illegible]。」以「底里」二字合書作「[illegible]」，從而不成字。

其次，大治本釋文曰：「上又菡。萏、莟，胡感反，�華也。二字同體，經何意重作乎？故下字應作蕳，徒感反。芙蕖其華也。」這一句，加上辭目上字，出現了「菡」、「菡」、「萏」、「莟」、「蕳」一組俗字。

「菡萏」乃叠韻字，即荷花。《詩・陳風・澤陂》：「彼澤之陂，有蒲菡萏。」叠韻連綿詞多取其音，常無定字，故可作「菡蕳」。《說文・艸部》：「菡，菡蕳，从艸圅聲。胡感切。」又：「菡，菡蕳也。」《玉篇・艸部》：「菡，胡敢切。菡萏荷華也。菡，同上。」《康熙字典》：「按《說文》作菡，《六書正譌》云：俗作菡，非。然考經文皆作菡，《六書正譌》之說太泥。」以上「菡」、「菡」乃「菡」、「菡」二字之訛作。「萏」乃「萏」字省訛。而「二字同體」，乃指「萏」、「莟」。「莟」乃「莟」之省訛。《玉篇・艸部》：「菡……菡……，莟，同上華開。」《康熙字典・艸部》：「莟，……又胡感切，音頷。花開也。通作菡，俗作頷。」又《說文・艸部》：「蕳，菡蕳。芙蓉華未發爲菡蕳，已發爲芙蓉。从艸

〔註 58〕我們姑且如此稱。

〔註 59〕參梁曉虹・陳五雲《〈四分律音義〉俗字拾碎》，載南山大学《アカデミア》文学・語学編，83 号，2008 年。後收入梁曉虹《佛教與漢語史研究——以日本資料爲中心》。上海古籍出版社，2008 年。

闇聲。徒感切。」《玉篇・艸部》:「萏，菡萏。藺，同萏。」「藺」爲「藺」，並不難辨認。

029.　粥高香　　鬻（經第六十七卷）〔註60〕

案：二音義辭目錄字完全不同。查檢《華嚴經》卷六十七有「善男子！於此南方，有一國土，名爲廣大；有鬻香長者，名優鉢羅華」之句，丁福保《佛學大辭典》言「鬻香長者」乃人名。其所舉書證，正爲《華嚴經》此句。又其「五十三智識」辭目中指出：《華嚴經・入法界品》之末會善財童子先於福城之東莊嚴幢娑羅林中，聞文殊說法，依其指導次第南行値諸知識而聞說法。其知識之數，舊《華嚴》列四十四人，合文殊爲四十五人，新《華嚴》加後之知識九人，而列五十四人，加文殊則總爲五十五人，而「鬻香長者 Utpalabhñtigāṁdhika 二十一，舊作青蓮華香」。《慧苑音義》以「鬻香」爲辭目。大治本與《私記》釋義中均有：「彼有長者，名青蓮花香」之語，故「鬻香」爲是。

大治本之抄經者誤將一字分寫成二字，金剛寺本亦同，成三字辭目「粥高香」。此類現象在奈良朝時期其他音義中也出現過，如前舉《四分律音義》（一卷本）中就有「譽」分而譌成「衞言」之現象。〔註61〕如此則迎刃而解。

大治本之二字若合併成一字，即與《私記》之「鬻」同，爲「鬻」之俗字。因其下之「鬲」與「高」形近而訛作「高」。《私記》此條重複收錄俗字，其首字「鬻」，則又爲「鬻」字之訛。

030.　涕洒悲泣　　涕泗悲注〔註62〕（經第六十三卷）

案：《慧苑音義》亦錄此條，作「涕泗悲泣」。大治本「洒」字乃「泗」之俗。因受「泗」字影響，字形形近，故誤加筆畫而成「洒」。不僅辭目如此誤，釋義亦同：「洒，思利反。自鼻出曰洒也。」可見「泗」如此誤，並不少見，否則不可能一誤再誤。臺灣教育部異體字典「泗」下無異體。

但《私記》之「注」卻明顯是抄手之誤。其釋義云：「涕音帝，訓啼也。

〔註60〕此條按照順序，應在下。然還根據内容，爲「合文」與「分文」，故特置於此。

〔註61〕參梁曉虹・陳五雲《〈四分律音義〉俗字拾碎》。

〔註62〕爲能説明問題，我們特意將其原形錄出。

泗，思利反。鼻出曰泗，泣音急，訓哭也。」從「泣」之字形以及音義，乃「泣」無疑。

031. 崇峻〔註63〕　雉堞崇峻（經第六十六卷）

案：《慧苑音義》亦爲四字辭目「雉堞崇峻」。《私記》此條參考慧苑說。二音義所錄「峻」、「峻」爲「峻」之俗字。《碑別字新編・十畫》「峻」字下有「峻」（《魏元璨墓誌》）即與《私記》之「峻」同。《敦煌俗字典》「峻」之下「峻」與大治本相似，聲旁上部爲「山」。《偏類碑別字・山部》「峻」字引《魏臨淮王元彧墓誌》作「峻」亦屬同類。

大治本之「崇」爲「崇」之俗。《偏類碑別字・山部》「崇」字引《隋楊居墓誌》作「崇」。而《碑別字新編・十一畫》「崇」字下錄有「崇」（《齊高僧護墓誌》）、「崇」（《隋雍長墓誌》）皆上爲山，下乃「宋」。

這部分內容爲大治本《新音義》辭目字形爲俗，多爲訛作。有三種可能：其一，大治本《新音義》祖本作者所見經本文如此用字，故特意收錄，加以辨析。其二，原本如此作，大治本抄者書經之時或尊重原本不改爲正。因爲我們發現金剛寺本亦多同大治本。其三，原本並非如此作，但大治年間書經時寫成訛俗字。無論何種原因，皆能從一定程度上反映出奈良至平安時期寫經用字的某些信息。

二、《私記》作俗字

032. 鈴鐸　鈴鐸（經第五卷）

案：《慧苑音義》不收此條。大治本所錄下字「鐸」，應爲「鐸」之添加筆畫而俗。〔註64〕《佛教難字大字典・金部》「鐸」字下收有「鐸」。大治本抄寫者寫「睪」時，上多加一短撇，如卷四「霈澤」，而金剛寺本作「澤」，同大治本，然《私記》作「霈澤」。

《私記》所錄上字「鈴」，現尚未找到對應例證，但《碑別字新編・八

〔註63〕金剛寺本字形同此。

〔註64〕金剛寺本亦同此字形。

畫》「金」字下有「金」（隋王袞墓誌）、「金」（唐孫君夫人宋氏墓誌）等字形，《佛教難字大字典・金部》「金」也有作「金金」者，故「金」似亦「俗」有理據。

又案：二音義經卷七十八皆收錄「鉗鑷」、「鉗鑷」。《私記》之下字「鑷」爲「鑷」之俗。其部首「金」即與「金」同。

033.　甲胄　甲胄（經第十四卷）

案：《慧苑音義》亦收錄。高麗藏本字形同大治本。此條我們前已辨析，然爲理清二本綫索，不妨再贅述於下。

「甲胄」之「胄」本當作「胄」。《說文・冃部》：「胄（胄）兜鍪也。从冃由聲。䩜（䩜），《司馬法》胄从革。」《詩・魯頌》：「公徒三萬，貝胄朱綅。」「䩜」，亦作「軸」。《荀子・議兵篇》：「冠軸帶劍。」而「胄子」、「裔胄」等表示帝王或貴族後代之意，字在《說文・肉部》：「胄，胤也。从肉由聲。」《書・舜典》：「帝曰：夔，命汝典樂，教胄子。」傳：「胄，長也。」又《左傳・襄十四年》：「謂我諸戎，是四嶽之裔胄也。」註：「胄，後也。」《正字通・肉部》謂：「與冂部甲胄字別，甲胄下从冃，冃音冒。此胄字下从肉，自有分也。」《洪武正韻》謂：「胄與胄子之胄不同。經典多混，傳寫譌也。」《正字通・冂部》「胄」字下注云：「胄下從冃，篆作胄，胄從肉，俗省作胄。」所以「肉」字隸定作「肉」，作爲偏旁時則多隸變作「月」，其形與「月」字之隸變「月」字相近，故而每多淆混。至於甲胄之「胄」字，亦因所從之「冃」字與「月」形相近，故《集韻・去聲・宥韻》、《類篇・月部》、《四聲篇海・月部》、《漢語大字典・月部》、《中華字海・月部》皆從「月」作「胄」。大治本之「胄」，亦同此。〔註65〕

而《私記》之「胄」卻不同於此。《私記》釋曰：「《廣雅》曰：胄，兜鍪也。鍪音牟。……〔註66〕或本爲甲胄。上又作鉀字。胄，除救反。与鈾軸字同。胄，兜鍪也。又胄胤續继也。〔註67〕」案：此條《私記》前《廣雅》說解取自《慧苑音義》。後有關「胄」字辨識採自大治本《新音義》，只是大治本作「甲胄」。

〔註65〕金剛寺本亦同此。

〔註66〕和訓略。

〔註67〕此後有和訓，略。

《私記》如此作，蓋或其作者所見《大方廣佛華嚴經》或《慧苑音義》字形作「甲曺」。

又《私記》在經第廿三卷收錄「甲曺」條，釋下字曰：「又為曺字，除救反，兜鍪也。」此條為《私記》自立辭目，其作者特意強調「又為曺字」，更可證當時「冑」作「曺」不少見，故《私記》作者反復辨析之。苗昱認為：《古寫本》中「曺」身兼二職：一與「曹」同，一與「冑」同。〔註 68〕與「冑」同者，乃訛寫俗字。以上《私記》「甲曺」旁有小字「冑」，蓋為抄寫者後發現訛誤而補。《日本難字異體字大字典》（文字編）「冑」字下收有「冑」，注為「俗」，下從「月」。然俗字「月」、「日」、「曰」多混淆，故可証「冑」或「冑」訛作「曺」者，應不止《私記》。另外，我們發現《可洪音義》中也有這樣的用法。卷九：「甲冑，丈右反。正作冑。」卷二十九：「介曺，……下直右反。兜鍪也，首鎧也。正作冑𩊚二形也。下悮。」

034. 𠨊璽 印璽（經第三十六卷）

案：《慧琳音義》卷十九：「印璽，下思紫反。天子之玉印也。璽，信也。亦神器也。《說文》從土作壐（壐）。今從玉，作璽（璽）」根據《說文・土部》：「壐，王者印也，所以主土。从土，爾聲。璽，籀文从玉。」

二音義所錄「璽」均可視其為俗字。然《私記》之「璽」下從「玉」，而大治本之「𤥽」下為「虫」〔註 69〕。而且我們還可對照金剛寺本「𤥽」，其下部為「虫」，更為清晰。不僅辭目如此錄出，而且還有辨析：「應作𤥽字。思紫反。書也。𤥽，信也，國令云即位曰神官進𤥽是也。𤥽似蠶䗶之䗶〔註 70〕，非旨用。」《私記》此條釋義參考大治本《新音義》，然字形作「璽」，且無「𤥽似蠶䗶之䗶，非旨用」一句。此可說明：當時所傳《華嚴經》「璽」字有從「玉」者，也有從「虫」者。大治本祖本作者錄其所見字形，並作辨析。而《私記》將其作為參考資料，但也根據實際所見經本字而立目並詮釋，並不盲從。

又案：大治本之「蠶䗶「為「蠶繭」之俗體。古籍中「蠶」字俗作「蝅」

〔註 68〕《〈華嚴音義〉研究》第四章。

〔註 69〕我們將字形放大一倍就非常清晰：

〔註 70〕以上字形，為能清晰，特意保存原本底色。有礙觀瞻，敬請諒解。

多見。《干祿字書》即指出：「蝅蠶，上俗下正。」《龍龕手鑑・虫部》：「蝅，通；蠶，正。」《敦煌俗字典》中「蝅𧏾蝅」〔註71〕等即可歸此類，不贅。

《說文・糸部》：「繭，蠶衣也。从糸从虫，黹省。」「繭」之俗字多作「璽」或「䌤」，後者乃前者之變。《玉篇・虫部》「繭」字下收「璽」，注：「俗。」《集韻・上聲・銑韻》：「繭，……俗作璽。」《慧琳音義》卷十五：「作繭，……經從爾，作璽（璽）。非也。不成字。糸字亦不成也。」《碑別字新編》「繭字」條下收俗字「䌤」（《魏叔孫固墓誌》）。而大治本的「䌤」正與「䌤」相類。《華嚴經》中將「蠶繭」之俗體用作「印璽」字，確如其作者所言「非旨用」，此乃因二字上半部相似而改變形旁而成之俗字。

035.　頑佷　頑佷（經第五十八卷）

案：《慧苑音義》：「頑佷，佷，何墾反。《左氏傳》曰：心不測德義之經曰頑也。杜注《左傳》曰：佷，戾也。《說文》曰：佷，不任從也。佷字正體從彳，今亻者俗也。」大治本《新音義》：「或作很字，胡墾反，很，戾也，違〔註72〕也，字後。〔註73〕」《私記》：「……下正作很，何墾反，戾也。違也。」

三本角度不同，但皆釋「很」爲本字，「佷」乃俗字。《說文・彳部》：「很，不聽从也。一曰行難也。一曰盭也。从彳㫐聲。胡懇切。」《玉篇・人部》：「佷，戾也，本作很。」根據《慧苑音義》，當時經中多用「佷」，而大治本《新音義》與《私記》也均以「佷」爲辭目，可見當時日本所傳《華嚴經》用俗字。

我們還注意到《私記》辭目上字作俗字「頑」，旁注「頑」。但大治本不俗。有意思的是，金剛寺本卻同《私記》作「頑」。《說文・頁部》釋曰：「頑，梱頭也。从頁元聲。」本義爲難劈開囫圇木柴，引申可指粗鈍，頑固，愚妄無知。《慧琳音義》卷三是：「頑嚚，上瓦關反。《考聲》云：頑，愚也。《左傳》云：心不則德義之經爲頑也。《廣雅》：頑，鈍也。《說文》從頁，元聲。」《私記》釋義：「上曰心不測德義之經曰頑也。」

《精嚴新集大藏音・頁部》「頑」字下收有「󠄀頑」字。又《敦煌俗字典》「頑」

〔註71〕《敦煌俗字典》第36頁。
〔註72〕蓋爲「違」之訛。
〔註73〕不明何義。

字下收有「[illegible]」，皆同。

036.　藤根　[illegible]（經第六十六卷）

案：此條《慧苑音義》不收。而二音義所錄辭目字形不同。查檢《大方廣佛華嚴經》卷六十六有「漸次而行，至**藤根**國，推問求覓彼城所在」之語，〔註 74〕故大治本「藤根」爲是。《大方廣佛華嚴經疏》卷五十七《入法界品》：「國名**藤根**者，夫**藤根**深入於地上發華苗，表善現行般若證深能生後得，後得隨物而轉，故取類於藤。」〔註 75〕

《私記》儘管辭目字形與大治本不同，但釋義卻取其爲參考。這可能當時《私記》底本作者所見之「藤根」二字確如此作。雖然《玄應音義》不收「藤根」一詞，但大治本「藤」之釋義卻參考玄應說。卷十：「藤譬，達曾反。《廣雅》：藤，藟也。今呼草蔓延如葛藟者爲藤。」卷十六：「及藤，徒登反。《廣雅》：藤，藟也。今呼草蔓莚如葛之藟者爲藤。」

《玉篇・艸部》：「蕂，達曾切，艸木蔓生者揔名。」「藤」爲「藤」之異體。「藤」未見於《說文》。《龍龕手鑑・草部》以「藤」爲正字，以「藤」爲或體，以「蕂」爲今字。而惟《廣韻・平聲・登韻》、《集韻・平聲・登韻》、《類篇・草部》皆作「藤」。《字彙・艸部》二形並收。《正字通》以「藤」爲正，以「藤」爲俗。

又二音義卷六十八有「藤蘿所[illegible]」條，《私記》作「[illegible]蘿所羂」。「[illegible]」同此。故可見《私記》作者所見《華嚴經》正作「藤」。

二音義均未釋下字。《私記》之「[illegible]」，根據經文以及大治本對校，此應爲「根」字。有關「[illegible]」可視爲「根」之俗字，敬請讀者參考本書第七章。

037.　迫窄　迫[illegible]（經第六十七卷）

案：《慧苑音義》也收此條，作「迫窄」。《私記》之「[illegible]」乃「窄」之俗字。《私記》：「側格反，迫狹也。[illegible]，隘也。[illegible]者，俗。」《佛教難字大字典・穴部》「窄」字下也收有「[illegible]」與「[illegible]」。

〔註 74〕大正藏第 10 冊，第 354 頁。

〔註 75〕大正藏第 35 冊，第 935 頁。

還必須指出的是，大治本之「窄」，其下聲符「乍」寫成似「仨」。金剛寺本亦同，作「窄」。下爲「亻」「三」相合。此應爲形似而誤，蓋二本所見底本同故。

以上《私記》辭目爲俗字者，可能有兩種情況：其一是《私記》作者所參考的《慧苑音義》原本如此作。我們現在所用之《慧苑音義》均爲版刻本，所以無法準確比較判斷。但小林芳規在其《解題》中指出：石山寺舊藏本的《慧苑音義》有安元元年（1175）的卷上與應保二年（1162）卷下。其中誤寫多見，似並未考慮文意之摹寫。然正因私改不多，才容易推斷其底本之貌。其二是《私記》作者所見《華嚴經》經本文如此作。無論如何，這些俗字均爲奈良朝漢字使用之縮影，也折射出唐代文字之古貌。

第三節　34 個正字條目之對照比較

大治本《新音義》題目下細注「八十卷序字及[illegible]（万）等文者並集後紙」，故第八十卷音義結束後，緊接著是標有「序字天冊」之音義，即爲則天武后所作序之音義，主要包括作爲正字條目的 34 個字，有關舊經、新經之品名卷數等的對比，以及對帶有九個數字的品名中所出的「十住・十行・十無盡藏・十迴向・十地・十定・十通・十忍・十身相海」名詞的解釋等。《私記》參考此內容，將則天序之音義置於卷首，其內容與大治本《新音義》相較，稍有不同，但 34 個正字條目卻全部收入。可見《私記》作者也同樣意識到這些字需要辯正。藏中進將其歸納爲「《新譯花嚴經》所用異體字一覽」。〔註 76〕而此內容不見於《慧苑音義》。二本音義《經序音義》所增加的正字條目，有則天文字，也有「與宋元諸本不同」〔註 77〕的少見字形。儘管《私記》採自大治本《新音義》，但又並不盡相同。我們以下表明之：〔註 78〕

〔註 76〕藏中進《則天文字の研究》第 98 頁。東京：翰林書房。1995 年。

〔註 77〕見竺徹定之跋。

〔註 78〕爲能清晰顯示字形，在此特意放大。

正字	私記	私記 2	私記 3	私記 4	大治本 1	大治本 2
1. 天	[illegible]				[illegible]	[illegible]
2. 初	[illegible]	[illegible]			[illegible]	[illegible]
3. 君	[illegible]	[illegible]			[illegible]	[illegible]
4. 聖	[illegible]				[illegible]	
5. 人	[illegible]				[illegible]	
6. 證	[illegible]	[illegible]			[illegible]	[illegible]
7. 地	[illegible]	[illegible]			[illegible]	[illegible]
8. 日	[illegible]				[illegible]	
9. 月	[illegible]				[illegible]	
10. 星	[illegible]				[illegible]	
11. 國	[illegible]				[illegible]	
12. 年	[illegible]				[illegible]	
13. 正	[illegible]				[illegible]	
14. 万	[illegible]	[illegible]			[illegible]	[illegible]
15. 臣	[illegible]				[illegible]	
16. 授	[illegible]				[illegible]	
17. 載	[illegible]〔註 79〕	[illegible]			[illegible]	[illegible]

〔註 79〕此字下還有「二」字，當爲書手訛寫。「二」與下字「[illegible]」應爲一字。爲「載」字另一寫法。請參考第六章。經第六十五卷「[illegible]」與此相類。

18. 眞						
19. 華						
20. 照						
21. 喪						
22. 慶						
23. 彌						
24. 繼屬						
25. 鬧						
26. 窗						
27. 牆						
28. 驅						
29. 撓						
30. 步						
31. 法						
32. 遭						
33. 遷						
34. 逆						

通過以上列表對照比較，我們可以得出以下結論：

（一）以上共有 34 組〔註 80〕正字條目。根據兩種音義體式，這個部分應該是爲武則天序所作的音義，然而我們通過調查，發現這 34 組辭目的文字並沒有全部出現在《則天序》中。即使則天文字，實際上《則天序》中「臣」、「授」、「載」、「星」等四字也並未出現。而另外 18 組一般俗字內容中，只有「慶」、「眞」「万」、「法」、「華」、「驅」爲《則天序》所有文字。故而嚴格地說，這部分不能稱之爲《經序音義》。然而，大治本《新音義》祖本作者爲突出強調《華嚴經》中的則天文字以及其他俗字，特意將其匯總而置於《經序音義》中。藏中進將其歸爲「新譯華嚴經所用異體字一覽」，甚確。當然，從今人來看，此「一覽」尚難足以反映《華嚴經》中俗字的全貌，但大治本《新音義》祖本本身篇幅並不大，所以應該說是反映了作者的觀點。

（二）自第 1 至第 17，除去第 14「万」字，應屬則天文字內容。我們在第六章《〈私記〉與則天文字研究》對此已有專門探討，故不再重複。表中第 20 字爲「照」字。則天文字一般作「曌」，然此二本均作「昭」。《玉篇・目部》：「昭，目弄人也。」與「照」義不合。此應爲「昭」之訛寫。藏中進指出：「曌」作爲則天文字，還用爲則天武后自諱，也可認爲諱以外的「照」字是否是用「昭」？然缺乏例證，故難以判定。〔註 81〕常盤大定也指出他也尚未接觸到「照」之新字的實際使用例。〔註 82〕這應該是則天文字「曌」之創制，主要用作武則天名字。而臣下爲了避諱，盡量使用此字，石刻中也很少見到。〔註 83〕所以，這是《華嚴經》中也不見用此字的原因。

（三）除 17 個「則天文字」外，另外還有 17 個正字條目。但其中第 14「万」字，此字是否爲則天所造字，尚有爭議。〔註 84〕有學者認其爲「則天文字」。其主要根據是：《翻譯名義集》卷六《唐梵字體篇第五十五》曰：「《華嚴音義》云：案卍字，本非是字。大周長壽二年，主上權制此文。著於天樞，音之爲萬。謂

〔註 80〕《私記》爲 34 組：但大治本《新音義》爲 35 組。大治本「閙」分爲兩條。

〔註 81〕《則天文字の研究》第 97 頁。

〔註 82〕常盤大定《武周新字の一研究》。

〔註 83〕何漢南《武則天改制新字考》：《文博》1987 年第四期。

〔註 84〕藏中進認爲不屬則天所造字，乃「万」之異體字。（藏中進《則天文字の研究》，第 97 頁。）

吉祥萬德之所集也。……若卍卐萬萬字，是此方字。《宋高僧傳》明翻譯四例：……二翻音不翻字，如《華嚴》中卐字是也，以此方萬字翻之，而字體猶是梵書。……」清僧溥畹《楞嚴經寶鏡疏》卷一：「卍字者，表無漏性德。梵云阿悉底迦，此云有樂。謂有此相者，必受安樂。然按《華嚴音義》，卍字本非是字。因武周長壽二年，則天權制此字，安於天樞。以佛胸前有紋如此，名吉祥海雲相。此相爲吉祥萬德之所集成，因目爲萬。」〔註 85〕一般根據皆源自慧苑說。然我們查檢各版《慧苑音義》，經卷第八「万字之形」中有關於梵本「万」的解說：「今勘梵本万字乃是德者之相，謂吉祥萬德之所集也。元非字也。然經中據漢本揔一十七字同呼爲萬，依梵文有一十八相，即八種相中四種相也。……」「[illegible]，梵書萬字，若佛胷前吉祥相，是万字者，何不作此字耶？盖知魏朝翻《十地論》，譯人昧劣，錯謂洛剎囊爲字，惡利攞爲相，由此相字二音。按聲呼之，洛惡皆如鶴申，聲勢既其相近，故使一朝之謬，累代忘返也。」〔註 86〕然而皆無「因武周長壽二年，則天權制此字，安於天樞」這關鍵一句。我們不能就此否認慧苑沒有說過這樣的話，然也查不到慧苑確實有此說。施安昌也指出根據慧苑以上注文，長壽三年（「長壽二年」誤），武則天書榜「萬國頌德天樞」時，將「万」字寫作「卍」，這是可能的，但尚無其他證明。也就是說，所謂慧苑說爲「孤證」，而此「孤證」我們也尚未在《慧苑音義》中得到證明。另外，施安昌還指出：「万」並無新字，因爲：第一，「卍」隨梵文佛經傳入我國，早有流佈。言武周時所製，不妥。第二，從長壽三年以後的碑誌和卷子看，「万」字並未改寫。〔註 87〕

我們可將上表所列《經序音義》中「万」字作一比較：

①[illegible][illegible]（大治本）；②帀[illegible]（《私記》）

大治本中「[illegible]」，尚似「卍」。然像「帀」之「帀（大治本）」「帀（私記）」以及似「风」之草體的「[illegible]」皆與「卍」相差甚遠。

（四）關於兩個避諱字。第 18 字「眞」，《私記》作「[illegible]」；第 19 字「華」，《私記》作「[illegible]」，大治本作「[illegible]」。「[illegible]」爲避諱字，避則天母太眞夫人之諱；

〔註 85〕《卍新纂續藏經》第 16 冊，第 456 頁。

〔註 86〕《磧砂藏大藏經》。第 30 冊，第 286 頁。

〔註 87〕施安昌《關於武則天造字的誤識與結構》；《故宮博物院院刊》1984 年第四期。

但大治本卻為一般書寫法。「基」完全缺末筆，「蕋」則末筆未完，二字皆可認為是避諱字，避則天祖諱。然「基」字缺末筆非常明顯，「蕋」之欠末筆似已有些勉強。我們可以認為，大治本《新音義》祖本作缺末筆字，然大治本抄者已不明缺筆之義，故加之，然又受原本影響，故未完筆。

（五）其他俗字。因有些內容在其他章節已經探討，故不再重複或只是簡略再出。我們重點探討以下六組字：

1、第 23 組「彌」，《私記》作「弥、弥彌弻」，大治本《新音義》作「弥旀彌弻」。其中「弥」與「弥」為被解釋字，「弥彌弻」與「旀彌弻」為解釋字，即應為當時通行字。有三點值得注意：①「彌」作「弥」【弥】。《碑別字新編・十七畫》「彌」字下收有「弥」（齊韓永義造佛堪記）、「弥」（魏義橋石像碑）等。《玉篇・弓部》：「彌」下重出「弥」，注云：「同上。」而文獻中「㐱」與「尒」旁常混淆，如「珍」又作「玠」等。故「弥」為「弥」之訛俗。而「弥」【弥】明顯是書手將「弥最後之「丿」作短「捺」收筆而成。②《私記》無論被釋字還是解釋字，皆從「弓」，只是皆為「弓」。這是小川本《私記》的習慣寫法。而大治本有從「方」之「旀彌」。此二字形為筆者首見字形。「弓」作為偏旁，儘管我們尚未找到「彌」字例，然《佛教難字大字典》中「引」字下有「方|」；「弘」字下有「方厶」；「弛」字下有「施」；「強」字下有「旌」；「張」字下有「旅」；「彈」字下有「旜」「旜」等。說明這些本從「弓」之字，可以改換偏旁而為俗字。

儘管以上例中「旀彌」，到《私記》中均已改為从「弓」，可見其作者已意識到从「方」之「旀彌」應為訛誤字。然《私記》中卻有「弓」作「方」者，如：如經卷第十二卷「須弥」，註釋字作「須旀」。經卷第四十八有「旀布」條。「旀」左旁實際是「弓」之上半與「方」之下半。而此形還見於別處，如經卷第五有「逆發」條。後為「發」之俗字。其下左半「弓」即訛誤似「方」。而經卷第十二「如來名号品」，号字下方本似「弓」之下半，但現在也寫成「方」之下。③《私記》中「弻」為筆者首見字形。此應為「彌」之聲符「爾」省書為「雨」所緻。

2、第 25 組「鬧」，《私記》「丙吏」為辭目，「鬧」為釋語。然大治本《新音義》卻分為兩條：「吏，内。」「吏，鬧。」〔註 88〕前為辭目，後為釋語。《私

〔註 88〕金剛寺本同此。

記》作者將其合併爲一條。我們排列一下即可了然：

夾【夾】→ 丙【内】

夾【夾】→ 閙【閙】

丙【内】爲「鬧」之俗字，已見敦煌等資料，如《敦煌俗字譜・鬥部・鬧字》作「丙」。《敦煌俗字典》「鬧」下收「丙」。「鬧」之俗字成似「丙」字形，黃征認爲：乃「市下著人，所謂『市人爲鬧』之訛」。〔註89〕而「市下著人」作「夾」。《干祿字書》：「鬧夾，上通下正。」

《廣韻・去聲・效韻》：「夾，不靜，又猥也，擾也。鬧，上同。」《字彙・人部》：「夾，奴教切，音鬧，義同。」《正字通・人部》：「夾，同鬧。」《字辨・體辨四》按：「夾，同鬧，會意字。」「夾」可同「鬧」，文獻有徵。可視之爲異體字。〔註90〕故大治本《新音義》兩個被釋字「夾夾」實際上正是「夾」之訛俗。然而大治本《新音義》將其分爲兩條，似無必要，故《私記》作者將其歸之爲一。《慧琳音義》卷十一釋《大寶積經》卷第二「憒夾」解釋頗爲清晰：「……下尼効反。《集訓》云：多人擾櫌也。《韻英》云：擾雜也。《說文》從市，從人，作夾。會意字也。鬧，俗字也。或有作丙，書寫人錯誤，不成字也。」所謂「《說文》從市從人作夾」，是慧琳當時俗傳本《說文》之說，《說文》鬧字徐鉉歸入鬥部「新附字」，又說「從市鬥」，則徐鉉之說或從俗。《集韻》去聲效韻女教切「鬧侴，擾也。或作侴。「侴」從人從市。當與「夾」同意。而《私記》中的「夾夾」兩字，我們已在第六章《疑難俗字》部分加以考辨，敬請參考。

3、第27組「牆」，《私記》被釋字「檣」，用作解釋字的三個「墻墻廧」實際也仍屬俗字範圍，但可能是當時的「通體」。而相對應的大治本被釋字爲「�童」，解釋字是「墻廧廧」。根據對照，可以看出兩個被釋字：「檣」「犢」皆爲誤字，應該是「牆」，即左旁爲「爿（丬）」的俗寫。「檣」之左半已訛作「扌」；「犢」也譌似「牛」，且右半已成上似「求」，下爲「目」之組合結構。此字形爲筆者首見，其譌變理據不明。因金剛寺本作「檣」，仍可看得出來右半爲「嗇」。而兩音義的解釋字「墻墻廧」與「墻廧廧」中「墻」與「墻」

〔註89〕參考黃征《敦煌俗字典》第287頁。

〔註90〕參考臺灣教育部《异體字字典》林炯陽之「研討說明」。

爲「牆」之訛俗。《可洪音義》中「牆」可作「𤗋」〔註91〕；《敦煌俗字典》「牆」下也收有「𤗋」即與此同。只是「𤗋」左旁已訛作「米」。「𡑒𢊲」與「墻廧」應爲「廧」字訛寫。《玉篇・嗇部》與《廣韻・陽韻》皆云：「廧同牆。」《碑別字新編・十七畫》「牆」字下收有「廧」（漢曹全碑），《可洪音義》中有「廧」，即同大治本之「廧」。書手又常添加意符「土」，《日本難字異體字大字典・爿（丬）》「牆」字下收有「墻」；《可洪音義》中「牆」字也有作「墻」、「墻」的，《碑別字新編・十七畫》「牆」還收有「墻」（魏元範妻鄭令妃墓誌），大治本中的「墻」儘管漫漶不清，然仍可看出有「土」旁。如而進一步錯訛，其下部就成「皿」，如《私記》之「𢊲」與「𡑒」，《日本難字異體字大字典・爿（丬）》「牆」字下還收有「𡑒」。《私記》中「牆」字多次如此訛，特別是將其作爲解釋字，可見當時日本人已認此字形爲「通體」。

4、第28組「驅」字。我們曾討論過，二音義在卷六十六收錄「驅」之俗字「駈」、「駈」，而此字形我們尚未見到相應字形。「異體字一覽表」中特意錄出，蓋二音義作者皆認爲此字形需辨識。「駈」（大治本）；「駈」（私記），字形相同，可見奈良時期《新譯華嚴經》中「驅」確有此俗形。但是金剛寺本此處作「駈」，卷六十六作「駆」，字形並不與大治本同。前字形右半似爲「共」，而後者右半似「区」。

5、第30組「步」，大治本《新音義》之被釋字作「歩」，應是隸譌之再訛，而金剛寺本則乾脆作「歩」，但明晰可見中竪之筆是抄者有所猶豫而成連筆，故爲再訛之再訛。《說文解字・步部》：「步，行也。从止少相背。」案：步字本當爲從止少，象二趾相反形，但隸譌成「步」，如《隸辨》指出：「步，楊著碑步出城寺。按：《說文》步从止少相背。碑變從少，今俗因之。」也作「歩」。《五經文字・止部》「步」下注云：「薄故反。從上止，下少。少音吐葛反，相承以少爲少者訛。」然《集韻・去聲・莫韻》、《四聲篇海・步部》皆作「步」。按：步下所從之「少」，楷化爲「少」，或又與「少」形同化，故「步」或作「歩」。又作「步」，《隸辨》引《衡方碑》「留拜步步校尉」。又作「步」，《隸辨》又引《孫叔敖碑》「行數十步」，按曰：「即步字，變止爲山。」再訛則上部寫成山，如大治本《新音義》解釋字「歩」。《碑別字新編・八畫》「步」引《魏奚智

〔註91〕韓小莉《〈可洪音義〉研究——以文字爲中心》第638頁。

墓誌》作「歩」。敦煌俗字有「歩」。〔註92〕《佛教難字大字典・止步》有「歩」。《私記》的被釋字「歩」，是下部「少」之訛寫。《碑別字新編・八畫》引《隋寇奉叔墓誌》作「歩」;《唐盧玢墓誌》作「歩」。敦煌俗字有「歩歩」〔註93〕，《佛教難字大字典》有「歩」，與此應爲一類。大治本《新音義》的被釋字「歩」字應是書手抄經時將上部「山」訛寫成了「小」字，至《私記》被釋字已作「歩」。可見，《私記》成立之前，「步」之訛俗現象更爲嚴重。

6、第31組「法」，大治本《新音義》作「㳒㳒」，《私記》亦抄之，然只有一個「㳒」字。後於經卷第一又出此字：「㳒，法字。」竺徹定曾例舉「法作㳒」，證明「音義與宋元諸本不同」。

查檢《敦煌俗字典》，「法」之俗體不見此形。又廣收俗字的《高麗大藏經異體字典》亦不見此字形。然《佛教難字大字典・水部》「法」字下卻收有「㳒㳒」應可與大治本《新音義》以及《私記》中之「法」之俗體相聯。尤其是「㳒」，右腳下有⑭標號，根據編者「凡例」說明，標有⑭的字體爲「寫經體」，即從古寫經中取出的字體。而「㳒」則出自「碑別字」。〔註94〕《金石文字辨異・入聲・洽韻》「法」字引〈隋鄧州舍利塔下銘〉:「歸依正㳒。按：㳒即法字。」而《碑別字新編・八畫》「法」字下引〈晉好大王碑〉作「㳒」。又《可洪音義》有「㳒」(《小乘經音義第五之三曇无德部四分律刪補羯磨序》。《龍龕手鑑・水部》云：「㳒，古文法字。」有學者將「㳒」歸爲則天改字，因永昌元年《法如禪師行狀》，將「法」字寫作「㳒」。施安昌認爲《封祀壇碑》、《潘尊師碑》以及敦煌卷子《妙法蓮花經卷三》(斯5176)、《藥師經》(斯5005)等，「法」均不改寫，故「法」有異體而無改字。〔註95〕筆者同意此結論。以上「㳒㳒㳒㳒㳒」均爲早期「法」字之訛而有之異體，宋元以後已不見。

二本字形如此之不同，我們可以認爲這些差別是因爲各自作者所見經文用字不同。但應該可以看出：儘管二音義之底本之撰著，《新華嚴經音義》在前，《私記》在後，然小川家藏本《私記》也寫於奈良時代，而大治本《新音義》

〔註92〕見黃征《敦煌俗字典》第32頁。

〔註93〕同上。

〔註94〕根據編者凡例，「碑別字」取自羅振鋆・羅振玉《增訂碑別字》、羅振玉《碑別字拾遺》、羅福保《碑別字續拾》三書。

〔註95〕施安昌《關於武則天造字的誤識與結構》。載《故宮博物院院刊》1984年第四期。

卻寫於大治年間，晚了近三百餘年，故《私記》更能體現漢字古風，即如竺徹定所言：「與宋元諸本不同」，「可以證古文字」。

以上我們對兩部由日本人撰寫的單經音義大治本《新音義》和《私記》中的俗字作了比較研究。儘管二者從體例到內容都有很大區別，特別是《私記》所錄辭目遠多於前者，但通過比較分析，我們仍能得出以下結論：

1、儘管我們作了一些分類，但實際上，在很多情況下這種類別很難準確劃分。如我們在第一部分「同錄俗字爲辭目，俗形相同」中，有經卷七十「不藉耕私而生稻梁（大治本）；不耤耕私而生稻梁（《私記》）」一例，其中「藉」與「耤」、「私」與「私」也是俗字，卻不能用「俗形相同」來概括。此類例不少。再加幾乎大部分辭目都有俗寫成分在內，所以我們只能以其中主要俗字爲對象而歸類，實在難以準確。

2、以上所舉例（除去最後正字條目的對比部分）實際只佔大治本的約 11%，《私記》的 2%，但已足夠可證明其俗字內容之豐富。我們現在所見到的《慧苑音義》皆爲刻本，而此二本卻爲奈良朝至平安朝（相當於唐宋之際）之寫本，作爲資料，甚爲珍貴。其中所錄之俗字辭目，可証當時寫本《華嚴經》用字之貌，呈現當時日本漢字的流通狀況。而作者對俗字的詮釋辨析，也體現了當時日本僧人對俗字的理解和認識，可從一個側面追溯漢字俗字在海外的發展進程。故作爲俗字研究之資料，皆十分可貴。此乃共同點。

3、以上所舉 36 個「個案」再加所列 34 個正字條目，共 70 條。〔註 96〕這些俗字大部分皆可與中國出土的敦煌遺書以及石碑碣文等俗字資料相呼應，並可利用《說文》、《玉篇》、《廣韻》、《集韻》等傳統字書、韻書以及《干祿字書》、《五經文字》等唐代字樣之書，用漢字俗字理論加以分析歸納，也可從玄應、慧琳、可洪等大家的佛經音義中探及線索，找到共同點。這說明這些俗字大多爲唐代佛經東傳日本，輾轉抄寫而產生。故能從一個側面折射出唐代寫經用字，特別是武周與唐玄宗時代文字使用之史貌，有助於對佛經文本語言的研究。此亦爲共同點。

4、二音義底本之撰作時間，大治本《新音義》當於前，《私記》在後。但

〔註 96〕實際上，有的辭目中包括幾個俗字。

作爲寫本，卻正好相反。故《私記》更能體現漢字古風。如前已述及，《經序音義》34 個正字條目中，「眞」字，大治本作「真」，《私記》作「真」，後者爲避諱字。至於大治本之「盖」與《私記》之「盖」，儘管二字皆可認爲是避諱字，但我們認爲大治本之「盖」似並不欠末筆，只是末筆未寫到底而已。但《私記》之「盖」倒是眞正少最後一筆。又竺徹定之《跋》認爲：除「則天文字」外，《私記》中還有類似《金石文》所考唐人「日曰同書」之處，而「宋以後始以方爲曰，長者爲日，而古意失」，更可證「古文字」。羅振玉也在《序》指出其爲「千年前物」。我們可引《私記》（經卷第四十四）中一例作證：「譬如曰𠥱男子女𤯔舍宅山林河泉等物：舊經曰云譬如電或曰或月山樹男女室宅宅墻壁大地流水等皆悉能照令明淨故……」〔註 97〕

案：此條不見大治本《新音義》，〔註 98〕乃《私記》自製條目，解釋《新譯華嚴經》中之經句。查檢《新譯華嚴經》卷四十四有「**<u>譬如日月、男子、女人、舍宅、山林、河泉等物</u>**，於油、於水、於身、於寶、於明鏡等清淨物中而現其影」〔註 99〕之句，實際上《私記》作者還對其後部分也一併作了解釋，因釋義過長，我們未將釋義引全。可能也因爲經句太長，《私記》也僅以「**<u>譬如日月、男子、女人、舍宅、山林、河泉等物</u>**」爲辭目。《私記》於此並非辨釋字詞音義，而是引「舊經」、「新經」與「古經」等，詮釋經義。然而，我們卻能看到辭目及釋義中既有「則天文字」：𠥱（月）、𤯔（人），也有「日曰同書」：曰（日）、曰（曰）。又經卷二十一，詮釋「煢獨羸頓」一條有「无父曰孫也，无子曰獨也」之句，其中兩個「曰」「曰」均爲「曰」字，頗爲清晰。至於此句中其他如「宅」（宅）「墻」（墻）等俗字，則不必贅言。由此不難窺見當時寫本《華嚴經》用字之一斑，實可謂古風尚存。

5、雖然作爲寫本，大治本《新音義》時間在後，但從整體來看，此本中因訛寫而成的俗字較《私記》更多些。〔註 100〕這可能是因輾轉抄寫所致。如 010

〔註 97〕此句乃《私記》新增之《新譯華嚴經》中之經句。其後尚有長釋，本文省略。又此例我們前已引用，然因頗能説明《私記》用字特色，故再次贅引。

〔註 98〕也不見《慧苑音義》。

〔註 99〕《大正藏》第 10 冊，第 233 頁。

〔註 100〕我們這裡僅就二本同錄辭目爲基準比較而言。實際上，因二本容量相差甚大，《私記》中也有不少因錯寫而成的俗字，但無法在此加以比較。

「螢樹」之「螢」明顯為錯訛字。而 023「縈暎」之「暎」也是因俗體之形似而有的錯訛。又如 026「歛縮」之「歛」應為書寫時產生的訛字。而 029「涕洒悲泣」之「洒」乃因字形形近，誤加筆畫而成。再如 027「菡[illegible]」中「[illegible]」則實為「詣」與「花」二字，乃書經者或因豎行抄寫而誤將二字合作一字的「訛合字」。而 028「粥高香」之前二字則是抄經者誤將一字分寫成二字使然。

6、二音義中 34 個正字條目非常重要。藏中進指出：可將其看作是「《新譯花嚴經》所用異體字一覽」。〔註 101〕特別是其中集中出現的 16 個「則天文字」，可謂佛經音義中首見。〔註 102〕即使同為八十卷《華嚴經》音義的《慧苑音義》，至少我們所見之刻本未見此內容。只是大治本《新音義》置於末，而《私記》設於首，後者參考前者，一條不漏，可見二音義之作者均非常重視這一部分。而《私記》作者又在為經文進行音義之時，多次又涉及到這些內容。據我們所統計，《私記》中「則天」文字」共出現五十餘處。二種音義，特別是《私記》作為目前保留「則天文字」較全的文獻之一，為進一步研究「則天文字」提供了新的文獻資料。

〔註 101〕藏中進《則天文字の研究》第 98 頁。東京：翰林書房，1995 年。

〔註 102〕當然並非其他佛經音義中無此內容，如《可洪音義》，但多為散見。

第九章　從《新譯華嚴經音義私記》探尋漢字在海外發展演變的軌跡

漢字早在約公元三、四世紀就傳到日本，並在此落戶安家。與其他漢字文化圈國家不同，雖經約一千六百年以上的風雨歷程，歷數度改革與變遷，然結果卻是漢字在東瀛這片土地上深深植根，並與日本歷史、文化渾然一體，成爲日本文化的象徵之一。即使今天這樣一個計算機與手機「橫行」的時代，因各種計算機與手機常用漢字軟件的不斷完善，操作極爲便利，反而更加大幅提升了日本民眾使用漢字的熱情。如從 1975 年（昭和 50 年）就開始舉行，1992 年（平成 4 年）起又成爲日本文部省（現名爲文部科學省）漢字認證考試的「日本漢字能力檢定」，即爲最好例證。進入新世紀，日本參加「漢檢」的人有增無減，且參加人數之多，考試規模之大，令人驚嘆。日本漢字能力檢定協會還於平成七年（1995）規定每年 12 月 12 日爲日本的「漢字日（漢字の日）」，舉行「一年一字」的活動，向日本全社會公開徵集一個最有代表性的漢字，用以表現該年世態及人們的感受，並於「漢字日」這一天，於京都著名古刹清水寺，由該寺主持揮毫書寫公佈，然後供奉於千手觀音菩薩尊前。〔註 1〕從 1995 年的一個「震」字記錄了當年發生於關西地區的阪神大地

〔註 1〕清水寺爲京都最古寺廟之一，建於寶龜九年（778），爲日本北法相宗大本山，主要供奉千手觀音。清水寺於 1994 年被列入世界文化遺產。

震的慘象；奧姆眞理教沙林毒氣襲擊事件對日本社會的震撼，到 2011 年的那個由森清范主持寫於寬 1.3 米、高 1.5 米的特大和紙上的「絆」字，表達了在經歷過東日本大地震、海嘯、福島核洩漏等多重自然災害後，人們再次意識到人與人之間心靈相通之重要性。〔註 2〕這些現實皆已充分說明漢字獲得歷史公正的評價是日本對其傳統文化的重新認識和肯定的重要標誌，漢字在日本國民文化生活中具有重要意義。

《私記》的時代，日本文字雖未正式產生，但經過推古朝的傳播，漢字作爲全面學習和接受大唐文化的工具已廣爲傳之。特別是隨著隋唐文化源源不斷地輸入，漢字逐步深入社會，從政治制度到文化教育，從文學藝苑到佛門禪林，奈良時代的日本，正如陸錫興所指出「漢字作爲書面符號系統服務於日本社會，又作爲文學藝術的創作手段深入日本社會，日本民族已與漢字緊密結合而須臾不可離開了」。〔註 3〕《私記》作爲一本主要爲僧人閱讀《華嚴經》而編撰的音義書，實際上已經輾轉折射出這一時代特徵。此正爲其價値所在。

眾所周知，日本所藏漢字研究資料極爲豐富。這是因爲除了來自中國的大批文獻典籍外，還有相當一部分是日本學者學習與研究漢字的成果，其中爲日僧所編撰著者更是重要內容。《漢字百科大事典》〔註 4〕有《漢字研究文獻目錄》一欄，記有《倉頡篇》、《史籀篇》、《爾雅》、《說文解字》、《玉篇》等共九十種，其中佛經音義資料就有：《大般若經音義》、《新譯華嚴經音義私記》〔註 5〕、《金剛頂經一字頂輪王儀軌音義》、《四分律音義》、《金光明最勝王經音義》、《大般若經字抄》、《法華經單字》、《法華經音義》、《法華經音訓》等九種，佔十分之一。這其中還不包括中國僧人所撰佛經音義，如《龍龕手鑑》等。除此，《篆隸萬象名義》由弘法大師空海所撰；而《新撰字鏡》也是僧人昌住參考玄應《一切經音義》、《切韻》、《玉篇》（顧野王原本）等典籍而撰成的字書。由此不難看出日本僧人在漫長的漢字傳播史上所起的重要作用。

以上九種音義資料（實際上應爲十種，因「華嚴音義」類實際上還有《新

〔註 2〕「絆」字日語的發音時「kizuna」，在日語中有兩層意思：其一爲紐帶、聯繫；其二爲牽挂。

〔註 3〕陸錫興《漢字傳播史》第 375 頁。語文出版社，2002 年。

〔註 4〕佐藤喜代治等編集《漢字百科大事典》，明治書院，平成 8 年（1996）。

〔註 5〕實際上還有《新華嚴經音義》，即我們已述及的大治本《新音義》。

華嚴經音義》，我們以「大治本」爲代表）能確認撰著於奈良時代的有《大般若經音義》、《私記》與大治本《新音義》三種。《大般若經音義》（石山寺本），現僅存中卷，被認爲是奈良朝末期平安初期法相宗著名學僧信行所撰〔註6〕。現存內容實際是爲玄奘所譯《大般若波羅密多經》第五十三卷至第三百八十六卷所作之音義。其體式基本與漢土所傳傳統佛經音義（玄應、慧琳等人所撰）相同，按《大般若波羅密多經》卷次順序〔註7〕將所需解釋的字、詞以及一些詞組，甚至短句抄出，標注字音，解釋異名、字義、詞義等，用漢文注釋。音注用反切，注文之後，間有萬葉假名之注。〔註8〕此音義經學界考證，早於慧琳，故應爲釋讀《大般若經》最早的音義書。而石山寺本又爲現存最古寫本，故成爲研習《大般若經》、日本法相宗的珍貴材料。而若從漢字研究的角度看，因此本收釋當時日本所傳《大般若經》中疑難字詞，故對探討當時寫本漢字使用狀貌，特別是俗字，實乃極爲珍貴的資料。然而，因其僅存中卷，又爲殘卷，且蠹蝕破損嚴重，故作爲資料，甚爲寶貴，然又多有遺憾之處。〔註9〕大治本《新音義》參考《玄應音義》，留存古風，然篇幅較短，內容相對薄弱。如此，與其同時期且保存相對完整的《私記》，就顯得尤爲不易。作爲日僧所撰最古的寫本佛經音義，其研究價值，不言而喻。

我們已用前八章，特別是在「中」、「下」編中，從相關方面，對《私記》中的俗字作了研究。儘管如此，還難以說是全面的，因爲《私記》中俗字內容實在太豐富。讀者可以通過我們書後所附「俗字表」覽其大觀。當然我們也肯定「俗字表」在所難免地存在疏漏缺失。然而，無論如何，通過前八章的闡述與論證，應該可以說明《私記》在中日漢字研究，尤其是俗字研究中的價值。而這正是我們最後想集中論述的問題。我們想從漢字在海外發展演變這一角度，再次強調論述《私記》作爲漢字研究資料的重要性。

〔註6〕學界意見並不統一。也有認爲是唐僧釋玄應所著。

〔註7〕無釋則跳過不音義者，亦多見。如第五十三卷後即第七十七卷。

〔註8〕共十二項十三語。

〔註9〕可參考陳五雲・梁曉虹《石山寺本〈大般若經音義〉（中卷）俗字研究》；《中国語言學集刊（Bulletin of Chinese Linguistics）》（紀念李方桂先生中国語言學研究会、香港科技大學中国語言學研究中心）第三卷第一期；2008年12月。

第一節　從《私記》反窺中古俗字使用之史貌

《私記》產生的年代，應爲初唐向盛唐發展之際，日本仍處於全面向中國學習，全盤接受中國文化的時期。大批的遣唐使和留學生被派往中國，學習傳統文化知識；也有很多中土高僧，如道璿律師、鑒眞和尚等到東瀛傳教，無論是「日生」還是「唐僧」，都是傳播大唐文化的使者。當時，有大批的儒家經書、佛門「內典」被帶到日本，從而掀起興盛一時的抄寫傳統經典〔註 10〕的高潮。而當時「寫本在傳抄的過程中，抄寫者爲保持祖本的風貌，就要按照原本的字樣、樣式進行謄寫，這就會對原本中已有的歷代俗字原封不動地抄錄」〔註 11〕。太田次男也十分強調日本寫本對底本的忠實。他指出：「當時，日本人盡量忠實地保持唐鈔本原狀的心理作用很強，但有意識地改變本文的事情是絕對沒有的。」〔註 12〕正因爲如此，所造成的結果就有兩大方面：其一，中古漢語俗字隨唐抄本典籍大量成批地進入東瀛；其二，正因人們尊崇漢籍，偏愛原本的心態，使得很多訛誤未能得到及時糾正，一誤再誤，譌上加譌，以致成爲日本俗字產生的又一途徑。而這正是我們研究的基點。

近年來，隨著漢語俗字研究的不斷興盛，學界對俗字研究的資料也愈加重視。然而，面對不斷發現，愈來愈多的新舊資料，究竟何種材料才應是我們最爲關注的？這實際也是俗字研究的重要課題。陳五雲指出：

> 俗文字學注重「本文」，因而特別強調原始材料。所謂「原始材料」，最好是人們的稿本，或按稿本印刷的影印本。由於各種本子之間的差異，有時倒提供了可供解釋的線索，因而，從廣義來說，稿本、定本和後人的校勘本都具有同等的研究價値。然而，我們還是得指出，稿本出於個人；可以體現出作者或書寫者的個人風格；而刊本，或經雕版，或經排印，或經校，多少都摻入了別人的成分，它們之間的解釋應是不同的。因而，盡可能地收集原始材料，從中來觀察文字的使用和演變，這是俗文字學的特點。〔註 13〕

〔註 10〕此經典當然包括儒家與佛家經書。

〔註 11〕方國平《漢語俗字在日本的傳播》；《漢字文化》2007 年第 5 期。

〔註 12〕轉引自王曉平《日本漢籍古寫本俗字研究與敦煌俗字研究的一致性——以日本國寶〈毛詩鄭箋殘卷〉爲中心》；《藝術百家》2010 年第 1 期。

〔註 13〕陳五雲《從新角度看漢字——俗文字學》第 59 頁。

「盡可能地收集原始資料」是我們的原則，因爲只有「原始資料」才能眞正呈現原時代的實際面貌。然而，「原始資料」的收集並不容易。隨著時代的斗轉星移，歲月流逝，也因爲書寫材料等諸種因素，「原始資料」大多或散佚不見，或毀損永失。故而能呈現書寫原貌的寫本就顯得尤爲珍貴。唐蘭在《中國文字學》中指出：

> 隸書、草書、楷書，都有人作過蒐集的工作，楷書的問題最多，別字問題，唐人所釐定的字樣，唐以後的簡體字，刻板流行以後的印刷體，都屬於近代文字學的範圍。西陲所出的木簡殘牘，敦煌石室所出的古寫本經籍文書，也都是極重要的資料。〔註 14〕

這正是敦煌藏經洞發現百年以來，漢字學界興起研究熱潮，並不斷多有成果呈現的重要因素。

唐蘭先生將研究時代定位爲「近代文字學」，包括「刻板流行以後的印刷體」，而我們則因根據《私記》產生的年代，將研究範圍定於刻板流行以前，亦即至有唐一代，故我們將其定名爲「中古漢字」。

「中古漢字」，或者進一步說「中古俗字」的研究資料，如碑刻資料、出土文獻等皆十分重要，然與大量的手寫文書相比，後者更能全面地忠實地反映當時（六朝至隋唐）社會用字實況。〔註 15〕然而，正如前述，手寫材料礙於保存不易，流傳至今者，特別是有唐以前之書跡實在是少之又少。這也正是敦煌藏經洞被發現會引起巨大轟動，被得以舉世關注的重要原因。因爲「直到敦煌漢文寫卷的問世後，這樣的缺陷才能得到彌補。」〔註 16〕然而，儘管「敦煌漢文寫卷涵括極廣，資料極富，以之作爲材料對於南北朝至宋初這段時期的文字應用應有更完整的瞭解」，〔註 17〕學界至今對其研究也已經取得舉世矚目的成就，但我們還是認爲要使學術研究得以深入，更上一層樓，持續關注，不斷補充新材料，其中當然包括海外資料，是非常重要的。因爲「域外寫本中保存的眾多歷史文化信息，也必將豐富對國內所藏寫本的研究。兩者互補的可能性，就在

〔註 14〕唐蘭《中國文字學》第 8 頁。開明書店，1949 年。

〔註 15〕當然有些出土文獻也是手寫材料，但是總得來說，這類資料數量不多。

〔註 16〕蔡忠霖《寫本與版刻之俗字比較研究》；南華大學文學系《文學新鑰》第 3 期。2005 年七月。

〔註 17〕同上。

於它們不僅同樣屬於相近時代的漢字文化，而且在於這種文化擁有共同的佛道融合的思想基礎」。〔註18〕我們同意這種觀點，因爲通過對《私記》的研究，我們可以說已經得以證實。

一、《私記》呈現唐代用字原貌

《私記》寫於奈良朝末期，相當於唐朝開寶年間前後。儘管寫於日本，但卻仍能較爲忠實地反映唐代社會用字，特別是唐代俗字的實際面貌。

嚴格地說，「唐代俗字」此類概念並不十分準確，因爲漢字一直處於歷時的發展中。正如唐蘭所指出：「從漢到唐，字體就沒有凝定過，一直到刻板印書的發明，正字得到了普遍流行的機會，才算是漸漸固定了。可是演化的暗流，依然在進行。」〔註19〕但是，我們也可以將此概念的內涵延展開去，將「在進行」中的「演化的暗流」暫定格於唐朝，即將出現於唐代文獻資料（如唐代敦煌文獻、唐代碑刻、唐代墓誌以及唐代寫經等）中的俗字稱之爲「唐代俗字」。當然，如果說將出現於唐代文獻資料中的俗字皆歸之於「唐代俗字」的觀點過於籠統，或者過於寬泛的話，我們可以將產生於有唐一代的俗字，包括唐朝所創造或因使用而產生的俗字現象，稱之爲「唐代俗字」。本書第七章已用大量具體實例，剖析論述了《私記》與敦煌寫卷、碑碣石刻、字樣字書等資料中俗字的密切關係，其中自然包含大量唐代俗字。於此自不必贅述，然我們還是想從以下三方面再次強調這一點。

（一）以「日曰同書」為例考察唐代用字現象

《私記》藏者之一竺徹定指出：「《金石文考》云：唐人日曰二字同一書法，宋以後始以方爲曰，長者爲日，而古意失矣。此本亦有此類。」〔註 20〕徹定所舉《金石文考》爲清代金石學家李光暎（？～1736 年）《金石文考略》。其卷十二指出：「唐人日曰二字同一書法。惟曰字左角稍缺。石經日字皆作曰，此碑〔註21〕及玄奘塔銘亦然。故陸氏《釋文》於九經中遇二字可疑者即加音切。

〔註18〕王曉平《日本漢籍古寫本俗字研究與敦煌俗字研究的一致性——以日本國寶〈毛詩鄭箋〉爲中心》；《藝術百家》2010 年第 1 期。

〔註19〕唐蘭《中國文字學》第 110 頁。

〔註20〕見此本藏者之一竺徹定所作之跋。

〔註21〕《內侍李輔光墓誌》。

宋以後始以方者爲曰，長者爲日，而古意失矣。」然根據《四庫全書・金石文考略提要》李氏此書「所採金石之書凡四十種」，而是書體式爲「自昔著錄金石之家，皆自據見聞，爲之評說。……蓋諸書以攷證史事爲長，而是書則以品評書跡爲主」。而其中所言「唐人日曰二字同一書法」實際出自明末清初大儒顧炎武（1613 年～1682 年）之《金石文字記》卷四。兩位清代金石大家是通過考證金石文字材料《內侍李輔光墓誌》和《玄奘塔銘》以及石經等而提出「唐人日曰二字同一書法」之現象的。〔註 22〕而在作爲紙本手寫資料的《私記》中，我們不僅也見到，而且是大量的。如：

（1）天道：言〔註 23〕日月星辰、陰陽變化謂之天道。《易》曰「乹（乾）道變易」是也。（經序）

（2）[illegible]：二字誤作一處。⊙，日字。下出字耳。（經第十一卷）

（3）煢獨羸頓：煢，又作勞字。下經文爲惸，傺字並同。渠營反。无父曰孫（孤）〔註 24〕也，无子曰獨也，无兄弟爲勞。勞，單也。勞勞，无所依也。（經第廿一卷）

（4）印璽：璽，斯尒反。印也，或曰書也，信也。國今日即位曰神進（進神）〔註 25〕璽，是也。（經第卌六卷）

（5）譬如日月〔註 26〕男子女人〔註 27〕舍宅山林河泉等物，舊經曰云譬如電或日或月山樹男女室宅宅墻壁大地流水等，皆悉能照令明淨故……（經卷第四十四）

以上，例（1）前「■」爲「日」，後「■」爲「曰」；例（2）「■」爲「日」；例（3）二「■」爲「曰」；例（4）前「■」爲「曰」，中「■」爲「日」，後「■」爲「曰」；例（5）前「■」爲「日」，中「■」爲「曰」〔註 28〕；而後「■」又爲「日」。

〔註 22〕筆者也調查過唐代墓誌，發現確有此現象。

〔註 23〕「言」與下文「謂之」意義重複，《慧苑音義》無「言」字。

〔註 24〕疑「孫」爲「孤」字之訛，《說文・子部》：「孤，無父也。」

〔註 25〕《私記》「神進」二字右側行間貼有小字「進神」。

〔註 26〕原爲則天文字，此處改爲正字。

〔註 27〕原爲則天文字，此處改爲正字。

〔註 28〕此處「曰」「云」義同，有衍文。

從以上例子可以看出，《私記》中「日」、「曰」同書現象，頗爲明顯。這種現今已多於出土墓誌或碑碣石刻才能窺見的現象，通過小川本《私記》再次生動地呈現於我們面前，由此不難判斷出《私記》祖本，或小川本確出於奈良古朝。此可爲《私記》用字呈現唐風例證之一。

有意思的是，日本江戶時期著名漢方醫學家丹波元簡（1755～1810）〔註 29〕著有《素問識》一書，其中卷一《上古天眞論篇第一》中就提及：「其民故曰樸。新校正云：曰作日爲是。又唐人日曰二字同一書法。詳見於顧炎武《金石文字記》。」丹波元簡深受乾嘉學派影響，被後世認爲是站在考證派最高頂的集大成者，他也已注意到「唐人日曰二字同一書法」的現象，這也從側面能證實奈良時代古寫本，如《私記》受唐代文字的影響的歷史史實。

關於唐人「日曰同書」現象，前人只是發現並指出，然並未詮釋其因。我們認爲這一現象應該有其合理演變之過程。應該注意兩個方面：其一，唐代楷書（包括碑上文字）沿襲漢碑，隸書呈扁方形，其「日曰」二字應不分，唐代楷書因之，故亦不分，加之碑字都是先書後刻，帶有一定的個人習慣，很難作統一的區分。其二，五代以後，刻書流行，因刻書而發生「日曰」形同而義淆的問題，尤其是後世出現活字及「洪武體」等，以字形的寬窄作爲區別成爲有效而易行的手段成爲約定。於是才將「日」、「曰」的分別固定下來。所以顧炎武是從研究金石文字才發現「唐人日曰同書」的；而「日曰分書」則應是新的傳播技術對文字的影響。

唐代以後，大量「日曰分書」現象儘管體現了時代在文字上的進步，然對於漢字史研究，對於考證古文字的學者來說，卻希望見到歷史的眞實面貌，而《私記》中「日曰同書」就爲我們還原了唐代這一用字現象，值得引起後人珍視。

（二）以「則天文字」為例考察唐代造字實況

俗字是在長期的漢字使用過程中產生的，具有動態特性。人們雖很難爲某個漢字打上「唐代俗字」的烙印，但是我們卻可以肯定地說「則天文字」確是

〔註 29〕丹波元簡（也有譯作「丹波元珍」）著述甚豐，以《傷寒論輯義》、《金匱要略輯義》、《觀聚方要補》、《素問識》、《靈樞識》、《醫賸》、《聿修堂讀書記》、《病名沿革考》等爲其代表作。

產生於有唐一代的俗字。

「則天文字」雖由朝廷正式頒佈通行，但通行時間並不長，可謂起於唐，亦滅於唐。〔註 30〕究其原因：其一是由於政治。武則天造新字是希望改字得以地位永存，江山永固，故隨著武氏周朝江山倒塌，政權再次回到李氏皇帝手中，朝廷又再次頒佈廢除令。其二因其所造字大多既不合漢字自身發展規律，也不符合時代的要求，故而難以久長。但無論如何，則天文字在武則天稱帝的十五年間（690～705）得到廣泛使用，現存的很多當時的石刻、碑帖、墓誌銘中都有其身影，而敦煌文書中也多見。〔註 31〕而且儘管後由唐王朝頒佈，詔書通告天下廢除，但實際並未很快禁止，在一些地區仍流傳了一段時間。一般認爲則天文字在武則天逝世後，實際又沿用了 132 年，總共通行了近 150 年。

則天所造字，或稱所改字，屬於俗字研究中的一個課題。陸錫興指出：「武周創制的新字，目前尚不能完全弄清文字的內容，因此其造字的方法不得盡知。不過毫無疑問，武周新字主要採用北朝俗字慣用的會意造字。」〔註 32〕據此我們特意專闢一章論述《私記》與則天文字研究。《私記》中 16 個「則天新字」共出現五十餘處的實例，足可證明當因政權變換，江山交替而在中國大陸已經不見或少見的則天文字，在日本卻大張旗鼓地存在著，有些甚至源遠流長地流傳著。如杉本つとむ所編日本異體字資料集大成著作《異體字研究資料集成》第一期和第二期以及最近才出版的井上辰雄所編的《日本難字異體字大字典》中皆還有收錄。然這些多採集日本歷代所流傳的字書、韻書（其中包括如《可洪音義》等中國材料）等，屬於間接性的第二手材料。而《私記》中的則天文字，則直接來自當時流傳的《華嚴經》或其他寫本材料，可以作爲我們反窺唐代造字實況的一個最生動的實例。與以上資料相較，可以算「第一手材料」，至少可以稱作是「海外第一手材料」。

（三）以兩個避諱字為例考察唐代漢字文化

因爲避諱而改變相關文字部件形狀所形成的俗字，蓋只有漢字才具有。這

〔註 30〕儘管還偶有「則天文字」蹤跡，如「圀」字等，但已非造字之初本意。

〔註 31〕可參考王三慶《敦煌寫卷中武后新字之調查研究》（《漢學研究》第 4 卷第 2 期，1986 年 12 月）。其共錄得武后新體字寫卷近三百號。

〔註 32〕陸錫興《論則天製字的幾個問題》。

是中國封建社會對漢字所產生的直接影響。有意思的是，在日本的古寫經中，也能見到避諱字的蹤跡。例如在《四分律音義》中，能見到「民」字缺末筆。〔註 33〕「民」爲唐諱，唐太宗李世民也。在《孔雀經單字》中，我們還能見到「鏡」字、「朗」字缺末筆。〔註 34〕「鏡」爲宋諱，宋太祖趙匡胤，祖追尊翼祖簡恭皇帝名敬，「敬」爲正諱，「鏡」爲嫌名，後世亦多避。「朗」亦爲宋諱，宋眞宗大中祥符五年，附會趙氏始祖名「玄朗」。經過考查，我們發現《私記》中也有兩個避諱字：

貞：眞（經序）

華：華（同上）

以上二字即出自《經序音義》中的 34 個正字條目。二字明顯是避諱字，而非一般意義上的訛誤字。問題是避何人之「諱」？

「貞」當然是避「眞」字諱。根據考察可知，這是避武則天母親之諱。武則天母楊氏號太眞夫人。《歷代避諱字典》「眞」字下指出典籍中有避「眞」的方法有①「改稱」。《舊唐書・魏元忠傳》:「魏元忠，宋州宋城人也。本名眞宰，以避則天母號改焉。」②避同音字「貞」。《長安志》卷九，朱雀街西第二街有「懷貞坊」，注云:「武太后以母號太眞夫人，諱眞字，改爲懷賢坊。神龍元年復舊。」然我們尚未發現有闕筆避「眞」字者，此爲首例。有意思的是，此條大治本《新音義》中「眞」之解釋字卻不缺末筆。由此可以認爲《私記》作者所見當時抄本中有將「眞」字寫作「貞」者。

而「華」字，大治本作「蕪」，此字有兩個可能；一是書者在書寫過程中將「華」字按正字書寫而發覺當避諱而把中竪戛然中止，並於其下添横（書作四點「灬」以示區別。另一可能是將避諱的「華」字誤認作「蕪」，故有此形。）《私記》爲「華」。二音義「華」字皆欠末筆。藏中進《則天文字の研究》曾根據內藤湖南博士「凡写華字欠末筆，乃避則天祖諱」之説，認爲音義原本，進而經本原本應是則天武后在位之時所寫，蓋或此系統的寫本被帶到了日本。〔註 35〕此論

〔註 33〕見梁曉虹・陳五雲《〈四分律音義〉俗字拾碎》；南山大學《アカデミア・文學語學編》第 83 號，2008 年 1 月。

〔註 34〕見梁曉虹・陳五雲《〈孔雀經單字〉漢字研究》；南山大學《アカデミア・文學語學編》第 81 號，2007 年 1 月。

〔註 35〕《則天文字の研究》第 101 頁。

甚確。「華」字缺筆，確爲「避則天祖諱」，因武則天祖追尊顯祖文穆皇帝名「華」。《歷代避諱字典》「華」字下指出，古籍中爲避正諱「華」，有用①改稱。如改華州曰大州，華陰縣爲仙掌，華原縣爲永安，華容縣曰容城，江華縣爲雲溪，華亭縣爲亭川等。〔註36〕又如《長安志》卷八，朱雀街東第四街「修行坊」，注云：「本名修華，武太后時避諱改修行坊。景雲元年復舊。」又如《長安志》卷十：「崇化坊東南隅龍興觀」，注云：「本名西華觀……垂拱三年以犯武太后祖諱，改爲金臺觀。」②甚至還有避「華」旁字「曅」者。如《舊唐書・崔玄暐傳》：「崔玄暐……本名曅，以字下體有則天祖諱，乃改爲玄暐。」然而，「華」字欠末筆而用作避諱字，亦首見《私記》。

避諱字歷來已久，不同時代的避諱字特色自也不同，折射出不同的歷史文化背景。以上《私記》中二字，皆缺末筆，屬於字形改變而成。竇懷永指出唐代避諱以形體的改變爲重點。〔註 37〕以上二字與此特點正相吻合。學界通過對唐代俗字的字形範圍加以總結而發現，其避諱對象主要集中唐太宗李世民、唐睿宗李旦身上。〔註 38〕通過史書記載，我們可以知道武氏時代有通過改稱或避同音字等法避則天母諱、則天祖諱的現象，然卻少見或罕見這種用「缺筆」（即所謂「爲字不成」）之法所改而成的字形。這應該與武則天在中國歷史上的特殊身分有關。無論如何，武則天稱帝也就 15 年，有唐一代，總屬李氏王朝。此蓋爲與則天相關的避諱字後代未能流行的主要原因。而《私記》中這兩個鮮活的避諱字，則既能說明武則天時代的寫經，特別是《華嚴經》中一定有類此的避諱字，也可據此考證確認日本有此二字形的經本文確爲則天時代所傳來。儘管只有兩個字，但卻顯示出《私記》在某种的程度上反映了初唐，特別是武氏時代漢字文化特有的歷史背景。

二、從《私記》考見北朝別體源流

我們在第二章已經提及當時曾出遊東瀛，以賣字爲生計的金邠〔註 39〕曾爲

〔註36〕亦可參見錢大昕《十駕齋養新錄》卷十一。

〔註37〕竇懷永《唐代俗字避諱試論》；《浙江大學學報（人文社會科學版）》，第 39 卷第 3 期，2009 年 5 月。

〔註38〕同上。

〔註39〕字嘉采，號曹門。善金石學，曾出遊東瀛，以賣字爲生計。生平爲人落拓不羈。

《私記》三次題字，高度評價其學術價值。第三次撰寫跋文時更特意指出小川本《私記》對考辨北朝「別體字」的意義：

> 北朝造別體字一千有餘，皆破漢魏以來之法，而增損移易爲之，亦濫觴於漢分書也。當時盛行，故碑板之傳於今者皆一同；至隋而衰，至唐而盡。以太宗好右軍書故也。故唐寫經無北朝別體而日本則仍沿舊式，源流可考見云。

金邠之二跋，皆強調《私記》中字體結構「頗似北朝」，「多從北魏所造（所）之別體」，此跋又言「北朝造別體字一千有餘」，然唐寫經中卻已不見北朝別體字蹤影而日本（小川本《私記》）則仍沿舊式，故可考其源流。

關於北朝別體，可見《魏書・帝紀第四・世祖太武帝・始光二年》所記載：

> 初造新字千餘，詔曰：「在昔帝軒，創制造物，乃命倉頡因鳥獸之跡以立文字。自茲以降，隨時改作，故篆隸草楷，並行於世。然經歷久遠，傳習多失其眞，故令文體錯謬，會義不愜，非所以示軌則於來世也。孔子曰，名不正則事不成，此之謂矣。今製定文字，世所用者，頒下遠近，永爲楷式。」

此應爲金邠所言「新造別字一千餘」之出典。清代學者顧炎武所撰《金石文字記》與邢澍撰之《金石文字辨異》皆有論述。而《清稗類鈔・鑑賞類三》中專門記載晚清葉鞠裳（1849～1917）「論碑之別體字」之言也頗爲著名：

> 碑字之爲別體者甚多，葉鞠裳嘗論之曰：「顧亭林《金石文字記》曰：後魏孝文帝《弔比干文》，字多別構，如蔑爲䔾、蔽爲𦺓、菊爲蘜，不可勝記。《顏氏家訓》言：晉、宋以來，多能書者，楷正可觀，不無俗字，非爲大損。至梁大同之末，訛替滋生。北朝喪亂之餘，書跡鄙陋，加以專輒造字，猥拙甚於江南。乃以百念爲憂，言反爲變，不用爲罷，追來爲歸，如此非一，徧滿經傳。今觀此碑，則知別體之興，自是當時風氣，而孝文之世，即已如此，不待喪亂之餘也。江式書表云：皇魏承百王之季，世易風移，文字改變，篆形錯謬，隸體失眞。俗學鄙習，復加虛巧，談辨之士，又以意說炫惑於時，難以釐改。《後周書・趙文深傳》，太祖以隸書紕繆，命文深與黎景熙、沈遐等依《說文》及《字林》，刊定六體，成一萬餘言，行

於世。蓋文字之不同，而人心之好異，莫甚於魏、齊、周、隋之世。別體之字，莫多於此碑。雜體之書，莫甚於李仲璿。又考《魏書》道武帝天興四年十二月，集博士儒生比眾經文字，義類相從，凡四萬餘字，號曰眾文經。太武帝始光二年三月初，造新字千餘，頒之遠近，以爲楷式。天興之所集者，經傳之所有也。始光之所造者，時俗之所行，而眾文經之所不及收者也，《說文》所無，後人續添之字，大都出此。」

從以上所錄，可以看出太武帝「造新字千餘」的目的本是爲了改變當時民間文字使用所產生的混亂不堪的局面。然而官方運用行政強制手段來推行新造文字，實際即爲異體字，故反而使得文字規範化治紛愈紛，亂上加亂。儘管這一千餘所謂新字到底是哪些，史上並無記載，有關其具體情況，我們也無法得知，但應該可歸屬於俗字範圍。而且我們也可以通過江式給宣武帝元恪的上表中窺探出這批所謂新字的混亂程度。

然而這種混亂現象根據金邠之言是因唐太宗好「右軍書故」而得以改變，故而唐寫經中不再見北朝別體字蹤影。唐太宗喜好王羲之而改變書體除有統學以致用之外，還有政治上的原因，即以南朝爲正統，而將北朝列爲另冊。同樣，唐太宗寶愛王羲之的字，除了他個人原因之外，還因唐太宗本人也是草書大家，爲「草聖」之一，是「帖體」的倡導者。當然我們也可以認爲唐代之所以不見北朝新字，還有一個原因即是唐代正字學的結果。施安昌指出：「從初唐到晚唐，碑志上通體、俗體字漸減、正體字漸增的趨勢，正說明正字學提倡正字、限制異體字是頗有成效的，是唐代文字進一步趨向統一的反映。」〔註 40〕

因爲北魏太武帝拓拔燾所造千餘別體字，並未見於史載，加之所謂「正俗」的觀念是相對的，所以很可能有些字隨著時代的發展，或許已經成爲正字。我們無法確切地指出《私記》中哪些屬於北朝別體字，然通過梳理，我們確實發現有相當一部分字難溯其源，難析其理，只能用「訛誤」、「訛變」或「譌寫」等詞來形容。這當然是不全面的，也是值得進一步深入探討之處。

另外，我們舉一個或許不準確的例子以示說明：

「年」已爲通行字，無可非議。然《說文・禾部》：「秊，穀孰也。从禾千

〔註 40〕施安昌《唐代正字學考》；《故宮博物院院刊》1982 年第 3 期。

聲。」从禾千聲的「秊」字寫作「年」，根據《新九經字樣・禾部》：「秊年，上《說文》從禾從千聲，下經典相承隸變。」與「年」字字形相似的還有一「𠦜」。張湧泉《敦煌俗字匯考》引《正名要錄》：「字形雖別，音義是同古而要典者居上今而要者居下類秊𠦜。」《諸雜難字》書名下題：「太平興国八𠦜記。」並按：「六朝碑刻中多見𠦜字（漢碑亦偶或見之）。《干祿字書》：𠦜秊：『上通下正』。與『年』皆一字之變。」〔註41〕

《私記》中此義皆作「𠦜」。尤其是：

秊：秊𠦜（經序）

𠦜：𠦜字同。（經第十一卷）

𠦜方：方，始也，正也。上与𠦜同字。（經第廿一卷）

等例中，「𠦜」字被用作解釋字，可見已得以公認。

我們可以將「𠦜」與「年」視爲一字之變。「年」作爲「通」體，在當時是可以用於碑板和作文的，所以今天是正字。然對守舊的《說文》學者來看，也可以說是俗字。

我們覺得有些北朝俗體或許就像「年」字代替了「秊」之類。這些字因主要從書法上改變文字的體式，使得一些字無法按《說文》的分析來分析結構，如「秊」可以說成是「从禾从千」，或者說成上「禾」下「千」，但「年」就無法分解了，即所謂「皆破漢魏以來之法，而增損移易爲之」，但「年」的字形又可以從漢隸碑刻中找到其痕跡，儘管形制不一樣，但可以尋出其變化，此蓋金邠所謂「亦濫觴於漢分書也」。

三、《私記》保留「中古俗字」實貌

我們在前面有關章節的分析中多次用敦煌俗字、碑刻文字之例加以論證，特別是第七章《〈新譯華嚴經音義私記〉與中古俗字研究》，專闢《〈私記〉與敦煌俗字》、《〈私記〉與碑刻俗字》、《〈私記〉與唐代字樣字書》等專節研究《私記》與中古俗字的密切關係。儘管我們主要多以「個案」爲例進行分析，但也正因爲如此，我們才可更清晰地發現《私記》與「中古俗字」緊密相關的實態。如果說敦煌俗字可作爲中古俗字代表的話，我們從對《私記》的研究中完全可

〔註41〕張湧泉《敦煌俗字匯考》第12頁。

以證明「敦煌俗字」跨越國際的俗字現象。

隨敦煌文獻的出土而展開的敦煌學研究，已經取得了舉世矚目的成就，其中敦煌俗字研究不僅推進了中古俗字研究的進程，也爲漢字史研究拓展了新的領域。而我們通過仔細爬疏《私記》中的俗字，可以發現其中大部分俗字都與敦煌俗字相同，均能找到對應資料。此類例證甚夥，舉不勝舉。而且本書前相關章節也已多有舉例。我們只是想再次強調一點：這些例證足以說明當時繁盛的中原傳統文化，通過佛教的傳播而擴展，向西通過古代絲綢之路而產生了敦煌寫本和俗字，向東則由渡海航行的船舶而將這些用當時字體書寫的儒佛經典傳入東瀛。無論是西去敦煌的絲綢之路上，還是泛海東來的船舶中，可以肯定其文獻主要來源是由長安、洛陽爲主的中原。所以，敦煌文獻中的俗字與流向東國（高麗和日本）文獻中的俗字竟然相似到極點，正可以說明兩者都是受了中原文化之賜。學界曾對敦煌俗字給予了極大關注。黃征通過考察吳越國王錢俶所造、杭州雷峰塔出土的《一切如來心秘密全身舍利寶篋印陀羅尼經》，發現其用字與敦煌寫本用字基本一致。一個是西北沙漠中出土的，一個是東南塼塔中出土的，二者在政治、地域上的限隔不啻萬里之遙，它們的高度近似，證明敦煌俗字與國內其他地區的俗字時代共性大於地域個性。〔註 42〕不僅如此，我們完全可以將敦煌俗字看作是一種跨越國際的俗字現象，大量日本古寫經中的俗字研究成果已經證明了這一點。正如王繼如指出：敦煌俗字不是一時一地的產物，而是跨越敦煌一地，且跨越寫卷時代（3 世紀～11 世紀）的現象。〔註 43〕

當然，敦煌俗字根據其資料，並非皆屬「中古俗字」，但完全可以作爲「中古俗字」的代表。《私記》作爲一本中型的單經音義書，儘管從篇幅上來說，或許尚有不足，然作爲一本可以確認其寫作時代的珍本，我們完全可將其中的俗字作爲日本奈良朝俗字的代表。我們欣喜地看到屬於相近時代的漢字文化，雖一西一東，兩國兩地，但卻以俗字爲代表，踫撞出火花。王曉平「日本漢籍古寫本俗字研究與敦煌俗字研究的一致性」，正是基於這一基礎提出來的。〔註 44〕

〔註 42〕黃征《敦煌俗字典・前言》第 17 頁。

〔註 43〕引自苗昱《〈華嚴音義〉研究》。

〔註 44〕見王曉平《日本漢籍古寫本俗字研究與敦煌俗字研究的一致性——以日本國寶〈毛詩鄭箋〉爲中心》。

王文舉大念寺本俗字，指出「它們既可以與我國國內所保存的《詩經》異文相比較，也可以與敦煌等地保存的俗字相對照，以搞清楚俗字的流佈情況，特別是作爲圍繞文字的文化交流的一部分，更有必要深入探討。」〔註 45〕我們贊同這種觀點。我們同以日本又一「國寶」《私記》爲例，而且《私記》的時代更早於大念寺本《毛詩鄭箋》，且出自日僧之手，故更有其代表性，作爲資料應引起進一步的重視。

以上，我們以《私記》與敦煌俗字關係爲例，主要想強調日本的古寫本佛經，特別是其中的古寫本佛經音義在漢字俗字研究上的重要價值。現在學界非常重視利用出土的敦煌遺書以及石碑碣文等資料來作爲俗字研究的重要資料，重點考察漢字俗字，尤其是彫版印刷術盛行以前的俗字。那麼，日本現存類似《私記》這樣的古寫本佛經音義，也應該被我們作爲漢字俗字研究的重要資料，得到應有的重視。因爲對《私記》俗字所展開的研究，可以擴充研究者的視野。我們可以借鑑敦煌俗字、六朝碑別字研究的成果，來對《私記》俗字進行深入研究，也可以將類似《私記》這樣的古寫本佛經音義中所特有的歷史文化信息，補充進漢字本土研究，並促使其進一步深入。

第二節　從《私記》追溯日本俗字發展之源

所謂日本漢字，也稱日文漢字，是指書寫現代日文時所使用的漢字。日本漢字的寫法基本上傳承古代漢文。古代日本完全使用文言文，故古日語典籍與古漢語典籍，若僅從文字上看，區別不大。自近代以來，出現一部分由日本人獨創的漢字，稱爲「日製漢字」或「和製漢字」，日本一般稱爲「國字」。

《私記》的時代，「日製漢字」尚未產生，故而「國字」不在我們的研究範圍內。儘管如此，從《私記》中，我們已經可以看到，漢字的「和風化」已初露端倪，日本俗字已經出現。

俗字若分國別，即所謂「中國俗字」、「日本俗字」、「韓國俗字」應該說不十分準確，因其內涵與外延之確立與劃分頗爲困難。但是我們不可否認，有些俗字因爲各種原因而產生於日韓等國，或更常見於日韓古典，故我們稱其爲「日本俗字」或「韓國俗字」也未嘗不可。

〔註 45〕同上。

在探討這個問題之前，我們首先簡單梳理一下學界對此的基本看法。

何華珍《俗字在日本的傳播研究》〔註46〕一文中指出：對「正字」和「俗字」的理解，中日學界有所不同。日本《類聚名義抄》等古辭書，多承用《干祿字書》「俗」、「通」、「正」之說。而當今日本漢字學界稱「俗字」〔註47〕者較少，多名「異體字」〔註48〕。這是因江戶時期中根元圭著《異體字辨》，首創「異體字」術語後，廣而用之的結果。杉本つとむ所編《異體字研究資料集成》第一、第二兩期，共二十冊，集日中俗字研究資料之大成〔註49〕，堪爲代表。何華珍還指出日本「異體字」的範圍，既包括顏元孫所指「俗體字」、「通體字」，也包括了「假名」、「省文」、「訛字」、「借字」、「國字」等，與中國漢字學界所稱「俗字」範圍大致相當。《漢字百科大事典》中「俗字」條下也釋曰：與規範的正字相對應之用語，包括簡體、增筆等所有屬於異體字範圍的字體。

日本江戶以來學界還有提出「倭俗字」名稱者。如近藤西涯《正楷錄・凡例》指出：「倭俗訛字，作偏者如衫作杦，勢作勢，甚多。所無於華人也。……此以使好古君子知文字有爲倭俗所訛者焉。」太宰春台在其《倭楷正訛・前言》也中指出：「夫字有正俗焉。……至於我國俗，全不知楷法。及其作楷字，往往爲華人所不爲。……」故要正「倭俗之訛」，「俗習既除，然後可以學華人楷法」。不難看出，其所指「倭俗」主要是指因「不知楷法」而所成之訛字。

何華珍有《日本漢字和漢字詞研究》一書，其中第三章《日本俗字研究》就專門詮釋「日本俗字」，並對「日本俗字」加以歸類和考釋，可爲重要參考資料。〔註50〕何書「日本俗字」的主要依據爲新井白石《同文通考》，認爲其研究

〔註46〕《寧波大學學報》（人文科學版）第24卷第6期。2011年11月。

〔註47〕而且一部分日本者所謂「俗字」的概念與簡化字相當。如2012年剛出版的《日本難字異體字大字典・文字編》（井上辰雄監修）解釋曰：「俗字是指相對於正式場合使用的正字而被廣泛使用通俗文字。其中多數爲簡省部分筆畫而成，如與『錢』相對的『戋』等，還有替換使用同音簡體字，如與『糧』相對的『粮』等。亦即所謂簡化字。」

〔註48〕韓國漢字學界也同樣有此現象。

〔註49〕何華珍《俗字在日本的傳播研究》；《寧波大學學報》（人文學科版）第24卷第6期。2011年11月。

〔註50〕第179～203頁。

「甚爲明確」，並指出新井從廣義上將「本朝俗書」或「本朝俗字」分爲「借用」、「誤用」、「訛字」、「省文」四類，基本代表了日本俗字的基本面貌。〔註51〕

我們認爲既然漢語俗字是在漢字的長期使用中產生的，那麼漢字在海外的廣爲傳播，悠久傳承的過程中，一定也會產生帶有其不同文化背景的俗字。從這個意義上說，「日本俗字」，即所謂「倭俗字」一名，可以成立。但是，我們也認爲，如果是日本僧人傳抄的《慧苑音義》之類，嚴格意義上講，其中出現的俗字，可能還算不上「日本俗字」，雖然也有可能出現一些譌變字。但正如大家公認的這些文獻實際是中國的，用的是漢語，寫的是漢字，而且大多數俗字都是中國典籍中也能見到的。日本學生和僧人都嚴格遵照原來的文字照錄，這就不能算是「日本俗字」或「倭俗字」。日本俗字應該是以漢字記錄日本語的文獻爲研究的端點。而《私記》就正是這樣一種文獻。它雖然是對漢語文獻作的筆記，但目的是爲了以日本語理解漢文文獻，所以其中有相當數量的和訓。和訓是漢字記錄的日本語，也是日本人使用民族文字的開始，儘管這種文字是借來的，我們也不得不承認它是日本文字。這也像我們的漢語拼音一樣，符號的來源是拉丁文，但漢語拼音却是記錄漢語的「拉丁化新文字」，是中國字。這是毋庸置疑的。因而《私記》中的一部分俗字就具有了「日本俗字」的性質。而通過《私記》俗字的梳理與考辨，我們也可以確認《私記》中的確已經含有了早期「日本俗字」的內容。實際上，本書前之有關章節的一些內容已有所涉及，在此我們不妨再作梳理歸納。

一、源出漢土，東瀛多用而成日本俗字

所謂「源出漢土」是指那些隨漢文典籍東傳而進入日本的漢字。奈良時代，俗字大批量，成系統地傳到日本。其中有很多俗字進入日本後，因其簡便易寫而被人們廣泛接受，並逐漸擴散開來。甚至有一些俗字在中國的使用面並不廣，有的甚至偶爾用之，在字形更替的過程中，逐漸被人們遺忘，但是傳入日本後，卻受到了足夠的重視，地位由俗轉正，成爲日常使用的規範漢字。〔註52〕而我們從《私記》中，確實能看到這樣的例子。如：

〔註51〕第180頁。

〔註52〕方國平《漢語俗字在日本的傳播》。

廾——辨、辯

001　具如下阿僧秖品處廾也。（經卷第十一，「那由他」條）

案：《慧苑音義》此處作「釋」字。《私記》借「廾」表「辨」義。「辨」與「釋」皆有分辨解釋之義。

002　……世智弁聽〔註53〕……（經卷第五十八，「八難」條）

案：此當爲「辯」義，《大智度論·初品中般羅密》：「見人中多聞、世智辯聰，不得道故，還墮猪羊畜獸中，無所別知。」

003　善知識中，此第十記波若波羅蜜普莊嚴門，又弁百十八咒。（經卷第六十五，「經第六十五卷入法界品第卅九之六」〔註54〕條）

004　弁普德淨光夜神事第卅，舊經第五十二卷初，品名同。（經卷第六十九，「經第六十九卷入法界品第卅九之十」條）

005　弁普救眾生妙德夜神事，舊經第五十二卷品名同……（經卷第七十，「經第七十卷入法界品第卅九之十一「條）

006　弁寂靜音海神事，舊經第五十三卷中半在品同。（經卷第七十一，「經第七十一卷入法界品第卅九之十二」條）

以上例中皆有「弁」字。漢字「弁」，本指古代的帽子，一般貴族子弟行加冠禮時用「弁」束住頭髮。《說文·皃部》中本作「覍」：「覍，冕也。周曰覍，殷曰吁，夏曰收。从皃，象形。……弁，或覍字。」《玉篇·皃部》：「覍，弁也；攀也，所以攀持髮也。……弁，同覍。」《同文通考》四卷「弁」字下釋曰：「弁音便，冕也。」此爲「弁」字本意。然其上又指出：「弁辨音相近，借作辨辯等字。」松本愚山編《省文纂攷·五畫》：「弁，辨。此間俗借作弁。官名左大辨等。儀注譜系，省作弁。〔註55〕《大漢和辭典》也指出「弁」字「在日本用作辨、瓣、辯之略字」。

〔註53〕案：此字應爲「聡」之訛。「聽」字右側行間寫有小字「聡」。

〔註54〕此爲新、舊譯《華嚴》卷、品內容的對比說明，並非字詞音義。下三例同此。

〔註55〕《異體字研究資料集成》第一期，第五冊，第137頁。

日語中「弁」可用作「辨」、「辯」、「瓣」等，即使初學日語，也有此概念，甚至於一般日本國語辭書，如《国語大辞典》就是借字和本字同作爲字頭的。所以一般人們多將其認作是日本產生的借用俗字，即所謂「倭俗字」。《大漢和辭典》就指出：「本邦用作辨、辦、辯之略字。」也有的學者甚至認其爲日本「國語字」〔註 56〕。現代日語中，「辯」、「辨」、「瓣」三字合併的「弁」已爲常用漢字。

然根據張湧泉考證，古代漢語中，「辯」、「辨」就與「弁」字通用。敦煌變文中，多有「辯」、「辨」作「弁」者，「幾已成通例」。而《慧琳音義》卷一百《安樂集》上卷音義也指出《安樂集》寫本「辯」字寫作「弁」，也可見這種用法在當時流行之一斑。這樣看來，日本漢字中「辨」、「辯」寫作「弁」，很可能也是沿襲了中國人的傳統用法，而非他們所創。〔註 57〕曾良也指出敦煌文獻中「弁」可借用作「辨」，如斯 4413V《求法文》：「峻弁清辞，遐迩推挹。」斯 3702《文樣》：「仰惟法師，有淨名之詞弁，蹈龍樹之神蹤。」〔註 58〕《敦煌俗字典》有：「弁雲 24《八相變》：眼暗都緣不弁（辨）色，耳聾高語不聞聲。欲行三里二里時，雖（須）是四廻五廻歇。」黃征按：「日語中至今『辨』寫作『弁』，日本學者多以爲『辨』寫作『弁』乃日本獨有。」〔註 59〕

幾位敦煌學者皆已指出「弁」作爲俗字的用法，起初出現於中土，多見於敦煌寫卷類俗文獻。但是，我們還是要指出，儘管如此，「弁」作爲俗字得以廣泛採用並因而流通卻是在日本。

我們還應該思考的是：同爲假借之用而爲俗字，爲何唐代前後漢語中「弁」字有此之用，後來卻少見甚至不見？然而在日本，「弁」字此用卻自古（奈良）就多見，並傳承至今甚至發展爲常用漢字？

從根本上來說，漢語「弁」字可借用而表「辨・辯・辦」義，其實就是「六書」中「假借」的使用。只是中國古代文獻中的假借往往會因作者的理解，在

〔註 56〕根據張湧泉《韓、日漢字探源二題》（《中國語文》2003 年第 4 期（總第 295 期）（1997 年）。

〔註 57〕同上。

〔註 58〕此二例引自曾良《俗字及古籍文字通例研究》第 16～17 頁。百花洲文藝出版社，2006 年。

〔註 59〕黃征《敦煌俗字典》第 24 頁。

字形上選擇那些意義相關的字來記錄，這就是傳統訓詁學者會從假借字中分出「古今字」、「區別文」、「後出本字」、「先造字」等等門類來的原因。而日本學者，作爲他民族使用漢字，實際上只是一種「外語寫作」，故而在表達時對第二語言詞彙系統認識會有一定程度上的偏差，所以在利用假借字時，不講究追求字形與意義的密切關係，只是採用相對簡單的同音字去代替。以「弁」代「辨・辯・瓣」，便是一個極好的例子。也就是說，在中國古代文獻中，以「弁」字可借用而表「辨・辯」等義，是一種「權」（臨時應急）的做法，〔註60〕而在日本文獻中則已成爲「常」（固定合法）的形式了。這是根本性質的變化。這一觀點也可適用於以後日本「國字」的形式及其與中古俗字的關係上。

另外一點就是，漢語中假借，以音同或音近爲原則，通假字與本字同時並存，兩個字的意義沒有關聯，兩個字的字形亦並非一定有繁簡的關係。即使因假借而產生的俗字也同樣如此，〔註61〕孔仲溫在其《〈玉篇〉俗字研究》中指出：

> 有些俗字的生成並非由形音義的直接演化，而是來自假借的關係，例如萬俗作万，万原是丏字，二者形異而音近，於先秦假借万爲數名萬字。又如飾俗作餝，餝原爲飭的俗字，但飭與飾形近而古音同，因此漢時相假混用不別，於是餝遂變成飾的俗字。又如豚俗作启，其中除了豚應是豚之訛誤，启正作屍之外，豚所以俗作启，則在於豚爲屍的假借，二者聲音完全相同，而屍義指髀，與臀同，因此，屍訛變作启，而爲豚的俗字。由這些例字，我們可以知道假借也是俗字生成的緣由之一。〔註62〕

然而，日本式的「借用」，除了音同或音近的原則外，還有就是「簡便」。

江戶時代政治家、詩人、儒學學者新井白石著有《同文通考》四卷。其卷四專門論述日本漢字使用時所產生的「國字」、「國訓」、「借用」、「誤用」、「訛字」、「省字」等現象。關於「借用」，有以下定義：

> 本朝俗書，務要簡便。凡字畫多者，或有借方音相近而字畫極

〔註60〕這應是唐代前後俗文獻「弁」如此多用的緣由。

〔註61〕當然漢語中「弁」字如此用法倒確是因爲簡捷的緣故。

〔註62〕孔仲溫《〈玉篇〉俗字研究》第171頁。

少者以爲用其義。盖取假借而已。世儒槩以爲訛亦非通論。今定以爲借用。〔註63〕

由此可見，其借用的標準就是在音近〔註64〕的基礎上，用筆畫少的漢字代替筆畫多者。如「竜」借作「龍」字、「六」字借爲「錄」字等。〔註65〕而《私記》中「弁」多次用作「辨」、「辯」，正能體現出「日本借用俗字」爲書寫簡便而音近借用的特點。正如江戶中後期儒者近藤西涯也在其《正楷錄》卷中所指出：「弁卞，倭俗以此二字與辨音相近，有假此二字爲辨省文。」〔註66〕

《私記》的時代，正是寫經大批量產生的時期。「弁」簡省易寫的特點，正適應了當時社會的需求。張湧泉也指出，「弁」字，唐代前後常借用作「辨」或「辯」，除了讀音相近的因素以外，恐怕還與「弁」字字形簡省有關。〔註67〕所以無論中日，最初「弁」字如此用，都應該是書手受當時民間用字的影響，採用的簡便寫法。只是中國宋代以降，隨著雕版印刷術的盛行，此類民間用字現象就逐漸少見了。〔註68〕然而在日本，這種用字現象卻流傳至今。〔註69〕以「同音替代」的方法甚至成爲後世簡化字（我們認爲這種簡化字也屬於俗字）的一個重要來源。何華珍就指出，日本《常用漢字表》中的簡體字有「同音代替」而成之類，其中常見的就是「以筆畫少的字代替筆畫多的字」。〔註70〕

日語中「弁」字此用，當爲自古至今的例子，何華珍指出《古事記》中卷「登許能辨尔」，其「辨」字，眞福寺本、鈴鹿登本、前田本、曼殊院本、豬熊本、寬永版本均作「弁」〔註71〕，皆可爲此例證。然而，與以上《古事記》諸寫本相較〔註72〕，小川本《私記》的時代更早。而且根據以上六例，「弁」皆出

〔註63〕《異體字研究資料集成》第一期，第一冊，第275頁。

〔註64〕當然這種所謂「音近」，新井所指「方音」，包括日語的音讀和訓讀。可參何華珍書第180～182頁。

〔註65〕何華珍《日本漢字和漢字詞研究》第180～182頁有具體闡述，可參考。

〔註66〕《異體字研究資料集成》第一期，第七冊，第268頁。

〔註67〕張湧泉《韓、日漢字探源二題》。

〔註68〕當然不會消失，只能說少見。

〔註69〕在現代日語中「弁」還可借用作「辨」字。

〔註70〕《日本漢字和漢字詞研究》第115頁。

〔註71〕《日本漢字和漢字詞研究》第192頁。

〔註72〕《古事記》之寫本有約四十餘種，其中以眞福寺本爲最古，寫於應安四～五年（1371

現於一般行文，作者並未加以任何詮釋，可見當時已經通行，眾人皆識，也更可證明「弁」字如此使用之歷史已非常悠久。

「弁」在現代日語中已爲常用漢字，不能算是俗字。但在《私記》的時代，日本仍屬於學習和使用漢字的階段，故「弁」字如此用法，一如其在敦煌寫卷文獻中，應該是俗字。「弁」字從俗字轉而成爲日本常用漢字，正體現了俗字在日本的發展。

寸——寸——等

本書第四章已經指出《私記》中有「寸」、「寸」作爲「等」的省寫。「等」字作似「寸」，形式上看是截去上部，但實際上是草書楷化的結果。唐人書法中即有此書。《草韻》「等」作「才」、「才」，字形則與《私記》相同。字書中也收錄類似俗寫字，如《四聲篇海．寸字部》有「寸」，釋曰：「音等，俗用字。」《字彙補．寸字部》：「寸，俗等字。見《篇韻》。」《漢語大字典．寸部》收有「寸」字，釋：「同等」。

張湧泉指出：魏晉以來的草書中就每見「等」字寫作「寸」形甚而徑寫同「寸」字的。金韓道昭《五音集韻．等韻》：寸，同「等」，俗用。又韓氏的《改并五音類聚四聲篇海．寸部》：「寸，音等，俗用字。」〔註 73〕可見韓國也有如此用的。張湧泉還指出敦煌伯 3532 載慧超《往五天竺國傳》中「等」字原卷分別作「才」、「才」、「才」、「木」，皆即「等」的簡省俗字。由於「等」的簡省俗字與「寸」字字形至近，確有與「寸」字混同的趨勢。並特別指出，慧超乃新羅（古朝鮮）僧人，在他的書裏「等」一再寫作「寸」形的簡俗字，這是否意味著這種俗寫在當時的朝鮮非常流行呢？〔註 74〕慧超（704 年～783 年）的生活年代正與《私記》大致相當，同爲八世紀。《私記》中的「等」寫作「寸」與「寸」，完全可與以上慧超書中寫爲「寸」形的簡俗字形遙相呼應，說明這個因簡省而有的俗字，的確可謂「淵源有自，源遠流長」了。何華珍也指出：考《大日本古文書》，「等」寫作「才」或「寸」，不勝枚舉；而眞福寺本《古事記》中亦見。然皆爲中土既有之簡體字。〔註 75〕

～1372）。

〔註 73〕張湧泉《韓、日漢字探源二題》：《中國語文》2003 年第 4 期（總第 295 期）。

〔註 74〕同上。

〔註 75〕何華珍《日本漢字和漢字詞研究》第 113 頁。

但是，我們要指出的是，「等」字此俗用儘管早就從魏晉以來草書中可探其蹤影，甚至還有曾流行朝鮮半島的史跡可尋。然不難看出「等」省寫而似「寸」的字形，傳入日本，得到了更廣泛的使用。近藤西涯《正楷錄》中「等」字下有「䒭，省。寸，倭。」〔註 76〕松本愚山《省文纂攷・四畫》:「廾，等。俗作廾，見《字典備考・寸部》引《篇海》、《類篇》、《五音集韻》作廾。蓋因草書體。此間俗作朩，愈訛。」〔註 77〕新井白石《同文通考・省文》也有：「朩，等也。」〔註 78〕幾位江戶時代學者已將「寸」認作「倭」，把「朩」視爲「此間俗」。這就說明此類寫法日本文獻一定多見。新井白石在《同文書考》中釋其所定「省文」:「本朝俗字一從簡省，遂致乖謬者亦多。今錄其一二，註本字於下以發例，如華俗所用省字不與焉。」故其所錄「朩」，亦被認爲是日本省文俗字。出版不久的《日本難字異體字大字典・文字編》「等」字下收有「寸」、「寸」、「廾」、「朩」等字形，井上辰雄於每字形下皆注「俗」，說明此俗字形在日本確實多見。相較而言，「等」字如此俗用中國本土後確實少見，故纔有學者要專門考釋其來源，證其本出漢土。

此類字自然不多。但即使少見，也透露出它們早已進入日本，且已爲日本書經生所熟並多用的信息。「弁」與似「寸」之「寸」等，皆並非《私記》所收錄辨識的疑難字，而是一般行文中經生信手寫出的字體。這些字或許並不見於《私記》祖本而出於小川本經生之手，然小川本也寫於奈良末期，故也是那個時代用字的明證。

我們認爲，儘管此類俗字確實本出漢土，但在日本卻更多被使用，更積極承擔起漢字作爲記錄語言的功能，所以我們可認其爲日本俗字。日本奈良時期正倉院古文書中就有「辨」等字寫作「弁」，〔註 79〕「等」寫作「寸」的；另外《万葉集》（桂本・西本願寺本）中「等」作「寸」〔註 80〕。而「寸」、「寸」與《私記》中的「寸」儘管筆勢稍有差異，但結構一樣，可謂同出一轍。此類字之所以會受東瀛書手歡迎而屢屢採用，歸根結底還是因爲較之所謂「正字」，

〔註 76〕《異體字研究資料集成》第一期，第七冊，第 276 頁。

〔註 77〕《異體字研究資料集成》第一期，第五冊，第 134 頁。

〔註 78〕《異體字研究資料集成》第一期，第一冊，第 302 頁。

〔註 79〕《漢字百科大事典》第 277 頁。

〔註 80〕同上第 290 頁。

筆畫簡單，容易書寫，適應奈良朝大批量手寫經書時代之需。

此類被日本學者稱其爲「倭俗」，然中國學者卻認爲是在中土行用已久的俗體字還有不少，如日語「處」作「処」、「歸」作「帰」、「發」作「発」、「變」作「変」、「勸」作「勧」、「豐」作「豊」、「鹽」作「塩」、「輕」作「軽」、「雜」作「雑」、「總」作「総」、「繼」作「継」等。〔註 81〕這些字大部分《私記》中頻見，我們簡舉以下三例：

例一：豊——豐

豊溢：下，餘一反。器滿餘也。（經第十二卷）

菡萏花：……《漢書音義》曰：菡萏，豊盛之貇（貌）也。《玉篇》作萏藺也，《字書》作菡菌，《説文》作荅萏也。（經第五十九卷）

案：以上「豊」、「豊」，爲「豊」之手寫體，實皆應爲「豐」字。以上兩條《私記》皆參考慧苑說。磧砂藏與高麗藏版《慧苑音義》皆作「豐」〔註 82〕。《同文通考・誤用》指出「豊，俗豐字」，認其爲日本誤用俗字。因「豊，禮古字。」〔註 83〕但實際「豊」、「豐」二字，漢語早就多混用。

《說文・豐部》：「豐（豐），豆之豐滿者也。从豆，象形。一曰《鄉飲酒》有豐侯者。凡豐之屬皆从豐。𧯷（𧯷），古文豐。敷戎切。」《說文・豊部》：「豊（豊），行禮之器也。从豆，象形。凡豊之屬皆从豊。讀與禮同。盧啓切。」兩字本音義完全不同，但篆書「豐」隸定或有作「豊」者，如《漢隸字源・平聲・東韻》引《郎中王政碑》如此作；《隸辨・平聲・東韻》引《華山廟碑》亦同此，並按：「易豐卦釋文云：依字作豐。若曲下作豆，禮字耳，非也。世人亂之久矣。《佩觿》云：李少監陽冰說蔡中郎以豊同豐。」《隸辨・偏旁》：「豊，讀與禮同。……豐亦訛豊，相混無別。」又：「豐，……或譌作豊。與豊器之豊無別。經典相承用此字。」《康熙字典・豆字部》：「豊……《六書正譌》卽古禮字。後人以其疑於豐字，禮重於祭，故加示以別之。凡澧、醴等字从此。」

〔註 81〕參考張湧泉《漢語俗字研究》第 38 頁。

〔註 82〕但第二條，高麗藏版字脫。

〔註 83〕《異體字研究資料集成》第一期，第一冊，第 285 頁。

例二、巠——至等

《私記》中因草書楷化的影響，以「巠」作漢字構件時常寫作「至」、「㞢」等，如下例：

（1）徑——侄

淪侄〔註 84〕：上，輪二反。沉也。下，耶道也。（經第十三卷）

案：「侄」為「徑」字俗寫。《草書禮部韻》「徑」字作「𢓜」，其右旁與「至」相似，故有將「𢓜」楷化作「侄」，成為同形字。《私記》「亻」與「彳」常相混，故「徑」作「侄」。

（2）逕——逹

醒悟：上，桑逹反。醉除也。（經第五十八卷）

（3）頸——頚

脣頚：上，口比流〔註 85〕，下，久鼻〔註 86〕。（經第卌八卷）

紺蒲成就：紺蒲，正云劒蒲。此乃西域菓名，其色紅赤，瓔腹三約橫文，而佛頚成就彼相，故云也。（同上）

案：以上「頚」皆應為「頸」字俗寫。上例中「久鼻」即為其和訓。

（4）莖——茎

入藕絲孔：藕，五苟反。字宜從承（禾）〔註 87〕，言蓮茎糸孔耳。（經第卌二卷）

（5）脛——胵

扣擊：上又為敂字，同。哭　（哭）後反。以杖扣其胵，注云：扣者，擊也。（經第卅三卷）

通過以上五組字，我們可以看出在《私記》中本從「巠」之「徑」、「逕」、「頸」、「莖」、「脛」皆改從「至」。

〔註 84〕《華嚴經》無「淪」、「侄」連用者。經卷十三「淪」字只出現一次，即「常淪惡趣起三毒」。下文隔三句有「常行邪徑入闇宅」。

〔註 85〕此為「脣」字和訓，據岡田《倭訓攷》，假名作「クチビル」。

〔註 86〕此為「頸」字和訓，據岡田《倭訓攷》，假名作「クビ」。

〔註 87〕「承」當為「禾」字之訛，《慧苑音義》作「禾」。

不僅如此，「巠」還可簡省成「𢀖」、「圣」等。如：

（6）經——[經]

妓樂：（妓）[經]本作從扌、支者，此乃技藝字也。或從立人者，音章偈反。害也，非此[經]意也。（經第十一卷）

貝鍱：上，北盖反。下，徒頬反。貝謂貝多樹葉，意取梵本[經]。牒謂簡牒，即[經]書之通稱也。（經序）

案：《同文通考・省文》：「𢀖，巠也。凡从巠字，如經輕莖等从𢀖，並非。」〔註 88〕《省文纂攷・十畫～十六畫》：「[經]，經。古作[經]。」〔註 89〕《日本難字異體字大字典・解讀編》收有「[經]」字，注爲「経經」之「俗」。

此類例，數不勝數。《私記》中凡「經」字皆如此作。

（7）徑・侄——[侄]

生死[侄]：下舊經爲侄，二本可作侄字。古定反。行小道路也，耶也，過也。（經第十五卷）

案：此辭目出自經卷十五「非甘露道生死徑」。「[侄]」與「徑」通。《字彙・人部》：「侄，同徑。」另外，此條參考大治本《新音義》，大治本辭目字同此，作「[侄]」，釋曰：「舊經作[侄]，二本應作[侄]。」由此可見，當時「徑」字有如辭目作「[侄]」，也有作「侄」者，如《私記》，也有作「佺」「径」者，如《私記》與大治本《新音義》釋文所辨。《碑別字新編・十畫》「徑」字下引《唐昭仁寺碑》作「[侄]」；《唐周夫人墓誌》作「[侄]」，《佛教難字字典・彳部》「徑」字下亦收有「[侄]」字，皆如此。

（8）勁——[勁]

芒草箭：芒正爲惹字，其形似荻，皮重若笋，體質柔弱，不堪[勁]用也。（經第十三卷）

案：《廣碑別字・九畫》「勁」字下收有「[勁]」（《隋任軌墓誌》）、「[勁]」（《唐朝散郎行河南虞鄉縣尉李翼墓誌》）；其左半皆如《私記》。而《龍龕手鏡・力部》收有「[勁]」，則與《私記》同。

〔註 88〕《異體字研究資料集成》第一期，第一冊，第 299 頁。

〔註 89〕《異體字研究資料集成》第一期，第五冊，第 160 頁。

以上「侄」與「勁」，主要是書手抄寫時將「巠」字中的原象形的「川」的三折筆，改爲三點而成如「𢀖」，而「巠」上橫有時作撇則是由於筆勢的改變造成的。從書寫的角度來說，當然要簡易一些，故也屬省筆。

以上諸例，本爲聲旁的「巠」，或作「至」、或爲「𡉄」、「𢀖」、「𢀖」等。此類，根據《同文通考・省文》應爲「巠」之省文。但新井白石又指出：「又巠作圣。」並將此認爲是日本「誤用俗字」。《同文通考・誤用》指出：「圣，凡從巠字，如經輕莖頸等，俗從圣，非。巠音經，水脈也。圣音窟，致力於地也。」〔註90〕《說文・土部》：「圣，汝潁之閒謂致力於地曰圣。从土从又。讀若兔窟。苦骨切。」又《川部》：「巠，水脈也。从川在一下。一，地也。壬省聲。一曰水冥巠也。」《正楷錄》上也指出：「巠，同上，音經。𡉄，省。𡉄圣。圣音窟，致力於地也。爲巠省，非。」〔註91〕我們贊成何華珍的觀點，認爲這應是由草書楷化而成的一組字。〔註92〕

例三、卆——卒

> 十方東（來）〔註93〕萃止：萃，徐醉反。聚也，集也。（經第十一卷）

案：以上二「萃」爲「萃」之俗。「卒」字俗寫作「卆」，即爲草書楷化而成。《敦煌俗字典》「卒」字下收此形。又「翠」字下收「翠」，「悴」寫作「悴」，「萃」寫作「萃」等皆如此。以上《私記》例中「醉」字右旁亦同此。又經卷第十三「鑚燧」條下釋「燧」字用「徐醉反」，後又釋相關「鐩」字用「辞醉反」。二俗「醉」字不同處則爲後者右半已屬省筆。然而《私記》中用作漢字構件的「卒」並無定規，正俗相混，以上二俗「醉」字即如此。又如：

> 悴：疾醉反。傷也，謂容貌瘦損。字又作顇也。（經第十五卷）
>
> 醒悟：上，乘逕（徑）反。醉除也。（經第五十九卷）
>
> 塡飾：上，唐賢反。乃是塡塞之塡也。今可爲瑱。圭長尺二寸，

〔註90〕《異體字研究資料集成》第一期，第一冊，第281頁。

〔註91〕《異體字研究資料集成》第一期，第七冊，第237頁。

〔註92〕何華珍《日本漢字和漢字詞研究》第115頁。

〔註93〕此辭目出自經卷十一「觀諸菩薩眾，十方來萃止」，「東」於文意不通，應爲「來」字之訛。

玉所雜飾也。(經第四卷)

何華珍指出:「粹」、「醉」、「碎」、「雜」,日本常用漢字作「粋」、「酔」、「砕」、「雑」。而實際上《五經文字》、《龍龕手鏡》以及《宋元以來俗字譜》皆有論述。

我們認爲,以上這些字當然源出中土,且本爲俗字。在《私記》中,它們一如原在漢文典籍,或因簡省借用,或因草書楷化,或因形近混用等諸因而被用作俗字,然而於此後的日本漢字發展中,逐漸脫去俗字外衣而成爲日本常用漢字,現在儘管不能認爲它們還是日本俗字,但是我們卻由此可看到漢字在日本的發展演變。

二、產自東瀛,改造漢字而成日本俗字

所謂產自日本,多指古代日本人抄寫漢文典籍時,在長期使用漢字的過程中,自覺或不自覺地用一些方法對某些漢字加以改造。這樣產生的字就應該是眞正的「日本製」俗字〔註94〕了。

本書第四章論述《私記》俗字書寫特點時曾經指出「偶有用一字之聲旁來指稱整個漢字」的現象。最常見的就是用「川」〔註95〕代替「訓」字。這種現象非常突出,可分兩類:

1、似「川」之「川」,第三筆多作彎曲狀乃受隸書影響,此類最爲多見。如:僅小川本第25頁就有:

上音波,川非也。(經第七卷)

廣博:下,波惡反。川廣也。(同上)

八隅:隅音愚,川角也。(同上)

劫(劫):音忽,川節(節)也。(同上)

修:音須。川飾也,補也,習也,長也。(同上)

共五個「訓」字俗形,皆基本同「川」之俗體。〔註96〕《敦煌俗字典》「川」

〔註94〕但這與所謂「國字」的概念並不一樣。「國字」是日本人仿造漢字爲表示新事物而自治的新字。俗字應與正字相對。

〔註95〕當然此形也有用作其本字之時。請參本書第四章。

〔註96〕實際上《私記》中「川」與「訓」之俗體相混。請參考本書第四章。

下收有「川」、「川」、「川」形。「川」類俗體應爲省略部首而成俗字。「訓」本就「从言川聲」，故其俗形與「川」俗體相混，亦有理據。

2、類似「川」字篆體。如：

三維：維音唯，川角也。（經第七卷〔註97〕）

與此相類似的還有經第十八卷的

「川」、「川」。〔註98〕

《私記》釋文體例有「音……訓」之體式。小林芳規認爲此乃《私記》獨特的注文方式。以下「川」皆爲「訓」，用以釋義，有的釋漢文，有的爲和訓。

摧殄：音最，川久太久〔註99〕。下，徒典反。（經第二卷）

堅硬：下音經，川堅也。（經第十卷）

雨滴：下，音敵，川水粒也。（經第十三卷）

案：此類例甚夥。「訓」（訓、川）字往往即爲日本語的音義。由此可知，小川本《私記》的抄寫者起先是一律寫作「川」的，後經覆核方將其中的一部分「川」字左邊補書「言」旁，因而諸「訓」字偏旁皆弱而細小，且偏左下；有的則是「川」字左有兩點表示刪去，右側行間補寫小字「訓」；也有相當一部分徑只作「川」，不改亦不另標正字。岡田希雄指出：《私記》用「川」作「訓」，是「略字」，即簡化字。而小川本多有後於「川」補「言」旁者。〔註100〕我們因無《私記》原本可勘覈，只能就小川本而論。但我們完全可以說，小川本中「川」是「訓」之省文略字。後人或補「言」，或於旁側行間另補出「訓」，實乃不識俗字所爲。川澄勲編《佛教古文書字典・異體字文集》〔註101〕「訓」字下收有「川」〔註102〕。而2012年出版的井上辰雄監修的《日本難字異體字大字典・文字編》「訓」字下也收有「川」，並注爲「俗」，儘管沒有出典，但既已爲今人辭書所收錄，應該還見於其他古籍。因

〔註97〕與以上五個「川」字同在一頁。

〔註98〕二字皆在小川本第60頁。

〔註99〕此爲「摧」字和訓。據岡田《倭訓攷》，假名作「クダク」。

〔註100〕岡田希雄《解說》。

〔註101〕山喜房佛書林，昭和五十七年（1983）。

〔註102〕第561頁。

爲此書參考文獻中並未列《私記》等古辭書音義之名，故可證「訓」字省去「言」，寫成似「川」之形並非《私記》獨有。然此種用法，我們在一般漢地所傳文獻中尚未見。將「訓」截爲「川」，或許可以視爲片假名形成的先聲。

漢語俗字中有因「符號代替」〔註 103〕而成的俗字。曾良指出：「符號化簡省往往先出現於草書字體中，流行開來，然後再將草體楷化。」〔註 104〕何華珍也總結日本的簡體漢字類型，指出其中有「符號代替」一類，將繁體字的複雜部分，改爲簡單的符號，以化繁爲簡。這種符號，既不表音，也不表義，約定俗成而已。〔註 105〕這當然是在已經有意識地要「化繁爲簡」的主觀意識指導下的漢字使用方法。《私記》的時代，應該說書手們爲便捷抄寫，「化繁爲簡」的主觀意識已經具有，只是並未有意識地作爲一種方法手段而規定使用。故而《私記》中此類字自然不多，還只是屬於個別的、零星的現象。除「川」可代替「訓」外，《私記》中還有如：

ㄱ——部：

脩：長也，脯也。脯，助也，在肉ㄱ。（經第卅三卷）

案：「ㄱ」旁有後補寫之「部」。「ㄱ」爲「部」之省略。《同文通考・省文》有「ア」，釋曰：「部也。」《正楷錄》也中有「ア」，釋曰：「倭俗訛字。盖以『部』右旁之『阝』变体爲『ア』。」〔註 106〕又《省文纂攷・二畫》：「卩，部。此間俗省作『卩』。因草書體。見上野國群馬郡神龜三年碑。」〔註 107〕神龜三年爲公元 726 年，故此碑與《私記》實屬同一時代。《佛教古文書字典・異體字文集》「部」字下也有「卩」〔註 108〕，與前同出一轍。「ㄱ」與「ア」、「ア」、「卩」、「卩」儘管看似有異，但所成同理，皆爲草書體「阝」之略，只是收筆不同而已。《日本難字異體字大字典・文字編》「部」字下收有「ア」與「マ」兩俗體，「マ」正與《私記》「ㄱ」相應，屬一類。

〔註 103〕張湧泉《漢語俗字研究》第 71～73 頁。

〔註 104〕曾良《俗字及古籍文字通例研究》第 10 頁。百花洲文藝出版社，2006 年。

〔註 105〕何華珍《日本漢字和漢字詞研究》第 116 頁。

〔註 106〕《異體字研究資料集成》第一期，第七冊，第 262 頁。

〔註 107〕《異體字研究資料集成》第一期，第五冊，第 124 頁。

〔註 108〕第 574 頁。

日本俗字的產生，「符號代替」是爲途徑之一。將漢字中重雜或重複的部分以簡單的符號來代替，以達到簡化字形的目的。〔註 109〕《私記》中的「部」寫作「ㄱ」形，正是極好例證。儘管只有一例，但卻可由此溯探此類俗字形成之源。

以上我們僅舉兩例，此類俗字並不很多，但我們可發現其所具有的共同特點是：在原字形的基礎上，或省或截，經過改造後所成字比正體簡單得多。這也應該是寫經過程中爲了書寫快捷而採取的方法，可以說是日本俗字，或是簡體字的源頭。

此類俗字應該屬於真正的日本俗字，因爲它們是日本人在漢字使用過程中的一種再創造，猶如以後的「國字」。儘管有些似乎難以理喻，但我們應該認識到因爲日本人學習和使用漢字並非從頭開始，其掌握的字形不是從篆文開始講究理據的，而是更注重於實用和記音。故而像《私記》中將「訓」字寫成似「川」，「部」只留下一部分，儘管記寫的還是漢語詞，但已是日本人的特殊用法，屬於真正的日本俗字。

而且，我們還應該注意到，如「訓」截爲「川」，「部」省筆成「ア」等，體現了早期日本人對漢字的認識、理解和改造。而這又是受漢字使用中用漢字聲旁代替整字（形聲字）、古今字假借等法的影響。其結果，我們認爲不僅產生了俗字，也可視爲是片假名形成的先聲。何華珍指出：「日本直接利用隸變後的『近代漢字』表記本國語言，甚至利用俗字原理創造『平假名』、『片假名』，將『俗字』推向極致。」〔註 110〕其論甚恰。儘管「平假名」、「片假名」與《私記》中的這兩個俗字並無直接關係，但是從「訓」到「川」，從「部」到「ア」，卻至少顯示出產生假名的方法已初見端倪。這或許能給學界研究日本文字帶來一點啓發。〔註 111〕

〔註 109〕方國平《漢語俗字在日本的傳播》。

〔註 110〕《俗字在日本的傳播研究》。

〔註 111〕《漢字百科大事典》中有「片假名之字體及字源」內容，其中「へ」下字體同「へ」，而「字源」下卻無字，出注「無明確證據」。而其注則曰：「現在認爲是『部』字偏旁乃一般之說。」（第 1140～1141 頁）。而有賀要延編的《難字・異體字典》後有「假名文字一覽」，其中「へ」下字即爲「阝」，而草書體作「へ」與「ろ」，我們並不認爲《私記》中的「ㄱ」一定與其有關，但也不能否認沒有關係。這正是如果說以上「爪」與「𠙵」是改造漢字，主要體現在簡省，具有很強的實用性，甚至可以認爲似乎破壞了漢字的某些特性。那麼我們也可以「步」字爲例，來考察當時俗字的產生的某些理據。

《私記》中「步」之俗字作「歩」，在《經序音義》中集中所出 34 個俗字，即藏中進所曰「新譯華嚴經所用異體字一覽」中就出現。此後作者就不再辨析，此本所出現「步」字時，無論辭目，還是釋語，皆作「歩」形。《私記》中「步」共出現八次，七次作此形，唯一一次作通行體的是在經第七十五卷辭目「車步進」，這還應該是受《慧苑音義》原抄本的影響。而「步」此俗形，除了《私記》外，《佛教古文書字典・異體文字集》「步」字下也收有「歩」；〔註112〕《日本難字異體字大字典・文字編》「步」字下收有「歩」，並標註「俗」；《佛教難字大字典・止部》「步」字下也收有「歩」。而根據後者《凡例》，可知「歩」字形資料來自法隆寺傳來《細字法華經》。而作爲國寶的《細字法華經》〔註113〕實際是唐寫本，爲 694 年唐人李元恵所寫〔註114〕，故「歩」實際應爲來自漢土俗字。又梁曉虹 2013 年 9 月 9 日訪問復旦大學出土文獻與古文字研究中心，并與該中心學者專家交流，見到古寫本《華嚴經》，其中「步」正同此形。從《私記》我們看得出這種寫法奈良時代似乎已經定型並流傳開去。我們在「正倉院古文書」中也發現「步」之俗字可作「歩」形。可見此字形已不僅流通於佛家內典寫經生中，一般書手也寫此形。

不僅如此，甚至還因爲此俗形的流行，小川本《私記》將以「步」爲構件之字亦加以改造〔註115〕。如：

> 砧上：上又爲碪字，陟林反。或云砧与店、沾同，都念反。城邑之居也，斫剉之机地也。（經第廿六卷）
>
> 撾打楚撻：撾，陟苽反。（經第五十六卷）

值得進一步探討之處。

〔註112〕第 507 頁。

〔註113〕現藏於東京國立博物館。

〔註114〕其卷末「識語」記曰：「長壽三年六月一日訖＿寫經人雍州＿長安縣人李元恵於楊州敬告此經。」

〔註115〕本書第四章所附「常用俗字表」中已經指出這一點。

何緣致此：致，⿰阝⿱止夫利反。謂引而至之也。（經第六十六卷）

吒：⿰阝⿱止夫伽反。（經第七十六卷）

眝（貯）：⿰阝⿱止夫呂反。（經第七十八卷）

「陟」字共出現五次，皆作俗形。又如：

⿰氵⿱止夫險：上，往也。（同上）

驚攝：攝，又与𢹂字同。止葉、齒⿰氵⿱止夫二反。（經第卌六卷）

捕：取魚也。獵，力⿰氵⿱止夫反。（經第六十卷）

案：以上兩個以「步」爲構件之字，在《私記》皆用俗字，可以證明當時「步」字作「⿱止夫」已非常普通，故寫經生甚至已經習慣見到「步」就筆下自然地寫出俗形，已有舉一反三的效應。

從「⿱止夫」到「⿰氵⿱止夫」、「⿰阝⿱止夫」，可能屬於個別人，或者說是小範圍內的改字行爲〔註116〕，但是我們不難看出，因爲日本寫經生對某些俗字的特殊認知，從而筆下連帶又出新俗字。《私記》中「⿰氵⿱止夫」、「⿰阝⿱止夫」二字，正是當時書手對「⿱止夫」字形產生了強烈的認同感後所創造出的新俗字。當然，也可能原祖本即如此作，我們不得而知。但《私記》中此例，或許能說明日本俗字產生的一些現象。

三、訛誤而成日本訛俗字

不能否認，日本俗字中的大部分是訛誤而成之俗字。江戶時代日本學者所提出「倭俗」中最多見的，即由訛誤而成的俗字。新井白石提出「誤用俗字」和「訛俗字」，從性質上看，都是一樣的，即寫錯或用錯。而太宰春台專門編有《倭楷正訛》一書，主要針對當時「書工」不得楷書眞法而成之訛，但也指出「又俗書工有好作奇字異體者，雖非訛舛，然爲大雅之累，則猶訛之屬也。童子輩不可不戒也」。〔註117〕可見訛俗字與書寫者有極大關係。

《私記》的時代，版刻尚不流行，手書爲大藏經形成的基本作業方式，故而其中錯訛甚夥。其中有一部分屬於純粹書寫錯誤，錯不成字，如：

〔註116〕因爲「⿰氵⿱止夫」、「⿰阝⿱止夫」二形，我們僅在奈良古寫本音義中見到少量例證，但在《私記》中卻皆如此作。

〔註117〕《異體字研究資料集成》第一期，第四冊，第21頁。

二字誤作一字：

⿱日出：二字誤作一處。𡆠，日字。下出字耳。（經第十一卷）

案：作者在這裡指出：「⿱日出」是兩個字，因豎行抄寫而誤作一字。其上爲則天文字「𡆠」，下爲「出」字。此蓋寫經者不識則天文字而致。

蚉（經第卅五卷）

案：《大方廣佛華嚴經》卷三十五：「此菩薩天耳清淨過於人耳，悉聞人、天若近若遠所有音聲，乃至蚊蚋虻蠅等聲亦悉能聞。」〔註 118〕「蚊蚋虻蠅」，《私記》皆作俗體「蚊蚋蝱蜆」，釋曰：「蚋，如銳反。小蚊也。蜆，又爲蝿字，餘蒸反，訖蚉之大腹者也。……〔註 119〕」《慧苑音義》爲雙音節辭目「蚊蚋」。《私記》釋文參考《慧苑音義》。後二字因爲慧苑不收，故參考大治本。但大治本字跡漫漶：「蝿蠅字，餘承反，說文虫之大腹者也。」

《說文・黽部》釋「蠅」：「營營青蠅。蟲之大腹者。」大治本正從此。而《私記》作「訖蚉之大腹者也」，其中「訖」與「蚉」皆難解。小林芳規通過與大治本對校，認爲「訖」乃「說」之訛。而「蚉」應爲「文虫」二字，〔註 120〕因豎行抄寫，二字訛誤作一字。〔註 121〕此說甚恰。

⿰毀鬼（經第七十五卷）

案：此乃「無譏醜」釋語中字：「鄭注《礼》曰：譏，呵察也。《毛詩傳》曰：醜，惡也。言无可呵⿰毀鬼惡之事也。」此參考慧苑說：「無譏醜：鄭注《禮》曰：譏，呵察也。《毛詩傳》曰：醜，惡也。言可呵毀猥惡之事。」苗昱校：諸本⿰毀鬼作「毀猥」。苗昱按：《私記》「毀」寫作「毀」，其左旁與「⿰毀鬼」字左旁相似。「醜」字從「鬼」即「⿰毀鬼」字右旁。疑「⿰毀鬼」爲「毀醜」二字誤合耳。《慧苑音義》作「毀猥」，與「毀醜」義同。

一字誤為二字：

苞括：苞字在草部，亦爲包。補殽反。果衣也。婦懷任於巳爲

〔註 118〕大正藏第 10 冊，第 188 頁。

〔註 119〕後爲和訓，略。

〔註 120〕小林芳規《解題》。

〔註 121〕岡田希雄在其《解説》文中已經提及此點。

子也。十月而生也。又爲胞字，在肉部。胞，補交反，腹肉也。親兄弟也。褁又裹同。……又胞言子栖也。(經序)

案：釋文中「果衣也」中之「果衣」當爲「裹」字。蓋原書作「褁」，此本抄寫者誤析爲二，成「果衣」。下「褁又裹同」，正可作原本作「褁」之證。又經第六十八卷有**「居士名鞞瑟胝羅」**條：「此云纏[illegible]，又曰包攝，現廣大身耳，以含容國土也。胝字，上聲呼也。」其中「[illegible]」字右側行間寫有小字「[illegible]衣」。「[illegible]衣」當爲「裹」字之訛，《慧苑音義》作「裹」。此應爲小川本抄者誤將「裹」寫作「[illegible]」，後人改訂，然卻一字誤分二字。

樓櫓：櫓，郎古反。城上守御示（禦）曰櫓也。(經第十一卷)

案：書手誤將「禦」字《私記》分書爲「御示」二字，佔二字位置。

又如《私記・經序音義》中則天文字「載」收二形：「𡕀[illegible]」，但其間還有一類似的「二」字。實際上，這是書手抄經，因爲竪寫而將一字誤分爲兩字。「二」應與下之「[illegible]」合成一字。此字可參考大治本。「載」字，大治本收「𡕀[illegible]」。「[illegible]」上似「二」，下乃「門」內有「東」字，只是「門」之俗寫簡體。但這也是誤訛寫法。「載」之則天字形，一般上爲土字，中爲篆書八字，內包象車字，下作三折筆。其意或取土爲地以蓋八方，車載以行。〔註 122〕「[illegible]」上部與「[illegible]」上之「二」即爲「土」之訛。而下誤寫爲「門门」，門內「車」又寫成「東」字。

以上是寫經過程中，書寫者因爲認讀有差異而產生的一些錯誤。有的是大批量寫經時，書手不識字而造成的，如「罣」；但大部分可能是抄寫《私記》的人，或者說是小川本《私記》產生時而出現的錯誤。因爲《私記》原本不存，不知其貌，故無法對校勘核。但有些內容若與《慧苑音義》對照比勘，即可發現小川本《私記》此類訛誤明顯多見。這當然是因爲《慧苑音義》入藏，且因爲各刻本在刊印時又經過了校正等工序。但也正因爲如此，才體現出《私記》作爲史料的可貴。正如落合俊典與方廣錩在他們合作的《寫本一切經的資料價值》〔註 123〕一文中所指出：寫本一切經的「部分文字與刻本不同，保留了該經

〔註 122〕何漢南《武則天改字新字考》。

〔註 123〕《世界宗教研究》2000 年第二期。

典更古老的形態，是編纂刻本時刪除或改竄前的原本。只要認眞閱讀寫本一切經，則古寫本保存的重要研究信息隨處可見。……縱然寫本一切經有許多錯字，但它們是一批體現了唐代佛教的資料。」小林芳規也指出石山寺舊藏本《慧苑音義》（卷上寫於安元元年～1175，卷下寫於應保二年～1162）中就誤寫很多，正屬於不考慮文意的機械模仿。但也正因爲私改很少而能推定其底本之原貌。小川本《私記》較之石山寺舊藏本《慧苑音義》，時代更早，其原本又出自日僧之手，故更能眞實地反映出當時華嚴學僧對漢字的理解和認識。

以上訛誤，可歸屬於古籍整理研究內容。從文字學的角度考察，這些不屬於俗字研究的範圍。我們要討論的是《私記》中因訛誤而爲俗字者。

所謂「訛俗字」當然並非日本寫本纔有。元・周伯琦撰《六書正訛》〔註 124〕凡五卷，共收錄 2000 餘字，均爲「字書之常用而疑似者」。此書按平上去入四聲，分一百零七韻排列。首明音切，次說字義、字形，並辨明「六書」，訂正字形傳寫之訛誤。每於字下注明俗體和後代通行之字。周伯琦編撰此書之主要目的是爲正字，且在書中往往斥俗體爲非，但由此不難看出漢語自古就多訛俗字之史實。傳統字書且如此，那麼俗文獻，特別是寫本材料中，此類訛俗字更是多見。敦煌藏經洞資料中的俗字就充分證明了這一點。

我們要考察的是出自日僧之手形成的訛俗字，即近藤西涯等學者提出的「倭俗字」。近藤西涯在其《正楷錄・凡例》中指出：

> 倭俗訛字作俑者，如杉作杦、勢作勢，甚多。所無於華人也。此錄也，收此以使好古君子知文字有爲倭俗所訛者焉。〔註 125〕

「杦」、「勢」等字不見漢籍，更不爲傳統字書所收，屬於眞正的日本俗字〔註 126〕。而《私記》只是一部中型單經音義，且產生於古奈良時期，當時還屬於全面學習輸入漢文化的階段，創造性少，故並不見如「杦」、「勢」等訛俗字。但是即使這樣，我們仍能從《私記》中窺視到早期「倭訛俗字」的某些信息。如：「省筆簡化」類訛俗字。

所謂「省筆簡化」俗字漢語中早有。黃征指出：是由於抽減、省略了字中

〔註 124〕書成於元代至正十一年（1351）。

〔註 125〕《異體字研究資料集成》第一期，第七冊，第 183 頁。

〔註 126〕但漢字字庫中已收。

某個部件的一至數個筆畫而形成的俗字。……這種俗字是在正字的基礎上簡省筆畫而成的，與一般的簡體字不同，被簡化部分說不出表音或表意的道理，純粹是爲了書寫方便。〔註 127〕

燕——燕

生死侄：下舊經爲侄，二本可作侄〔註 128〕字。古定反。行小道路也，耶也，過也。侄，牛耕、牛燕二反。急也，急腹也，非今旨。……（經第十五卷）

案：「燕」爲「燕」之省筆。不算漫漶，甚爲清晰，看得出來是抄者書寫時爲圖方便而略去「燕」字下四點。這猶如手體多將某漢字下部「灬」連寫爲「一」一樣。此條參考大治本《新音義》，後者作「牛耕、牛燕二反」。《玉篇・人部》:「侄，牛耕，牛燕二切。急也。」

「燕」字缺筆，類似避諱省文。然而經過調查，並未發現有此避諱字。故我們認爲這是寫經者爲圖書寫快捷而省文所成。

媅——娸

躭味：上都含反。嗜色爲娸。嗜酒爲酖。耳垂爲躭也。《聲類》娸作妉，今娸，媅。下或經爲躭字，時俗共行，未詳所出。（經第十七卷）

案：此例第三章亦舉。《私記》採用慧苑說。然高麗藏本、磧砂藏本《慧苑音義》「嗜色爲媅」一句，字皆作「媅」。《說文・女部》:「媅（媅），樂也。从女甚聲。丁含切。」《私記》作「娸」字，將本「从女甚聲」的聲旁字「甚」之末筆省去而成「其」。然又並非《私記》祖本或小川本錯寫，因其後「《聲類》娸作妉」一句，又出「娸」字，而且「今娸，媅」再次特意指出正俗不同字形。然此並非慧苑所說，說明當時確有如此省筆字，故《私記》作者特意列舉。

轡——轡

諂誑爲轡勒：……轡，經爲轡字，鄙媚反。……轡，又鄙愧

〔註 127〕黄征《敦煌俗字典・前言》第 22～23 頁。

〔註 128〕此應爲「徑」。大治本《新音義》作「侄」。

反。馬縻也。所以制牧車馬也。……（經第六十二卷）

案：此條辭目與後半釋文參考大治本《新音義》。然「轡，經爲𮉯字」卻爲《私記》自有。此乃指出經中俗字，爲《私記》所見俗字內容之一。見本書第三章。《說文．絲部》:「轡（轡），馬轡也。从絲从叀。與連同意。《詩》曰:『六轡如絲。』兵媚切。」「轡」字俗體不少，然如《私記》所舉省去「叀」下「口」之形，筆者尚未見他例。然根據「經爲𮉯字」一句，可知當時《華嚴經》中有此寫法。

扈——扈——扈

下裾：裾，記魚反。衣後也。又衣䄂〔註 129〕（袖）也。衣扈衣也。倭云毛。扈。（經第十四卷）

案：以上「扈」與「扈」兩字，〔註 130〕岡田於其《倭訓考》中皆認此作「扈」。然「扈衣」義不明。根據和訓「毛」，假名爲「モ」，漢字應作「裳」。「扈」有「披」「帶」之義，故「扈衣」很可能類似披風一類，有披風下擺飄起之勢。然無證，或爲臆解。

我們注意到的是字形，假設「扈」字不誤，則「扈」爲「扈」之省筆，而「扈」又爲「扈」之省。但是抄者最後也不明何義，故最後將「扈」置於釋文後以引起注意。

以上所舉例，筆畫皆甚爲清晰，並無漫漶，故而可辨字形的確如此。其中或略末筆，或省部分，或缺一筆。爲何如此，的確如黃征所言，「說不出表音或表意的道理」，只能認爲「純粹是爲了書寫方便」。

應該說《私記》所見訛俗字大多是因形似而訛寫造成的。有的是因兩個偏旁因部位相同又兼形近，故而寫經時多相互混淆，難以分辨。如：

愜愜：上，牽協反。下，苦頰反。可之也，快也。上又爲悏字。㓞頰反，清也。（經第十四卷）

查檢《大方廣佛華嚴經》卷十四「有一切世間所好尚，色相顏容及衣服，

〔註 129〕此字右有兩點表示刪去，左側行間補寫「袖」字。此辭條參考大治本《新音義》，大治本作「衣袖」。

〔註 130〕大治本作「扈」，金剛寺本作扈，二本皆漫漶難識。

隨應普現愜其心，俾樂色者皆從道」之句，《慧苑音義》收「愜」〔註 131〕單字條：「牽協反。」只標音，不注義。大治本不收此條。

《私記》之「恇」與「⿰忄⿺辶吉」皆爲「愜」之俗字。《私記》此處重複收錄俗字。前「恇」注「牽協反」，此從《慧苑音義》；後「⿰忄⿺辶吉」爲「苦頰反」，則參考玄應說。《玄應音義》卷三：「不愜，苦頰反。《廣雅》：愜，可之也。《字林》：愜，快也。」又卷十五：「愜意，苦頰反。愜，可也。《字林》：愜，快也。」《慧琳音義》卷三十二亦曰：「愜陁羅尼，上謙叶反。《考聲》：愜，當意也。《博雅》：可也。《說文》：愜，快也〔註 132〕。從心，匧聲。或作㥦。亦作悏也。」小篆作「⿸匚⿱夾心」，隸作「㥦」又作「愜」，「愜」作「恇」形，與《龍龕手鏡·心部》「㥦」同，不難理解。然作「⿰忄⿺辶吉」則明顯爲錯字。「⿰忄⿺辶吉」應爲「⿰忄匿」字，即「暱」之異體，然音義俱與「苦頰反」不合。故此「⿰忄⿺辶吉」爲「愜」之形近訛寫。其「匿」之「匸」作橫下「辶」乃俗書常見之例。不贅。與此相類的還有：

> 褊陋：上，方緬反。字從衣作。急也，⿰阝⿺辶夭也。《說文》：衣小也。（經第六十六卷）

案：「⿰阝⿺辶夭」字右側行間寫有「恇（愜）」字。「愜」於義不合。疑「⿰阝⿺辶夭」爲「陿」字之訛。《漢書·汲黯傳》「黯褊心」顏師古注：「褊，陿也。」

> 廣慱：慱，廣也。字從十。或從忄字者⿱艹慱弄之博也。（經第六十五卷）

案：「慱」爲「博」字之譌，然「⿱艹慱」字卻不見諸字書，疑爲「簙」字之訛。《說文·竹部》：「簙，局戲也。六箸十二棊也。」《左傳·僖九》：「夷吾弱不好弄。」杜預注：「弄，戲也。」是「簙」、「弄」義通。《康熙字典·竹字部》：「簙……通作博。《論語》不有博奕者乎。」

> 貝鍱：上，北盖反。下，徒類〔頰〕〔註 133〕反。貝謂貝多樹葉，意取梵本經。鍱謂簡鍱，即經書之通稱也。（經序）

〔註 131〕其後條即爲「俾樂色」。

〔註 132〕今本《說文》作「快心」。

〔註 133〕《私記》「類」字右側寫有小字「頰」。按此爲「鍱」之反切下字。「類」與「鍱」韻不相通，「類」當爲「頰」字之訛。

案：上例「[illegible]」字左有兩點表示刪除，右側補寫「鍱」。疑「[illegible]」即「鍱」字之俗訛。《慧苑音義》作「牒」。《說文・金部》：「鍱，鏶也。」徐鍇繫傳：「今言鐵葉也。」段玉裁注：「此謂金銅鐵椎薄成葉者。」《說文・片部》：「牒，札也。」段玉裁注：「厚者爲牘，薄者爲牒。牒之言枼也，葉也。」玄應《摩訶般若波羅蜜經音義》「金牒」條「《小品經》作金鍱」。是二字可通。又如：

《私記・經序音義》之首「序：京兆靜法寺沙門慧[illegible]之作。」案：原文「[illegible]」不成字。「[illegible]」字下作「紀」，乃「苑」字之譌。「苑」下「夗」左旁「夕」俗書可能作「乡」，遂與「糹」之草書「纟」近似而發生譌變。「[illegible]」右側有「菀」字，爲原字之改寫。此處應爲抄寫者見原本字錯，改作「菀」字。而經第十二卷「長風」條中有：「上，直良反。兼名[illegible]云：風暴疾而起者，謂之長風也。」《私記》「[illegible]」字右側有兩點表示刪除，左側行間補寫「苑」字。又根據《慧苑音義》釋義「長，直良反。兼名。字苑云風暴疾而起者謂之長風也。」知「[illegible]」爲「苑」字。蓋因「苑」下「夗」左旁「夕」譌變成「犭」，故而有「[illegible]」字。

也有一部分屬於偏旁位移後部件譌變而產生的俗字。如：

徐搖：搖又爲[illegible]字。徐，緩也。[illegible]，動也。（經第六十四卷）

案：《慧苑音義》也收此條，釋爲：「徐，緩也。搖，動也。」《私記》參考慧苑說，卻添加了「搖又爲[illegible]字」的字形辨析。可見「[illegible]」字寫經中出現。

「摇」字原形作「搖」。《說文・手部》：「搖，動也。从手䍃聲。余招切。」或作「摇」。隸屬《魏橫海將軍吕君碑》「蕩摇邊鄙」作「搖」。「搖」右旁下部「缶」俗作「[illegible]」，與「止」相近，因而訛作从「止」。而右半「䍃」从肉，故上部隸變作「夕」，然常訛从「爪」作「⺤」，此字中或作「勿」。并将左旁「扌」縮短作「牛」旁。這樣就成了上下結構的从「物」从「止」之字，屬於偏旁位移後又發生部件訛變。此字似亦僅見於《私記》，他處未見。又如：

經第六卷中解釋品名「如來現相品第二」中有「[illegible]願海菩薩」；又經第六十卷辨「入法界品第卌九之一第九會一品」中有「尒時，世尊在室羅筏國[illegible]多林給孤獨園」。「[illegible]」「[illegible]」二字皆看似「搖」，然實爲「誓」字。

根據《說文・言部》：「誓，約束也。从言折聲。時制切。」可知此本爲上下結構字，然在草書中書家爲書寫便捷，常將將聲旁「折」的部件「扌」拉長，從而壓縮部件「斤」與「言」在「扌」旁的右旁的右邊，使原來「誓」字的上下結構變得好像左右結構。如《草書禮部韻·去聲十三·祭韻》作「[illegible]」。這樣的安排各構件的位置，只是一種「位移」，但可以使「誓」字在結構上更加緊密，尤其是在縱向的行款即「直行書寫」時，可以避免上下結構的字因散漫而誤認爲兩個字，這樣的書寫也影響到楷書。《敦煌俗字典》收錄五個「誓」字：[illegible]、[illegible]、[illegible]、[illegible]、[illegible]〔註 134〕。這五字中，前三字都呈左右結構，《私記》中的兩個「[illegible]」，與之相同，結構已發生位移，足證這種書法所成訛俗字當時常見。但是，《私記》中「[illegible]」中右上半之「斤」又錯訛成似「爫」，故會與「搖」字相混。

當然也有書法成分，特別是草書楷化形成的訛俗字。如：

> 舊經云：若見[illegible]生，殘害不仁。（經第廿七卷）
>
> 度脫化[illegible]生（經第卌四卷）
>
> 三種世間：器世間、[illegible]生世間、智正覺世間（經第廿六卷）

案：以上兩個「[illegible]」與「[illegible]」可謂一類，與《敦煌俗字典》「眾」字下所錄多個俗體中的「[illegible]、[illegible]」相近。〔註 135〕前字例出 P.2133《金剛般若波羅蜜經講經文》：「佛言：『須菩提，彼非眾生，非不眾生。』」「眾」字作「[illegible]」；後字例出同篇「世間如有一個眾生是如來度，如來即有我、人、壽者也。」「眾」字作「[illegible]」。後字顯然由前字省略，值得注意的是，這兩個字的結構不同於其他字體，帶有強烈的草書氣息。《草書禮部韻》去聲送韻「眾」字作「[illegible]」、「[illegible]」，《草字彙》收錄「眾」字，孫過庭作「[illegible]」、「[illegible]」、「[illegible]」，蘇軾作「[illegible]」，孫氏書第一體第二體與《草韻》之「[illegible]」字相當，而 P.2133 之「[illegible]」字與這些草書字正出一轍，故經生在抄錄經卷時往往會帶有習慣性的草書成份於其作品中。《私記》的抄寫者也是如此，將「眾」字寫作「[illegible]」，或是抄錄者無意識的習慣書法，或是見底本作此，不敢自行改書正楷，而描摹原字。鑒於「眾生」一詞爲經文常見，《私記》亦多處出現，故上應是抄錄者習慣所留草書寫法，底本中原有之草書，抄錄者摹寫如舊，故而前後二「[illegible]」字幾近如印，足見抄錄者不敢專擅，謹愼如是。但是「[illegible]」字就應是以上帶有草書痕

〔註 134〕黃征《敦煌俗字典》，第 370～371 頁。

〔註 135〕黃征《敦煌俗字典》，第 559 頁。

跡的「[illegible]」之類字形進一步楷化而造成的訛寫。「三種世間」爲佛學術語，其之一即爲「眾生世間」。

此類例甚夥，舉不勝舉。實際上，《私記》的俗字都或多或少帶有一些「訛」的成分。這不僅是《私記》，也是奈良古寫本俗字的共同特徵。究其原因，蓋有以下三點：

1、尊崇原本，尤其是盡量忠實地保持唐鈔本原狀的心理，使得很多寫經生過於忠實於原有的底本，不隨便修改原本中的錯訛字。王曉平指出：日本書寫者對於自己所持原本的偏愛會使很多明顯的訛誤得不到及時糾正，周圍精通漢文的學者畢竟人數有限，切磋琢磨的機會較少，以及本民族思維習慣對書寫產生某種干擾，這些因素都有可能增加文字訛誤的幾率。〔註 136〕

2、當時的僧人儘管大部分都具有較高的漢學水平，但也參差不齊。水準高者有如《私記》的作者，熟悉經典，尤其是新舊《華嚴經》，精通文字音韻訓詁，故而能寫出《私記》這樣堪與慧苑之書媲美的音義書。當然，也有相當多的書工，不一定有很高的學問，故僅是機械抄錄，如小川本之抄寫者，故多有訛誤。〔註 137〕很多在日本產生的訛俗字是因日本人對漢字構造的認識跟漢民族不同所造成的。漢人對漢字的理解是歷史的，拓撲的，往往動輒《說文》，尋根溯源，故而對正字的理解往往從篆文上去尋找根據，而日本人則不同，他們只是多在楷體字的基礎上找「表義痕跡」，也就是我們今天所謂的「用字形區別意義」。日本人訛誤的主要原因是對字形與語義之間聯繫的不熟悉造成的。

3、《私記》有些訛俗現象較少見，故基本可認其爲屬於個別人，或小範圍內的書寫行爲，與個人書寫風格或文化水準有關係。事實上，每個人學習漢字的方法不同，有的人是整體識字的，而有的人又是靠以偏旁來幫助記憶的，有的人還會注意到一些筆畫的具體變化，有的人則相對大而化之。這些方法對記識漢字都有不同的效果，且因每個人的具體方法不同，所以反饋在寫出來的字形上也就有了不同的「再創造」，出現了誤讀、誤認，甚而至於字形的訛變。所以，這些訛俗字的產生直接與日僧對漢字的形義的認識與理解有關。如果在這兩方面的任何一方面有錯，手下所寫自會成錯字。

〔註 136〕王曉平《日本漢籍古寫本俗字研究與敦煌俗字研究的一致性》。

〔註 137〕岡田希雄曾指出這一點

除此，還有很多造成訛誤，進而形成訛俗字的原因，如書寫技術、書法技巧、個人風格等等。小川本《私記》字跡勁健，彰顯古風，深受羅振玉、金邠等大家之喜愛。然小川本《私記》又訛誤甚夥，訛俗字的很多特點亦頗爲明顯。其中有些至今都是首見字形，儘管能在一定具體語言環境下，可辨其音義，但是脫離了具體語境，我們就無從辨識。這一部分資料，爲數不少。我們儘管在第六章作了疑難俗字的考釋，但有相當一部分實際仍存疑待釋，甚至即使勉強詮解，亦或爲謬釋，有待於更進一步的研究。

如果說，以上的訛俗字都是漢字的「個體」形訛，皆爲「個案」，那麼我們也可以在《私記》中找到一些「日本俗字」由「個訛」轉爲「群訛」的線索。

我們在第四章與第七章皆提及《私記》中的「弓」有訛寫成「弓」、「方」等形者。前者如「弧」寫作「弧」、「弧」；「須彌」之「彌」可寫作「彌」、「彌」、「弥」等形。後者如「彌」又作「弥」，「引」寫作「引」等。「弓」字旁的這兩種寫法當然可以說是書者的個人或者一部分人的風格，《正楷錄》卷上「弓」字下收有「弓」字，注：「書家」。說明書法作品多如此寫法。而「弓」之左下筆稍拉長成撇，就有可能變成《私記》中的「方」。但我們也可以從中看到日本書者對漢字的理解並不完全跟漢人一樣。原因是，在「彌」、「引」、「弧」等漢字中，中國人在學習時強調的是其義符「弓」的作用（至少在《說文》中已經普遍採用了這一方法），所以中國人在書寫時會盡可能地接近篆書「弓（弓）」的形象。隸變改變了漢字的筆勢，在書寫技巧上採用了斷筆和連筆的結合，將「弓」分解爲三筆（乛一ㄣ），甚至將「ㄣ」再分成兩筆成ノ+コ（カ），由于乛可以寫得很小，幾近於點（、）。所以「弓」旁就變得近於「方」了。如上舉「弥、引」等字的「弓」旁就近於「方」。《私記》的文字在書法上很講究，把「弓」旁拆成三筆或四筆寫，也合乎書法中所謂「斷筆要連，連筆要斷」的口訣。於是這種書法上的技術却造成了新的俗字，應該說，這位講究書法的抄錄人並不是像漢人那樣理解漢字結構的。他注意了文字在美術方面的重心、平衡等方面，却忽略了漢字結構的有理化，也就破壞了上舉三字在字形上的理據。儘管我們看到，這三個字謁變後仍用同一義符，但該義符已經變得毫無理據了，筆勢的變化破壞到了筆意。然而，正是這種看似破壞筆意的訛寫，卻帶出新的俗字。

如果說本應爲「弓」的「[illegible]」似「方」，那麼《私記》中就已經有從「弓」字逕作「方」者。如：

旃檀（檀）：上，之然反。下，徒丹反。正言旃[illegible]那，有木白紫等，外國香木也。（經第八卷）

緬惟：上，[illegible]演反。思皃也。（經序）

案：大治本《新音義・經序音義》中「彌」字也有「[illegible]」和「[illegible]」形。大治本抄寫時代晚於小川本，然其原本又早於《私記》，很難說清彼此影響，然至少「弓」誤作「方」者不少見。因爲《私記》中還有其他例證。

如經卷第五有「[illegible]」。後爲「發」之俗字。其下左半「弓」即訛誤似「方」。「發」字如此俗寫，漢語典籍亦見，如《碑別字新編・十二畫》引《魏元朗墓誌》字作「[illegible]」，其下左半似「方」。但我們發現此類訛誤似更多見於日本文獻。《佛教難字大字典・癶部》「發」字下，就收有「[illegible]」、「[illegible]」、「[illegible]」、「[illegible]」等字，其共同特徵就是下左半就已寫作「方」。而四字字體，根據編者有賀要延「凡例」，有三字出自日本寫本佛典，但「[illegible]」出自法隆寺傳來《細字法華經》，此爲唐寫本。從《私記》之「[illegible]」到《佛教難字大字典》所收「[illegible]」、「[illegible]」、「[illegible]」、「[illegible]」，我們可以認爲，「發」字如此作，並非創自日本，但卻由日本僧人廣而開去。

又如經卷第十二「如來名[illegible]品」，「[illegible]」乃「号」字，其下方本似「弓」之下半，但現在也寫成「方」之下。而「号」字如此作，並不止此一處。〔註 138〕《佛教難字大字典・虎部》「號」字下收有「[illegible]」字，字形即與《私記》相似。而據編者有賀要延「凡例」，此字形出自《春日版法華經》，而此本作爲鎌倉時代以降日本國家定本《法華經》，得以普及與推廣。故而「[illegible]」字已經被大眾所用。《佛教古文書字典・異體文字集》「弓」部下「引」有作「[illegible]」；「弘」有作「[illegible]」、「[illegible]」；「張」有作「[illegible]」；「強」有作「[illegible]」、「[illegible]」；「弶」作「[illegible]」；「彊」有作「[illegible]」；「彌」有作「[illegible]」、「[illegible]」等字者。而《同文通考・譌字》中本從「弓」之「弘」、「引」、「強」、「弥」字皆有從「方」作「[illegible]」、「[illegible]」、「[illegible]」、「[illegible]」者。〔註 139〕《正楷錄》中卷「引」字下有「[illegible]」

〔註 138〕敬請參考本書附錄《私記俗字總表》。

〔註 139〕《異體字研究資料集成》第一期，第一冊，第 291 頁。

字，並注：「倭。」如此「倭俗」，我們從《私記》中似能追尋其譌變軌跡。當某些訛俗字經過一定流通而得以承認後，還會產生訛俗鏈，這就爲研究俗字的發展找到了新途徑。

何華珍指出：「日本漢字發展史，既是漢字變異史，也是俗字變遷史。」〔註 140〕此論甚恰。我們研究《私記》中的俗字，特別是其中的日本俗字，正是在追溯這種發展史、變異史、變遷史之源。所有關於「史」的研究，溯源是基本。這正是本書所作的工作。當然，我們所舉出的例子或許是個別不系統的，但歷史的建築正需由許多「個別」的「磚瓦」所構成。

〔註 140〕《俗字在日本的傳播研究》。

附錄　《私記》俗字總表

幾點說明：

一、本表分三欄，第一欄爲正字或釋字。第二欄爲影印件原字。第三欄爲該字出處，引原文前後若干文字，以定出處，字形採用正字釋文，個別字加（）以注。

二、本表第三欄中有數字，是爲該字形所出之影印本頁碼，頁碼後有英文字母 a 或 b，a 標明該字在原影印件中爲單行大字，b 標明該字在原影印件中爲雙行小字。

三、本表第三欄所引文字，不作標點，凡原影印件中作重文者均以文字出示，不再作重文符號。

四、本表所摘俗字，係字形與傳統習稱「正字」者有不同者，雖有細微差異亦爲摘出，其中包括部分借字。

五、影印件原文中有個別字誤將一字析爲而二，如「鬻」字作「粥鬲」；或二字合而爲一，如「綀」今「二字」合書爲一，均摘出，作爲俗字。

六、因影印原文字形有大小，本表摘出後雖作過統一處理，但無法完全大小一致，因而有損於劃一美觀，望能見諒。

哀	[illegible]	上利尔反哀也下 068b
隘	[illegible]	迫隘 025a
岸	[illegible]	岸岸牛割二反也高也 026b1
岸	[illegible]	岸 026a
案	[illegible]	案帝王甲子記云 003b

鰲		謂即此方臣（巨）鰲魚也 187b
傲		醉傲 188a_
拔		去也出也拔也 015b
		達卓反拔也出也去也 098b
跋		寶跋陁樹 098a
		醫羅跋那 035a
稗		避稗豉反 060b
鞁		令案諸書裝鞁爲駕 085b
般		般若 041a
瘢		瘢痕 138a
邦		萬邦遵奉 086a
棒		打棒屠割 134a
棓	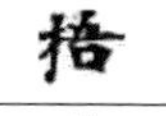	今經以爲棒字乃是棒杖之棒非打棓掊字 134b
[木丰]柈		棒正作棓字或亦爲[木丰]134b
蜯		海蜯 030a
蚌		蚌也又作蠡 067b
胞		今爲胞字 024b
		胎胞 069a
抱		抱持 166a
報		暴蒲報反 105B
		言苦報盡處方顯滅諦 036b
暴		案暴字正爲 105B
		暴蒲報反 105B
		正爲暴字若曬物爲暴也 105b
		知恩臨危受命誨無愠暴 105a
卑		尊卑上下 003b
被		威德廣彼 079a
備		俻體 015a
		又无財俻礼曰窶也 068a
輩		輩也 068b
本		混胡本反 008b
		令修復軸表紙付本 190

俾		或敕悦030b
		俾 016a
		俾倪 030a
		俾知 077a
		或作俾倪或敕悦030b
筆		筆削 011a
鄙		鄙賤 036a
陛		階陛 027a
閇		閇也塞也 005b
弼		輔弼 189a
蔽		上音亞川弊也 059b
		無能暎蔽 090a
		蔽也依也 065b
		蔽膝也 033b
薜		薜 120a
避		不避 075a
臂		修臂 035a
		修臂 1 臂 162a
		修臂臂 162a
鞞		鞞此云種種也 103b
		鞞陁梨山 103a
邊		舊經云往詣无量无邊不可說 064a
褊		瑜褊反 060b
閞		環胡閞反 016b
變		以察時變 003b
別		記一節090a
繽		繽紛 109a
臏		臏割 174a
稟		稟 047a
稟		言並從命承稟也 087b
鉢		城名堕羅鉢底 167a
浡		孟子曰天油然興雲沛然下雨則苗浡然而長也 173b
博		廣博 025a

摶		摶撮 146a
簙		簙謂局戲 141b
		愽廣也字從十或從巾字者簙弄之愽也 157b
補		亦爲包補殺反 005b
		溥潘補反 080b
		補特伽羅 063a
步		步 012a
		超步 086a
部		在肉部 098b
財		財貝 104a
纔		纔 010a
		纔 058a
餐		貪也餐也 009b
參		上他勞反參也 009b
殘		殘缺 069a
曹		我曹 024a
		曹又爲曹 a068b
茶		畔茶 120a
察		重審察也 012b
差		蹅差也 060b
勑		下勑林反 009b
鋋		戈鋋劍戟 049a
廛		音義作廛字除連反 163b
		市廛 166a
纏		家緾五盖 003a
		緾除連反与緾字 028b
		繞也緾也 028b
		嬰於征反繞也謂常爲疾苦之所纏繞也 134b
懺		懺除 079a
腸		腸腎肝脯 090a
暢		遐暢 015a
超		上超繞反 010b
		超四大 005a
潮		海水去来朝夕爲淖字 016b

徹		徹徹 026a1
		徹徹 026a2
		�徹 072a
臣		大臣 012a
		臣 032a
		臣佐証 169a
辰		言日月星辰陰陽變化 003b
晨		晨哺 163a
塵		出離故物云塵累也 039b
		塵累 038a
稱		无嫡稱也 003b
爯		古稱爲爯 104b
丞		尚書大傳曰天子必有四隣前儀後丞 189b
承		下仕脊反承也食也 049b
		叨承 009a
		承佛神力而演說法 070b
		何承纂要 113b
		承接 151a
城		瑩徹心城 180a
乘		又狐諼獸鬼所乘 091b
		救助也音乘 049b
		衍那云乘也 045b
懲		久輙難懲改也 068b
騁		奔騁丑領反 103b
持		捫持也 103b
遲		遲迴 106a
馳		馳直知反 103b
豉		伎支豉反 094b
		避稗豉反 060b
齒		即於面門眾齒之間 021b
崇		崇 030a
		繼韶夏崇號 003b
蟲		穀變爲飛虫也 106b
仇		仇對 036a

酬		酬對 065a
儔		所儔 065a
		儔匹 139a
		儔伴 137a
疇		四人爲疇是也 065b
醜		醜陋 030a
		無譏醜 178a
初		初 012a1
		初 012a2
除		守境以除惑 008a
		懺除 079a
鋤		正爲私字鋤也鋤 043b
楚		其訓楚爵也 103b
		同楚江反 078b
		酸楚 030a
		下楚革反 167b
		撾打楚撻 135a
處		以上四念處 008a
		上又爲俎字壞也音處 026b
		念處正勤 005a
揣		圈揣 076a
		揣量也 092b
川		綺如川鶩 019a
穿		上得郎反曰穿耳施珠 077b
		穿鑿 132a
船		舩筏 048a
傳		類取四方譯傳 003b
篅		佉勒迦者謂著穀麦篅也篅 028b
舛		舛謬 060a
牕		窓牕 012b2
瘡		無有瘡疣 138a
窻		窓牕 012b1
		窻 012a
		窻牖 078a
		麗窻 019a

牀		牀蓐 095a
		牀（牀）蓐 095a
乑		亦爲脊字在乑部 020b
揷		扇動揷也 039b
棰		下如棰反 016b
脣		脣頸 126a
蹉		蹉差也 060b
辵		在辵部 024b
疵		匿疵 037a
辭		下辭夜反 014b
雌		雄者曰虹雌者曰蜺也 139b
辤		是質間之辤也 058b
刺		其莖有刺色亦赤白 031b
從		囊也從木 005b
熜		熜責公反 040b
聡		六世智弁聴 137b
聰		聰敏 064a
聦		上聦字古字也 078b
聽		聽哲 078a
鏦		鋋市連反鏦也 049b
麁		麁澁 044a
猝		謂天澍猝大雨山水洪流忽尔至者 048b
酢		上素丸反酢也 087b
		上蘇官反酢也 030b
蹙		嚬蹙上（旁注字）139a
		嚬蹙上 139a
		或曰嚬近也蹙促也言人有憂愁則皺撮眉頷鼻目皆相促近也 139B
竄		竄匿 049a
脆		危脆 069a
		危脆（脆）069b
		堅脆 164a
悴		悴 050a

萃		来萃止 095a
		萃影 014a
		十方東萃止 032a
頳	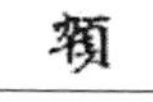	字又爲頳 050b
攝	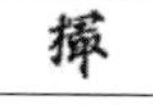	言人有天伦之乐愁則皺攝眉頷鼻目皆相促近也 139b
攝		搏攝 146a
斲		斫斲之机地也 088b
措		刑獄皆止措 173a
錯		誤錯 064a
怛	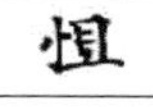	六十怛刹那爲臘溥 049b
代		欬克戊（代）反 081b
逮		逮得 086a
		逯成 048a
		逮唐槩反及也 123b
		逮十力地 123a
戴		主土咸戴仰 041a
黛		其藥色似青黛可以和合藥然令所明據別注也 187
耽		耳垂爲耽也 059b
躭		躭味 059a
酖		嗜酒爲酖 059b
媅		嗜色爲媅 059B
		聲類媅字作妉今媅婾下或經爲躭字時俗共行未詳 059b
擔		擔 036a
但		但勤修 006a
萏		字書作菡萏記文作荅萏也 142b
誕		誕生 096a
		示誕 124a
彈		正言旃彈那 026b
蕩		潄蕩也 078b
島		海島 186a
蹈		下尼獵反蹈也 041b
		蹈彼門閫 166a
盜		盜入官闈 174a
稻		不籍耕耘而生稻粱 170a

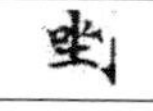

翿		又作翿字同到反 065b
德		信爲道無功德母 045a
的		苦的 184a
等		以上四念處等法 008a
		城吧宰官等 032a
		正寸（等）持 008a
低		低頭也 009b
		埤蒼日低佪謂姍遊也 106b
滴		數其滴 051a
		雨滴 040a
荻		其形似荻 041b
滌		滌除 017a
嫡		不知其名无嫡稱也 003b
敵		下音敵川水粒也 040b
		名为却敵 031b
底		計都末底山 110a
		寶悉底迦 071a
		夜神名婆珊婆演底 168a
弤		對謂弤對也 173b
地		埊埊 012a1
		埊埊 012a2
弟		親兄弟也 005b
第		以上第六會萴峙 110a
		經卷第六如來現相品第二 021a
		經卷第三 017a
遞		遞發 020a
		遞接 030a
駒		下胡駒反 020b
點		瑕點 101a
電		如雩色相電亦然 052a
彫		徒彫反 014b
堞		下又爲堞堞 029a
		下又爲堞堞 029b
		堞也女墻也 018b
		寶堞 029a

牒		倭云石牒 023b
		倭云石牒 0287b
		貝牒 009a
定		十定品第廿七之一 110a
		威盡定 107a
都		下都扈反 041b
兜		五地多作兜率陁天王 099b
		牛兜率天 074b
		廣雅曰曹兜鍪也 044b
		昇兜率天宮品 070a
堵		基堵 041a
覩		音終也。埧是（覩見）也 112b
杜		杜預曰以厤約髮也 015b
度		脩短合度 177a
渡		濟渡也 108b
端		此乃車端鐵非經所用也 185b
段		段徒玩反 069b
斷		一已生惡方便令断 006
		勿令断義名不相違爲善知識 100b
		阿閦如来聽訟斷獄 189a
塠		坑坎塠阜 176a
對		仇對 036b
		酬對 065a
		公對反 056b
蹲		蹲踞 047a
鈍		上侯鰻反鈍也 064b
頓		煢獨羸頓 067a
哆		娑哆 181a
奪		奪奪 b073B
		眾景奪曜 169a
		眾景奪曜 170a
鐸		鈴鐸 020a
惰		懈惰 093a
		惰 此云不懶惰也 154b

額頟	頟	頟類也 089b
惡	悪	一已生惡方便今斷 006a
	惡	下波恶反 025b
咢	咢	口咢反 093b
	咢	咢 如來口上咢 126a
軛	軛	罪軛 042a
腭	腭	腭与腭同五各反 126b
齶	齶	咢舊經作齗齶与腭同五各反 126b
兒	兒	上盧元所云小兒不能正語也 107b
	兒	兒 老邁兒子護 178b
迩	迩	迩雅日迥遠也 015b
發	茇	因定發慧 008a
	茇	遞發 020a
	茇	香氣發越 071a
橃	橃	又爲橃艥字 048b
筏	茷	大日筏小日桴 072a
法	法	法 012a
幡	幡	幡干 072a
翻	翻	其花黃金色然非末利之言即翻爲黃也 053b
	翻	新翻華嚴經卷第一 014a
	翻	翻 此義翻之名相鬪諍時也 164b
繁	繁	繁 021a
礬	礬	礬 104a
坊	坊	僧坊 080a
肥	肥	肥 074a
肺	肺	心肺 068a
分	分	區分 025a
芬	芬	芬馥 026a
	芬	或爲芬葍 020b
氛	氛	氛氛 020a1
紛	紛	繽紛 103a
焚	焚	焚香 026a
坋	坋	謂六境汙心細塵坋人 038b
峯	峯	今謂峻峯迴然峙立也 110b
	峯	謂彼鷲峯亭亭煞止 005b

豐	豊	豐溢 035a
逢	逄	逢（逄）迎引納 091a
敷	敷	榮瑩敷 028a
	敷	即於殿上敷摩尼藏師子一座 070b
	敷	上敷雲反 026b
	敷	下敷云反合盛皃也 103b
膚	膚	連膚 080a
	膚	膚 皮膚 156a
麩	麩	麩 上麩禹反慰也安也恤也 160b
拂 艴	拂	扇拂 071a
	艴	拂 流入波斯艴林便入北海也 115b
服	服	四海之外率服截尒 003b
逯	逯	莅逯又与蒞逯字同 092b
	逯	莅逕又与蒞逯字同 092b
桴	桴	大曰筏小曰桴 072a
福	福	下扶福反 026b
	福	罪行福行 106a
拊	拊	正宜拊擊也 072b
脯	脯	脯助也在肉部 098b
	助	修脯之修从肉 035b
	脯	腸腎肝脯 090a
	脯	修脯之修从肉 035b
輔	輔	輔 086a
	輔	輔補 077b
	輔	輔 輔弼 189a
撫	撫	撲謀各反撫也 103b
阜	阜	下又爲阜九反 103b
	阜	又阜盛也 103b
副	副	副 輔助也佐副也言於君有副助也 171b
富	冨	下芳冨反 021b
	冨	冨振又爲辰挋字同又本作賑之忍反富也 146b
腹	腸	舊經云如来腸（腹）不現相 091b
縛	縛	上拘縛反 036b

覆		言如天覆如地生也 082b
		弥覆 021a
		覆育 082a
		下覆也 011b
馥		芬馥 026a
垓		垓 十百千万亿京兆垓市壤溝澗正載矣 119b
晐		兼俻之該爲晐字在日部 018b
		兼俻之該爲晐字在日部 161b
該		該覽 018a
改		日久輙難懲改也 068b
盖		家缠五盖 00 县 a
干		若干 107a
		音干訓希也 010b
肝		心腎肝脯 080a
		腸腎肝脯 090a
竿		爲竿 087a
感		咸字唐音義作感字 041b
幹		下爲幹 098b
		其樹幹枝條葉皆红赤色 085b
		本也幹也 014b
		寶榦 098a
剛		航何剛反 009b
		金剛齊 019a
割		屠割 088a
鬲		鬲 謂陳貨粥鬲物也鬻 150b
蛤		蛤也之士美 030b
蛇		訖蚉之大腹者也的 104b
根		論粮五力云 007a
耕		又耕治田也 065b
		徑牛耕牛燕二反 050b
		音耕薤反 048b
		耕 不籍耕耘而生稻梁 170a
功		功德 045a

恭		恭恪 093a
躬		曲躬 073a
共		共美 025a
		力无畏不共法 108b
溝		上等者溝也 031b
		十百千万亿兆垓市壤溝澗正载矣 119b
鉤		鉤戟也 049b
狗		五熱隨日轉牛狗鹿戒 047a
枸		枸物頭 031a
垢		二離垢地 099b
構		莫構反 014b
孤		貧窮孤露 085a
		弧户孤反 140b
鼓		鼓鼓 039a2
		鼓鼓 039b1
穀		謂一時雨潤生百穀者也 081b
㲉		癡㲉137a
瞽		盲瞽 019a
蠱		所以器受蠱害人爲蠱也 106b
		蠱毒 105a
故		此反云持邊以彼山是七重金山中最外邊故然 131b
顧		顧戀 064a
		上又爲顧視也 077b
		顧復 077a
		顧野王曰傄謂豫早爲之也 179a
苽		撾陟苽反 135b
寡		胡寡力果二反 125b
罣		罣礙 098a
關		關防 094a
		機關 164a
觀		循身觀 104a
		易曰觀乎天文 003b
		樓觀閣 028a
鱞		上侯鱞反 064b
管		管子曰昔者封太山禪梁从者 003b

裸	祼	上又爲祼躶 048b
盥	盥	盥古满反 078b
	盥	盥掌 043a
灌	灌	享灌 087a
龜	龜	古者貨貝而寶龜也 104b
	龜	龜龍 003a
歸	歸	實不捨願歸寂滅者 065a
	歸	此乃緩歸之名 106b
	歸	超沙漠来歸歎也 009b
軌	軌	軌度 029a
鬼	鬼	古經云鬼神邊地語佐比豆利 047b
跪	跪	跽其几反跪也 130b
衮	衮	衮衮 097a
郭	郭	城郭 028a
國	國	于闐國 010a
	圀	圀 012a
	國	國国 012b1
	囯	國国 012b2
	國	賈注國語曰臨治也 175b
果	果	果衣也 005b
裹	裹	裹又裹同 005b
	裹	裹又裹同 005b
過	過	今言佛出過止 005b
	過	求過 038a
孩	孩	孩稚 041a
害	害	言由造業損害眞實 036b
駭	駭	驚駭 037a
含	含	含　說文曰悟覺也或曰解也言說化含令覺也 146b
函	函	函帝協反鄭注礼記曰宬物函曰篋也 184b
韓	韓	魚韓反 026b
扞	扞	扞　禦扞 179a
菡	菡	菡　記文作菡萏也 142b
航	航	駕險航深 009a

嗥		嗥叫 030a
		又爲嗥獋字 030b
		又爲嗥獋字 030b
豪		強曲毛曰豪 016b
号		号海佛 022b 如来名号品 033a
悎		又爲悎悟字 107b
號		繼韶夏崇號 003b
禾		戈古示（禾）反 049b
闔		又爲臘字来闔反 049b
罄		又可爲罄 a 罄 b 二字 076a
		又可爲罄 a 罄 b 二字 076b
		可求眾苦大罄 076a
黑		棘音黑川宇未良 047b
横		下古横反荒也 036b
		災横 088a
虹		虹 雄者曰虹雌者曰蜺也 138b
侯		樓力侯反 014b
		洽侯夾反 009b
喉		喉吻 057a
厚		今別有厚氈衣 095b
候		候 喜預在先待人来至却来迎候 151b
弧		弧矢 049a
		弧 弧 140a
		弧 經爲弧 140b
狐		狐狼 091a
互		互循 025a
扈		下都扈反 041b
護		護 然即院繞護持餘內六山故名持邊也 131b
華		華 012a
懷		婦懷 005b
		心懷合云也 092b
		心懷殘忍 092a
壞		敗沮組壞 086a
		沮壞 026a

歡		一歡喜地 099b
		即十行名後列一歡喜行二饒益行三无違行 062b
讙		上又作讙字虛元反 046b
環		旋環 025a
		環髻 016a
緩		欵口緩反 081b
幻		工幻師 130a
患		言苦諦隱藏煩惱過患也 037b
換		下呼換反 069b
煥		煥明也 069b
		絢煥 046a
		綺煥 069a
荒		下古橫反荒也 036b
黃		舜感黃龍 003b
堚		壇堚 030a
佪		埤蒼曰低佪謂姍遊也 106b
		埤蒼曰低侗（佪）106b
洄		又作洄澓 016b
迴		十迴向品 070b
		金剛幢菩薩迴向品 070b
		或本爲廻復又作洄澓 016b
惠		擬將廣惠 090a
會		下二字相會也 103b
		以上第三會六品了 060a
		下二字相會也 103b
毀		毀呰 048a
		毀形降服 175a
穢		臭穢 049a
惛		怋沉睡眠盖 003b
或		闐闐盛皃也或云堅端也 010b
惑		守境以除惑 008a
		惑也 106b
基		基堵 041a
		上許基反 125b

<table>
<tr><td rowspan="2">機</td><td>機</td><td>機關 039a</td></tr>
<tr><td>機</td><td>機關 164a</td></tr>
<tr><td rowspan="2">激</td><td>激</td><td>湍馳奔激 103a</td></tr>
<tr><td>激</td><td>激水爲湍激急也 039b2</td></tr>
<tr><td>擊</td><td>擊</td><td>箠擊也 134b</td></tr>
<tr><td>饑</td><td>饑</td><td>又爲饑也 046b</td></tr>
<tr><td rowspan="2">羈</td><td>羈</td><td>上羈師反 081b</td></tr>
<tr><td>羈</td><td>羈繫 108a</td></tr>
<tr><td>吉</td><td>吉</td><td>休吉也 106b</td></tr>
<tr><td>急</td><td>急</td><td>急也 050b</td></tr>
<tr><td rowspan="4">疾</td><td>疾</td><td>疾陵反謂帛之緫名也 095b</td></tr>
<tr><td>疾</td><td>疾雨也 048b</td></tr>
<tr><td>疾</td><td>疾　長嬰疾苦（旁記字）134a</td></tr>
<tr><td>疾</td><td>長嬰疾苦 134a</td></tr>
<tr><td>棘</td><td>棘</td><td>翹棘 047a</td></tr>
<tr><td rowspan="2">極</td><td>極</td><td>極上居理反記也極盡也 031b</td></tr>
<tr><td>極</td><td>此最终極也 073b</td></tr>
<tr><td>艥</td><td>艥</td><td>舟艥 182a</td></tr>
<tr><td>籍</td><td>籍</td><td>不籍耕耘而生稻粱 170a</td></tr>
<tr><td rowspan="2">脊</td><td>脊</td><td>放爲脊字 020b</td></tr>
<tr><td>脊</td><td>櫼於斬反脊也 020b</td></tr>
<tr><td rowspan="2">戟</td><td>戟</td><td>鉤戟也 049b</td></tr>
<tr><td>戟</td><td>風俗記曰仗者刀戟之物名也 016</td></tr>
<tr><td>伎</td><td>伎</td><td>音枝伎之豉反 032b</td></tr>
<tr><td>妓</td><td>妓</td><td>妓樂 032a</td></tr>
<tr><td rowspan="3">技</td><td>枝</td><td>上音技訓見 010b</td></tr>
<tr><td>枝</td><td>技藝 105A</td></tr>
<tr><td>枝</td><td>（伎）　技藝 032a</td></tr>
<tr><td>既</td><td>既</td><td>既復命袒括髮 015b</td></tr>
<tr><td rowspan="5">寂</td><td>寂</td><td>佛在摩竭提國寂滅道場 034b</td></tr>
<tr><td>寂</td><td>宴寂 056a</td></tr>
<tr><td>寂</td><td>忍寂 003b</td></tr>
<tr><td>寂</td><td>隨順離欲寂静行 051a</td></tr>
<tr><td>寂</td><td>寂漠無言 123a</td></tr>
</table>

跽		右跽 130a
冀		上思也下冀也 069b
		冀望 065a
		望冀也 010b
繫		罥謂以繩惠鳥也 051b
		龜龍繫象 003a
繼		继属 012b
		繼属 012a
		繼属 094a
		繼詔夏崇號論略 003b
佳		下亘佳反 046b
佳反		上又爲匡字五佳反 095b
頬		下苦頬反 046b
		下徒類（頬）反 009b
假		行非先王之法曰橋假也 044b
豜		又爲豜 066b
堅		闐行走堅反 010b
牋		箋 鄭箋詩曰令教令也 171b
		牋 鄭牋詩曰赫然怒皃也 175b
		牋 時（詩）曰假寐永歎牋曰不脱衣而眠謂之假寐也 178b
犍		犍 上加邁反切韻稱犗犍牛也 182
間		間 古爲閒字謂中間也 134b
撿		撿繫 087a
建		建 057a
健		健 舊翻爲健疾鬼也 174b
釼		泛匹釼反浮也 017b
劍		戈舴劒戟 049a
箭		芒草箭 041a
薦		下如欲反薦也 095b
鑒		光明鑒徹 089a
檻		圈檻遠反 075B
		軒檻 078a
		入苦籠檻 075a
壃		凡物无乳者曰卵生也壃也壃界也境也 040b
		廓壃城 011a

匠		工匠 047a
降		相交而下也下降也 052b
		降 謂上大金剛等不令降雨也 125b
將		時踰六代年將四百也 010a
疊		迦疊馱反 058b
憍		在中天竺境憍薩國北 090b
礁		東海有大礁石 076b
曒		光踰曒日 087a
矯		不矯 044a
		行非先王之法曰橋假也 044b
叫		嘷叫 030a
噭		下与噭字同 030b
皆		凡治故造新皆繕也 011b
接		以道扶接也 038b
		接影 087a
嗟		涕泗咨嗟 106a
揭		揭婆也 085b
		阿揭陁藥 040a
拮		甲也拮也 087b
倢		釋名曰檝倢也撥水使舟倢疾也 182b
捷		飛則勁捷 187a
睫映		睫 177a
		前葉反又作睫 177b
竭		或云阿竭陁或阿迦陁矣 040b
羯		羯磨 057a
解		意解 047a
		海佛解脱 022b
戒		五十戒 043b
		五熱隨日轉牛狗鹿戒 047a
界		堺界 048a
		壃界也 011b
堺		上又堺字 048b
		堺界 048a

犗		犗牛 182a
誡		古經云說法教誡 046b
藉		三念根積守境以除惑故名念根也 007a
今		今流俗共用稱字 104b
筋		筋 186a
僅		僅 050a
		在过火反不久也僅也 010b
盡		其文起盡可求見耳 104a
		起初盡十一卷 013b
勁		不堪勁用也 041b
		飛則勁捷 187a
靳		五靳反 026b
		檼於靳反脊也 020
歎		又爲歎歷字 050b
覲		瞻覲 128a
京		王京都 094a
莖		其莖有刺色亦赤白 031b
		言蓮莖糸孔耳 114b
		莖業（葉）116a
經		經書之通稱 009b
阱		案籀文作阱穽 1 古文作汬 184b
汬		古文作汬 186b
頸		脣頸 126a
徑		淪侄 038a
		生死徑 050a
脛		以杖扣其脛 097b
境		境排 108a
		謂六境汙心如塵坋人 038B
静		此云静慮 042b
競		競 039a
迴		迴曜 015a
		迩雅曰迴遠也 015b
炯		胡炯反 015b

久		良久 164a
酒		嗜酒爲酖 059b
咎		咎惡也灾也 105b
		身相休咎 105a
救		救助也音乘 049b
就		如淩反就也 086b
舊		舊經云 014b
鷲		鷲巖 005a
拘拘		拘蘇摩花 071a
		尼拘律樹 154a
裾		下裾 041a
鞠		女鞠反鼻出血也 049b
局		栝束也局也 087b
		簙謂局戲 141b
咀		咀嚼也 081b
		咽咀 081a
沮		敗沮也 080b
		沮壞 024a
		草穢沮壞 133a
舉		稱舉 056a
句		上音豆訓二合文句（司）也 105b
巨		謂即此方巨鼇魚也 187b
拒		所拒 051a
歫		巨作冝歫 086b
		正冝歫歫違也 051b
炬		炬 018a
詎		003a
聚		上聚也又集也 014b
		斂聚也 114b
劇		三達謂劇旁 032b
據		魚據反 033b
捐		川缺捐也 048b
眷		下仕眷反 049b

罥		珠敢曰罥謂以繩繫取鳥也 051b
		罥索 077a
		罥網 051a
羂		又爲羂字 051b
决		謂正慧决擇也 041b
訣		悉将永訣 088a
爵		其訓楚爵也 103b
覺		七覺支者 008a
		覺寤 107a
		非也已現覺亦非當覺 123a
		非也覺非現覺非當覺 123b
攫		攫噬 036a
君		君君 012a1
		君君 012a2
均		均調 085a
峻		今謂峻峯迴然峙立也 110b
捃		捃拾 183a
浚		視漼浚而水深者爲岸也 026b
駿		駕以駿馬 085a
開		爲方便故開四種 008a
欬		不欬不逆 081a
坎		坑坎塠阜 176a
侃		倭言侃可伎可多知 080b
尻		聲類曰尻也尻音苦勞反 127b
咳		上与咳字同胡来反小兒咲也 041b
殼		殼蔵 167a 衛，刪去
		下又爲殼殼 2 167b
		下又爲殼 1 殼 167b
克		克諧 086a
悫恪		古字爲悫字 093b
		恭悫（恪）093a
墾		正作很何墾反戾也 139b
恐		恐是聚林之聚 061b

叩		欵口緩反叩也 081b
扣		扣擊 097a
敂		上又爲敂字 097b
哭		同哭後反 097b
苦		可求眾苦大壑 076a
酷		酷也惡也 094b
塊		无塊曰壤也 074b
寬		上与寬同 093b
		寬宥 174a
款		欵服也 081b
曠		曠刧 018a
虧		虧減 048a
匱		不匱 093a
		无遺匱匱 024a4
		无遺匱匱 024a
		匱止 116a
括		苞括 005a
廓		廓壃城 011a
臘		又爲臘字来闔反 049b
		史記始皇卅一年十二月更名臘也 049b
		周礼云臘以田獵所得禽而祭也 049b
		臘 049a
來		該古來反皆也咸也約也譜也 161b
賴		怙恃也賴也 033b
瀨		瀨蕩也 078b
藍		造僧伽藍 180a
瀾		波瀾 011a
欄		檻謂殿之蘭也 076b
嬾		此云不懶惰也 154b
覽		上忩通反記覽疾也 064b
		該覽 018a
攬		攬觸 1189a
牢		櫳牢也 075b
		此云堅牢 122b

潦		說文曰潦天雨也 107b
		謂聚雨水爲洿潦（潦）也 107b
樂		妓樂 032a
		必有安樂 072b
羸		煢獨羸頓 067a
		羸 067a
		飢羸 088a
耒		藕五句反字宜從耒言蓮莖糸孔耳 114b
肋		脯肋（助）也 098b
類		云因湪然有三類（頪）069b
		直由反類也 065b
		族類也 131b
		聲類曰尻也尻音苦勞反 127
楞		八楞 097a
唎		具云阿鉢唎崔陁尼也 038b
		正云實羅或云實唎此云反爲身也 125b
蠡		蠡 072a
		又作蠡 067b
裡		裡字又作躶裸二躶也 125b
裏		衣裏亦謂之褥 095b
戾		正作佷何墾反戾也違也 139b
		以其國人性多獷戾故也 122b
倢		獷倢184a
慄		上又爲柒且熛（慄）反 081b
歷		正爲歷在一部 086b
		歷 086a
襧		古經云四兵悉入襧糸孔 049a
麗		嚴麗 014a
		莊嚴巨麗 086a
廉		僉且廉反 023b
奩		奩又爲奩 a 字 103b
		花奩香篋 103a
斂		斂稅曰穡也 114b
		斂聚也 114b

練	練	上又爲練今 101b
	練	練金 101a
練今	練今	上又爲楝練今〔練今〕字 101b
戀	戀	顧戀 064a
梁	梁	梁力将反橋也 016b
	梁	禅梁父者 003b
	梁	不籍耕耘而生稻梁 170a
涼	涼	此云清涼也 042b
兩	兩	下所兩反 017b
	兩	謂要須兩重合成故 043b
魎	魎	魎鬼也 105b
亮	亮	仗直亮反 016b
	亮	清亮 098a
獵	獵	周礼云臘以田獵所得禽祭也 049b
隣	隣	目眞隣陁山 131a
稟	稟	稟 158a
悋	悋	渠悋反又渠镇反 050b
	悋	饉渠悋反 046b
陵	陵	迦陵頻伽音 046a
	陵	陵 066a
淩	淩	淩犯也 105B
鈴	鈴	鈴鐸 020a
齡	齡	延齡藥 187a
靈	靈	明也旼也精靈也 017b
	靈	言示現祈請天神靈廟也 047b
	靈	靈鷲山謂之也 005b
櫺	櫺	楯間子謂之櫺也 143b
流	流	流流 026a2
留	留	拘留孫 175a
劉	劉	劉兆住（注）儀禮曰 015b
柳	柳	肘張柳反云比地 0157b
隆	隆	其甲隆起 091a
龍	龍	舜感黃龍 003b

龍	龍	龜龍繫象 003a
櫳	櫳	櫳檻也 075b
籠	籠	入苦籠檻 075a
聾	聾	聾聵耳 090a
樓	樓	四方高曰臺狭而修曲曰樓 028b
	樓	樓力侯反 015b
	樓	樓閣 014a
	楼	阿樓那香 071a
嚕	嚕	樓至具云嚕支此翻爲愛樂也 180b
盧	盧	卵盧管反 036b
	盧	那盧舍那者 035b
嚧	嚧	具殟怛羅句羅句囉也 038b
陸	陸	高厚廣平曰陸 103b
	陸	下所陸反直也止也礼也 132b
	陸	下所陸反（旁記字）132b
鹿	鹿	五熱隨日轉牛狗鹿戒 047a
戮	戮	被戮 080a
錄	錄	一切經目錄 076a
櫚	櫚	形如此方椶櫚樹 153b
	櫚	似此方椶櫚樹 171b
侶	侶	下又爲旅力舉反眾也又侶伴也 049b
旅	旅	徒旅 049a
	旅	月旅 011a
	旅	下又爲旅力舉反眾也又侶伴也 049b
	旅	又爲旅字眾也 011b
膂	膂	亦背膂也 020b
率	率	四海之外率服截尔 003b
	率	昇兜率天宮品 070a
	率	率土咸戴仰 041a
慮	慮	此云静慮 042b
	慮	迩雅曰猶獸名也其形似麂善登木性多疑慮 151b
鸞	鸞	冠音古鸞反 087b
卵	卯	卵 040b
	卯	故滅諦爲破卵也 036b

乱		下乱同 069b
		謂乱聲也 046b
亂		嬈亂 069a
倫		詳倫反巡也 104b
淪		淪墜 017a
		淪侄 038a
		淪滑 106a
綸		弥綸 019a
輪		輪也 026b
螺		言螺屬所出於海其白如雪也 051b
羅		牟陁羅者鼓中之別稱也 072
		斫迦羅山 110a
欏		攞 1120a
裸躶		裡字又作躶裸二躰也 125b
		上又爲裸躶 048b
		裡字也作躶裸二躰也 125b
羸		羸 067a
羸		羸禾十束也 067a
攞		正云鉢攞婆褐羅 085b
絡		纓絡 014a
落		聚落於中國 102b
邁		邁 老萬兒子護 178b
滿		肊字胸滿也 016b
		雜也均也滿也 103b
		滿 此云悕望又云意樂又云滿願 152b
慢		傲慢 037a
蔓		謂蔓延也 011b
忙		正云波特忙 031b
盲		盲冥 062A
矛		矜字正從矛今 069b
踇		於踇反巧也小也 074b
皃		下榮然照之皃言其光潤者也 017b
		合云亦進向將来皃也 010b
		窻者明皃也 078b

<table>
<tr><td rowspan="2">茂</td><td>茷</td><td>上茂也又長也 074b</td></tr>
<tr><td>茂</td><td>光茂 014a</td></tr>
<tr><td>冒</td><td>冐</td><td>上冒也冒（冒）090b</td></tr>
<tr><td rowspan="5">袤</td><td>[illegible]</td><td>又爲袤 097b</td></tr>
<tr><td>[illegible]</td><td>又爲袤字 071</td></tr>
<tr><td>[illegible]</td><td>樓閣延袤 071a</td></tr>
<tr><td>[illegible]</td><td>袤 097a</td></tr>
<tr><td>[illegible]</td><td>袤衮 097a</td></tr>
<tr><td rowspan="3">貌</td><td>[illegible]</td><td>謂容貌猥惡也 043b</td></tr>
<tr><td>[illegible]</td><td>謂容貌瘦損字又爲皃也 050b</td></tr>
<tr><td>皃</td><td>謂除去陽未分共同一氣之貌也 008b</td></tr>
<tr><td rowspan="2">沒</td><td>沒</td><td>沒溺 003a</td></tr>
<tr><td>沒</td><td>沒溺 076a</td></tr>
<tr><td>眉</td><td>[illegible]</td><td>尒時世尊從眉間出清净光明者 100b</td></tr>
<tr><td>麼</td><td>麼</td><td>又爲歎麼字 050b</td></tr>
<tr><td rowspan="4">美</td><td>美</td><td>云至極美也 086b</td></tr>
<tr><td>美</td><td>美盛也 014b</td></tr>
<tr><td>美</td><td>采美也 025b</td></tr>
<tr><td>美</td><td>美　訓古美豆 142b</td></tr>
<tr><td>寐</td><td>寐</td><td>寐　暫時假寐 178a</td></tr>
<tr><td rowspan="2">魅</td><td>[illegible]</td><td>字又作魅俗 105b</td></tr>
<tr><td>[illegible]</td><td>鬼鬼（魅）105a</td></tr>
<tr><td>捫</td><td>捫</td><td>捫摸 103a</td></tr>
<tr><td>虻</td><td>[illegible]</td><td>蚊蚋虻蠅 104a</td></tr>
<tr><td>萌</td><td>萌</td><td>羣萌 078a</td></tr>
<tr><td rowspan="2">猛</td><td>猛</td><td>云爲迅猛風是也 040b</td></tr>
<tr><td>猛</td><td>猛　良臣猛將 170a</td></tr>
<tr><td rowspan="2">蒙</td><td>蒙</td><td>又云章蒙也 039b</td></tr>
<tr><td>蒙</td><td>愚蒙 074a</td></tr>
<tr><td rowspan="7">弥</td><td>[illegible]</td><td>上弥演反 010b</td></tr>
<tr><td>[illegible]</td><td>弥 011a</td></tr>
<tr><td>[illegible]</td><td>弥 012a</td></tr>
<tr><td>弥</td><td>弥 011a</td></tr>
<tr><td>[illegible]</td><td>昇湏弥品第九 053b</td></tr>
<tr><td>弥</td><td>湏弥 012b</td></tr>
<tr><td>[illegible]</td><td>須弥 012a</td></tr>
</table>

彌	㳽	須弥彌彌 012b2
	彌	須弥彌 012b
密	密	天密 047a
蜜	蜜	海佛波羅蜜 022b
眠	眠	上眠也 045b
	眠	下正眠眠 168b
面	靣	其東面私陀河 115b
苗	苗	苗稼 053a
鱙	鱙	沼之鱙反 115b
滅	滅	實不捨願歸寂滅者 065a
	烕	謂由破於生死觳卵顯得滅諦故也 036B
民	民	尼民陁山 110a
旼	旼	明也旼也精靈也 017b
皿	皿	杜預注曰皿器也 105b
明	眀	下所兩反明也 017b
冥	冥	盲冥 062a
謬	謬	二字並謬 014b
	謬	經本作別字者謬 090a
	謬	舛謬 060a
摸	摸	捫摸 103a
膜	膜	翳膜 059a
歿	殁	将歿者 048a
墨	墨	花鬚頭墨也 023b
纆	纆	徽纆 146a
牟	牟	夜牟 032b
	牟	天牟羅 072a
	牟	酌音著訓久牟 010b
鉾	鉾	鉾酷 094a
鍪	鍪	兜鍪也 075b
	鍪	廣雅曰曹兜鍪也 044b
	鍪	冑兜鍪也 044b
那	那	倭云于天那 015b
	那	蘇摩那花 186a

正字	俗字	例句
囊	囊	具云薩婆若囊 076b
	囊	正云室羅懣囊 043b
	囊	若囊云智也 078b
	囊	閇也囊也 005b
曩	曩	曩 009a
	曩	曩 108a
	曩	曩世 016a
	曩	曩於福城 183a
	曩	迩雅日曩曏也 183b
撓	撓	撓 012a
	撓	撓 012b
	撓	此乃撓擾之字 062b
	撓	無屈撓行 062A
譊	譊	譊譊也 046b
惱	惱	有生故有生老死憂悲苦惱 102b
腦	腦	髓腦 068a
鬧	鬧	鬧鬧 012a1
	鬧	鬧鬧 012a2
	鬧	鬧鬧 012b1
	鬧	鬧鬧 012B2
餒	餒	受餒 041a
能	能	無能暎奪 073a
	能	而言足者能与神足通 008a
尼	尼	尼民陁山 110a
泥	泥	澄涅其下 026a
倪	倪	倪 30a
	倪	垷或爲辭垷 30b
	倪	倪　或鞔倪矣 30b
擬	擬	擬将廣惠 090a
逆	逆	不欵不逆 081a
	逆	逆 012a
	逆	逆 012b
匿	匿	匿疵 037a

溺		又爲溺字 003b
		沒溺 003a
休		休 休奴的反 005b
年		年 012a
		年 032a
		年方 067a
		秊 012b1
		秊年 012b2
念		念處正勤 005a
涅		涅槃 065b
齧		下齧也 036b
		故此猶如師子搏齧也 036b
囓		常制反囓也 043b
躡		騰躡 041a
鑷		鉗鑷 185a
鑷		經本有作鑷者此乃查軸端鐵非經所用也 185b
寗		亦爲寗字在穴部 009b
凝		凝者嚴整之皃也 020b
		凝停 132a
濃		濃 074a
弄		慱廣也字從十或從巾字者簿弄之慱也 157b
耨		謂香山阿耨池南有大樹者 037b
羗		羗 唯此中經竟摩（應云）羗摩 112b
奴		休奴的反 005b
衄		衄 049a
		脩羅退衄 114a
虐		毒虐 094a
		毒虐（虐）094a
		謔鋅虐反 094b
渜		下又爲渜字湯也 045b
耦		玉篇耦對之耦從耒 178b
藕		入藕絲孔 114a
排		境排 108a

攀		或爲攀字攣係也病也 093b
		攀緣 036a
		攀緣 093a
		謂攀緣事境心絶 107b
槃		多也廣也音槃 021b
		謂二乘所得涅槃猶有苦隨非眞涅槃 137b
咆		犲咆也咆下与嗷字同 030b
霈		霈澤 018a
轡		謟誑爲轡勒 149a
坏		坏 037a
疲		疲倦 086a
埤		埤蒼日低佪 106b
僻		又僻字爲埤字 030b
匹		上匹仁反 103b
		二人爲匹 066b
		泛匹釖反浮也 017b
		儔匹 140a
睥		睥 120a
譬		口況，譬也 049b
偏		偏袒 130a
篇		謂傓（偏）獨憂憐也。068b
		案鄭注礼云諸侯之妃日夫人玉篇呼婦人夫亦所发崇敬之稱也 128b
漂		四流漂汨者 184a
頻		迦陵頻伽音 046a
		頻婆帳 070a
嚬		嚬蹙上 139a
屏		日屏風也 009b
破		破印 036a
捊		捊扶留反 072a
		謂擊鼓之桴爲枹字 072a
僕		僮僕 080a
		卜音僕訓占也 103b
溥		溥蔭萬方 080a

樸	撲	未燒瓦樸也 037b
瀑	瀑	瀑流 048a
漆柒	洓	又爲柒 081b
岐	掎	又爲桔妱字 020b
	趍	又爲桔妱字渠宜反 020b
	枝	字書作䟷字 021b
	岐	樹岐 020a
	伎	謂樹岐首也 021b
齊	齊	等齊也列位也 059b
臍	齊	金剛齊 019a
騎	騎	騎從 169a
乞	乞	謂乞偏獨憂憐也 068b
起	起	㥦字爲起頬反 081b
	起	起初盡十一卷 013b
	起	起頬反 046b
啓启	啓	肇啓 010a
	啓	啓啓 134a
	啓	啓啓 134a
	启	同開也古作啓字 134b
綺	綺	綺如川鶩 019a
泣	泣	涕泗悲泣 151a
砌	砌	皆砌 015a
氣	氣	香氣發越 071a
棄	棄	十二種行皆能棄捨煩惱故 043b
器	器	器仗 016a
牽	牽	上牽恊反 046b
	牽	牽御 085a
僉	僉	且廉反 023b
遷	遷	遷 012b
	遷	遷 102a
	遷	遷移 167a
虔	虔	虔誠 109a
乾	乾	乾肉薄折之曰脯也 080b
	乾	乾陁山 110a
	乾	具云乾馱羅 110b

錢	钱	其花大小如錢 071b
	銭	西域用貝爲錢 104b
	銭	謂以牛買物如此洲用錢也 038b
壍	壍	壍 031a
強	强	強曲毛曰豪 016b
	彊	勉勸也又曰自勸強也 135b
墻	墙	堞也女墻也 018b
	墙	檣墻廧 012b2
	墻	牆墻廧 097b
廧	廧	廧音成 028b
	廧	檣墻廧 012b3
	廧	牆墻廧 097b
	廧	疑文皆爲廧字今加土 028b
檣	樯	檣墻廧 012B1
	檣	檣 012a
牆	墙	垣牆 028a
	墙	牆字籀文 028b
	墻	牆垣 097a
	墻	牆墻廧 097b
	墻	垣牆 153a
橋	槗	梁力将食橋也 016b
翹	尅	尅翹音交 047b1
	翘	尅翹音交 047b2
	翹	翹棘 047a
切	切	一切 014a
	切	一切 026a2
且	且	僉且廉反 023b
愜	悏	愜之爲愜 081b
	愜	愜愜 046a
	悏	上又爲愜字 046b
	愜	愜愜 046a
	愜	順愜 081a
愜	愜	願一切眾生所見順愜心无動乱 081a

篋	篋	花奩香篋 0103a
	篋	函謂函篋 011b
	篋	篋 184a
竊	竊	又云竊愛爲私也 131b
侵	侵	侵也 066b
勤	勤	但勤修 006a
懃	懃	二懃如意 006a
	懃	因懃能以會理 008a
寑寢	寑	寑寤 045a
	寢	寑 146a
圊	圊	或圊（旁注溷）厠之厠也 109
輕	輕	凡輕也庸庸故小也言其輕薄寒微眇小之人耳 129b
頃	頃	云俄頃之間也 049b
慶	慶	慶慶 012a1
	慶	慶慶 012a2
	慶	慶慶 012b1
	慶	慶慶 012b2
罄	罄	又罄捨 092a
	罄	罄弥 094a
	罄	詞罄 010a
煢	煢	煢獨羸頓 067a
	惸	經文爲惸煢字並同 067b
窮	窮	貧窮 081a
囚	囚	獄囚 080a
曲	曲	狹而修曲曰樓 015b
	曲	孔安國注書曰海曲謂之島 186b
坦	坦	貴坦蔡反忘也
驅駈	駈	駈 012a
	駈	駈驅 012b
	駈	或駈上高山 161a
渠	渠	字渠宜反 020b
	渠	楗渠焉反 144b
取	取	上取也 086b
趣	趣	菩薩發趣海 022b

仝	金	至寶王如来性起品金（仝）十一品爲第六會 098b
權	権	擁權 090a
	推	權輿者始也 003b
	推	造化權輿 003a
勸	劝	勸諸菩薩說与人 056a
缺	缼	又爲缺字 049b
	缼	川缺捐也 048b
	玦	殘缺 069a
	玦	缺 049a
却	刧	喜預在先待人来至却来迎候 151b
闕	闗	謂闕緣不生所顧理也 066b
羣	羣	群萌 078a
壞	壊	壞　十百千万亿兆垓秭壤溝澗正載矣 119b
	懐	壞　十百千万亿兆垓秭壤溝澗正載矣 119b
攘	攘	攘　上又爲攘字如羊反野王曰攘謂除去衣袂而出臂也 160b
嬈	娆	嬈亂 069a
	娆	擾嬈也 069b
擾	擾	擾嬈也 069b
	擾	擾或云不安静也 078b
	擾	擾濁 026a
	擾	此乃撓擾之字 062b
繞	繞	上超繞反 010b
	繞	繞如小反 028b
	繞	力鳥反弥也繞也纒也 028b
熱	热	上泠也暑熱也 018b
	热	熱　炎熱 189a
人	𤯔	人 012a
	𤯔	斯人 023a
仞	仞	七仞 092A
訒	訒	至上爲訒秎字 086b
秎	秎	上爲訒秎字 086b
日	𡆠	日 012a
日出	⿱日出	⿱日出032a
肉	肉	又爲胞字在肉部 005b
茹	茹	茹　預餘茹反凡事相及曰預也 136b

儒		或云儒童也 063b
濡		濡 洽濡也濡沾潤也 130b
辱		辱 呰辱 137a
蓐		牀蓐 095a
褥		亦謂之褥 095b
蚋		蚊蚋 1054a
		蚋如鋭反小蚊也 104b
睿		睿 上說也說書睿反 146b
鋭		鋭 088a
閏		舒閏反 073b
潤		又光潤也滋潤也 023b
若		般若 042a
弱		正爲弱字 076b
弱		弱 護謂三護亦曰三監女人志弱故藉三護幼小父母護適人大聲護老萬（邁）兒子護 178b
膈		下出歳反危也膈也易断也 069b
灑		灑 046a
薩		菩薩品第八 045b
塞		乃是塡塞之塡也 019b
		閇也塞也 005B
傘		傘盖 059a
		傘 具云婆傘多婆演底也 168b
散		揚也散也通也明也用也侐也 019b
		散也諍寂也 107b
		令一切眾生未曾散乱 081a
繖		上与繖同 059b
顙		頷顙也 089b
		頷顙（顙）也 089b
喪		喪喪 012a1
		喪喪 012a2
		喪喪 012b1
		喪喪 012B2
		少喪曰夭也 067b
		玩人喪德 063b
		注曰以人爲戲弄則喪德 063b

澁澀	澁	鹿澁 044a
	澀	正宜爲澀字 045b
僧	僧	僧伽梨 043a
刹	刹	一刹那者 017a
	刹	俱舍論云廿刹那爲一怛刹那 049b
	刹	生死涅槃刹等業 105B
煞	煞	正言塢波尼煞曇 058b
	煞	謂彼鷲峰亭亭煞止 005b
刪	刪	下音刪也 011b
善	善	古注云善覺知无二念 034b
	善	此四皆以善法精進 006a
贍	贍	以贍 068a
傷	傷	或從立人者音章傷所以非此經義也 032b
上	上	嚬蹙上 139a
燒	燒	炎爲䫲反燒也 014b
奢	奢	怛刹奢云卅也 051b
捨	捨	七捨覺支 008a
涉	涉	涉險 085
設	設	且設數之語也 108b
攝	攝	一切文字皆初章所攝 100b
欇	欇	欇 鷩欇 125a
⿰亻聶	⿰亻聶	欇 欇又与欇 a 字同止葉齒涉二反 125b
深	深	我等深知力无畏不共法 108b
	深	視漄浚而水深者爲岸也 026b
審	審	諦者云審也 095b
腎	腎	腸腎肝脯 090a
滲	滲	滲 滲漏 187a
升	升	鏦忩許升重二反小矛也 049b
昇	昇	昇兜率天宮品 070a
	昇	昇須弥品第九 053b
牲	牲	上謂分割牲宍也 088b
繩	繩	罥謂以繩繫取鳥也 051b
勝	勝	能也勝也殄滅也 018b
	勝	勝 其毛色多黑腨形牖纖長短得所其鹿王最勝故取爲喻也 127b

尸	尸	矢尸反 049b
師	師	文殊師利 038a
溼濕	 溼	正云摩醯溼伐羅者 051b
	溼	溼入反 040b
	 溼	溼伐羅云自在也 051b
	溼	溼 變溼令燥 131a
	 濕	濕 溼字有作濕者誤也 131b
拾	拾	拾 捃拾 183a
史	史	史記始皇卅一年十二月更名臘也 049b
氏	 氏	人皇氏 003b
朼	朼	衣朼衣也倭云毛朼 042b
嗜	嗜	 嗜色爲媸 059b
誓	誓	菩薩誓願海 022b
試	試	若云試羅此翻爲玉 027b
飾	 飾	以玉飾扆謂之玉扆 009b
	 飾	周礼曰背文曰諷以聲飾之曰誦也 045b
	 飾	塡飾 019a
適	適	汝今適得 107a
餝	 餝	既高曰餝坂 031b
螫	螫	螫 此虵最毒螫人必死 160b
釋	 釋	二釋法覺支 008a
	 擇	言滅諦自待要須智力擇惑方顯也 036b
收	 收	五穀不收曰飢饉也 046b
扌	扌	經本作從扌支者此乃技藝字也 032b
授	授	授記 012a
	授	授記 045a
壽	壽	菩薩壽量海 022b
	 壽	年壽之數也 086b
	 壽	一切眾生爲壽命門 092a
瘦	瘦	謂容貌瘦損字又爲顇也 050b
獸	 獸	古岳反獸頭上骨出外也 028b
	 獸	謂養禽獸之所也 076b
書	 書	字書作敕字 021b

舒		舒閏反 073b
蔬		蔬饑 046b
輸		具云輸達羅 108b
		此日輸圍山也可 110b
孰		孰 104a
熟		是惟反熟也 003b
贖		救贖 077a
		日出金而贖罪也 077b
术		淵术 047a
束		約束 005b
庶		庶眾也品類也 095B
數		數其滴 051a
		無央數 026a
鏕鑣		鏕銜 149a
帥		爲将爲師 101a
雙		此云雙也 110b
爽		精爽 017a
税		税 094a
睡		睡眠盖 003b
楯		楯 縱日欄横日楯 143b
		楯 欄楯 143a
舜		謂繫舜 003b
瞚		正作瞚字 073b
瞬		不瞬 073a
說		如大迴向經所說 076A
私		正爲私字鋤也鋤 043b
飤		飤 牧莫六反食也飤也 146b
嗣		继嗣也 042b
慫		上古文竦㩳慫同 021b
聳		上古文竦㩳慫同 021b
誦		諷誦 045a
藪		此云斗藪 044b
窣		或日偷波正日窣堵波 045b
		窣 窣 120a

蘇		飧蘇歇反 009b
蕪		通名拘蕪摩 071b
俗		西域方俗以十六升爲一升 058b
嗉		嗉 今時俗謂嗉項有約爲嬰前者是也 127b
酸		辛酸醎淡 081a
		酸劇 088a
		酸楚 030A
歲		萬八千歲 003a
睟		凝睟 020a
燧		燧正爲鐆字 041b
邃		崇嚴邃谷 075a
笋		皮重若笋 041b
損		損敗他形 080a
		言由造業損害眞實 036b
所		所以詞問其名也 003b
索		罥索 077a
塌-土		郎䎃反 049b
塔		佛塔 045a
臺		四方高曰臺狹而修曲曰樓 028b
		土臺 031
		尔雅曰四立高曰臺 015b
		臺觀 031a
泰		泰 其心泰然 169a
貪		貪也餐也 009b
覃		覃 011a
壇		壇墠 028a
		壇墠 030a
檀		旃檀 016a
坦		夷坦 020a
		夷坦 065a
袒		袒衣也 048b
		音訓袒布 011b
		袒 偏袒 130a

唐	唐	咸字唐音義作感字 041b
	唐	唐 逮唐槩反及也 123b
濤	濤	波濤 040a
藤	藤	藤 藤招 159a
	藤	藤 上達曾反如葛血藟爲藤也 168b
提	提	提婆云天因陁羅云主也惣曰能天主也 050a
渧	渧	古經爲渧字 051b
	躰	四皆以善法精進爲躰但勤修 006a
體	體	體質柔弱 041b
	躰	躰 裡字又作躶裸二躰也 125b
涕	涕	涕泗咨嗟 106a
	涕	涕 涕泗悲注 151a
天	天	天 012a
塡	塡	塡飾 019a
殄	殄	克殄 018a
	殄	摧殄 016a
瑱	瑱	今可爲瑱圭 019b
條	條	枝條 014a
	條	條 舊經云五卷度爲枝條也 140b
聽	聽	聽 阿閦如来聽訟斷獄 189a
廷	廷	奴廷反 009b
亭	亭	謂彼鷲峰亭亭煞止 005b
庭	庭	庭院 048a
停	停	暫停 027a
	停	停 凝停 132a
渟	渟	香水澄渟 027a
統	統	統領 068a
偷	偷	偷盜 102a
徒	徒	徒旅 049a
塗	塗	畏塗 017a
圖	圖	圖書 105a
	圖	圖 圖書印璽 140a
土	土	率土 094a
吐	吐	下胎吐来反婦孕四日而胎又一月也 066b
	吐	吐 025a

剸	[illegible]	又爲剸同徒官反 080b
	[illegible]	摶又爲剸 076b
	[illegible]	摶又爲剸 078b
彖	[illegible]	彖
退	[illegible]	退 下正爲退字 150a
	[illegible]	下正爲退字 150b
臀翳	[illegible]	翳 左翳 127a
馱	[illegible]	迦畺馱反 058b
瓦	[illegible]	未燒瓦樸也 037b
	[illegible]	胡瓦盧果二反 087b
忨	[illegible]	貪愛爲忨也 063B
䏓	[illegible]	字又作䏓妧兩體 063B
頑	[illegible]	頑毒 075a
宛	[illegible]	宛 右旋宛轉 126a
万萬	[illegible]	万万字 012a2
	[illegible]	万万字 012a
	[illegible]	上万告反 037b
	[illegible]	a 万 a 万 b 万 c072a
	[illegible]	b 万 a 万 b 万 c072b
	[illegible]	c 万 a 万 b 万 c072a
	[illegible]	万 万字 126a
	[illegible]	如万字之字万 028a
莣	[illegible]	芒正爲莣字 041b
网網	[illegible]	网均 017a
	[illegible]	罥網 051a
妄	[illegible]	川弥豆乃阿和下妄也 050b
	[illegible]	防浮妄訓布世久 094b
忘	[illegible]	上音忘无也 1017b
望	[illegible]	冀望 065a
	[illegible]	望冀也 010b
	[illegible]	謂日实出處望此爲言毗勝也 037b
	[illegible]	望 上音奇訓望也 127b
危	[illegible]	危脆 069a

微		下芥子又微也 009b
		黴纆 148a
巍		巍牛威反高大也 078b
唯		此虵最毒螫人必死唯此旃檀能治故以爲名耳 160b
圍		圍苑 103a
違		岠違也鳥足著安後延 051b
闈		盗入官闈 174a
偉		偉哉 055a
猥		謂容貌猥惡也 043b
慰		慰安 017a
謂		謂繫舜 003b
蚊		蚊蚋 104a
倭		倭云於乃 067b
沃		油沃 088a
		耨如沃反 035b
		良沃田 074a
洿		謂聚雨水爲洿潦也 107b
武		下居肇反武皀 044b
塢		正言塢波尼煞曇 058b
杌		瓦礫荆棘株杌 176a
物		拘物頭 031a
務		念務 107a
寤		覺寤 107a
		寤寤 038a
		居交反寤也 107b
霧		霧煙 075A
鶩		綺如川鶩 019a
昔		昔者封太山 003b
		猶往久古昔也 016b
		猶往久古昔也 108b
悉		寶悉底迦 071a
		悉将永訣 088a
		悉發 026a
		悉苦無味 169a
惜		惜悋 069a

醯		摩醯此云大也 051b
		正云摩醯溼伐羅者 051b
		魔醯首羅 099b
		摩醯顛羅 051a
席廗		又廗也 095b
習		川飾也補也習也長也 025b
隰		或本爲隰字 041b
徙		徙置 139a
		徙仙紫反移也 139b_
喜		一歡喜地 099b
		四喜覺支 008a
璽		印璽 105a
		圖書印璽 140a
係		上作繫继字今作係 094b
戲		戲笑 038a
		嬉戲 135a
狹		狹閣 154a
遐		遐暢 015a
瑕		瑕玷 060a
		瑕點 101a
夏		此虞夏之制也 163b
纖		纖芥 009a
醎		辛酸醎淡 081b
險		涉險 085a
羡		羡欲 044a
獻		上獻也 066b
		獻睬 009a
香		香氣發越 071a
祥		上忠平反祥也 009b
嚮響		七如嚮忍 111b
		七如響忍 117b
象		釋提桓因有象王 050a
		龜龍繫象 003a
		南面恒伽河從銀象口中流出其沙是金剛 115b
		今此力士力如龍象故其名耳 187b
		此云龍亦云象 187b

宵		宵 174a
笑		微笑 098a
		戲笑 038a
		熙咍微笑 125a
楔		楔 187a
歇		下於歇反 047b
邪		耶魔之道 108a
協		上牽協反 046b
斜		斜曲 044a
邪		又爲耶字同耶僻也 044b
寫		洪大也併急寫水爲曰霔也 131b
械		杻械枷鎖 087a
懈		匪懈 065a
		懈惰 093a
		於懈反 010b
薤		音耕薤反 048b
辛		辛酸醎淡 081a
欣		十種大欣慰舊云十種大正悕望 134b
疊		求其罪疊 139a
星	○	星 012a
興		興興覺學 023a
形		倮形 048a
匈		又匈字胷膺也 016b
胷胸		又匈字胷膺也 016b
		肊字胸滿也 016b
休		休吉也 106b
		休善慶也 106b
		身相休咎 105a
修		但勤修 006a
		浄修大願之所 026B
		狭而修曲曰樓 015b
脩		脩 098a
		阿脩羅手 075a

袖		又袖也 042b
鰝		鰝 098a
虛		今謂花嚴法門量同大虛也 008b
須		湏弥 012b
噓		口噓 109a
歔		超沙漠来歸歔也 009b
鬚		花鬚頭墨也 023b
		鬚髺 023a
湑		淪湑 106a
卹		振卹 146a_
恤		上㦂禹反慰也安也恤也恤 160b
洫		洫許域反所以通水於川廣深各八尺也
軒		軒檻 078a
旋		右旋似之 089a
袪		袪服 086a
血		女鞠反鼻出血也 049b
威		忍寂威 003b
謔		下魚謔反灾也 094B
旬		半由旬量 113a
循		上字正爲循字詳倫反巡也 104b
		互循 025a
		循身觀 104a
訓		矜音興訓 068a
		矜音興訓愍也 068a
		音最川（訓）久太久 016b
牙		銛白牙齒 090a
厓		視漄浚而水深者爲岸也 026b
		畔蒲錧反厓也厓又田界也 152b
崖		又爲崖字 046b
涯		无涯 046a
雅		雅 032a
		雅頷反 089b
亞		下邊亞反 027b

煙		霧煙 075a
延		樓閣延袤 071a
		訓延也 011b
		音流雖反具布延 072b
		那羅延 122a
言		正言旃彈那 026b
鹽塩		僉且廉反七塩反 023b
		塩　恬田塩反 079b
閻		天下閻浮提中 054b
巘		又作巘字魚偃反峯也 163b
衍		摩訶衍那 045a
兖		兖　瑜褊反 060b
偃		又作巘字魚偃反峯也謂山形如累重甑也甑 163b
		寑音針訓偃卧眠也 162b
演		上弥演反 010b
		演暢 045a
鼴		下胡鼴反 078b
黬		櫳檻力東胡黬反 075B
宴		恬然宴寂 079a
晏		海晏 009a
猒		猒 019a
燄焰		四燄慧地 099b
		燄 099b 眉批
		令過尒燄海 183a
		下市燄反足也 146b
燕		徑牛耕牛燕二反 050b
央		十地品第八無央 107b
		央數也音映 026b
		訓珠菆曰斬首一名爲級也無央央盡也 135b
仰		牽土咸戴仰 041a
養		謂養禽獸之所也 076b
夭		下居夭反 044b
		或爲夭字非旨 067b
妖		妖 074a

祅		灾怪者爲祅 074b
堯		堯有神龜負圖 003b
搖		摇又爲□字 154b
般		補般反 005b
藥		二同藥師 047b
		阿揭陁藥 040a
椰		椰子 186a
噎		哽噎 183a
葉		迢葉弥羅 122a
		莖業（葉）116a
毉醫		醫毉 047a
		醫毉 047a
夷		傳四夷之語也 003b
		又爲夷字与脂反 020b
		夷坦 020a
宜		下宜佳反 046b
		巨作宜歫 086b
痍		上又薄蘭反痕也痍也 138b
疑		山疑然住 110a
遺		无遺匱匱 024a1
嶷		嶷魚其反 110b
已		一已生惡方便令断 006a
亦		亦爲包 005b
役		睥役反 044b
		童僕云役使也 080b
抑		抑縱 057a
易		易曰乾 003b
挹		挹 010a
益		祜益 103a
		謂增益也 011b
逸		如阿逸多菩薩 088a
義		音義爲鶩无羽反乱也 019b
		漢書音義曰都城也 124b

裔	𧙍	採綠豆仙之苗裔也 144b
曀	曀	雲曀 040a
翳	翳	翳膜 059a
臆	臆	亦爲臆字在骨部 016b
藝	埶	六藝也 032b
	埶	技藝 032a
	埶	技藝 105A
譯	譯	譯 003a
	譯	舊譯華嚴經 013a
	譯	類取四方譯傳 003b
因	囙	因懃能以會理 008a
	因	因謂心所不决爲猶預也 151b
音	音	姓也普（音）盈 067b
陰	陰	謂陰陽未分共同一氣之貌也 008b
	隂	馬陰藏相 092a
	陰	陰陽變化 003b
蔭	蔭	溥蔭萬方 080a
	蔭	蔭 017a
婬	婬	耶婬 102a
	婬	耶婬（婬）102（旁注字）
齗	齗	川如齗也会 230a
引	引	逢迎引納 091a
隱	隠	上居力反隱也 037b
	隠	言苦諦隱藏煩惱過慮也 037b
	隠	馬陰隱不見相 092a
印	印	破印 036a
胤	胤	下於胤反 036b
逕	逕	逕 026a
櫽	櫽	屋櫽也 020b
嬰	嬰	身嬰 067a
	嬰	長嬰疾苦 134a
瓔	瓔	經本有作瓔珞二字 014a
迎	迎	奉迎 010a
	迎	謂逆迎之引入住處也 091b
	迎	逢迎引納 091a
	迎	迎接（旁注字）151a
	迎	迎接 151a

盈	 盈	音（普）盈 067b
	 盈	自盈其手 183a
熒	 熒	熒燭 015a
瑩	 瑩	廣雅曰瑩摩也 015b
蠅	 蠅	蚊蚋虻蠅 104a
	 蠅	蠅又爲蠅 a 字 104b
	 蠅	蠅又爲蠅字 104B
影	 影	接影 087a
	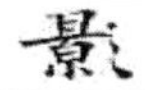 影	萃影 014a
映暎	 映	央音映訓數也書也 107b
	 映	暎映 026a
	 暎	暎徹 072a
	 暎	暎映 026a
	 暎	相庇暎 021a
庸	 庸	樂近凡庸 129a
傭	 傭	得傭 091A
	 傭	或本爲傭字非此所用耳 091b
	 傭	傭作 182a
雍月	 雍月	蔡雍月令曰虹蝃蝀也 138b（二字合文）
擁	 擁	擁權 089a
永	 永	悉将永訣 088a
勇	 勇	或經爲從天者直也勇也正也 044b
疣	 疣	無有瘡疣 138a
猶	 猶	猶往久古昔也 016b
友	 友	友友 085a
	 友	善友 116a
牖	 牖	户牖 015a
	 牖	户牖 023a
	 牖	窻牖 078a
又	 又	又爲溺字 003b
幼	 幼	童幼迷暋也又癡也 129b
	 幼	童幼迷昏也又癡也蒙懞也云蒙昧幼 b 小之像也又昌也 129b
逌	 逌	斯乃流逌日久輙難懲改也 068b

于		上于月反 011b
臾		須臾 049a
魚		鱁魚其反 110b
瑜		云瑜乾者此云雙也 110b
		具云瑜乾馱羅 110b
虞		劬具虞反 141b
漁		大篆字又作漁 183b
		聲類作漁漁二體 183b
		聲類作漁漁二體 183b
覦		窺覦 010a
踰		光踰曒日 087a
輿		造化權輿 003a
与		能与神足通 008a
宇		棟宇 143a
庾		下庾俱反望異也 010b
域		洫許域反所以通水於川廣深各八尺也 168b
欲		隨順離欲寂静行 051a
喻		此俞佛身也 011b
		澍字之喻反霔灌也 103b
		踰，越也音喻 019b
御		牽御 085a
		臨御 079a
		馭即古之御字 085b
馭		駕馭 085a
愈		病愈謂云蠲也 019b
預		上獨也預憐也 068b
		杜預曰以麻約髮也 015b
豫		悅豫 073a
		悅豫 158a
禦		禦扞 179a
鬻		謂陳貨粥鬲物也鬻 150b
		謂陳貨粥鬲物也（鬻字分寫）150b
鬱		鬱單越 038a
淵		淵朮 047a

原	原	川原 156a_
員	員	院音員川町也 049b
園	園	園圃 043a
圓	圓	或名圓滿月等 033b
緑	緣	云因緣然有三類 069b
苑	苑	兼名苑云 039b
	苑	名花（苑）曰 076b
	苑	圍苑 103a
	苑	慧苑 003b
	苑	似此方楸樹也然甚有香氣其花紫色也 154b
怨	怨	上渠尤反雠也怨也 036b
	怨	下音怨 103b
院	院	具云僧伽羅摩言僧伽者此云眾也羅摩院也 180b
願	願	願詞也 009b
曰	月	方言月（曰）謂逢逆迎也 091B
約	約	約束 005b
月	月	月 012a
	月	月 015a
䐻	䐻	䐻纖 127a
悦	悦	悦豫 073a
鑰	鑰	又作鑰鑰 035b1
	鑰	又作鑰鑰 035b2
	鑰	開鑰 035a
越	越	欝單越 038a
	越	香季發越 071a
粤	粤	粤以 011a
蒀	蒀	或作芬蒀 020b
园	园	方园（圓）三万里 076b
耘	耘	不籍耕耘而生稻粱 170a
氲	氲	氛氲 020a 氲氲上符云反下於云反 028a
雜	雜	古文爲徒賢反雜也均也 103b
	雜	廁側糞反雜也間也次也 103b
	雜	玉所雜飾也 020b
	雜	相雜雨 052a
哉	哉	偉哉 055a
宰	宰	城邑宰官等 032a

載	載	載 012a1
	載	載載 012a2
	載	載 1 載 2 158a
	載	載 1 載 2 158a
再	再	謂道高且堅都无際限再仰高再鑽益堅 059b
	再	重再也 109b
暫蹔	暫	无暫已 025a 暫尒 095a
	蹔	暫又爲蹔字 025b
讚	讚	刪音讚訓波夫久 011b
	讚	舊名兜率天宮菩薩雲集讚佛品 070b
遭	遭	遭 012b
	遭	遭遭 012a1
	遭	遭遭 012a2
	遭	遭 168a
	遭	遭 a 遭 b128a
	遭	遭遭 b128a
鑿	鑿	穿鑿 132a
早	早	顧野王曰�謂豫早爲之也 179b
擇	擇	擇滅涅槃 066b
澤	澤	混胡本反字又作澤也 008a
	澤	陂澤 043a
譖	譖	皆也咸也約也譖也 018b
增	增	十力善根於中增長 092a
	增	增長有力 008a
甑	甑	甑
吒	吒	阿迦尼吒 108a
宅	宅	滴音宅川都飞摩酯天芋知丙（雨）數也 051b
窄	窄	迫窄 165a
旃	旃	旃檀 026a
氈	氈	今別有厚氈衣 095b
瞻	瞻	上移瞻反 014b
	瞻	瞻 120a
展	展	入住展轉次修習者 100b
	展	頻急也申展也謂申展四躰之物急所以解於勞倦故曰頻申也 143b

戰		視戰反 011b
張		夫驚之者皆心舉眼張耳竪口開故云起也 037b
章		一切文字皆初章所攝 100b
		或從立人者音章傷反害也非此經義也 032b
彰		彰施 071a
仗		風俗記曰仗者刀戟之物名也 016b
帳		頻婆帳 070a
障		障出離故也 036b
沼		沼之饒反 115b
召		召召召 032a2
		召召召 032a3
兆		若依下等當此兆也 031b
照		照 012a
肇肈		肇硲 010a
		下居肇反 044b
遮		毗盧遮那品 031a
		謂遮止 030b
珍		珍饌 049a
眞		眞 012a
禎		殊禎 009A
臻		已臻 038a
		時臻而歲洽 009a
		臻至也 009b
疹		謂帶疹疾如物之纒繞人也 067b
挋		諔又爲辰挋字同本又作賑之忍反富也又隱賑也 146b
振		普振 022a　名振天下 079a
		震振 051a　振之刃反 079b
		振衈 146a
賑		振又爲辰挋字同本又作賑之忍反富也 146b
震		震振 051a
拯		拯 049a
		拯濟 151a
整		毛诗傳曰有截整齊也 003b

正		五正命 008a
		有十心正直心柔耎心 102b
		正 012a
		正正 012b1
		正正 012b2
鄭		鄭注周礼曰詛謂祝俠其敗露也 181b
		鄭箋詩曰令教令也 171b
證		證 012a1
		證 012a2
		證證 032a1
		證證 032a2
支		七覺支者 008a
枝		枝條 014a
秖		具如下阿僧秖品處并也 031b
胝		正云僧揭胝 043b
脂		字与脂反 020b
		怡与脂反 125b
直		仗直亮反 016b
		直由反 065b
		馳直知反 103b
値		遭字遭値也 128b
植		植堅 060a
職		使也從也職也 017b
止		古奪反止也 005b
		止止 032a2
旨		非今旨 050b
咫		八寸曰咫 113b
指		又曰撫指摸索之也 103b
		得安布指 092a
紙		千三百十八紙 013a
		終六紙 033b
酯		川都飞摩酯天 051b
忮		音枝伎之豉反忮也 032b

制	制	不非先制 066a
	制	又制也 032b
陟	陟	磓字陟林反的 088b
置	置	且置 058a
	置	架謂置物在高懸虛之上也 009b
	置	置著也謂安著於其藏中也 054b
	置	徙置 139a
製	製	製 003a
質	質	體質柔弱 041b
	質	能見外一切諸質之影也 071b
緻	緻	密緻髮 089a
稺	稺	下与稺字同 041b
終	終	古經第六卷終文 045b
鐘	鐘	經有從皮者鐘鼓字也 125b
衆	衆	度脱化衆生 119a
	衆	舊經云若見衆生殘害不仁 092b
州	州	幽州人謂額爲鄂 089b
舟叕	舟叕	又爲欜艥字 048b
洲	洲	此云洲謂香山阿耨池南有大樹者 037b
軸	怞	令修復軸表紙付本
肘	时	肘張柳反云比地 157b
咒	咒	邊咒語咒 047a
冑	冑	甲冑 075a
	鈾	与鈾軸字同 044b1
	軸	与鈾軸字同 044b2
	冑	廣雅曰冑兜鍪也 044b
晝	晝	卅須臾爲一晝夜也 049b
皺	皺	言人有憂愁則皺攝眉頷鼻目皆相促近也 139b
籀	籀	牆字籀文 028b
株	株	瓦礫荆棘株杌 176a
属	属	繼属 012a
煮	煑	煎煑 030a
	鬻	煮

嘱	屬	付嘱 077a
矚	矚	矚 019a
注	住	劉兆住（注）儀禮曰 015b
	住	古住云善覺知无二念 034b
貯	貯	貯（貯）185a
築	築	或云築土爲壇除地爲墠 028b
	築	築廧之板也 041b
霔	霔	所霔 103a
轉	轉	不可轉法 034a
篆	篆	大篆字又作漁聲 183b
莊	疰	上莊也 014b
	疰	莊嚴巨麗 085a
	疰	莊瑩 023a
幢幢	憧	半金剛幢菩薩迴向品 074b
	憧	本名金剛幢菩薩迴向品 070b
墜	墜	淪墜 017a
綴	綴	亦連綴不絶也 094b
贅	贅	疣有鳩反腫也贅也 138b
均	均	网均 017a
酌	酌	因入反酌水也 010b
擢	擢	聳擢 098a
呰	呰	毀呰 048a
秭	秭	中等者秭也 031b
	秭	秭上等者溝也 031b
	秭	兆京垓秭壤溝澗正載矣 119b
紫	紫	有木白紫等外國香木也 026b
蔆	蔆	其形似蔆櫚樹 097b
椶	椶	形如此方椶櫚樹 153b
	椶	多羅樹似此方椶櫚樹然西域者其高例十丈餘 171b
揔	揔	上他宋反揔也理治也 042b
縱	縱	抑縱 057a
菆	菆	珠菆曰深青之色 038b
[illegible]	[illegible]	繞城往往別築迫[illegible]土堂 021b

足		而言足者 008a
族		此云農業種族也 108b
爼		上又爲爼字 026b
祖		上音祖（租）102b
詛		咒詛 181a
鑽		鑽燧 041a
纂		纂在上曰帳在旁曰帷 030b
		何承纂要 113b
最		十八天中此最終極也 073b
罪		眾罪由生 092a
蕞		華蕞（叢）022a
醉		徐醉反 041b
		疾醉反傷也 050b
		萃徐醉反 032b
鋷		玉篇曰鋷謂拔去睫髮也 185b
尊		尊卑上下 003b
		言光明者世尊所放兩足之光明 034b
遵		遵亦爲遵 086b
佐		古經云鬼神邊地語佐比豆利 047b
坐		僉然坐 023a
座		此殿置普光明藏師子之座 054b

主要參考文獻

（作者名按其本名發音以羅馬字爲序，典籍名以漢字讀音爲序）

一、著作與典籍

著作

Ariga Yōen 有賀要延（ありが ようえん）

《仏教難字大字典》；東京：国書刊行会，昭和 61 年（1986）第二版。

《難字・異體字典》；東京：国書刊行会，平成 12 年（2000）。

Cai Zhonglin 蔡忠霖

《敦煌漢文寫卷俗字及其現象》；臺北：臺灣文津出版社，2002 年。

Chen Shiqiang 陳士強

《佛典精解》；上海:上海古籍出版社，1992 年。

Chen Wuyun 陳五雲

《從新視角看漢字：俗文字學》；鄭州：河南人民出版社，2000 年。

《佛經音義與漢字研究》；南京：鳳凰出版社，2010 年。

Feng Wei 馮瑋

《大國通史・日本通史》；上海：上海社會科學出版社，2008 年。

Fishimi Chūkei 伏見冲敬（ふしみ ちゅうけい）

《書法大字典》；北京：華夏出版社 ，2002 年。

Gu Nanyuan 顧南原

《隸辨》；北京：北京市中國書店，1982 年 3 月。

Guo Zaiyi 郭在貽

《郭在貽語言文學論稿》；杭州：浙江古籍出版社，1992 年。

Han Xiaojing 韓小荊

《〈可洪音義〉研究——以文字爲中心》；成都：巴蜀書社，2009 年。

He Huazhen 何華珍

《日本漢字和漢字詞研究》；北京：中國社會科學出版社，2004 年。

Hirakawa Minami 平川南（ひらかわ みなみ）等

《古代日本の文字世界》；東京：大修館書店，2000 年。

Huang Zheng 黄征

《敦煌語言文字學研究》；蘭州：甘肅教育出版社，2002 年。

《敦煌俗字典》；上海：上海教育出版社，2005 年。

I Gyugap 李奎甲

《高麗大藏經異體字字典》；Seoul（首爾）：高麗大藏經研究所，2000 年。

Inoue Tatsuo 井上辰雄（いのうえ たつお）

《日本難字異體字大字典》（文字編）；東京：遊子館，2012 年。

《日本難字異體字大字典》（解讀編）；東京：遊子館，2012 年。

Ishida Mosaku 石田茂作（いしだ もさく）

《写経より見たる奈良仏教の研究》；東京：東洋書林，1982 年新裝版（覆刻原本／東洋文庫 1930 年刊）。

Jiang Lihong 蔣禮鴻

《蔣禮鴻集》；杭州：浙江教育出版社，2001 年。

Kawase Kazuma 川瀬一馬（かわせ かずま）

《古辭書概説》；東京：雄松堂，昭和五十二年（1977）。

《增訂古辭書の研究》；東京：雄松堂，昭和六十一年（1986）再版。

Kawasumi Isao 川澄勳（かわすみ いさお）

《佛教古文書字典》；東京 ：山喜房仏書林， 昭和 57 年（1982）。

Kitagawa Hirokuni 北川博邦（きたがわ ひろくに）

《日本歷代書聖名迹書法大字典》；北京：華夏出版社，2001 年。

Kobayashi Yoshinori 小林芳規（こばやし よしのり）

《図説日本の漢字》；東京：大修館書店，1998 年。

Kong Zhongwen 孔仲溫

《〈玉篇〉俗字研究》；臺北：學生書局，2000 年。

Kuranaka Susumu 藏中進（くらなか すすむ）

《則天文字の研究》；東京：翰林書房，1995 年。

Li Minling 李旼姈

《甲骨文例研究》；臺北：台灣書房，2003 年。

Liang Xiaohong 梁曉虹

《佛教與漢語史研究——以日本資料爲中心》；上海：上海古籍出版社，2008 年。

Lin Hongyuan 林宏元

《書法大字典》；香港：中外出版社，1976 年修訂版。

Lu Xixing 陸錫興

《漢字傳播史》；北京：語文出版社，2002 年。

Lu Mingjun 陸明君

《魏晉南北朝碑別字研究》；北京：文化藝術出版社，2009 年。

Lü Hao 呂浩

《篆隸萬象名義校釋》；上海：學林出版社，2007 年。

《韓國漢文古文獻異形字研究——異形字典》；上海：上海大學出版社，2011 年。

Mizutani Shinjō 水谷眞成（みずたに しんじょう）

《中國語史研究》；東京；三省堂，1994 年。

Miao Yu 苗昱

《〈華嚴音義〉研究》。蘇州大學博士論文，2005 年。

Okai Shingo 岡井愼吾（おかい しんご）

《日本漢字學史》；東京：東京明治書院。初版於昭和九年（1934）9 月。昭和十年（1935）十月再版。

Ōtsubo Heiji 大坪併治（おおつぼ へいじ）

《大方廣佛華嚴經古點の國語學的研究》；東京：風間書房，平成四年（1993）。

Park Sangguk 朴相國

《新羅白紙墨書・大方廣佛華嚴經・解題》；Seoul（首爾）：韓國文化財廳，2001 年出版。

Pan Chonggui 潘重規主編

《敦煌俗字譜》；臺北：石門圖書公司，1978 年版。

Qing Gong 秦公

《碑別字新編》；北京：文物出版社，1985 年。

Qing Gong・Liu Daxin 秦公・劉大新

《廣碑別字》；北京：國際文化出版公司，1995 年。

Qiu Xigui 裘錫圭

《文字學概要》；北京：商務印書館，1988 年。

Rong Geng 容庚

《金文編》；北京：中華書局，1985 年。

Satō Kiyoji 佐藤喜代治（さとう きよじ）編

《漢字講座——6・中世の漢字とことば》；東京：明治書院，昭和 63（1988）。

《漢字百科大事典》；東京：明治書院，平成八年（1996）。

Sugimoto Tsutomu 杉本つとむ（すぎもと つとむ）編

《異體字研究資料集成》第一期（全十二冊）；東京：雄山閣，昭和五十年（1975）。

《異體字研究資料集成》第二期（全八冊）；東京：雄山閣，平成七年（1995）。

Su Jinren・Xiao Lianzi 蘇晉仁・蕭鍊子點校

《出三藏記集》（中國佛教典籍選刊）；北京：中華書局，1995 年。

Tanaka Kaidō 田中塊堂（たなか かいどう）

《古寫經綜鑑》；大阪：三明社，昭和 28 年（1953）。

Takata Tokio 高田時雄（たかた ときお）

《敦煌・民族・語言》（鍾翀等譯）；北京：中華書局，2005 年。

Tang Lan 唐蘭

《中國文字學》；上海：開明書店，1949 年。

Tong Wei 童瑋

《二十二種大藏經通檢》；北京：中華書局，1997 年。

Uemura Wadō 植村和堂（うえむら わどう）

《日本の写経》；東京：理工學社，1981 年。

Wang Huaquan 王華權

《一切經音義刻本用字研究》；桂林：廣西師範大學出版社，2011 年。

Wang Yankun 王彥坤

《歷代避諱字典》；北京：中華書局，2009 年。

Wei Daoru 魏道儒

《中國華嚴宗通史》；南京：江蘇古籍出版社，1998 年。

Wu Gang・Wu Damin 吳鋼・吳大敏

《東方古文化遺存補編——唐碑俗字錄》；西安：三秦出版社，2004 年。

Xu Shiyi 徐時儀

《慧琳音義研究》；上海：上海科學院出版社，1997 年版。

《一切經音義——三種校本合刊》，上海：上海古籍出版社，2008 年。

Xu Shiyi・Chen Wuyun・Liang Xiaohong 徐時儀・陳五雲・梁曉虹編著

《佛經音義研究——首屆佛經音義研究國際學術研討會論文集》；上海：上海古籍出版社，2006 年。

《佛經音義研究通論》；南京：鳳凰出版社，2009 年。

《佛經音義研究——第二屆佛經音義研究國際學術研討會論文集》；南京：鳳凰出版社，2011 年。

Yang Baozhong 楊寶忠

《疑難字考釋與研究》；北京：中華書局，2005 年。

《疑難字續考》；北京：中華書局，2011 年。

Yu Ting 于亭

《〈玄應一切經音義〉研究》；北京：中國社會科學出版社，2009 年。

Zeng Liang 曾良

《俗字及古籍文字通例研究》；南昌：百花洲文藝出版社，2006年。
《敦煌佛經字詞與校勘研究》；廈門：廈門大學出版社，2010年。

Zhang Yongquan 張湧泉
《敦煌俗字研究》；上海：上海教育出版社，1996年。
《敦煌俗字研究導論》；臺北：臺灣新文豐出版公司，1996年。
《漢語俗字研究》； 北京：商務印書館，2010年。
《張涌泉敦煌文獻論叢》；上海：上海古籍出版社，2011年。

Zheng Xianzhang 鄭賢章
《〈新集藏經音義隨函錄〉研究》；長沙：湖南師範大學出版社，2007年。

典 籍

《大般若經音義》（石山寺本・來迎院本）；《古辭書音義集成》第三卷，東京：汲古書院，昭和53年（1978）。

《法國國家圖書館藏敦煌西域文獻》；上海：上海古籍出版社 1998年。

《高山寺典籍文書の研究》。東京：東京大學出版會，昭和55年（1980）。

《高山寺本華嚴傳》；《高山寺古辭書資料第二》（高山寺典籍文書綜合調查團編《高山寺資料叢書第十二冊》）；東京：東京大學出版會，1983年。

《高山寺本新譯華嚴經音義》；《高山寺古辭書資料第二》。

《高山寺貞元華嚴經音義》；《高山寺古辭書資料第二》。

《古寫本華嚴音義》；墨緣堂影印。

《古寫本華嚴音義》；University of Michigan Library 影印，2011年。

《国語史資料集——図錄と解說》（国語學会編）；東京：武藏野書院，昭和五十一年（1976）。

《龍龕手鏡》〔遼〕（釋行均編）；高麗藏本。

《醍醐寺大觀》第三卷；東京：岩波書店，2001年12月。

《小屯南地甲骨》上冊；北京：中華書局，1980年10月。

《小屯南地甲骨》下冊；北京：中華書局，1983年10月。

《新華嚴經音義》（附大治本《一切經音義》卷一末；原本收藏：日本宮內廳書陵部）；《古辭書音義集成》第七卷，東京：汲古書院，昭和55年（1980）。

《新集藏經音義隨函錄》〔五代後晉・可洪著〕；高麗藏本。

《新譯大方廣佛華嚴經》〔唐・實叉難陀譯〕；大正藏本。

《新譯大方廣佛華嚴經音義》〔唐・慧苑著〕高麗藏本・磧砂藏本。

《新譯華嚴經音義私記》；（原本收藏：小川廣巳氏）；古典研究會編《古辭書音義集成》第一卷，東京：汲古書院，昭和63年（1988）年第二版。

《一切經音義》〔唐・玄應著〕高麗藏本・磧砂藏本。

《一切經音義》〔唐・玄應著〕；《日本古寫本善本叢刊第一輯・金剛寺一切經本・七寺一

切經本・東京大學史料編輯所藏本・西方寺一切經本・京都大學文學部藏本》；國際佛教大學院大學學術フロンティア實行委員會，2006年。

《一切經音義》〔唐・慧琳著〕獅古白蓮社本。

《異體字字典》（光碟版，教育部國語推行委員會編輯）；台北：2012年。

《英藏敦煌文獻》；成都：四川人民出版社， 1994年。

二、論文

Cai Zhonglin 蔡忠霖

《寫本與版刻之俗字比較研究》；南華大學文學系《文學新鑰》第3期，2005年7月。

Chen Wuyun・Liang Xiaohong 陳五雲・梁曉虹

《石山寺本〈大般若經音義〉（中卷）俗字研究》；《中國語言學集刊（Bulletin of Chinese Linguistics）》（紀念李方桂先生中國語言學研究会、香港科技大學中國語言學研究中心）第三卷第一期；2008年12月。

Dou Huaiyong 竇懷永

《唐代俗字避諱試論》；《浙江大學學報》（人文社會科學版）第39卷第3期，2009年5月。

Fang Guoping 方國平

《漢語俗字在日本的傳播》；《漢字文化》2007年第5期。

《〈類聚名義抄〉俗字研究》；浙江財經學院人文學院碩士論文，2009年。

He Hannan 何漢南

《武則天改制新字考》；《文博》1987年第4期。

He Huazhen 何華珍

《俗字在日本的傳播研究》；《寧波大學學報》（人文科學版）第24卷第6期；2011年11月。

He Huazhen・Lin Xiang´e 何華珍・林香娥

《日本漢字研究的歷史與現狀》；語言文字網，
http://www.yywzw.com/stw/stw5-09.htm。

Huo Dezhu 霍德柱

《弔比干墓文》考釋；復旦大學出土文獻與古文字研究主頁；

http://www.gwz.fudan.edu.cn/SrcShow.asp?Src_ID=873。

Ikeda Shōju 池田証壽（いけだ しょうじゅ）

《上代佛典音義と玄應一切經音義——大治本新華嚴經音義と信行大般若經音義の場合——》；《國語國文研究》六四號，昭和55年（1980）9月。

《新譯華嚴經音義私記の性格》；《國語國文研究》第75號（北海道大學國文學會），昭和61年（1986）。

《新譯華嚴經音義私記成立の意義——慧苑音義を引用する方法の檢討を中心に——》；《訓點語と訓點資料》七，昭和62年（1987）3月。

《〈新譯華嚴經音義私記〉について——先行音義との關係——》;《北大國語學講座二十周年記念——論緝辭書・音義》,汲古書院,昭和 63(1988)年。

Inoguchi Takashi 井野口孝(いのぐち たかし)

《新譯華嚴經音義私記の訓詁——原本系〈玉篇〉の利用——》;大阪市立大學《文學史研究》第 15 號,昭和 49 年(1974)。

《〈新譯華嚴經音義私記〉所引〈玉篇〉佚文(資料)》;《愛知大學國文學》24・25 號,昭和 60 年(1985)。

Ishizuka Harumichi 石塚晴通(いしづか はるみち)

《〈新譯華嚴經音義私記〉索引》;《古辭書音義集成》第一卷,東京:汲古書院,昭和 63 年(1988)年第二版。

Jiang Lihong 蔣禮鴻

《中國俗文字學研究導言》;《杭州大學學報》,1959 年第 3 期。

Kobayashi Yoshinori 小林芳規(こばやし よしのり)

《新譯華嚴經音義私記解說》;《古辭書音義集成》第一卷,東京:汲古書院,昭和 63 年(1988)年第二版。

Li Jingjie 李靜傑

《關於武則天「新字」的幾點認識》;《故宮博物院院刊》1997 年第 4 期。

Li Xu 李旭

《漢字與日本文化之淵源略考》;《電子科技大學學報》(社科版)2010 年(第 23 卷)第 6 期。

Li Wuwei 李無未

《日本傳統漢語音韻學研究的特點》;《廈門大學學報》第 6 期,2007 年 11 月。

Li Zhengyu 李正宇

《敦煌遺書中的標點符號》;《文史知識》1988 年第 8 期。

Liang Xiaohong 梁曉虹

《〈新譯大方廣佛華嚴經音義〉與〈新譯華嚴經音義私記〉之詞彙比較研究》;南山大學《アカデミア・文學語學編》第 79 號,2006 年 1 月。

《奈良時代日僧所撰「華嚴音義」與則天文字研究》;中國社會科學院語言研究所歷史語言研究編輯部編《歷史語言研究》第 4 輯(商務印書館),2011 年 11 月。

Liang Xiaohong・Chen Wuyun 梁曉虹・陳五雲

《〈孔雀經單字〉漢字研究》;南山大學《アカデミア・文學語學編》第 81 號,2007 年 1 月。

《〈四分律音義〉俗字拾碎》;南山大學《アカデミア・文學語學編》第 83 號,2008 年 1 月。

《新譯華嚴經音義私記俗字研究・上》;韓國忠州大學《東亞文獻研究》第四輯,2009 年 6 月。

《新譯華嚴經音義私記俗字研究・中》;韓國忠州大學《東亞文獻研究》第五輯,2009 年 12 月。

《新譯華嚴經音義私記俗字研究・下》;韓國忠州大學《東亞文獻研究》第六輯,

2010 年 8 月。

Liang Xiaohong・Chen Wuyun・Xu Shiyi 梁曉虹・陳五雲・徐時儀

《新華嚴經音義與新譯華嚴經音義私記之俗字比較研究》;南山大學《アカデミア・文學語學編》第 88 號。2010 年 6 月。

Liu Chunsheng 劉春生

《慧苑及〈華嚴經音義〉的幾點考證》;《貴州大學學報》1992 年第二期。

Lu Xixing 陸錫興

《論武則天製字的幾個問題》;《中國文字研究》第十四輯,大象出版社,2011 年。

Ma Zhenkai 馬振凱

《楚簡〈老子〉中的重文識讀與分類》;《東方論壇》,2009 年第 4 期。

Miao Yu 苗昱

《〈華嚴音義〉版本考》;徐時儀・陳五雲・梁曉虹編《佛經音義研究——首屆佛經音義研究國際學術研討會論文集》,上海古籍出版社,2006 年。

Miho Tadao 三保忠夫(みほ ただお)

《大治本新華嚴經音義の撰述と背景》;《南都佛教》第 33 號,昭和 49 年(1974)。

《元興寺信行撰述の音義》;東京大學國語國文學會《國語と國文學》第 6 期,1974 年。

Mizuno Masayoshi 水野正好(みずの まさよし)

《日本人と文字との出会い・則天文字の広まり》;平川南《古代日本の文字世界》;東京:大修館書店,2000 年。

Mizutani Sinjō 水谷眞成(みずたに しんじょう)

《佛典音義書目》;《大谷學報》第二十八卷第二號,昭和 24 年(1949)3 月。

Numoto Katsuaki 沼本克明(ぬもと かつあき)

《石山寺藏の辭書・音義について》;《石山寺の研究——一切經篇》,法藏館,昭和 53 年(1978)。

《高山寺藏資料について》;《高山寺典籍文書の研究》,東京大學出版會,昭和 55 年(1980)。

Okada Mareo 岡田希雄(おかだ まれお)

《新譯華嚴經音義私記解説》;日本貴重圖書影本刊行會複製本付載,昭和 14 年(1939)。

《新譯華嚴經音義私記倭訓攷》;《國語國文》第十一卷三號,昭和 16 年(1941)3 月;昭和 37 年(1962)8 月再刊。

Qi Yuantao 齊元濤

《武周新字的構形學考察》;《陝西師範大學學報》第 34 卷第 6 期,2005 年 11 月。

Qiu Xigui 裘錫圭

《再談甲骨文中重文的省略》;《古文字論集》(中華書局),1992 年。

Shi Anchang 施安昌

《唐代正字學考》;《故宮博物院院刊》1982 年第 3 期。

《從院藏拓本探討武則天造字》;《故宮博物院院刊》1983 年第 4 期。

《關於武則天造字的誤識與結構》;《故宮博物院院刊》1984 年第 4 期。

《武則天造字之訛變——兼談含「新字」文物的鑒別》;《故宮博物院院刊》1992 年第 4 期。

Shimizu Fumito 清水史（しみず ふみと）

《小川本新譯華嚴經音義私記音注攷——その資料的分析と整理（一）——》;《野州國文學》21 號，昭和 53 年（1978）3 月。

Shirafuji Noriyuki 白藤禮幸（しらふじ のりゆき）

《上代文獻に見える字音注について（四）——〈新譯華嚴經音義私記〉の場合——》;《茨城大學人文學部紀要・文學科論集・通號 4 號》1970 年 12 月。

《高山寺古辭書資料第二・解說》;《高山寺典籍文書綜合調查團編高山寺資料叢書》第十二冊，東京大學出版會，1983 年。

Suzuki Makio 鈴木眞喜男（すずき まきお）

《新譯華嚴經音義私記の直音音注》;《文藝と思想》第十八號，昭和 34 年（1959）11 月。

Tokiwa Daijō 常盤大定（ときわ だいじょう）

《武周新字の一研究》;《東方學報》第 6 卷，1936 年。

Tsukishima Hiroshi 築島裕 （つきしま ひろし）

《石山寺一切經藏本・大般若經音義・解題》;《古辭書音義集成》第三卷；東京：汲古書院，昭和 53 年（1978）年第二版。

《來迎院如來藏本・大般若經音義・解題》;《古辭書音義集成》第三卷；東京：汲古書院，昭和 53 年（1978）年第二版。

Wang Sanqing 王三慶

《敦煌寫卷中武后新字之調查研究》;《漢學研究》第 4 卷第 2 期，1986 年 12 月。

Wang Xiaoping 王曉平

《日本漢籍古寫本俗字研究與敦煌俗字研究的一致性——以日本國寶〈毛詩 鄭箋殘卷〉爲中心》;《藝術百家》2010 年第 1 期。

《敦煌俗字研究方法對日本漢字研究的啓示——〈今昔物語集〉訛別字考》;《天津師範大學學報》（社會科學版）2011 年第五期。

Wu Liangbao 吳良寶

《漫談先秦時期的標點符號》;《吉林大學古籍整理研究所建所十五週年紀念文集》，吉林大學出版社，1998 年 12 月。

Yamada Yoshio 山田孝雄（やまだ よしお）

《一切經音義刊行の顚末》; 昭和七年（1932）

Yu Lixian 俞莉嫻

《慧苑音義研究》；上海師範大學碩士學位論文，2009 年 5 月。

Yu Xingwu 于省吾

《重文例》;《燕京大學學報》總第 37 期，1949 年 12 月。

Zhang Hui 張輝

《試論唐代字樣之學》;《延邊教育學院學報》第 22 卷第 2 期，2008 年 4 月。

Zhang Jinquan 張金泉

《敦煌佛經音義寫經述要》;《敦煌研究》1997 年第 2 期。

Zhang Yongquan 張湧泉

《韓、日漢字探源二題》;《中國語文》2003 年第 4 期（總第 295 期）。

後　記

如今流行「穿越」，從小說到影視。

寫完此書稿，我們好似也跟著湊了一番熱鬧，也穿越了一次。

因爲寫此書稿，我們知道了「金邠」這個名字。上網一查，發現甚是了得!金邠字畫、金邠蒐藏，拍賣會上頗爲熱鬧。這個生平爲人落拓不羈，曾以賣字爲生的清末名士大概未曾料及百年以後自己還會走紅。我們當然是到不了拍賣會上的人，然當我們讀完他爲《私記》所寫三跋之後，卻與其有了一次發自心靈的溝通。我們能想到他見到《私記》時的欣喜，也能理解他由衷發出的感慨。金邠與小川本《私記》收藏者竺徹定爲好友〔註1〕，故曾借得此書幾日，愛不釋手。他深惜其沉薶釋藏，讀者無人，而多聞者不知，深爲慨歎。因只能留其几案數日，故時時展玩，更深愛精彩艷發，奇古無前。

百年之後，當我們也有機會見到《私記》時，同樣深爲此書之精彩而感嘆。這是當年苗昱博士撰寫博士論文時，專闢一章「《古寫本》之俗字」〔註2〕之由，也是後來梁曉虹與陳五雲三度撰文研究《私記》俗字之因，更是我們三個人共

〔註1〕榮寶齋所拍賣《佚名唐人寫經卷》爲千年遺墨，被稱爲唐人寫經上上品。寫經卷尾即附有徹定與金邠之跋。此卷乃唐時由日本高僧空海請至日本。金邠由竺徹定處攜歸故土，後歸同邑顧文彬所有，並著入於《過雲樓書畫記》中。參考http://www.art139.com/index.php?s=/Appreciate/1197/

〔註2〕墨緣堂影印本名《古寫本華嚴音義》。

同合作撰寫此書之緣。

書稿完成了，有一種輕鬆之感，總算完成了一件想做的事。作爲結果，或許能了結前輩些許心願。但又頗爲忐忑，因爲我們的眼力與功力，作爲成果，或許難以達到先賢之期冀。但不管怎樣，交出我們這一段時間的「辛苦」，期望有更多漢語史研究的朋友，能從《私記》的研究而重視海外資料，「打開一扇窗，又見一片天」〔註3〕，使漢語史研究的諸領域能更爲擴展並進一步深入，這是我們的心願。

全書由梁曉虹完成第一、二、三、五、六、八、九章，陳五雲完成第七章、《私記》俗字總表，苗昱完成第四章。爲書稿撰寫，我們曾專門見面討論字形等麻煩問題。但由於隔著茫茫水天，更多地是通過互聯網進行交流。現代化的通訊使我們合作十分方便，也給我們帶來了很多愉快。儘管如此，到底是遠隔千山萬水，抑或因彼此考察問題的角度不同，書中有一些重複的內容。我們並未特意加以統一，因畢竟代表了各自的研究，也就保留如舊。敬期讀者諒解。

感謝南山大學人文學部教授，南山宗教文化研究所元所長 James W.Heisig 先生欣然應允爲本書撰寫序文〔註4〕。Heisig 先生是著名的宗教哲學研究者，用「著作等身」形容，實不爲過〔註5〕。令人驚嘆的是，一位研究哲學的歐美學者〔註6〕，爲了讓非漢字文化圈的學生學習漢字，撰寫並出版了《Remembering the Kanji》（《記住漢字》）和《Remembering the Kana》（《記住假名》），並已先後有英語、法語、德語、葡萄牙語、匈牙利語以及意大利語等版問世。而且他最近還爲中國學生撰寫並出版了《Remembering Traditional Hanzi》（《記住繁體字》）和《Remembering Simplified Hanzi》（《記住簡體字》）。我們認爲由如此一位資深的非漢語文化圈出身的學者爲本書作序，既能體現出人類對「漢字」這一古老而充滿活力的文字的熱愛，也能激發更多學者對漢字研究的熱情。

感謝日本學振興會（JSPS）基盤研究（C）22520477, 2012 年度科研費以及

〔註3〕王曉平《日本漢籍古寫本俗字研究與敦煌俗字研究的一致性——以日本國寶〈毛詩鄭箋殘卷〉爲中心》。

〔註4〕此序之漢譯承蒙王延平先生相助，於此誠表謝意。

〔註5〕至今已著書 114 部，發表論文 112 篇。

〔註6〕Heisig 先生爲德裔美國人，是真正的「歐美學者」。

2012 年度南山大學パッヘ研究獎勵金Ｉ－Ａ－２之贊助；也感謝中國「教育部人文社會科學研究青年基金」（項目批准號：11YJC730007）之贊助。

最後我們要特別感謝臺灣花木蘭文化出版社。在當今學術出版甚是慘淡的大環境下，花木蘭以學術出版爲主，恰如春雨，滋潤了我們的心。我們會繼續努力！

作者

2013 年 8 月